이야기의 의미와 해석

석학人文강좌 31

이야기의 의미와 해석

초판 1쇄 인쇄 2011년 12월 25일
초판 1쇄 발행 2011년 12월 30일

_

지은이 서대석
펴낸이 이방원
편집 김명희 · 안효희 · 조환열 · 강윤경
디자인 박선옥
마케팅 최성수

_

펴낸곳 세창출판사
출판신고 1990년 10월 8일 제300–1990–63호
주소 120–050 서울시 서대문구 냉천동 182 냉천빌딩 4층
전화 02–723–8660
팩스 02–720–4579
이메일 sc1992@empal.com
홈페이지 http://www.sechangpub.co.kr

_

ISBN 978–89–8411–352–7 04810
     978–89–8411–350–3(세트)

이 도서의 국립중앙도서관 출판시도서목록(CIP)은 e–CIP 홈페이지(http://www.nl.go.kr/ecip)에서
이용하실 수 있습니다. (CIP 제어번호 : CIP2012000353)

석학人文강좌
31

이야기의 의미와 해석

서대석 지음

세창출판사

　이 책은 인문학적 관점에서 이야기를 해석하고 이면에 담긴 의미를 찾아본 것이다. 인문학은 인간의 정신세계를 탐구하는 학문이다. 인간의 정신은 언어로 드러나게 되어 있고 언어는 문자로 정착되어 남겨진다. 그래서 옛 사람의 정신세계를 연구하려면 그들이 남긴 글을 통하는 수밖에 없다. 인문학자가 서책을 연구하는 사람으로 알려지게 된 것은 이 때문이다. 그러나 언어는 문자로 기록되어 남겨지기도 하지만 언어 자체로 전승되기도 한다. 그래서 전승문화를 연구하는 사람들은 구비자료를 대상으로 옛사람들의 정신세계에 접근한다. 구비문학은 인간의 정신세계가 적층된 인문학 유산이다. 구비문학 중에서도 이야기는 전승집단의 정신세계를 입체적으로 집적한 문화유산으로서 한 민족의 의식세계를 이해하는 데 더없이 귀중한 자료이다.

　이야기는 서사문학의 기본양식으로서 소설이나 연극의 소재가 됨은 물론 서사이론을 정립하는 데 긴요한 토대를 제공하는 중요한 학술 자료이다. 기억심리학에서는 이야기 기억과 인출과정을 통하여 의미기억에 대한 이론을 발전시켰고, 구조주의 서사학에서는 이야기의 문법을 수립하여 서사문학을 해부하는 틀로 삼았으며, 수용미학에서는 화자의 의도와 청중의 기대를 연구하여 기대지평이론을 수립하였다. 문예장르론에서나 수사학에서도 이야기는 언어의 모든 양식을 포괄적으로 수용한다는 점에서 매우 중요시되었다. 이야기는 인간의 삶을 입체적으로 반영한다는 점에서 역사기록이나 사상적 논변보다도 더 흥미 있고 친근감을 주는 언어행위로 인식되었다.

석학이 하는 인문학 강좌라면 대체로 철학적 논의를 떠올리게 된다. 철학은 모든 학문의 귀착지라고 할 수 있기 때문이다. 학문은 진리를 찾아내고 밝히는 것인데 진리란 객관적으로 인정받은 보편적 원리이기에 어느 분야의 진리이건 원리적 측면은 철학적 성격을 지니게 마련이다. 그래서 가장 학문적인 것은 가장 철학적이라고 생각하는 경향이 있다. 그러나 철학은 공허한 따지기를 일삼고 언어유희에 가까운 논리를 펴거나 쉬운 말을 어렵게 바꾸는 성향이 있어 일반 대중이 다가가기에 적합한 분야라고 보기는 어렵다.

인문학의 또 다른 영역인 역사학의 경우, 국가흥망의 과정을 밝히는 권력 담당층의 행태와 변화를 연구하는 것이 역사학자들의 주관심사였음을 부인하기 어렵다. 이런 점에서 역사학은 인간의 내면세계를 탐구하는 학문이라기보다 인간 집단의 성격이나 인간관계를 탐구하는 사회과학적 성격을 가진다. 역사에 대한 기록은 대체로 객관적 사실로서의 신빙성을 중시하는데, 기록자의 관점에 따라서 사실 판단에 차이가 있는 것이 사실이다. 그리고 육하원칙 형태의 사실적 기록은 인간의 내면세계에 대한 성찰이 누락되어 있어 완벽한 인문학 자료라고 하기 어렵다.

허구화된 이야기는 사건의 전말을 상상력으로 재구성하여 제시하여 준다. 그것은 어떤 면에서 사실기록보다도 더 완벽하다고 할 수 있다. 이야기에는 인간이 인식한 인간사회의 다양한 모습이 구체적이고 입체적인 형태로 담겨 있으며, 인간의 내면세계가 섬세하고 진솔하게 투영되어 있다. 특히 그것은 한자를 중심으로 한 문자생활로부터 소외되었던 일반 대중들에게 친숙했던 보편적 문학 형태였다고 하는 측면에서도 인문학의 색다르고 중요한 보고라 할 수 있다.

본서는 '석학과 함께하는 인문강좌'에서 '이야기의 구조와 의미'를 주제로 하여 진행한 강의의 원고를 재정리하여 엮은 것이다. 대학에서 오랜 기간에 걸쳐 연구하고 강의하면서 발견한 이야기의 이모저모 가운데 의미 있다고 생각되는 것들을 모아 강연을 진행했다. 예로부터 내려오는 이야기의 유산은 매우 풍부하지만, 오늘날에는 방송매체나 컴퓨터통신 같은 매체가 생활문화를 지배하고 있어 깊은 흥미와 정취를 지닌 이야기를 제대로 음미할 기회가 별로 없다. 어린이들의 그림책에 이야기가 수용되어 있고 초등학교 교과서에 더러 옛이야기가 수록되어 있으나 중등학교로 오면서는 주로 창작문학 작품을 배우게 되어 옛이야기를 접할 기회가 거의 없다. 이런 점을 생각하여 우리 이야기를 청소년과 성인을 포함한 일반 대중에게 널리 알리는 기회를 만들고자 하였다. 특히 주요 옛이야기의 구조와 의미를 새롭게 조명함으로써 선인들의 삶의 자세와 의식의 심층을 헤아려 보고자 하였다.

이야기를 채록하여 본 사람은 다 아는 사실이지만, 현장에 옛이야기를 잘하는 분들이 의외로 많지 않다. 글을 공부하고 책을 읽은 분들은 사실이 아닌 허황된 이야기들이 살아가는 데 별 도움이 되지 않는다고 생각하여 외면하는 경향이 있다. '이야기를 좋아하면 가난해진다'고 하는 속언이 이런 상황을 잘 말해준다. 그래서인지 백여 명이 모이는 경로당에 가서 이야기 잘하는 분을 찾으면 불과 두세 분 정도를 만나게 된다. 아무나 붙들고 이야기를 해달라고 졸라서 들은 이야기는 대체로 조리가 없고 내용도 빈약한 것이 많다. 이러한 현상은 이야기를 할 기회가 적어져서 이야기의 유통이 활발하지 못한 현대의 문화 풍토 때문이라고 할 수 있다.

본 인문강좌 강의에서는 이야기 유형 중에서 비교적 흥미 있는 것들을 소개하는 데 초점을 두었다. 누구나 알 만한 이야기나 알아야 할 이야기들이 그 내용과 뜻이 제대로 알려지지 않은 것을 보면서 이야기를 전공하는 사람으로서 그것을 제대로 알려야 할 책무를 느꼈기 때문이다. 그러나 제1장에서는 일반대중의 이해를 돕기 위하여 설화학 강의에서 총론에 해당하는 이야기의 특성과 분류에 대한 논의를 소개하였다. 여기에는 학계에서 상식화된 내용만 담은 것이 아니고 필자의 창의적 주장의 일단이 피력된 부분도 있음을 말해둔다. 강의에서는 시간의 제약으로 수많은 이야기 유형들 중에서 소수의 유형만을 논의할 수밖에 없었다. 이제 강의를 단행본 원고로 재정리하면서 새로운 유형에 대한 논의를 다소 보탰으나 그래도 한국의 이야기 유산의 일부에 불과한 몇 개의 유형을 다루었을 뿐이다. 이 책을 통하여 보다 많은 분들이 이야기의 중요성을 재인식하고 더 많은 관심을 가지게 되기를 바란다.

'석학과 함께하는 인문강좌'에서 이야기를 강의하도록 배려해준 서지문 위원장을 비롯한 운영위원 여러분과 강좌 진행을 도와준 임직원, 그리고 강의에 참여하여 경청해준 여러분들께 감사를 드린다. 또한 사회를 맡아 강좌를 진행한 박종성 교수와 진지한 토론을 통하여 가르침을 준 최인학 선생, 강진옥 교수, 신동흔 교수에게 감사의 말씀을 드린다. 아울러 정성을 들여 본서를 출판해준 세창출판사 편집진에게 고마운 마음을 표한다.

2011년 12월

서 대 석

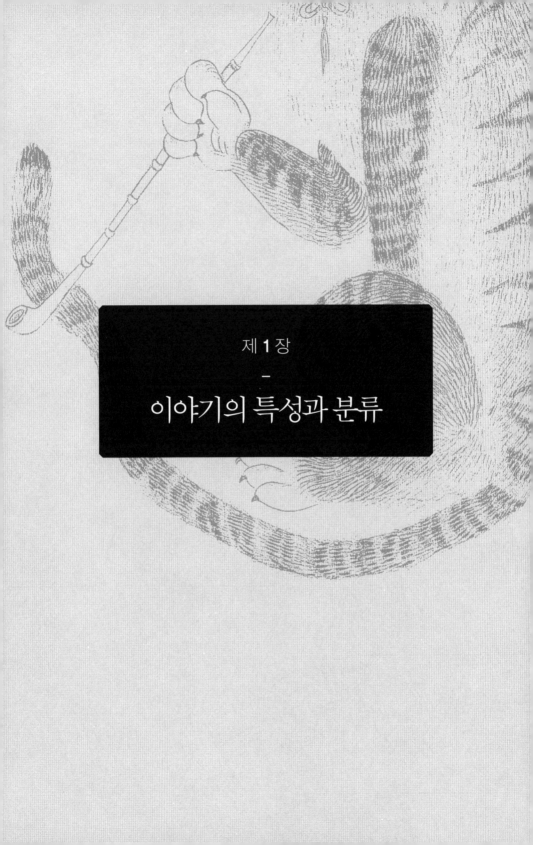

제 1 장

–

이야기의 특성과 분류

1. 이야기의 특성

이야기는 설화(說話), 고담(古談), 민담(民譚), 민화(民話) 등 많은 학술 명칭이 있는데, 설화에서 서사시, 소설, 극까지를 포괄하는 서사 전반을 지칭하는 광의의 개념과 구비문학에서 "구비(口碑) 서사(敍事) 산문(散文) 문학(文學)"으로 정의하는 협의의 개념이 있다. 광의의 개념으로 이야기를 연구하는 학문분야는 서사학(敍事學)이 될 것이다. 그런데 서사학이란 말은 학계에서 잘 쓰이지 않는다. 서사학이란 분야가 있다면 그와 상대되는 서정학(抒情學)이 있을 법한데 이런 말도 없다.

일반적으로 인문학 분야는 문학, 사학, 철학으로 대분된다. 그런데 문학은 문학 작품의 창작 활동을 말하는 예술분야와 이를 연구하는 학술분야의 두 가지 개념이 있다. 문학연구를 문예학이라고 하여 문학작품의 창작과 구별하기도 한다. 인문학의 한 분야로서 문학은 문학연구를 가리킨다. 문학연구는 문학작품을 연구하는 것이 본령이지만 문학작품과 관련된 작가에 대한 연구나 작품의 배경이 된 시대적 사회상이나 철학이나 종교사상에 대한 연구도 중요한 몫을 차지한다. 지난날 인문학으로서 문학연구는 문학작품의 예술적 가치를 논하는 예술비평과 달리 작품 주변에 관한 연구가 중시되었다.

그러나 문학연구의 본령은 작품 자체의 연구이고 작품의 주변적 연구는 작품을 좀 더 잘 이해하기 위한 보조적 연구임이 분명하다. 작품 이해와 직결되지 않는 역사나 철학의 연구는 문학연구자의 본분이라고 보기 어렵다. 그럼에도 불구하고 고전문학 연구에서 인문학적 접근은 불가피한 면이 있다. 작품 연구를 위해서는 작품세계를 알아야 하는데 고전작품을 원만히 이해하려면 당대의 역사나 철학 등 상당한 인문학적 소양이 필요하기 때문이다. 이야기 또한 오랜 옛날에 만들어져서 전승된 것으로 그 속에는 과거의 문화가 적층되어 있기에 이를 연구하기 위해서는 과거의 삶에 대한 폭넓은 학문적 소양이 요구된다.

아리스토텔레스는 문학을 대상으로 하는 논의를 시학이라고 하였다. 시학에서는 모방의 대상에 따라서 문학을 서사시와 비극으로 나누었는데, 서사시는 서사문학과 유사한 개념으로 설정된 것이다. 서사문학을 연구하는 학문을 서사학이라고 한다면 문학성이 결여된 서사물은 서사학의 범주에서 제외되어야 할 것이다. 문학에서는 허구적 상상력에서 창조되는 정신세계를 존중하며, 사실의 기록은 좁은 범주의 문학에서 제외된다. 그러나 서사학은 서사로 된 언어구조물 전체를 대상으로 연구하는 학문으로서 주체의 움직임을 통하여 의미를 드러내는 사건의 기록이나 실제 체험을 기술한 여행기와 일기 등을 모두 그 대상으로 포괄하는 것이 보통이다.

본 강좌에서 말하는 이야기는 협의의 개념에 해당한다. 협의 개념의 이야기는 설화문학과 같은 개념으로서, 상상을 통해 꾸미어낸 서사의 세계를 지칭한다. 구비문학의 한 분야인 이야기는 구비성(口碑性)과 서사성(敍事性), 산문성(散文性), 허구성(虛構性)의 특성을 가진다. 구비란 문자로 창작된 기록문학이 아니고 말로 이루어져 전승된다는 것이고, 산문이란 노래로 불리는 시가문학과 달리 율격이나 기타 음악성과 관련 없는 말로 이루어졌다는 것이다. 그리고 문학이란 예술적 가치가 있는 언어라는 의미와 허구로 지어진 언어구조물이란 성격을 포함한다. 이야기는 사실을 기록하는 역사나 논리적 주장을 진술하는 철학적 논변과 달리 재미와 아름다움을 추구하여 지어낸 언어라는 성격을 지닌다. 이제 이러한 정의에 입각해 이야기가 지니는 특성에 대하여 좀 더 촘촘히 살펴보기로 하겠다.

1) 구비문학적 특성

구비란 말로 이루어지고 말로 전승되는 것을 말한다. 구전(口傳)이라는 말 대신 굳이 '구비(口碑)'란 말을 쓰는 것은 이야기가 입에서 입으로 전파되거나 전승됨에 있어 비석에 새겨 놓은 것처럼 변하지 않는 틀을 지닌다는 사실을 강조하기 위해서이다.

그렇다면 글로 기록된 이야기는 이야기가 아닌가? 문자가 발명된 뒤에 말을 문자로 바꾸어 기록하면서 이야기도 문헌에 남아 있게 되었다. 『삼국유사』나 『삼국사기』 같은 역사서를 비롯하여 수많은 한문 문헌에 이야기들이 등재되어 있다. 그러나 이러한 이야기는 우리

말이 한문으로 번역되어 기록되는 과정에서 이야기의 본래 모습이 변형된 것이라 할 수 있다. 한문으로 번역하여 기록하는 행위는 문자로 창작하는 행위와 상통하는 성격이 있어서 번역자가 다듬고 윤식을 가하고 지어 넣은 부분이 있을 수 있기에 역기자(譯記者)의 개작 정도에 따라 구비문학이냐 기록 창작문학이냐를 판정할 수밖에 없다. 개인이 저작의도를 가지고 지어서 기록한 경우에는 협의의 이야기 범주에서 제외된다. 이러한 자료는 창작 서사문학을 다루는 자리에서 논의하는 것이 바람직하다

　말로 만들어지고 말로 전승되는 이야기는 유동성(流動性), 단순성(單純性), 보편성(普遍性), 대중성(大衆性), 민족성(民族性) 등의 특성을 가진다. 유동성은 기억한 자료를 말로 재생하고 다시 이것을 듣고 기억하는 과정에서 변이가 발생하기에 문자로 기록되어 고착된 자료와 달리 변모의 폭이 크다는 것이다. 단순성은 이야기가 기억으로 보존되기에 인간의 기억력에는 한계가 있어서 글로 지어낸 문학에 비하여 형태나 내용이 단순하다는 것이다. 보편성은 이야기가 전승 과정에서 여러 사람이 참여하여 빼기도 하고 보태기도 하면서 생명이 이어져 오기에 한 개인의 특이한 취향만 반영되어 보존되는 것이 아니라 많은 사람들의 정서와 흥미가 담기게 된다는 것이다. 이는 창작문학에서 개인의 특이한 취향으로 창작된 작품이 후대에 재평가되는 것과 다른 점이다. 구비문학은 보편적 흥미가 없으면 구연기회가 주어지지 않고 구연기회가 없어지면 전승이 중단되어 인멸된

다. 이런 점에서 많은 사람의 흥미를 끌 수 있어야 하고, 전승집단의 가치관이나 문화와 상충되지 않아야 한다. 설사 전승집단의 문화와 상충되는 부분이 들어 있다 해도 전승되면서 집단의 문화에 동화된다. 이런 점에서 이야기는 공동체의 문학으로서 대중성을 지닌다.

이야기는 언어로 전승되기에 언어에 대한 이해가 필수적이다. 이야기는 같은 언어를 사용하는 집단에서 전승이 활발하게 이루어진다. 그 언어공동체를 확대하면 곧 민족이 된다. 그렇기에 구비문학은 민족문학적 성격을 지닌다. 그런데 이야기는 시가와 달리 기억하기가 용이하여 언어가 달라도 번역을 통한 전파(傳播)가 쉽게 이루어진다. 흥미 있는 이야기일수록 국경을 넘어 널리 전파된다. 그러나 전승집단의 이야기로 안착하려면 문화적 배경에 따른 변모가 불가피하다. 이런 점에서 비교신화학이나 비교민담학의 연구에서는 이야기의 변모양상을 찾아내어 자국문화나 자국문학의 특성을 발견하는 작업을 수행한다. 자국문학의 전통이나 특성은 타국문학과의 비교에서 더욱 선명하게 드러나기 때문이다.

2) 서사문학적 특성

이야기는 서사문학(敍事文學)이다. 그런데 서사란 말은 뜻이 간단치 않다. 한자의 의미로 보면 서사(敍事)에는 사실을 서술한다는 뜻과 사건을 서술한다는 뜻의 두 가지 의미가 있다. 여기서는 사건을 서술한다는 의미로서, 문학의 장르를 4분할 때의 서사를 일컫는다.

문학 장르론에서는 대체로 서정(抒情), 서사(敍事), 극(劇), 교술(敎述)로 장르를 분류하는데 이는 진술 대상과 진술 방식을 기준으로 나눈 것이다. 대상에는 움직이지 않는 정적(靜的) 대상과 움직이는 동적(動的) 대상이 있다. 기쁨이나 슬픔과 같은 정서나 선과 악과 같은 관념은 변할 수는 있지만 움직인다고 하기는 어렵다. 지식이나 사실도 역시 움직이는 대상은 아니다. 또한 산이나 바다와 같은 자연풍광도 그 자체가 움직이는 대상이라 하기 어렵다. 이러한 것은 모두 정적 대상이다. 반면 살아 있는 인물은 움직이는 존재이다. 인물이 움직이지 않으면 인물의 성격이나 행동을 통해서 드러나는 사건이 만들어지지 않는다. 인물의 움직임에는 대화(對話)가 동반된다. 대화는 공간보다도 시간을 필요로 한다.

움직임에는 반드시 주체의 의도가 내포되어 있다. 아무 목표도 없는 움직임은 기계적 움직임으로 의미가 없다. 의도(意圖)는 행동보다는 말로 드러내는 것이 쉽고 확실하다. 말없이 움직이면서 의도를 드러내는 것은 쉽지 않다. 이런 점에서 인물의 행위와 대화가 주된 동적 대상이 되며, 그 행위와 말이 사건을 만든다. 동물의 움직임도 동적 대상인데, 동물이 주체가 되는 서사에는 동물의 내면을 인간의 언어로 표현할 때 비로소 이야기로서 의미를 드러내게 된다. 그래서 이야기에 등장하는 동물은 대부분 말을 하는 동물이다.

말하는 방식은 주관적으로 느낌을 표현하는 방식과 객관적으로 전달하는 방식이 있다. 한 예로 '크다'라는 말은 주관적 느낌을 표현한 것이다. 객관적으로 전달하려면 누구나 알 수 있는 단위로 크기를 나타내야 한다. 즉 몇 미터 또는 몇 자 몇 치라고 해야 한다. 객관적 전달은 주로 지식이나 정보를 전달하는 설명의 언어이다. 이를 통해 문학장르를 설명한다면, 정적 대상을 주관적인 언어로 표현하는 장르가 서정이고, 정적 대상을 객관적으로 전달하는 언어로 이루어진 장르가 교술이며, 동적 대상을 행위와 언어로 표현하는 장르가 극이고, 동적 대상을 객관적으로 표현(描寫)하기도 하고 주관적으로 전달하기도 하는 장르가 서사라 할 수 있다.

서사에는 설화, 서사시, 소설 등이 포함된다. 이들이 모두 이야기 문학이다. 그런데 서사에서는 서정도 포용할 수 있고 교술도 포용할 수 있다. 소설은 전체적으로는 서사이지만 부분적으로 시도 삽입되며 철학적 논변이나 역사적 사실에 대한 설명도 수용된다. 이런 점에서 인간의 삶을 가장 완벽하게 언어로 담아낼 수 있는 양식이 서사라 할 수 있다. 그 서사의 기본이 되는 것이 바로 이야기이다. 이야기는 대체로 화자가 전지적 시점에서 설명과 묘사를 곁들여 주체의 움직임을 진술한다. 이야기를 다른 말로 설화라고 하는데 이는 설명을 곁들인 서사라고 하는 의미가 있다.

이야기에는 인간의 삶의 모습이 담겨 있다. 그러나 매일매일 반복되는 일상적 삶의 내용은 이야기의 소재로 적합하지 않다. 이야기에는 일상과 다른 특별난 체험이나 진기한 광경, 극한에 처한 고통과 환희 등 삶의 굽이굽이에서 느끼는 희로애락의 정서가 용해되어 있다. 이런 점에서 이야기의 연구는 궁극적으로 이야기를 분석하여 인생의 의미를 해부하는 것이라 할 수 있으며, 이는 결국 인간의 삶 자체에 대한 조명으로서 의의를 지닌다.

3) 산문적 특성

이야기가 산문이라는 것은 구비문학에서 노래로 불리지 않는다는 것이다. 서사를 노래하면 서사시가 되는데 이를 기록하면 율격이 드러나게 된다. 구비서사시는 노래로 부른 이야기라고 할 수 있는데 자연스럽게 형성되어 전승된 한국의 구비서사시는 서사민요와 서사무가가 있다. 이야기의 산문적 성격을 강조하는 것은 서사민요나 서사무가와 달리 구연에 있어 음악성에 구속을 받지 않는 자료라는 말이다. 이야기를 노래로 부르려면 일정한 율격이 필요한데 율격을 맞추려면 사설을 완벽하게 암기하여야 한다. 암기하지 않고 즉석에서 사설을 만들어내려고 하면 율격을 유지하기가 어렵다. 산문 언어는 그와 같은 율격의 제약이 없어 화자가 즉석에서 어휘를 선별하고 조직하고 말을 만들어서 의도한 바를 상대에게 전달할 수 있다.

이야기를 전승함에 있어 구연자는 기억된 서사구조를 바탕으로 텍스트를 자신의 언어로 재조직한다. 이런 점에서 같은 유형의 이야기라도 똑같은 어절이 반복적으로 나타나지 않는다. 동화에 삽입된 노래구절은 반복되는 경우가 있으나 이는 산문이 아닌 율문이다. 산문의 특징은 궁극적으로 전달하려는 의미는 같더라도 구체적 어휘나 표현방법은 차이가 난다는 것이다. 이야기가 전파되고 전승되는 과정은 시가와 큰 차이를 보인다. 시가는 암기와 재생으로 전파가 되지만 이야기는 인물과 사건이 얽혀 의미를 형성하는 서사구조를 이해하고 기억한 뒤에 이를 근거로 언어를 재조직하는 과정을 거친다.

4) 문학이라는 특성

이야기가 문학이라는 것은 작품세계가 허구적이라는 것과 예술성이 있다는 것을 의미한다. 허구적이라는 것은 상상을 통해 꾸며낸 것이라는 의미이다. 창작문학은 작가가 예술적 목적을 가지고 지어내지만 구비문학의 경우는 이야기가 전승되면서 많은 사람들을 거쳐 다듬어지고 꾸며지면서 예술성을 획득한다. 기억력이나 창작력이 뛰어난 사람과 부족한 사람들이 함께 전승에 참여하는 과정에서 이야기의 문학성은 높아지기도 하고 때로는 낮아지기도 한다. 이야기를 잘하는 사람을 능동적 운반자(active bearers)라고 하고 이야기를 남에게 잘 전달하지 않는 사람을 소극적 운반자(passive bearers)라고 한다. 현재까지 전승되는 이야기 유형들은 일반적으로 능동적 운반자들에 의하여 살아남게 되었다고 할 수 있다. 그런데 이야기의 생명력은 이야기 자체의 흥미가 결정한다고 할 수 있다. 재미있는 이야기는 기억이 잘 되고 전파도 잘 된다. 재미가 있다는 것은 문학성이 높다는 말과 상통한다. 따라서 널리 퍼진 이야기는 이미 문학성을 확보한 유형들이라고 할 수 있다.

서사물 중에는 역사 이야기나 개인의 체험담 등 허구로 꾸며졌다고 보기 어려운 실제담도 있다. 그런데 실제로 겪은 이야기라도 그것이 전파되어 전승되고 있다면 이미 허구성과 문학성을 확보했다고 본다. 개인의 생애담은 구비자서전적(口碑自敍傳的) 성격을 가진다. 개인의 전기는 이미 〈전(傳)〉이라는 문학양식으로 정립되었다. 인물의 전기인 〈열전(列傳)〉, 사물의 전기인 〈가전(假傳)〉 등이 그것이다. 이러한 전문학은 작가에 의하여 입전되거나 창작된 것이다. 그런데 개인의 체험을 꾸밈없이 이야기한다 해도 이미 체험한 기억을 이야기로 재조직하면서 상황에 대한 설명과 그 당시 느꼈던 정감이 혼합되어 진술되기에 문학적 허구화가 이루어졌다고 보아야 한다. 이런 점에서 생애담도 이야기로서 구비문학적 가치를 가진다. 다만 생애담이 문학성을 획득하려면 이야기로서 요건을 갖추고 흥미가 있어야 한다. 흥미가 없는 생애담은 일회성 구연으로 그치고 전파나 전승이 되지 않아 인멸되기 때문이다.

2. 이야기의 분류

이야기의 분류는 분류자의 관심에 따라 여러 가지 분류기준을 세우고 다양한 분류를 할 수 있다. 이 자리에서는 학계에 널리 알려진 몇 가지 분류방법을 소개하고 국내에서 이루어진 분류안을 검토하기로 하겠다.

1) 신화, 전설, 민담의 3분법

이야기를 분류하는 가장 일반적인 방법은 그림(Grimm)의 설화 3
분법으로서, 이야기를 신화(myth), 전설(legend), 민담(folktale)으로 분
류하는 것이다. 신화, 전설, 민담은 전승자의 태도, 작중 시간·공간
의 성격, 증거물의 특징, 주인공의 행위, 미적 범주, 전승범위 등에서
변별되는 양상을 보이는데 요약하면 다음과 같다.

신화는 전승자가 신성한 이야기로 인식하고 있고, 작중시간이 태
초(太初)와 같은 신화의 시간으로 역사적 시간과 다르며, 작중공간이
신성공간으로서 현실적·지리적 공간과 다르다. 증거물은 사람들
이 잘 아는 천체(天體)나 국가 등 보편적 성격을 가지는 것이고, 주인
공은 뛰어난 자질로 성공하여 신으로 좌정되어 제향을 받는 존재가
되며, 미적 범주는 숭고미를 나타내고 전승범위는 국가나 민족 등으
로 넓다.

전설은 전승자가 이야기 내용을 사실로 믿고 진지한 태도를 가지
며, 작중 시간은 구체적·역사적 시간으로 한정되고, 작중공간도 구
체적으로 실재하는 지리적 공간이 제시된다. 증거물은 바위, 연못,
나무, 탑 등 현실에서 감지 가능한 구체적 사물이며, 주인공은 탁월
한 능력이 있으나 뜻을 못 이루고 실패하는 인물로서 비장미를 드러
낸다. 전승범위는 증거물이 인지되는 범위와 같은데 이 범위를 벗어

나면 민담으로 변질된다.

민담은 전승자가 이야기 내용을 거짓말이라고 인식하고 있고, 작중의 시간도 '옛날 옛적'과 같이 시제상 과거라는 것을 나타낼 뿐 구체적으로 한정되지 않으며, 작중공간도 '어느 한 곳에'라는 식으로 구체적 지역으로 한정되지 않는다. 증거물은 없고 주인공은 보통사람이며 재미를 중시하는데 특히 골계미를 드러내는 자료가 많다. 전승범위는 거의 세계적이다.

세 가지 이야기 종류를 비교하면, 전승의 원동력이 신화는 신성성에 있고, 전설은 진실성에, 민담은 흥미성에 있다고 할 수 있다. 다만 실제 이야기 자료를 접해보면 이 분류에 일정한 문제점이 나타난다. 이야기의 특징으로 산문성을 말하지만, 신화로 인식되는 이야기 가운데는 율격을 지닌 운문신화도 있다. 한국의 무속신화는 굿에서 창송되는 서사무가로서 모두가 운문신화이다. 한편 전승 자료에서 신성성이 있다는 것은 제전에서 구연되는 것으로 드러나는데 구연현장을 떠나 이야기의 세계 자체만을 본다면 신화는 전설과 뚜렷이 구별되지 않는다. 그리고 전설과 민담의 구별도 쉽지 않다. 증거물의 유무가 판별의 기준이 되는데, 증거물이 보편적 성격을 지니거나 인지되지 못하는 경우에는 전설과 민담의 구별이 쉽지 않다. 이들 3가지 범주는 상호 넘나듦도 있어서, 신화가 신성성이 퇴색하면 전설이나 민담이 되고 전설이 증거물을 제시하지 못하여 사실성을 입증하지 못하면 민담이 된다. 반면 민담이 구체적 증거물과 결부되면 전설이 되고 신성성을 획득하면 신화가 된다.

2) 2분법

위와 같은 삼분법과 달리 이야기를 '진실한 이야기'와 '진실하지 않은 이야기'로 나누는 2분법이 있다. 진실한 이야기에는 신화와 전설이 해당되고 진실하지 않은 이야기에는 민담과 소담(笑譚)이 해당된다.

또한 이야기의 종류를 형식담(形式譚)과 비형식담으로 나누기도 한다. 형식담은 비형식담과 달리 주체와 행위를 통하여 어떤 일이 일어나고 어떻게 끝이 나는가 하는 사건 구성(plot)에 흥미의 핵심이 있지 않고 말하는 형식 자체에 흥미가 있는 이야기들이다. 형식담의 예를 보면 어희적 성격의 이야기로 〈옛날 옛적〉, 반복 형식으로 〈쥐의 도강〉과 〈솔방울 여행〉, 회귀적 형식으로 〈두더지 혼인〉, 모방 형식으로 〈도깨비방망이〉, 누적 형식으로 〈세끼서발〉 등을 들 수 있다. 여러 형식담 가운데도 백미는 무한 반복으로 전개되는 〈이야기 속의 이야기〉가 아닐까 한다.

옛날 어느 산속에 도둑 열두 명이 모닥불을 피워놓고 둘러앉아 있었다. 그 중 한 도둑이 일어나서 우리 심심한데 옛날이야기나 하자고 하였다. 그리고 그 도둑이 이야기를 시작하였다. 옛날 어느 산속에서 도둑 열두 명이 모닥불을 피워놓고 둘러앉아 있었다. 그 중 한 도

둑이 일어나서 우리 심심한데 이야기나 하자고 하였다.… (이하 계속
반복)

이러한 반복담은 상황을 다르게 설정하여 쉽게 만들 수 있다.

옛날에 한 사람이 여행을 하려고 말을 타고 집을 나섰다. 길 가는 도
중 역시 말을 타고 여행하는 사람을 만났다. 그 사람이 말했다. 우
리 심심하니 이야기나 하면서 갑시다. 그리고 이야기를 시작하였다.
"옛날에 한 사람이 여행을 하려고 말을 타고 집을 나섰다. 길가는 도
중 역시 말을 타고 여행하는 사람을 만났다. 그 사람이 말했다. 우리
심심하니 이야기나 하면서 갑시다. 그리고 이야기를 시작하였다."
"옛날에 한 사람이 여행을 하려고 말을 타고…. (이하 반복)

또한 구연상황에 따라 이야기 종류를 일반 이야기와 공연이야기
로 나눌 수도 있다. 이야기는 아무도 없는 곳에서 혼자 부르기도 하
는 민요와 달라서 들어주는 상대가 있어야 구연된다. 이때 어떤 상
대에게 어떻게 구연을 하는가에 따라 이야기 종류가 달라진다. 공연
이야기는 만담을 말하는데, 이야기를 하여 생계를 유지하는 직업적
전문 이야기꾼이 다수의 청중을 상대로 구연하는 이야기이다. 공연
이야기는 전문적 이야기꾼이 등장하면서 시작되었는데 어떻게 이야
기를 전달하느냐에 따라 이야기꾼은 그 종류가 강담사(講談師)와 강

창사(講唱師), 강독사(講讀師)로 나뉜다. 강창사는 판소리 명창과 같이 이야기를 노래로 부르는 사람으로서 세계적으로 분포된 서사시인을 말한다. 강독사는 소설을 여러 사람에게 읽어주는 사람인데 조선조 말엽에 전기수(傳奇叟)와 같은 존재를 말한다. 이야기꾼의 시초는 광대(廣大)들인데 본격적 전문 이야기꾼은 만담가이다. 이들은 사회에서 돈을 주고 이야기를 듣는 환경이 만들어져 극장과 같은 공연장이 설립된 시기에 등장했다. 박춘재, 신불출을 비롯하여 장소팔, 고춘자 등 많은 만담가 재담가들이 배출되었다.

공연이야기는 전통적인 이야기와 달라서 제작자와 연출자 그리고 연기자의 협동으로 이루어지고 방송매체를 통하여 대중에게 전달되기에 구연자와 청중이 분리되어 있다. 제작자는 상업적 목적을 염두에 두고 청중의 요구를 수용하는데 좁은 이야기판에서 청중과 대화를 하며 진행되는 전통 이야기와는 많은 차이가 있다. 일반적으로 공연 이야기는 대중이 좋아하고 누구나 재미를 느끼는 주제가 인기를 끈다. 재치를 곁들인 언어유희담이나 남녀 대결담, 정치적 풍자담 등이 그것이다.

이처럼 어떤 기준을 세우고 그 기준에 합치되는 자료와 합치되지 않는 자료로 나누는 것이 2분법인데 이는 특정 연구대상을 범주화하여 추출하기 위한 방편으로 취해지는 분류이다.

3) 한국설화 분류안

이야기의 분류는 기준에 따라 여러 가지의 분류안이 만들어진다. 민담을 중심으로 세계적으로 분포된 이야기에 대한 광범위한 유형분류가 이루어진 것은 이야기 유형집과 화소 색인집을 만든 안티 아르네(Antti Aarne)에 의해서였다. 이 분류안을 스티스 톰슨(Stith Thompson)이 영어로 번역하여 출판하면서 이야기 분류의 세계적 기준이 되었다. 톰슨의 저서인 『민담의 유형(The Types of Folktales)』에서는 설화의 유형을 Ⅰ.동물담(Animal Tales), Ⅱ.일반담(Ordinary Tales), Ⅲ. 소화와 일화(Jokes and Anecdotes), Ⅳ.형식담(Formula Tales), Ⅴ. 미분류담(Unclassified Tales) 등 5개의 범주로 크게 나누었다.

첫 번째 항목은 동물담은 다시 야수, 야수와 가축, 사람과 야수, 가축, 조류, 어류, 기타 동물로 나누고 있다. 이러한 하위항은 이야기의 분류가 아니라 이야기에 등장하는 동물을 분류한 것으로서 등장인물(행위의 주체)을 기준으로 분류한 것이라 할 수 있다.

일반담은 A.주술적 이야기, B.종교적 이야기, C.낭만적 이야기, D.어리석은 도깨비 이야기로 나누고 있는데 분류 기준이 무엇인지 파악하기 어렵다. 이러한 분류항은 동물담의 하위항과는 달리 등장인물의 성격을 분류기준으로 했다고 보기 어렵다. 이야기의 주제를 가지고 분류한 것으로 보이는데 도깨비 이야기는 등장하는 주체를 기준으로 삼을 때 설정될 수 있는 항목으로서 다른 항목과 분류기준이 다르다고 생각된다.

소화와 일화의 하위항은 우스운 이야기로 신혼부부 이야기, 여성 이야기, 남성 이야기, 영리한 사람, 행운의 사건, 어리석은 사람, 목사와 성직자의 소화, 다른 집단에 관한 일화, 거짓말 이야기로 나누고 있다. 이러한 분류는 역시 이야기의 행위주체인 등장인물을 중심으로 분류한 것과 대상을 중심으로 분류한 것, 그리고 전승집단을 기준으로 분류한 것 등이 혼합되어 있다. 이처럼 아르네와 톰슨의 이야기의 유형 분류는 분류기준이 단일한 논리적 분류체계는 아니다. 이러한 항목 설정은 이야기를 전승하는 사회에서 관습적으로 설정된 이야기 범주를 존중한 것으로 보인다.

아르네와 톰슨의 이야기 분류를 참고하여 국내에서 이루어진 본격적 설화 분류로는 조희웅과 최인학의 업적이 있다. 이는 톰슨의 모티브별 분류와 유형분류를 한국 자료에 맞게 수정한 것으로서 화소 일람표와 유형 일람표가 작성되었고 다른 나라 설화와 비교연구를 할 수 있도록 마련되었다. 그 후 조동일에 의하여 『한국구비문학대계』에 수록된 설화의 분류를 위한 서사구조를 중심의 한국설화 유형분류가 이루어졌다.[01] 이 중 조희웅의 화소별 분류는 톰슨의 모티프 분류를 조금 수정한 것으로 『구비문학개설』(일조각, 1971)을 통하여 널리 알려진 것이기에 검토를 생략하기로 하고 민담분류안만을 검토하기로 하겠다. 최인학과 조동일의 분류에 대해서는 실제 이야기

---

01 趙東一 외, 『韓國口碑文學大系』 別冊附錄 (I), 韓國說話類型分類集, 韓國精神文化硏究院, 1989; 趙東一 외, 『韓國口碑文學大系』 別冊附錄 (II), 韓國說話索引集, 韓國精神文化硏究院, 1989.

자료를 분류한 작업은 제외하고 분류체계만을 검토하기로 하겠다.

조희웅은 설화분류에서 고려할 사항으로 첫째 한국적 특성을 고려하되 국제간의 설화 비교를 염두에 둘 것, 둘째 주분류 항목은 세분하지 말 것, 셋째 구전설화와 문헌설화를 함께 수용할 수 있어야 할 것, 넷째 신화, 전설, 일화, 야담의 처리도 고려할 것 등을 제시하고 〈한국 설화 분류표〉를 다음과 같이 제시하였다.

I. 동(식)물담(動植物譚)	
1. 기원담(起源譚)	2. 지략담(智略譚)
3. 치우담(癡愚譚)	4. 경쟁담(競爭譚)
II. 신이담(神異譚)	
5. 기원담(起源譚)	6. 변신담(變身譚)
7. 응보담(應報譚)	8. 초인담(超人譚)
9. 운명담(運命譚)(예언담)	10. 주보담(呪寶譚)
III. 일반담(一般譚)	
11. 기원담(起源譚)	12. 교훈담(敎訓譚)
13. 출신담(出身譚)	14. 염정담(艶情譚)
IV. 소담(笑譚)	
15. 기원담(起源譚)	16. 풍월담(風月譚)
17. 지략담(智略譚)	18. 치우담(癡愚譚)
19. 과장담(誇張譚)	20. 우행담(偶幸譚)
21. 포획담	22. 음외담(淫猥譚)
V. 형식담(形式譚)	
23. 어희담(語戲譚)	24. 무한담(無限譚)
25. 단형담(短型譚)	26. 반복담[反復譚(연쇄담, 連鎖譚)][02]

02 조희웅, 『한국설화의 유형적 연구』, 한국연구원, 1983, 21면.

이 분류안의 1차 분류항은 안티 아르네의 분류안에 신이담을 추가 시킨 것이다. 이 분류의 문제점은 아르네의 분류에서 문제가 된 것과 같이 분류기준이 단일하지 않다는 것이다. 이야기의 국제적 비교를 하기 위해서는 이미 분류되어 세계적으로 알려진 항목을 설정하는 것이 유리한 것이 사실이다. 그러나 논리적 체계에서 벗어나는 분류 안은 논리성을 지닐 수 있도록 수정하는 것이 바람직하다고 본다.

2차분류항 역시 분류기준이 단일하지 않다. 기원담은 결말의 내용에 초점을 둔 분류항이고, 치우담이나 초인담은 주체의 급수에 초점을 둔 것이며, 지략담은 경쟁 수단을 기준으로 할 때 설정될 수 있는 항목이다. 이러한 분류안은 기존의 이야기 연구자들이나 향유자들이 관습적으로 인식하고 있는 설화범주를 존중한 분류체계라고 생각된다.

최인학은 민담분류와 전설분류를 각각 시도하였는데 대항목체계만 소개하면 다음과 같다.

[민담분류안]

Ⅰ. 동물민담(1–146)	1. 동물의 유래(1–24)
	2. 동물의 사회(25–54)
	3. 식물의 유래(55–58)
	4. 인간과 동물
Ⅱ. 보통민담(200–483)	5. 초자연적 사위(200–204)
	6. 초자연적 부인(205–213)
	7. 초자연적 출생(214–219)
	8. 혼인과 재물(220–256)

최인학은 위의 분류체계에 의거하여 한국의 민담 약 2500화를 6
부 20항 621유형으로 정리한 바 있다.04 이 분류체계 역시 안티 아르
네의 이야기 유형 분류의 틀을 기반으로 한 것이어서 세계 여러 나
라의 민담과 비교 연구를 하는 데 유용한 분류라는 장점을 가진다.
그런데 분류 기준이 단일하지 않고 신화와 전설의 자료를 수용함에
있어 결여된 항목이 있다는 점이 문제된다. 전체적 대항목은 주체의
성격을 기준으로 분류한 것이다. 즉 동물, 인간, 바보와 같이 주체의
급수나 자질을 중심으로 동물담, 보통민담, 소화, 형식담, 신화적 민

---

03 최인학, 『한국민담의 유형연구』, 인하대학교 출판부, 1994, 58면.

04 崔仁鶴, 『韓國昔話의 硏究』, 弘文堂, 東京: 1976; In-hak Choi, *A Type Index of Korean Folktales*,
Myongji University Press, 1979; 崔仁鶴, 『韓國 說話論』, 형설출판사, 1982.

담으로 나눈 것이다. 그런데 독립항으로 설정된 형식담은 형식을 기준으로 설정한 대항목이라는 점에서 앞의 세 항목과 같은 기준에 의한 분류가 아님을 알 수 있다. 이러한 분류체계의 논리적 결함은 아르네와 톰슨의 유형분류에서 비롯된 것이다.

최인학은 이를 보완하는 작업으로 전설의 분류안을 따로 마련하였다.

분류기호	motif 항목명	motif 번호
A	신화적 motif, 신	100–109
B	신화적 motif, 신앙	110–119
C	신화적 motif, 속신	120–129
D	불교적 신앙 motif	130–149
E	신이출현	150–159
F	사망과 재생(전생)	160–169
G	영혼	170–179
H	타계방문	180–189
J	자연계 현상설명	190–199
K	풍수지리	200–209
M	주술	210–219
N	주보	220–229
P	금지(금기)	230–239
Q	신이혼인(이물교구)	240–249
R	경쟁, 싸움	250–259
S	효, 열녀, 정절	260–269
T	동물보은, 원조	270– 279

U	변신	280–289
V	역사적 사건	290–299
W	유래설명	300–310
Z	기타	350–360

이 분류안은 모티프를 기준으로 만들어진 것인데 여기서의 모티프는 광의의 개념으로서 협의의 삽화 개념과 같다고 할 수 있으며, 하나의 완결된 의미를 구축한 서사단위라는 점에서 단위서사의 주제별 분류항이라고도 할 수 있다. 이런 점에서 이 분류는 민담의 유형분류와 상통하는 성격을 가진다. 즉 내용을 중심으로 한 전설의 분류안이라 할 수 있다. 이 항목들을 한자식 이름으로 바꾸어 보면 다음과 같다.

A. 신성담	B. 신앙담	C. 속신담	D. 불교담	E. 신이담
F. 재생담	G. 영혼담	H. 이계담	J. 자연물 기원담	K. 풍수담
M. 주술담	N. 주보담	P. 금기담	Q. 이물교구담(異物交媾譚)	
R. 경쟁담	S. 효행담, 열행담		T. 보은담	U. 변신담
V. 사실담(史實譚)		W. 기원담		

여기서도 분류기준이 분명하지 않음을 알 수 있다. 즉 주인공의 성격과 주인공의 행위, 주제 등이 혼합되어 있다. 원래 설화의 내용이나 주제에 의한 분류는 단일한 분류기준으로 논리적이고 정합적

인 분류체계를 수립하기가 어렵다. 설화 내용에 충실하여 관습적으로 명명된 범주명칭을 분류 나열한 것으로서 실용성은 인정되지만 논리성이나 체계성에 문제가 있다고 할 수 있다.

다음 서사구조에 초점을 맞춘 조동일의 설화 유형분류는 『한국구비문학대계』에 수록된 자료를 분류해 낸 독창적 업적으로서 설화분류의 새롭고 중요한 성과로 평가되고 있으나 실용적 측면에서는 적지 않은 문제를 노정하고 있는 측면이 있다.

조동일은 설화의 유형분류 기준으로 주체와 상황의 두 가지를 고려하여 주체가 특이한 경우와 상황이 특이한 경우로 전체 설화를 나누고 주체가 특이한 경우로 다음 4가지 범주를 설정하였다.

1. 이기고 지기
2. 알고 모르기
3. 속이고 속기
4. 바르고 그르기

다음 상황이 특이한 경우로 다시 다음의 4개 범주를 설정하였다.

5. 움직이고 멈추기
6. 오고가기
7. 잘되고 못되기
8. 잇고 자르기

여기서 '1.이기고 지기'는 육체적 힘으로 승부를 하는 승부담류이고 '2.알고 모르기'는 미래의 일을 예언하는 예언담이나 이인담으로서 명복담(名卜譚)이나 명풍담(名風譚) 등을 말하며, '3.속이고 속기'는 지략담류로서 지혜담이나 트릭스터의 사기담류이고 '4.바르고 그르기'는 시비선악과 관련된 효자, 충신, 열녀를 비롯한 정직/부정직, 정의/불의, 신의/배신 등 도덕이나 윤리문제를 다룬 이야기를 말한다.

다음 '5.움직이고 멈추기'는 나무, 바위, 샘, 산봉, 섬 등 주로 자연물에 얽힌 전설류로서 〈며느리바위〉, 〈장군바위〉, 〈주천〉, 〈미혈〉, 〈떠내려온 산〉, 〈용바위〉, 〈용천〉 등의 유래담류를 말한다. '6.오고 가기'는 변신담이나 도술담 또는 저승이나 신선계의 왕래담 등으로서 현실계와 비현실계의 왕래와 짐승이나 신으로 변하는 이야기들을 말한다. '7.잘되고 못되기'는 행운담이나 불운담으로서 주로 복을 받는 이야기와 천벌이나 신벌을 받는 이야기들이다. 명당설화나 영웅출생담, 그리고 적선보응의 설화나 보은담류의 설화가 이에 속한다. '8.잇고 자르기'는 어희담이나 형식담으로서 끝없는 이야기나 수수께기문답, 대귀문답 등의 설화가 여기에 속한다.

위의 분류안을 한자식 이름으로 바꾸어 보면 좀 더 이해가 쉬워진다.

---

1. 승부담(영웅담)	2. 지견담(이인담)	3. 지략담(사기담)
4. 선악담(윤리담)	5. 유래담(신비담)	6. 이계담(도술담)
7. 성공담(치부담)	8. 어희담(형식담)	

이상의 제1차 분류에서 결말의 성격에 초점을 두어 제2차 분류를 하였다. 즉 모든 설화의 결말은 상승과 하강, 성공과 실패로 나누어 진다는 점에 착안하여 승부담은 이기기와 지기로, 지견담은 알기와 모르기, 지략담은 속기와 속이기로, 선악담은 바르기와 그르기로 나누는 이분법(二分法)의 논리로 8개의 범주를 16개로 재분류하였다.

다음 3차분류는 주체의 성격에 따라 긍정적 주체와 부정적 주체로 나누어 이길 만하기는 이길 만해서 이기기와 이길 만한데 지기로, 질 만하기는 질 만한데 이기기와 질 만해서 지기와 같은 이분법의 논리로 16개의 항목을 32개로 분류하여 다음과 같은 분류체계를 완성하였다. 그리고 『한국구비문학대계』 82권에 수록된 설화 전부를 이 분류체계에 맞추어 분류하였다.

한국 설화 유형분류 체계		
1. 이기고 지기(승부담)	이길 만하기	1.1 이길 만해서 이기기
		1.2 이길 만한데 지기
	질 만하기	1.3 질 만한데 이기기
		1.4 질 만해서 지기
2. 알고 모르기(지견담, 이인담)	알 만하기	2.1 알 만해서 알기
		2.2 알 만한데 모르기
	모를 만하기	2.3 모를 만한데 알기
		2.4 모를 만해서 모르기
3. 속이고 속기(지략담, 사기담)	속일 만하기	3.1 속일 만해서 속이기
		3.2 속일 만한데 속기

	속을 만하기	3.3 속을 만한데 속이기
		3.4 속을 만해서 속기
4. 바르고 그르기(선악담, 윤리담)	바를 만하기	4.1 바를 만해서 바르기
		4.2 바를 만한데 그르기
	그를 만하기	4.3 그를 만한데 바르기
		4.4 그를 만해서 그르기
5. 움직이고 멈추기(유래담, 신비담)	움직일 만하기	5.1 움직일 만해서 움직이기
		5.2 움직일 만한데 멈추기
	멈출 만하기	5.3 멈출 만한데 움직이기
		5.4 멈출 만해서 멈추기
6. 오고가기(이계담, 도술담)	올 만하기	6.1 올 만해서 오기
		6.2 올 만한데 가기
	갈 만하기	6.3 갈 만한데 오기
		6.4 갈 만해서 가기
7. 잘되고 못되기(성공담, 출세담)	잘될 만하기	7.1 잘될 만해서 잘되기
		7.2 잘될 만한데 못되기
	못될 만하기	7.3 못될 만한데 잘되기
		7.4 못될 만해서 못되기
8. 잇고 자르기(어희담, 형식담)	이을 만하기	8.1 이을 만해서 잇기
		8.2 이을 만한데 자르기
	자를 만하기	8.3 자를 만한데 잇기
		8.4 자를 만해서 자르기

이 분류안은 실제 채록된 모든 설화를 수용할 수 있다는 점에서 지금까지 어느 설화 분류체계보다도 수용능력이 클 뿐 아니라 분류

기준이 단계별로 단일하여 논리적 체계를 갖추었다는 점에서 참신한 설화분류안으로 평가된다. 그러나 실제 설화는 복합유형이 많아서 구체적 자료가 여러 범주에 소속될 수 있다. 주체의 특성에 따른 분류는 겨루기를 중심으로 한 경합담(競合譚)이라고 할 수 있는데, 하나의 이야기에는 이기고 지기, 알고 모르기, 속고 속이기 등의 요소가 복합되어 있을 수 있다. 예를 들어 〈선녀와 나무꾼〉 설화는 속고 속이기, 알고 모르기, 오고가기, 움직이고 멈추기 등의 요소가 두루 들어 있다. 나무꾼이 노루를 숨겨주고 포수를 속인 것은 속이기에 해당하고 노루가 나무꾼에게 선녀들이 목욕하는 곳을 가르쳐준 것은 알고 모르기에 해당하며 선녀가 천상에서 지상으로 왕래하는 것은 오고가기, 나무꾼이 수탉으로 변한 것은 움직이고 멈추기에 해당되는 내용이다. 이렇게 하나의 유형이 여러 가지 범주로 분류된다는 데에 문제가 있다. 또한 이분법의 논리는 분류기준이 명확하다는 장점이 있으나 실제 자료는 중간적 성격을 가지는 것도 있어서 이런 자료를 처리하는 데도 어려움이 있다. 예를 들면 〈이기고 지기〉의 경우 비기는 경우도 있으며, 잘되고 못되기의 경우에는 원상회복의 경우도 생각해야 한다. 결말의 경우도 회귀적 형식의 민담이나 어희담의 경우는 결말의 변화를 찾기 어려운 자료도 많이 있다.

3. 단위담의 설정과 분류

1) 단위담 분류론의 의의

이야기의 분류를 실용적 측면에서 활용하려면 문화콘텐츠와 접목시키는 작업을 염두에 두어야 한다. 즉 이야기를 작은 단위로 분류하여 단위의 조합으로 서사구조를 파악하고 새로운 단위의 조합을 합성하여 새로운 서사문학을 창조하는 데 기여할 필요가 있다. 이러한 작업이 원만하게 수행된다면 기존의 설화, 서사시, 소설의 서사구조를 파악하는 일이 수월해질 뿐만 아니라 새로운 서사문학 작품이나 드라마, 영화와 같은 서사 영상문학을 창작하는 데 많은 도움을 줄 것이다.

이처럼 실용성 있는 분류를 시도하려면 한편의 설화를 단위담으로 분절하고 단위담의 결합 원리를 파악하는 일이 필요하다. 단위담 설정의 기준이 문제가 되는데, 이야기란 주체가 어떤 목적을 수행하기 위하여 움직이고 그러한 움직임의 결과로 의미를 드러내는 것이기에 주체의 성격을 기준으로 한 분류와 움직임의 성격을 기준으로 한 분류가 함께 요구된다. 주체의 움직임이란 목표를 달성하기 위한 행위이기에 목표가 무엇이냐에 따른 의도 분류와 목표를 달성하기 위하여 사용되는 수단이나 방법에 대한 분류를 고려해야 한다고 본다. 이러한 분류는 설화의 의미, 즉 주제를 드러내는 방식으로서 주제에 의한 분류와 무관하지 않다.

설화 전반에 대한 구체적 분류 작업은 매우 복잡하고 어려운 작업이므로 이 자리에서는 새로운 분류안의 아이디어와 분류안의 효용성을 논리적으로 검토해 보는 선에서 그치고자 한다.

2) 단위담의 설정

조희웅, 최인학, 조동일의 분류는 각기 장점과 단점이 있는데 조희웅과 최인학의 분류는 논리적 체계성이 문제가 되고 조동일의 분류는 중복성이 문제가 된다. 이를 극복하기 위한 대안은 설화 한 편을 하나의 유형단위로 할 것이 아니라 단일한 주제를 담아낸 이야기 단위를 새롭게 구축하는 것이다. 여기서 이야기의 단위가 문제된다.

일반적으로 이야기는 유형(Type)과 삽화(Episode)와 화소(Motif)로 분절된다. 한편의 설화는 하나의 유형으로 처리되고 있으나 실제로는 여러 유형이 복합된 이야기가 많아서 하나의 기준으로 분류하기가 어렵다. 따라서 실제 존재하는 한편의 이야기를 나누어 단일한 사건과 주제로 이루어진 작은 이야기 단위를 설정해야 한다. 유형의 소개념이자 삽화의 대개념에 해당하는 새로운 이야기 단위를 설정하여 단위담으로 명명하고 그것을 중심으로 한 분류체계를 수립하고자 하는 것이 필자가 제시하는 새로운 이야기 분류안이다.

단위담은 주체가 어떤 목적을 가지고 움직여서 그 목적을 달성하는 데 성공하거나 실패하여 이야기로서 완결된 의미를 담아내는 서사의 기본단위라고 정의하기로 한다. 〈우렁각시〉를 예로 든다면 총각이 우렁각시와 결혼하는 사연을 하나의 단위담으로 설정하자는 것이다. 총각이 우렁각시를 원님에게 빼앗기는 사연이 또 하나의 단위담이 되며, 우렁각시를 되찾거나 되찾는 데 실패하는 사연이 다른 하나의 단위담이 된다. 이렇게 보면 〈우렁각시〉는 3개의 단위담으로 구성되어 있다고 볼 수 있다. 이 중 첫 번째 단위담은 결연담이다. 남녀가 인연을 맺고 부부가 되는 사연이다. 두 번째 단위담은 분리담(시련담)이다. 인연을 맺은 인물이 서로 분리되어 인연을 지속하지 못하게 된 사연이다. 세 번째 단위담은 재결합담이다. 분리되었던 인연을 다시 회복하거나 회복에 실패하는 사연이다. 〈우렁각시〉는 《결연담 + 분리담 + 재결합담(또는 재결합에 실패)》으로 구성된 하나의 설화유형이 된다.

　다음 〈선녀와 나무꾼〉을 단위담으로 분절해 보자. 나무꾼이 사슴 또는 노루를 구해주고 사슴의 도움으로 선녀를 아내로 맞이하기까지가 하나의 단위담이 된다. 선녀가 날개옷을 입고 하늘로 승천하기까지를 또 하나의 단위담으로 다시 분절할 수 있으며, 나무꾼이 승천하여 선녀와 재결합하거나 재결합에 실패하는 사연이 또 다른 단위담이 된다. 이를 종합하면 〈선녀와 나무꾼〉에서 단위담의 결합 역시 《결연담 + 분리담 + 재결합담》이 되어 〈우렁각시〉와 같은 구조를 가짐을 알 수 있다. 이러한 구조는 대체로 남녀결연담의 공통 구조로서 애정소설의 기본 구조를 형성하는 것이다.

　지략담의 경우는 하나의 문제가 제기되고 이 문제를 해결하는 데

까지가 하나의 단위담이 된다. 인물담 가운데 삽화적 구조를 가지는 것들 중에서 이런 예를 많이 볼 수 있다. 이 경우 삽화 하나를 하나의 독립된 단위담으로 독립시키는 것이 가능하다. 〈아지담(兒智譚)〉류의 설화가 여기에 속한다.

---

1. 중국에서 구궁주에 실끈을 꿰어내라고 한다. (문제제기)
2. 아이가 지혜를 내어 꿀물을 구슬 구멍에 넣고 개미 허리에 실을 매어 개미가 구멍을 통과하게 하여 끈을 꿰어낸다. (문제해결)

---

1. 원님이 이방에게 겨울에 딸기를 따오라고 한다. (문제제기)
2. 이방의 아들이 원님에게 산에서 아버지가 뱀에 물렸다고 한다.
3. 원님이 겨울에 뱀이 어디 있느냐고 한다.
4. 아이가 겨울에 딸기가 어디 있느냐고 한다. (문제해결)

이러한 이야기는 〈문제(요구)제기+문제해결(답)〉의 구조로 되어 있다. 이처럼 하나의 독립된 삽화이자 완결된 이야기를 단위담으로 설정하여 이를 분류의 기본 단위로 삼는 분류안을 수립할 수 있다. 단위담을 설정함으로써 기존 이야기에서 단위담을 찾아내는 작업과 복잡한 창작 서사 작품을 대상으로 단위담의 결합구조를 파악하는 일도 병행할 수 있다. 이처럼 단위담을 이야기의 기본 단위로 설정하여 이야기를 연구한다면 이야기의 구조를 분석하고 종합하는 작업이 보다 체계적으로 진행될 뿐만 아니라 다양한 단위담의 조합을 통해 새로운 서사문학을 창작하는 밑그림을 만드는 일에도 큰 도움이 되리라고 생각한다.

3) 이야기의 요소와 분류항

서사는 주체의 움직임을 통하여 의미를 드러내는 언어구조물이다. 이때 이야기의 기본 요소로서 주체, 움직임, 의미를 꼽는다. 주체는 이야기의 등장인물을 말한다. 소설론이나 희곡론에서 말하는 인물론, 캐릭터론은 서사의 주체에 대한 이론이다. 이야기에 등장하는 존재는 사람만이 아니라 신도 있고 동식물도 있다. 이야기에는 신, 귀신, 도깨비 등 신비적 영능(靈能)이 있는 존재나 호랑이, 여우, 개, 말, 가재, 굼벵이 등 여러 가지 동물도 등장하는데 이러한 이야기의 주체는 모두 사람의 성격을 띠고 있다. 그래서 주체론을 인물론이라고 하고 캐릭터론이라고 한다. 만약 사람의 성격을 지니지 않으면 이야기 속에서 주체인 캐릭터로서의 특성이 드러나지 않으며 의미를 구현할 수 없다.

(1) 주체의 행위

먼저 주체의 성격을 기준으로 설화를 분류할 수 있는가를 검토해보자. 주체론에서 이야기를 분류할 때 기준으로 설정하는 것이 등장인물의 자질과 급수이다. 이야기의 주인공이 동물일 경우 동물담이 되고 주인공이 정신적으로나 육체적으로 탁월한 능력이 있고 도덕적으로도 훌륭한 인물인 경우 대체로 신화나 신이담, 또는 영웅담으로 분류된다. 반면 주인공이 평범한 보통 인물일 경우 일반담이 되고 주인공이 지적으로 수준 이하이거나 도덕적으로 부정적일 경우 풍자담이나 소담이 된다.

문제는 이야기에 등장하는 인물이 어느 한 부류만으로 한정되지 않는다는 데 있다. 동물담을 보면 동물만 등장하는 이야기도 있지만 사람과 동물이 함께 등장하기도 한다. 소화에도 바보만 등장하는 것이 아니고 정상적인 사람이 함께 등장하는 가운데 바보의 행위가 드러난다. 이처럼 이야기에는 각각 다른 급수의 인물이 등장하는데 이 가운데 어떤 한 인물만을 기준으로 이야기 유형을 분류하는 것은 이야기의 특성을 잘 드러내는 분류방법이라고 보기 어렵다. 예를 들어 연명담(延命譚)인 〈단명 소년과 북두칠성〉에 등장하는 소년이나 그 소년의 부모는 보통 사람이다. 이 설화의 주인공을 단명 소년으로 보고 주인공의 급수를 기준으로 분류한다면 이 설화는 범인담이 된다. 그런데 연명할 방도를 가르쳐주는 이인적 면모를 가진 관상가나 복술, 그리고 연명을 해준 칠성신을 중심으로 분류를 한다면 신이담(神異譚)이 된다. 실제로 이야기의 주인공은 단명 소년인데 이야기의 주제를 드러내는 인물은 연명방법을 알려준 관상가나 복술가, 또는 수명을 연장시켜준 북두칠성과 같은 신이다. 이런 점에서 등장인물의 자질이나 급수를 기준으로 이야기를 분류하는 데는 문제가 따른다.

이런 점을 고려하여 이야기의 의미를 생성하는 서사의 기본유형을 인물간 관계를 중심으로 다시 범주화할 수 있다.

① 우월한 존재와 우월한 존재의 교류
② 우월한 존재와 보통인물과의 교류
③ 우월한 존재와 열등한 존재의 교류
④ 보통인물과 보통인물의 교류
⑤ 보통인물과 열등한 존재와의 교류
⑥ 열등한 존재와 열등한 존재의 교류

이상의 6가지 서사유형은 주체의 성격과 관계를 함께 고려하여 논리적으로 설정한 서사유형이다. 교류는 갈등이나 협력을 모두 포함하는 인물관계 전반을 말한다.

①유형은 우월한 존재들만 등장하는 이야기로서 신화나 영웅서사시, 또는 집단 사이의 전쟁이야기에서 자주 나타난다. 신들 사이의 갈등이나 신과 영웅적 인물의 갈등을 이야기한 신화나, 초인적 능력을 발휘하는 영웅들의 쟁투나 지략이 출중한 모사의 책략 대결의 이야기들이 이 유형에 속한다.

②유형은 우월한 존재가 보통 인물을 도와주는 이야기이다. 신의 도움을 받는 보통사람의 이야기나 이인의 도움으로 난관을 극복하는 이야기가 여기에 속한다. 앞에서 예로 든 연명설화를 비롯하여 명복담(名卜譚), 명의담(名醫譚), 명풍담(名風譚) 등이 여기에 해당된다.

③유형은 열등한 존재가 우월한 존재의 도움을 받는 이야기인데 대체로 열등한 자질로 인하여 도움을 받고서도 실패하는 이야기가

여기에 속한다. 열등한 존재가 우월한 존재의 도움으로 성공하는 유형은 보통사람이 우월한 존재의 도움을 받아 성공하는 이야기와 명확히 구별되지 않기 때문이다.

④유형은 일상적 이야기로서 허구적 환상성이 결여된 현실적 이야기들이다. 갑남을녀가 등장하여 사랑하고 경쟁하는 이야기들은 모두 여기에 속한다. 보통의 인간들이 은혜를 입고 이를 보답하는 보은담이나 보통의 남녀가 사랑하여 결연하는 결연담 등이 여기에 해당된다.

⑤유형은 바보들의 어리석음을 드러내는 이야기로서 열등한 존재임을 부각시키거나 열등한 존재를 속이는 이야기들이다. 대체로 소담의 유형들이 여기에 속한다. 정상적 아우와 바보 형 사이에서 펼쳐지는 사건을 다룬 〈우형(愚兄)〉이나 정상적 아내와 바보 신랑이 엮어내는 〈바보신랑〉설화가 대표적인 예가 될 것이다.

⑥유형은 소화로서 지적 수준이 낮은 인물들의 경쟁담이나 신체적 결함이 있는 사람들의 비정상적 행위를 이야기한 것이 대부분 여기에 속한다.

이상의 이야기는 이야기의 주제와 관련을 가진다. 인물의 자질과 급수에 따른 행위가 보여주는 의미는 대체로 다음의 3가지로 범주화된다.

보통 인간의 행위는 인간의 능력으로써 해결이 가능한 일들이다.

돈을 벌어 부자가 되고 결혼을 하여 가정을 이루는 움직임은 보통 인간들이 모두 추구하는 평범한 삶의 목표이다. 이러한 내용을 담은 이야기를 범인담 또는 일반담이라고 하여 하나의 범주로 묶을 수 있다.

다음에 보통 인간보다 우월한 인물의 행적에 흥미의 초점을 둔 이야기를 하나의 범주로 묶을 수 있다. 영웅의 초인적 구국활동이나 이인들의 예지능력으로 많은 사람을 구원하는 행위를 다룬 이야기는 이 범주에 속한다. 이러한 이야기를 신이담(神異譚) 또는 영웅담(英雄譚)이라고 하기로 한다.

다음으로 열등한 인물의 행위에 초점을 둔 이야기를 하나의 범주로 설정할 수 있다. 정신적으로 수준 이하인 바보나 동물적 욕구를 제어하지 못하는 도덕적 결함이 있는 인물의 행위에 흥미의 초점이 있는 이야기군이다. 이러한 이야기들을 소담(笑譚)이나 우인담(愚人譚)으로 범주화할 수 있다.

이처럼 주체의 급수와 주체의 관계는 움직임의 목표와 무관하지 않다. 이를 고려하여 주체에 따른 서사의 기본 유형을 흥미의 핵심을 어디에 두었는가에 따라 범주화하면 다음과 같다.

---

① 우월한 인물의 이야기 (초인)
② 보통인물들의 이야기 (범인)
③ 바보들의 이야기 (우인)

---

(2) 움직임의 의도

서사에서의 움직임은 주체가 어떠한 목적을 수행하기 위하여 움직이느냐에 따라 그 성격이 달라진다. 주체가 움직이는 의도는 매우 다양하다. 그 중 가장 기본적인 움직임의 목적은 생존을 위한 것이다. 동물의 움직임의 성격을 고려한다면 기본적 움직임의 의도를 가늠할 수 있다. 동물은 1.먹이를 구하기 위하여, 2. 짝짓기를 위하여, 3.자신의 안전을 위하여, 4. 유희나 연습(사냥, 숨기)을 하기 위하여 움직인다. 사람도 이에 준하여 움직임의 의도를 유형화할 수 있다.

먹고 살기 위한 움직임은 개체보존 본능의 발현이고 식욕과 관련되는데 수렵, 어로, 목축, 농경 등 생산활동을 비롯한 일상적 움직임이 여기에 해당된다. 이는 생계를 위한 움직임이라고 할 수 있는데 돈벌이를 위한 움직임이 모두 포함된다.

다음 짝짓기를 위한 움직임은 이성(異性)간의 교류행위로서, 남녀 간의 사랑과 결혼, 그리고 출산 및 자녀양육 등 가족을 위한 움직임이 여기에 포함된다. 이는 종족보존본능의 발현으로서 성욕과 관련을 가진다. 성욕은 종족보존 본능으로서 여기에는 사랑 이야기 등 남녀관계의 이야기들이 많다.

다음 안전을 지키기 위한 움직임은 적들로부터 자신을 보호하려는 활동인데 개인적 싸움이나 집단 간의 전쟁에서 싸우거나 도주하거나 숨는 등의 행위가 모두 여기에 속한다. 인간과의 싸움에서 자기를 지키는 행위뿐만 아니라 자연재해나 질병으로부터 자신을 지키는 행위도 안전을 위한 움직임이다. 이러한 움직임은 자기과시나 자기보호 본능과 관련을 가진다.

그 다음 예술이나 경기 등과 관련된 놀이 본능과 관련이 있는 움직임이 있다. 탐구본능과 관련을 가지는 학문 연구행위나 예술작품을 창조하거나 기예(技藝)를 연마하는 학습활동 등도 놀이 본능의 움직임에 포함시킬 수 있다. 이러한 움직임은 대체로 여가활동의 성격이 있다.

그런데 이러한 움직임의 성격이 이야기 안에서 하나만 나타나는 것이 아니고 두 가지 이상이 결합되어 있는 경우가 많기에 이를 분절하여 정리하는 것이 쉽지 않다. 생계를 위한 움직임은 주로 민담에서 많이 나타나는데 주인공이 집을 나와 여러 가지 난관을 극복하고 돈을 버는 데 성공하는 이야기들이다. 일반담으로 분류되는 이야기들의 대부분은 주인공의 부(富)의 획득과 결혼으로 마무리되는데 이들은 생계를 위한 움직임을 담고 있다고 본다.

종족보전을 위한 움직임은 이성간의 이야기로서 남녀 사랑과 결연이나 별리의 사연들이 대부분이다. 그런데 사랑이야기가 이야기로 흥미를 갖추려면 결연에 장애가 발생하고 장애를 극복하여 행복한 결말이 되거나 장애를 극복하지 못하고 비극으로 끝을 맺는 경우가 되어야 한다. 장애는 대체로 삼각관계로 나타나기도 하지만 생계문제와 얽히면서 심각해지는 경우가 많다. 이런 점에서 움직임의 의도가 복합되어 있을 수 있다. 〈지하국대적제치설화〉의 경우 공주나 부잣집 딸을 구출하는 한량의 움직임의 의도는 배우자를 만나기 위함인지 생계를 위함인지 분별하기 어려우며 두 가지가 복합되어 있다고 보는 것이 타당하다. 이처럼 움직임의 의도가 복합되어 있는 이야기는 복합유형을 따로 설정할 수 있다. 그러나 복합유형의 문제는 서사의 기본유형을 설정하는 논의에서는 보류하기로 하겠다.

안전을 위한 움직임은 싸움이야기가 대표적인 예가 된다. 개인이나 집단을 지키기 위하여 싸우거나 도피하는 이야기는 모두 여기에 해당된다. 그런데 안전을 위한 움직임은 자연재해로부터 안전을 도모하는 경우도 포함되는데 이 경우 생계를 위한 움직임과 중복될 수 있다. 또한 결혼을 잘 살기 위한 수단으로 사용하는 경우에는 생계와 결연과 안전이 혼합될 수가 있다. 이처럼 움직임의 기본 의도는 이야기에서는 복합되어 나타날 수 있다. 이러한 의도복합 문제는 단위담의 설정으로 대부분 해결할 수 있으리라 본다. 다만 단위담으로 분절하기 어려운 이야기는 복합의도 유형을 별도로 설정하여 처리하기로 한다.

놀이를 위한 움직임이나 기예나 학문을 연마하는 움직임은 명인담류에서 찾을 수 있다. 명창담(名唱譚), 명기담(名妓譚), 명필담(名筆譚)과 같은 이름난 예능인의 이야기가 여기에 속한다. 그런데 놀이를 위한 움직임도 생계와 관련을 가지는 것이 많기에 이야기에서는 움직임의 의도가 복합되어 나타나는 경우가 대부분이다. 기예를 연마하는 것은 좋아서 놀이삼아 하는 경우도 있지만 잘살기 위해서 하는 경우도 내포되기 때문이다. 이런 경우에는 단위담으로 나누거나 중심의도를 파악하여 분류하여야 할 것이다.

이상에서 기본적인 움직임의 의도와 이야기에서 나타날 수 있는 의도복합 문제를 검토하였다. 실제 이야기를 분석하거나 필요한 서사 단위담을 설정하는 경우에는 복합의도 유형이 반영되어야 하겠으나 이 자리에서는 우선 다음의 4가지 의도에 따른 기본 유형만을 논의하기로 하겠다.

① 생계를 위한 움직임 (생계)	② 이성을 위한 움직임 (이성)
③ 안전을 위한 움직임 (안전)	④ 놀이를 위한 움직임 (놀이)

(3) 수단

다음으로 목표를 달성하거나 문제를 해결하는 데 사용되는 수단이나 방법에 대한 분류항을 생각해보기로 하자. 목표를 수행하는 데는 정신적 요소를 사용하는 경우와 육체적 요소를 사용하는 경우로 나눌 수 있다. 정신적 요소는 지식이나 지혜, 그리고 인내, 의지, 열정 등 다양하다. 육체적 힘은 폭력이나 무예를 사용하는 데에서 주로 드러나는데 힘이나 재주를 겨루는 승부담에서 많이 나타난다. 대체로 이야기에서는 정신력과 육체의 힘이 결합되어 발휘되는 경우가 많아서 이들을 따로 떼어 논하기는 쉽지 않다. 그러나 주로 사용하는 수단이 무엇인지는 분별할 수 있으리라고 생각한다.

---

① 정신적 힘 (정신)   ② 육체적 힘 (육체)

---

(4) 결말

세 번째 기준은 이야기의 결말이 어떻게 되는가 하는 것이다. 본격적 서사는 주체가 목표를 향하여 움직이는 것을 서술하며, 움직임의 결과는 성공과 실패로 나누어진다. 하지만 설화 가운데는 움직임의 결과가 원점 회귀인 경우도 있다. 즉 움직임의 궤적을 도표로 나타낸다면 주체의 변화는 상승 변화와 하강 변화, 변화가 없는 경우 등세 가지 경우가 있다. 조동일의 분류안에서 〈이기고 지기〉는 이기는 결말과 지는 결말만을 고려하고 있으나 비기는 결말도 생각해야 한다는 것이다. 〈알고 모르기〉도 아는 사연과 모르는 사연 외에 알기도 하고 모르기도 하는 사연이 추가될 수 있다. 실제로 많은 설화에서 아는 사연과 모르는 사연이 연결되어 있다. 명복담(名卜譚)과 명풍담(名風譚), 명의담(名醫譚)의 경우 알아서 성공을 거두다가 모르는 상황에 이르는 경우가 많다. 이런 경우 이야기를 단위담으로 분절하여 처리하면 해결이 가능하다고 할 수 있다. 한편 형식담은 애초부터 주체의 처지나 상황에 변화가 없는 이야기라고 할 수 있다. 엄격히 말하면 형식담은 본격서사라고 보기 어렵다. 따라서 형식담은 본격서사를 대상으로 하는 이야기 분류에서 따로 처리하는 것이 필요하다. 이런 점에서 주체의 변화가 없는 경우는 별도의 분류를 하기로 한다. 기본적으로 결말의 분류는 다음 두 가지로 범주화한다.

---

① 행복한 결말 (성공)　　　　② 불행한 결말 (실패)

---

4) 단위담의 유형

이상에서 논의한 여러 분류항, 곧 주체의 성격에 따른 항목과 움직임의 목표에 따른 항목, 목표 수행의 수단에 따른 항목, 결말의 성격에 따른 항목 등이 결합하여 하나의 단위담을 이룬다고 가정한다면 논리적으로 수많은 단위담이 만들어진다. 그 중 여기서는 1차적으로 상위항의 조합으로 이루어진 유형을 설정해 보기로 하겠다. 본격적인 분류 작업을 하려면 상위유형의 분류항에 기호를 부여하고 기호의 집합으로 이루어지는 제반의 유형을 전산화하는 것이 바람직하다고 생각한다. 이러한 작업은 많은 토론과 수정보완의 과정이 요구된다. 이 자리에서는 이러한 작업의 가능성을 타진하는 것으로 그치고자 한다.

---

(1) 흥미를 유발하는 주체(subject): ① 우월한 인물 ② 보통인물
　　　　　　　　　　　　　　　③ 열등한 인물
(2) 움직임의 의도(object): ① 생계 ② 이성 ③ 안전 ④ 놀이
(3) 목표수행의 수단(method): ① 정신(꾀) ② 육체(힘)

---

(4) 결말(conclusion): ① 성공(success) ② 실패(failure)

(불변의 경우는 형식담이나 어희담에 주로 해당되기에 여기서는 보류하기로 한다.)

우선 보통인물(범인)의 행위에 초점이 있는 경우만 생각해 보기로 하겠다.

1	범인이 생계를 위하여 정신적 힘을 발휘하여 성공했다.
2	범인이 생계를 위하여 정신적 힘을 발휘하였으나 실패했다.
3	범인이 생계를 위하여 육체적 힘을 발휘하여 목표를 달성하였다.
4	범인이 생계를 위하여 육체적 힘을 발휘하였으나 목표를 달성하지 못하였다.
5	범인이 이성과의 만남을 위하여 책략을 써서 성사시켰다.
6	범인이 이성과의 만남을 위하여 책략을 썼으나 실패하였다
7	범인이 이성과의 만남을 위하여 육체적 힘을 사용하여 성사시켰다.
8	범인이 이성과의 만남을 위하여 육체적 힘을 썼으나 실패하였다.
9	범인이 위험을 피하려고 꾀를 내어 성공했다.
10	범인이 위험을 피하려고 꾀를 내었으나 실패하였다.
11	범인이 위험을 피하려고 용력을 발휘하여 성공하였다.
12	범인이 위험을 피하려고 용력을 발휘하였으나 실패하였다.
13	범인이 놀거리를 만들려고 꾀를 내어 성공했다.
14	범인이 놀거리를 만들려고. 꾀를 내었으나 실패하였다.
15	범인이 놀거리를 만들려고 힘을 써서 성공했다.
16	범인이 놀거리를 만들려고 힘을 썼으나 실패했다.

이러한 결합방식으로 주체에 의한 대분류항을 설정하면 모두 48개가 산출된다. 이 분류항을 다시 주체를 세분한 하위항과 목표와 수단, 결말을 세분한 하위항들의 조합을 만든다면 좀 더 구체적인 단위담의 유형을 처리하는 분류안이 만들어지리라고 생각된다. 하지만 논리적으로는 결합 가능한 분류항일지라도 실제 이야기로서 존재하기 어려운 것이 있을 수 있다. 따라서 실재하는 이야기를 검토하여 사례가 나타나지 않거나 빈도수가 매우 적은 항들을 가리어 낸 다음 그러한 서사가 실재하기 어려운 이유를 밝히고 분류에서 삭제할 필요가 있다. 이러한 작업은 매우 번다하고 복잡하여 많은 시간과 노력이 필요할 것이다. 그러나 이러한 기준을 근거로 하여 단위담이 완벽하게 설정되고 이야기를 비롯한 서사문학이 단위담으로 해체되어 정리된다면 〈서사문학사전〉과 같은 매우 실용성이 큰 성과를 이룩할 수 있다고 생각한다.

4. 이야기의 전승과 변이

1) 이야기의 생리와 전승

이야기는 말로 만들어져 말로 전승되는 구비문학이다. 처음에 이야기가 어떻게 만들어졌는가 하는 데 대해서는 분명한 근거를 찾기가 어려워 확실히 말하기 어렵다. 그러나 이야기가 말로 이루어지기에 언어의 기원과 발달에 준하여 그 형성과정을 추측해 볼 수 있다.

이야기가 형성되려면 먼저 언어 사회가 형성되고 이야기를 구축할 만큼 언어가 발달되어야 한다. 언어가 복잡하고 섬세해져서 표현할 수 있는 대상이 넓어지면서 사람들은 자연히 자기의 체험이나 상상, 또는 꿈에서 본 내용들을 다른 사람에게 언어로 전달하게 되었을 것이다. 하지만 아득한 옛날에 형성된 이야기는 뒷날까지 전승이 이루어졌다 해도 그 본래 모습이 어떠했는지를 정확히 알기는 어렵다. 문자가 만들어진 뒤 기록으로 정착된 자료를 통하여 그 모습을 엿볼 수 있을 뿐이다.

우리 민족의 이야기가 수록되어 전해지는 중요한 옛 문헌으로『삼국사기』와『삼국유사』를 들 수 있다. 그런데 이 책들에 수록된 이야기는 국가가 형성된 이후에 국가적 차원에서 관심을 가졌던 내용들이 대부분이다. 즉 왕과 왕실, 왕권주변의 인물이나 명신, 그리고 전국적으로 이름난 고승들에 관한 이야기들이다. 일반인의 삶을 다룬 많은 이야기들은 문헌에서 누락된 채 말로 전해지면서 변모를 거듭하여 오늘에 이르렀다고 할 수 있다. 그런데 이야기가 여러 사람들의 머릿속에 기억되고 입에서 입으로 전파되어 전승되려면 무엇보다도 재미가 있어야 한다. 재미없는 이야기는 사람들이 들으려고 하지도 않으며 들어도 기억에 남지 않는다. 요컨대 흥미가 이야기를 전승시키는 원동력이라고 할 수 있다. 그렇다면 세인의 관심을 끄는 재미있는 이야기란 어떤 이야기일까?

인간은 대체로 자기에게 유익한 것에 관심이 있다. 돈벌이가 되는 일이나 실용적 지식, 기술 등 생활에 도움이 되는 정보에 우선 관심을 기울인다. 그러나 이러한 관심은 생계를 위하여 일을 할 때 가지게 되는 관심이다. 이야기를 향유함에 있어 일반 대중은 이야기의 실용적 가치에 관심을 갖지 않는다. 이야기는 하나의 예술이며, 예술의 특징은 비실용적이라는 데 있다. 비실용적인 재미는 평범한 일상의 재현에서는 느껴지지 않는다. 일상과 다른 특이한 내용이라야 흥미를 줄 수 있다. 그렇지만 특이하다고 해서 모두 흥미를 유발하는 것은 아니다. 이야기에는 이야기 나름대로의 그럴듯함이 있어야 한다. 논설에는 논리가 있어야 하고 일에는 사리(事理), 글에는 문리(文理)가 있듯이 이야기에도 '화리(話理)'가 있다. 즉 일종의 문법과도 같은 이야기의 이치가 있다. 화리는 이야기 내용이 이치에 맞게 전개되는 것을 의미한다. 화리에는 사리(事理)와 도리(道理), 그리고 정리(情理)가 두루 포괄된다. 이야기가 그럴듯하게 진행되려면 인간의 삶에서 개발된 진리가 담겨져야 하기 때문이다. 주인공이 영웅적 자질을 타고 났다면 영웅적 활약을 보여주어야 하고, 어떤 인물과 투쟁을 한다면 투쟁하는 이유가 밝혀져야 하며, 사랑하던 남녀가 헤어지게 된다면 헤어질 만한 사유가 제시되어야 한다. 이처럼 이야기는 인간이 모두 공감할 수 있는 그럴듯함이 있어야 한다. 그리고 화자는 인물의 성격이나 행위 및 행위동인에 대한 충분한 설명을 곁들여야 한다. 이처럼 이야기는 화리가 제대로 갖추어져야 흥미가 있게 되고 듣는 사람을 감동시키는 힘을 내게 된다.

이야기에는 인간의 다양한 모습이 담겨지며 그것은 사람들에게 발견의 재미를 준다. 그 재미는 듣는 사람이 자기 자신을 발견하는 재미와 낯설고 진기한 것을 만나는 재미로 나누어 생각할 수 있다. 보통 사람의 일상을 다룬 내용에서 흥미를 가질 수 있는 부분은 자신의 모습을 이야기 속에서 발견할 때이다. 그러나 많은 이야기는 극한적 체험이나 일상에서 만나기 어려운 신비하고 진기한 세계를 만나는 데 흥미요소가 있다. 이처럼 이야기는 누구나 겪는 평범한 일상(日常)을 서술한 것이 아니고 진기하고 드문 강렬한 체험을 말하며, 주변에서 쉽게 접하는 내용보다는 기이한 내용을 담고 있다. 그러나 이야기 내용은 누구나 이해할 수 있는 인간의 보편적 정서에 합치되어야 흥미를 끌 수 있다.

일반적으로 사람들은 경쟁의 상황에서 흥미를 느낀다. 돈이나 권력을 얻는 데도 남과 경쟁하여 이겨서 얻을 때 기쁨이 배가되고 사연도 흥미가 있다. 사랑이야기도 삼각관계에서 연적(戀敵)을 물리치고 승리하여 결연할 때 재미가 있다. 남과 경쟁해서 승리하려면 힘도 있어야 하고 지혜도 뛰어나야 한다. 힘겨루기, 지략의 대결은 이야기의 중요한 흥미소다. 용력이나 지력뿐만 아니라 진실하고 근면하며 성심을 다한 노력도 승리의 요소가 된다. 자신의 발전을 위한 노력은 자신과의 싸움이다. 이처럼 여러 가지 요소가 승패에 관건이 된다. 이때 이야기의 흥미를 고조시키려면 상황이 큰 폭으로 변해야 한다. 가난한 사람이 벼락부자가 되고 미천한 사람이 출세를 하며 죽어가던 사람이 살아나는 등 극한적 상황의 변화가 화리에 맞게 전개될 때 이야기의 흥미는 배가(倍加)된다.

　재미있는 이야기를 알고 있으면 다른 사람에게 들려주고 싶어 하고 재미있는 이야기를 찾아서 듣고 싶어 하는 것이 인간의 보편적 심리이다. 그래서 재미있는 이야기는 자연스럽게 널리 퍼지게 된다. 이야기가 널리 퍼지고 후대에 전승되는 과정을 도식적으로 설명하면 다음과 같다.

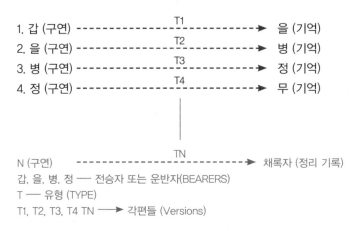

　이야기를 처음 지어낸 사람을 갑이라고 한다면 갑은 을에게 이야기를 들려준다. 그러면 을은 다시 갑에게서 들은 이야기를 병에게 들려주고 병은 다시 정에게 전해준다. 이렇게 이야기는 퍼져나간다. 여기서 갑은 이야기의 작자가 되고 을과 병은 전승자에 해당한다.

이 과정에서 을이나 병은 귀로 들은 이야기를 기억으로 보존하고 있다가 구연기회를 만나면 이를 인출하여 자기의 언어로 재조직하여 구연하게 된다. 따라서 당초 갑이 들려준 이야기와 을이나 병이 구연한 이야기는 꼭 같지 않다. 이야기를 기억한다는 것은 암기와 달리 이야기의 구조를 이해하여 구조를 기억함을 말한다. 이때 이야기의 등장인물이 어떤 인물인가, 인물은 무슨 일을 하려고 하였는가, 그러한 목표를 수행하는 과정에서 어떤 일을 겪었는가, 그의 목표는 달성되었는가 실패했는가, 이야기에서 특별히 감동받은 부분은 어느 대목인가 하는 등의 요소를 중점적으로 기억한다. 기억심리학에서는 이야기에서의 기억이 주제기억과 인물기억, 사건기억 등으로 이루어진다고 설명한다. 이렇게 저장된 기억들이 구연시에는 한데 종합되어 이야기의 유형을 인출해 내고 유형별 차이를 인식한다. 이야기를 많이 알고 있는 사람이 특정 유형의 이야기를 선택하여 보존된 자료를 인출할 때에는 주제기억, 인물기억, 사건 전개에 대한 기억을 떠올려 재생하면서 이야기 유형을 판별하고 이를 근거로 이야기의 구연본을 조직하는 것이다.

2) 변이의 동인

이야기는 구연과 기억이 이루어질 때부터 이미 세부적인 면에 있어 변이의 동인을 내포한다. 이야기는 화자의 개성이나 취향에 따라서 이야기의 특정 부분이 강조되기도 하고 가볍게 처리되기도 한다.

그리고 듣는 사람은 각자의 취향이나 가치관에 따라서 이야기의 어떤 부분은 정확하게 기억하는 대신 어떤 부분은 망각하거나 대충 기억한다. 대개 자기가 아는 내용은 잘 이해하고 선명하게 기억하여 장기기억으로 처리하여 보존하는 반면 내용을 이해하지 못할 경우 기억이 제대로 이루어지지 않는다. 예를 들어 한문을 모르는 사람은 한문 구절이 많이 들어 있는 이야기를 기억하기 어렵다.

이야기는 청중의 성격에 따라서 변이를 일으킨다. 같은 이야기라도 청자의 성별, 연령별 차이에 따라 달라지고 다수의 청중을 상대할 경우와 특정 개인을 상대로 이야기할 때도 달라지게 된다. 구연자가 듣는 사람의 관심과 반응을 고려하면서 이야기를 하기 때문이다.

또한 이야기의 이해는 청자의 지식이나 문화체험과 관련을 가진다. 낯선 내용은 기억이 안 되고 망각하기 쉽고 망각된 부분이 보충될 경우 자기에게 익숙한 내용으로 전환된다. 예를 들어 동물이 등장하는 경우 열대지방의 악어 이야기는 한국에서는 구렁이 이야기로 바뀌어지며, 사자나 곰, 늑대 등 한국에서 자주 보기 어려운 맹수의 이야기는 호랑이 이야기 등으로 변한다. 〈호랑이 꼬리로 낚시하기〉라는 동물담은 토끼에게 속은 호랑이가 꼬리로 물고기를 낚으려다가 호수가 얼어붙어서 꼬리를 잘라버렸다는 내용인데 이 이야기에 등장하는 호랑이는 본래 곰이었던 것이 호랑이로 바뀐 것이다. 꼬리가 끊어졌다면 그 흔적이 신체에 남아 있어야 하겠는데 호랑이 꼬리는 끊어진 흔적도 없고 짧지도 않다. 또한 호수가 짧은 시간에

얼어붙으려면 온도의 변화가 심한 몹시 추운 지역이어야 하는데 한반도에서는 이러한 기후를 가지는 지역이 없다. 이는 곰이 서식하는 시베리아 혹한지역에서 만들어진 이야기가 한반도로 전파되어 호랑이 이야기로 변이를 일으킨 것이다.

이야기는 사회의 윤리나 관습을 반영한다. 전승집단의 윤리와 다른 윤리가 담겨진 이야기는 수용되지 않거나 전승집단에 맞게 바뀌어져서 수용된다. 예를 들어 한국에서는 연장자를 예우하지만 에스키모 사회에서는 경로사상이 별로 없다. 만약 추운 겨울날 늙은 아버지가 젊은 아들에게 나무를 해 오라고 집 밖으로 쫓아내는 이야기를 에스키모 사회에 전파시킨다면 젊은 아들이 늙은 아버지에게 추운 겨울날 사냥을 해오라고 야단을 치는 내용으로 바뀌어진다는 것이다.

이처럼 이야기는 개인의 취향이나 전승집단의 문화에 따라서 다르게 변형되면서 전승된다. 따라서 오랜 기간을 전승하여 널리 퍼진 이야기는 이를 전승한 집단의 문화와 정서에 잘 맞는 내용으로 변모된 것이라 할 수 있다. 이런 점에서 장구한 시기를 전승하면서 민족 범위로 널리 퍼진 이야기 유형에는 민족정서의 공분모가 자리 잡고 있다고 보아도 무방하다. 우리 이야기 안에는 우리 민족의 정서적 특질이 용해되어 있다는 것이다. 이런 점에서 우리의 민족적 정서가 무엇인가를 알아내기 위해서는 이야기를 연구하는 것이 긴요한 통로가 된다고 본다.

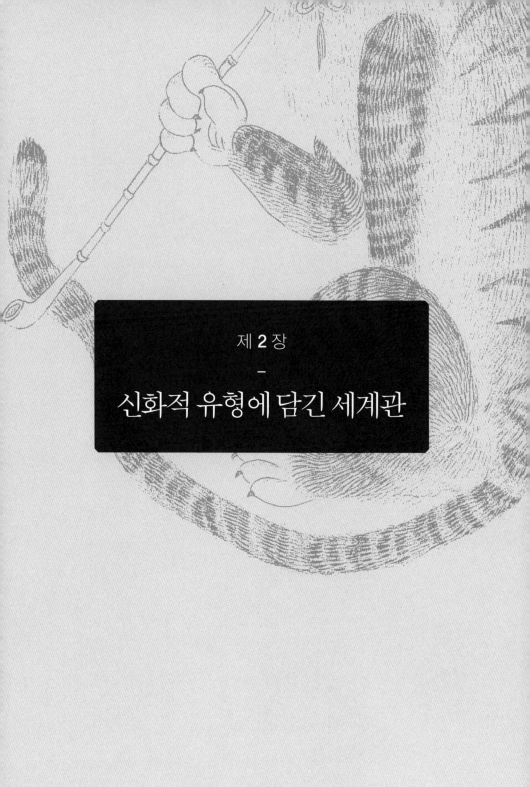

제 2 장

–

신화적 유형에 담긴 세계관

1. 해와 달 이야기

해와 달과 관련된 이야기는 우리 신화에서 대체로 단편적으로 나타난다. 창세신화에 일월조정의 화소가 담겨 있으며, 〈창세가〉의 인류시원 이야기에서 금쟁반 은쟁반과 금벌레 은벌레 화소에 해와 달의 상징성이 내포돼 있다. 그리고 〈연오랑 세오녀〉 설화, 서사무가 〈일월노리푸넘〉, 민담으로 전승되는 〈해와 달이 된 오누이〉 설화 등도 신화와 관련이 있다. 이들 이야기를 종합하면서 해와 달이 인간의 남성과 여성, 자연의 물과 불과 어떤 관계를 맺고 있으며 이러한 사고는 어떤 사상과 관련을 가지는가를 알아보기로 하겠다.

1) 창세신화 – 일월조정(日月調整)

무속의 신화에는 하늘과 땅이 처음 열리고 해와 달이 만들어지고 지상에 인류가 나타나게 되는, 인간세상의 조판과정(肇判過程)을 진술한 자료들이 있다. 이러한 신화를 창세신화라고 한다. 창세신화의 주요 신화소에는 천지개벽, 일월조정, 인류시원, 물과 불의 기원 등이 있다. 천지개벽은 인류가 삶을 영위할 공간이 형성되는 것이고, 일월조정은 빛과 열의 원천인 해와 달의 수를 인류가 잘 살 수 있도록 조정하는 사연이다. 인류시원은 인류가 어떻게 지상에 출현하게 되었는가를 이야기한 것이며, 물과 불의 기원은 인류가 물과 불을 찾아내고 이용하게 된 경위를 설명한 것이다. 여기에서는 한반도에서 전승되는 해와 달에 관한 신화를 검토하기로 하겠다. 먼저 무속신화에 들어 있는 두 개의 해와 달을 하나로 조정하는 사연들을 간추려 제시하기로 한다.

① 창세가(함흥 김쌍돌이본) : 천지개벽 당시에 해도 둘, 달도 둘이 있었는데 미륵이 달 하나를 떼어다가 북두칠성과 남두칠성을 마련하고 해 하나를 떼어내어서 큰 별을 마련한다.

② 셍굿(함흥 강춘옥본) : 인세에서 미륵이 물러나고 석가가 세상을 차지하자 해와 달이 두 개씩 떠서 낮에는 석자 세치 들입다 타서 인간이 데어서 죽고 밤이 되면 석자 세치 들입다 얼어 인간이 얼어 죽게 되었다. 석가는 서천국으로 들어가서 부처에게 예배하고 부처가 내어 준 삼천 구슬에 실을 꿰어 바친 후 월망국에 들어가서 달을 하나 떼어 내어 중원천자 지도를 그려놓고 일망국에 들어가서 해를 하나 떼어 내어 조선천자 지도를 그려 놓는다.

③ 삼태자풀이(평양 정운학본) : 미륵이 석가에게 인세를 내어줄 때 해와 달을 잡아 도롱소매 속에 가두어 버렸다. 석가가 어둠 속에서 채도사를 불러 매를 치며 해와 달을 내어놓으라고 하자 해와 달이 도롱 소매 속에서 다시 나와 세상이 밝아졌다.

④ 시루말(오산 이종만본) : 옛날에 해도 둘, 달도 둘이 돋으므로 당칠성과 매화부인 사이에서 태어난 선문이와 후문이 형제가 철궁으로 화살을 쏘아서 해 하나를 떼어 제석궁에 걸어두고 달 하나를 떼어 명모궁에 걸어둔다.

⑤ 천지왕본풀이(제주도 박봉춘본) : 인세에 해 둘, 달 둘이 있어서 일광

에는 인생이 타죽고 월광에는 인생이 얼어 죽는다. 천지왕과 총맹부인 (또는 박이왕) 사이에서 태어난 쌍둥이 아들 대별왕과 소별왕이 부왕의 명령을 받아 무쇠활과 화살로 해 하나, 달 하나씩을 쏘아 별을 만듦으로써 살기 좋은 세상을 만든다.

이상의 자료에서는 해와 달의 유래는 나타나지 않고 두 개씩 나타난 해와 달을 하나씩 없애서 살기 좋은 세상을 만든 것으로 되어 있다. 태양은 열과 빛의 근원이기에 기후와 밀접한 관련이 있다. 두 개의 태양은 과도한 열기를 말하며 심한 가뭄을 말한다. 달은 추위를 주는 천체로 말하고 있으나 물과 관련이 있다. 따라서 과도한 달이 운행한다는 것은 홍수를 의미한다. 해와 달의 수를 조정한다는 것은 가뭄이나 홍수와 같은 악천후를 방지한다는 것으로서 영웅의 활약으로 인간이 살기에 적합한 기후로 조절한다는 것이다. 인간을 비롯한 모든 생명체들은 태양의 열과 빛, 그리고 강우를 통해 공급되는 물로 생명을 유지할 수 있다. 적절한 온도와 적절한 강우(降雨)는 지상의 모든 생물이 삶을 유지하는 필수적 요소이다. 그리고 이를 인간이 삶을 유지하는 데 필요한 만큼 조절하는 것이 잘 사는 방법이었다. 그래서 한 해가 시작되는 연초나 농경이 시작되는 봄철에는 기후를 조절하는 제의가 행하여졌다. 이러한 제의를 기후조절제(氣候調節祭)라 할 수 있는데 농경사회에 들어와서 기풍의례(祈豊儀禮)의 일환으로 가뭄과 홍수 등 악천후를 방지하기 위하여 과도한 해와 달의 수를 조절하는 행사가 행하여졌다고 본다. 기록으로 전하는 자료

로는 『삼국유사』 권5 〈월명도솔가(月明兜率歌)〉조에 〈도솔가〉를 짓게
된 배경설화에 들어 있다.

경덕왕 19년 경자 4월 1일에 해가 둘이 나란히 나타나서 십여 일이
지나도록 없어지지 아니하였다. 일관이 아뢰기를 인연이 있는 중을
청하여 꽃을 뿌리며 정성을 드리면 재앙을 물리칠 수 있다고 하였
다. 이에 조원전(朝元殿)에 깨끗한 제단을 만들고 왕이 청양루(靑陽樓)
에 나가서 연승(緣僧)을 기다리고 있었다. 그때 월명사가 남쪽의 밭둑
길을 가고 있었다. 왕이 사자를 보내 그를 불러다가 제단을 열고 기
도문을 지으라고 하였다. 월명사가 이뢰기를,
"신승은 다만 국선(國仙)의 무리에 속해 있어 단지 향가를 알 뿐이고
범성(梵聲)에는 익숙하지 않습니다."
라고 하였다. 왕은
"이미 인연 있는 승려로 뽑혔으니 비록 향가를 사용해도 좋다."
고 하였다.
월명사는 이에 도솔가를 지어 바쳤다. 그 노랫말에 가로되,
오늘 여기에 산화가를 불러 뿌린 꽃아
너는 곧은 마음에 명을 심부름함이니 미륵좌주를 모셔라.
풀이해 말하되,
용루에서 오늘 산화가를 불러 청운에 한 조각 꽃을 뿌려 보낸다.
은근하고 정중한 곧은 마음이 시킴이니

멀리 도솔의 부처님을 맞이하노라.

오늘날 세상에서 이것을 산화가라고 하는데 잘못이다. 마땅히 도솔
가라고 해야 한다. 별도의 산화가가 있으나 글이 번다하여 싣지 않
는다. 얼마 뒤에 해의 변괴가 사라졌다.[01]

월명사는 승려로 되어 있으나 본인의 말처럼 국선(國仙)의 무리에
속해 있으면서 염불은 못하고 향가만 안다고 하였다. 국선의 무리는
승려와 다른 토속신앙단체를 말하는 화랑과 같은 단체로서 무속사
상과 친연성이 강한 집단이라고 생각된다. 월명사가 승려가 아니면
서도 국가적 제전에 주제자로 뽑혔다는 것은 그 당시까지 무속의례
가 재앙을 물리치는 국가적 행사로 종종 행하여지고 있었음을 말해
준다.

다음 두 해가 나타났다는 것은 무엇인가? 만약 두 해의 출현이 사
실이라면 세계의 천문관측 기록에 이런 사실이 등재되었을 것이다.
그러나 동서양 기록에 서기 660년경에 열흘 동안 해가 둘이 나타나
있었다는 기록은 없는 것으로 알고 있다. 그렇다면 이는 사실이라기
보다 상징적 의미가 있는 기술이라고 보아야 한다. 해는 광명과 열
기로서 과도한 해의 등장은 가뭄과 더위를 의미한다. 일년 중 음력 4
월 초하루는 입하(立夏) 절기로서 볍씨를 뿌려 모판을 만들고 본격적

---

01 李丙燾譯, 『삼국유사』, 대양서적, 401면.

벼농사를 시작하는 시기이다. 이 시기에 풍년을 기원하는 기풍행사로서 천후를 조절하여 가뭄을 방지하는 의례를 국가적으로 하였으리라고 본다. 두 해가 나타났다는 것은 가뭄이 든다는 표징(標徵)이고 이를 제거하였다는 것은 가뭄을 방지하는 데 성공했다는 의미라고 해석할 수 있다.

그러면 〈도솔가〉는 어떤 성격의 노래인가?

〈도솔가〉는 주술시가의 형태를 갖추고 있다. 〈구지가〉나 〈해가〉에서 보여주던 주술 호격에서 주술 명령으로 전개되는 주술가요의 형식에 그대로 들어맞는다. 첫 번째 구절에는 꽃이 주술매체로 등장한다. 즉 명령을 받아 수행하는 대상이 꽃으로 설정되어 있다. 거북이 대신 꽃이 등장하는 것은 봄철이 꽃이 피는 시기이므로 이 시기에 행하는 풍년기원굿은 꽃을 뿌리며 하였던 것으로 생각된다. 꽃은 생명의 정수(精髓)이자 열매를 맺는 단초(端初)이기에 작물의 풍성한 수확을 기원하는 의식에서 흔히 주술매체나 제물로 사용되었다고 본다. 오늘날 봄철에 정기적으로 행하는 무속의식으로 〈꽃맞이굿〉이 있다.

다음 주술명령은 미륵좌주(彌勒座主)를 모시는 것이다. '미륵'이라는 말이 불교의 미륵불을 의미하는 것으로 보고 이병도 선생은 '대선가(大僊家)'를 부처로 해석하였으나 이것은 무속적 시각으로 보면 수신(水神)으로 풀이하는 것이 문맥에 합치된다. 의례의 목적이 두 해가 나타났기 때문에 하나의 해를 없애려는 것인데 해는 열기와 빛으로 불을 상징하기에 불을 제거하려면 물이 필요할 것이다. 이런 점에서 물을 관장하는 수신의 도움을 요청했다고 보는 것이 이치에 부합된다. 용을 고어로 '미르'라고 하였고 물을 '밀'이라고 하였기에 불교의 '미륵'과 섞여서 의미가 혼동되어 수신을 미륵이라고 하였다고 생각된다. 그렇다면 월명사는 수신을 모시는 의례를 함으로써 해의 재앙을 없앤 것이다. 이렇게 해석해 보면 〈도솔가〉는 천후조절굿에서 가뭄을 방지하려는 목적으로 부른 주술무가라고 생각된다.

두 해의 출현을 정치적 상징으로 해석할 수도 있다. 태양은 통치자의 상징이기에 두 해가 나타났다는 것은 두 명의 통치자가 동시에 등장함을 말한 것으로 볼 수도 있다. 두 명의 통치자가 등장한다는 것은 국가 통치권을 차지하려고 정쟁이 발발하거나 기존 왕권에 도전하는 새로운 정치세력이 등장함을 의미한다. 하나의 해를 제거하는 것은 기존 통치권에 도전하는 세력을 제거하는 것이며, 이를 주도하는 자는 현재 통치권을 장악한 존재이다. 해와 달의 수를 조정하는 미륵이나 석가, 선문이 후문이, 대별왕 소별왕은 모두 인세의 통치권을 행사하는 자들이다.

그러면 달이 두 개 돋는 것은 무엇을 말하는 것인가? 해는 군주의 상징이라고 할 수 있다면 달은 어떤 정치적 상징으로 해석할 수 있을까? 이때 달은 왕비나 여성 통치자의 상징으로 해석할 여지가 있다. 왕비는 다음 왕권을 계승할 왕손을 생산하는 존재이기에 두 왕비가 등장한다는 것은 차기 왕위계승자를 놓고 갈등을 야기하는 것이라 해석할 수도 있다. 여성이 통치자인 경우 두 달의 등장은 바로 통치권 차지 싸움으로 해석된다. 그런데 이러한 정치적 갈등이 고대에는 신앙과 밀접히 관련되어 있었다는 점이다. 왕이 되려면 거국적으로 숭앙하는 국가 수호신이나 조상신에게 제전을 행하여 신으로부터 통치자로 인정을 받는 형식을 취하거나 하늘이 지정한 통치자임을 밝히는 징표를 내세우는 것이 필요하였다고 본다. 이처럼 왕으로서 자격을 인정받기 위해 제전에서 행하던 의례 내용이 이야기로 전환되어 전승된 것으로 볼 여지가 있다. 다시 말해 무속제전에서 사제자의 집전(執典)으로 복수의 왕 후보자 중에서 진정한 통치자를 가리어 내던 행사가 두 개의 해와 달 중에서 하나를 제거한다는 신화가 되었다는 것이다. 그러나 복수의 해와 달을 하나로 조정한다는 신화의 내용은 이와 같은 정치적 의미보다는 기후를 조절하려는 생산의례적 의미로 해석하는 것이 더 설득력이 있다고 생각된다.

2) 인류시원신화

무속신화에는 인류의 시원(始原)을 이야기한 부분이 있는데 이를 〈인류시원신화(人類始原神話)〉라고 한다.

〈창세가(創世歌)〉
옛날 옛적에
미럭님이 한짝 손에 은쟁반 들고 한짝 손에 금쟁반 들고 하늘에 축

사(祝詞)하니

하늘에서 벌기 떠러져 금쟁반에도 다섯이요 은쟁반에도 다섯이라

그 벌기 자라와서 금벌기는 사나히 되고 은벌기는 계집으로 마련하고

은벌기 금벌기 자라와서 부부(夫婦)를 마련하야 세상(世上) 사람이 나

였어라.[02]

이는 손진태가 함흥의 무속인 김쌍돌이에게서 1923년에 채록한 한국의 무속신화로서 인류기원을 이야기한 것이다. 여기에 등장한 미륵은 인간세상을 창조한 창세신이다. 그런데 미륵은 세상을 만든 후 인간이 필요하다고 생각했으나 마음대로 만들지 못하고 자기보다 더 위대한 하늘께 축수하여 금벌레와 은벌레를 얻었고 이를 길러서 남자와 여자로 변화하게 하여 이들을 결혼시켜 인류가 퍼지도록 했다는 것이다. 여기서 금쟁반과 은쟁반은 해와 달을 상징한다고 볼 수 있고 하늘에서 내려온 금벌레는 해의 정기, 은벌레는 달의 정기를 나타낸다고 본다. 그렇다면 인간은 하늘에서 내려온 해와 달의 정기가 결합하여 이루어진 것이라는 말이 된다.

　이러한 이야기는 여왜가 황토로 사람을 만들었다는 중국의 〈여왜고사(女媧故事)〉나『구약성서』〈창세기〉의 아담과 이브의 출현신화와는 다른 성격의 인류시원신화이다. 인간을 흙으로 만들었다는 신화

02　孫晉泰,「朝鮮神歌遺篇」, 향토문화사, 1930, 8면.

는 인간의 원천이 땅에 있다는 것이고 해와 달의 정기가 엉켜서 출현하였다는 신화는 인간의 원천이 하늘에 있다는 것으로서 상이한 인간시원론이라고 할 수 있다.

또한 신이 인간을 단번에 만들었다는 것은 창조론적 인간관으로서 신의 절대적 권위를 나타낸 것이라면 창세신도 인간을 마련할 적에는 마음대로 못하고 보다 절대자인 하늘께 축수를 해서 벌레를 받아 키워서 인간으로 변화시켰다는 것은 오랜 시간을 두고 진화시켰다는 점에서 진화론과 상통하는 것이며 인간의 존엄성을 강조한 것이라고 볼 수 있다. 대체로 어떤 사물의 가치는 그것을 만드는 데 쓰인 자료의 가치와 만드는 데 소요된 시간과 공력에 의하여 결정된다. 이에 준하여 인간의 가치를 논한다면 신이 세상에 널린 흙으로 단번에 빚은 인간보다 해와 달의 정기를 받아 오랜 시간을 두고 키우고 변화시킨 인간이 훨씬 가치가 높을 것은 당연하다고 본다.

또한 중국의 〈여왜고사(女媧故事)〉에서처럼 여왜가 황토로 하나씩 빚어낸 인간을 존귀한 존재로, 새끼줄에 흙을 묻혀서 대량 생산한 인간을 비천한 존재로 구분하는 식의 인류기원신화는 인간의 존비귀천(尊卑貴賤)이 당초부터 존재한다는 인류의 불평등 관념을 담고 있다. 이와 달리 〈창세가〉에서 아무런 층차가 없이 5마리의 금벌레와 5마리의 은벌레들에서 인류가 시작되었다는 것은 인류의 평등의식을 반영하고 있다고 해석된다. 그 밖에 처음부터 다섯 쌍의 부부가 출현하여 이들의 후손들이 인류를 번창시켰다는 것은 태초에 한 사람의 남성과 여성이 출현하여 그 둘이 결합하여 인류의 시조가 되었다는 신화와는 달리 근친혼이나 남매혼의 불가피성을 차단하고 있다고 생각한다.

3) 〈해와 달이 된 오누이〉

그런데 이러한 인류시원신화가 우리 민족의 고유한 신화인가 아니면 다른 나라 다른 민족의 신화가 유입된 것인가 하는 문제가 제기된다. 무속신화는 무속인들의 전승자료로서 20세기에 이르러서 비로소 채록되기 시작하였다. 이런 점에서 창세신화의 형성 연대를 밝히는 것은 쉽지가 않다. 또한 구비신화는 전파력이 강하므로 다른 나라에서 전파되었을 가능성도 생각해 볼 필요가 있다. 전파여부를 밝히는 과제는 실증적 작업이 요구되는데, 한반도 주변국가와 다른 민족들의 신화 자료를 모두 섭렵하여야 하며 유사한 자료가 발견되더라도 어떤 자료가 원형인지 알기가 어렵기에 창세신화의 국적을 밝히기는 결코 쉽지 않다. 이런 점에서 다른 방법을 찾아야 한다. 다행히 이 신화와 유사한 구조를 가진 민담 〈해와 달이 된 오누이〉가 있어서 이미 이루어진 비교민담학의 연구성과를 원용하면 이 신화가 우리 고유의 신화일 가능성을 타진할 수 있다. 먼저 신화와 민담의 대응되는 구조부터 검토하기로 하겠다.

〈해와 달이 된 오누이〉에서는 호랑이를 피해 동아줄을 타고 하늘로 올라간 남매가 남자는 해가 되고 여자는 달이 되는 것으로 되어 있다. 각편에 따라서는 남자가 달이 되고 여자가 해가 된 것으로 나타나기도 한다. 이는 결국 천상의 해와 달이 지상의 남성과 여성에서 비롯되었다는 이야기인데, 천상의 해와 달의 정기가 지상으로 하강하여 남자와 여자로 변하여 인류의 시조가 되었다는 신화와 상응된다. 다만 신화는 천상에서 지상으로 하강하는 구조로 서술되고 민담에서는 지상에서 천상으로 상승하는 전개를 보이는 점이 다르다고 할 수 있다.

인류시원신화 하강구조			민담 〈해와 달이 된 오누이〉의 상승구조		
천상계 하느님	해 ↓	달 ↓	천상계 하느님	해 ↑	달 ↑
지상계 미륵	금쟁반 ↓	은쟁반 ↓	천상계	남동생	누나
	금벌레 ↓	은벌레 ↓	동아줄 위 ↑		남매 ↑
	남자	여자 ↓	나무 위		남매 ↑
		인류	방안		남매

민담은 신화와 달라서 그 내용의 진정성이 없다. 이 이야기는 해와 달이 없던 시절의 일을 말한 것이므로 지상은 빛이 없어서 어두

웠을 터인데 아이들의 어머니가 장자집으로 산 고개를 넘어 다닌다고 하면서도 어두워서 불편했다는 말은 이야기 어디에서도 나타나지 않는다. 민담에 등장하는 호랑이는 말을 하고 사람의 옷을 빼앗아 입고 상당한 지략을 발휘하는 것으로 나타난다. 그러한 시절임에도 불구하고 사람들 가정에서는 참기름을 사용하고 도끼나 자귀와 같은 철제도구도 사용한 것으로 이야기하고 있다. 이러한 황당성으로 인하여 구체적 내용의 진실성은 문제 삼을 필요가 없겠으나 천상의 해와 달이 인세의 남녀와 관계를 맺고 있다는 근원적 사고는 신화와 다르지 않다고 본다. 이러한 민담은 악수퇴치담(惡獸退治譚)의 한 유형으로 동아시아 일대에서 널리 전승되는데, 중국이나 일본에서 아이들 남매가 승천하고 호랑이나 늑대가 떨어져 죽는 것으로 끝나는 것과 달리 한반도 자료에서만 승천한 남매가 해와 달이 되었다는 내용이 부연되었다고 한다.[03]

그렇다면 〈창세가〉의 인류시원신화는 한국인의 고유신화라고 볼 수 있다. 대체로 인류시원신화에는 한 부모에서 태어난 남매가 결합하여 인류의 시조가 된다는 내용이 많다. 중국의 복희(伏羲)와 여왜(女媧)도 남매간이면서 부부간으로 나타나고 있다. 이는 초기 남매혼의 흔적을 보여주는 것으로 근친상간의 불가피성을 말하는 것이다. 그러나 우리의 무속신화에서는 처음부터 5쌍의 부부를 설정하여 근

---

03 성기열, 『한·일 민담의 비교연구』, 일조각, 1979 참조.

친혼의 불가피성을 차단하고 있다. 이 신화가 형성된 시기가 확실하지 않아 족외혼(族外婚)이 대세가 되어 근친혼을 배격한 시기보다 앞선다는 증거를 제시하기는 어려우나 창세신화라는 점에서 신화적 원시성을 보여준다고 생각된다. 이처럼 신화에는 인간존재에 대한 신화전승집단의 해석이 들어 있다. 우리의 선조들은 일월의 결합으로 사람이 생겨났다고 인식했다. 이는 일신과 월신이 부부관계였다는 말과 상통한다.

4) 연오랑(延烏郎) 세오녀(細烏女)

다음 영남지역의 일신과 월신의 이야기를 검토하여 보기로 하겠다. 『삼국유사(三國遺事)』〈연오랑 세오녀(延烏郎 細烏女)〉조(條)에는 다음과 같은 이야기가 수록되어 있다.

제팔대 아달라왕(阿達羅王) 즉위 4년 정유(丁酉)에 동해 가에 연오랑과 세오녀 부부가 살고 있었는데 어느 날 연오가 바닷가에 나가 마름을 따고 있는데 갑자기 한 바위가 그를 싣고 일본으로 갔다. 그 나라 사람들이 보고 이는 비상한 사람이라고 하며 세워서 왕을 삼았다. 세오가 그 남편이 돌아오지 않는 것을 이상히 여겨 가서 찾아보니 남편이 벗어놓은 신이 있어 그 바위에 올라가니 바위가 역시 전과 같이 그를 싣고 갔다. 그 나라 사람들이 놀라 왕에게 아뢰어 부부가 서로 만나 귀비가 되었다. 이때 신라에서는 해와 달이 광채를 잃었는데 일관이 말하기를 해와 달의 정(精)이 우리나라에 있었으나 지금은 일본으로 갔기 때문에 이런 변이 일어났다고 하였다. 왕이 사자를 일본에 보내어 두 사람을 찾으니 연오는,

"내가 이 나라에 온 것은 하늘이 시킨 것이니 이제 어찌 돌아갈 수 있겠소? 그러나 나의 비(妃)가 짠 세초(細綃)가 있으니 이것으로 하늘에 제사를 지내면 잘 될 것이오."

라고 하며 그 비단을 주었다. 사자가 돌아와 아뢰어 그 말대로 제사를 지내니 그 후로 해와 달이 옛날과 같아졌다. 그 비단을 어고(御庫)에 두어 국보로 삼고 그 창고를 귀비고(貴妃庫)라 하고 하늘에 제사지낸 곳을 영일현(迎日縣) 또는 도기야(都祈野)라 하였다.[04]

여기서 연오랑과 세오녀가 살던 곳은 동해 가로서 지역이 구체적으로 명기되어 있지는 않으나 제사 지낸 곳이 영일현이라는 점에서 영일만 근처의 바닷가라고 생각된다. 신라시대 일월제를 지낸 영일현(迎日縣)은 현재 경북 영일군(迎日郡)을 말하는데 구체적으로 제사를 지낸 곳은 널리 알려지지 않았다. 유증선은 『영남(嶺南)의 전설(傳說)』에서 『일월향지』와 『삼국유사』를 참고하여 〈연오랑 세오녀〉 설화와 같은 〈일월지(日月池)〉 전설을 수록하고 있는데 『삼국유사』기록에는 나타나지 않는 일월지와 일월동(日月洞), 일월향(日月鄉)이 등장한다.

---

04 『三國遺事』卷第一 〈延烏郎 細烏女〉 필자 번역.

신라왕은 크게 놀라 일관(日官)을 불러 점을 치게 하였더니 "연오 세오 부부는 해와 달의 정(精)이온데, 지금 이런 변이 생긴 것은 두 사람이 왜국으로 건너간 때문이오니 그들을 불러오지 않으면 안 되는 줄 아뢰나이다."라고 하였다. 왕은 왜국에 사신을 보내고 연오 부부의 돌아오기를 간청하였으나 연오는 "우리들이 이곳에 온 것은 하늘의 명령이니 어찌 하늘 뜻을 거역하리오. 아내 세오녀가 짠 비단(絹帛)이 있으니 이것을 가지고 가서 내가 살던 마을 못가(池邊)에 모시고 천지신명(天地神明)에 제사하면 해와 달이 다시 빛을 회복할 것이오." 하고 비단을 내어 주므로 사신이 돌아와 국왕께 아뢰니 왕은 그 말대로 못가에 단을 모으고 세오녀의 비단을 걸고 성심껏 제사를 모시니 과연 해와 달이 전과 같이 밝은 빛을 발하였다. 그 뒤 그곳을 일월지라 부르고 그 마을을 일월동(日月洞), 그 지방을 일월향(日月鄕)이라 하며 비단(絹帛)을 국보로 정하고 그 창고를 귀비고(貴妃庫), 그 지대를 도기야(都祈野)라고 부르게 되었다.05

위의 자료는 『일월향지』에서 옮긴 것으로 생각되는데 여기에는 『삼국유사』 기록과는 다르게 세오가 짠 비단을 걸고 제사를 지낸 곳이 일월지로 되어 있고 영일현이라는 고을 이름 대신 일월동과 일월향이란 마을 이름이 등장한다. 따라서 일월지나 일월동이 지금의 어

05 柳增善 編著, 「嶺南의 傳說」, 형설출판사, 1971, 342-343면.

느 곳인가를 밝히면 연오랑과 세오녀가 살았던 마을과 세오녀가 짠 비단을 걸고 일월제를 지냈던 구체적 지역을 알 수 있다.

그런데 유증선은 자료 끝에 다음과 같은 지명에 관한 주석을 붙여 놓았다.

도기야(都祈野)라 함은 지금 동해면(東海面) 도구동(都邱洞)이요, 일월동(日月洞)이라 함은 지금 오천면(烏川面) 일월동(日月洞), 일월지(日月池)라 함은 지금 오천면(烏川面) 해병포기지사령부(海兵浦基地司令部) 기지내(基地內)에 있고 귀비고(貴妃庫)는 금성궁(金城宮(慶州))에 소재(所在)하였다고 전한다.[06]

주석의 내용으로 보아 제사를 지낸 곳은 연오랑과 세오녀가 살던 바닷가 마을이고 지금의 경상남도 영일군 오천읍 일월동임을 알 수 있다. 일월동은 영일만에 있는 바닷가 마을로 도구동과 인접해 있으며 영일군에서는 1982년부터 일월문화제를 매년 거행하고 있고 별신굿도 성대하게 행하고 있다고 한다.[07] 그렇다면 영일만 일대뿐만 아니라 경북이나 경남 동해안 일대에서 별신굿을 행하면서 〈연오랑 세오녀〉 이야기에서 유래한 일월신제를 지내는 마을이 많았을 것으로 생각된다. 현재 부산시 기장군 죽기장읍 죽성리나 울산시 동구

06 앞 책, 343면.
07 한국정신문화연구원, 『민족문화대백과사전』 15, 1990, 644-653면 〈영일군〉항 참조.

일산동에서는 〈일월맞이굿〉 또는 〈일월굿〉을 행하고 있다. 그런데 현지에서는 일월굿이 어떠한 굿인지 잘 알지 못하고 굿을 하는 무녀들도 일월신에 대한 굿이라는 것과 고기를 많이 잡게 하여 달라는 풍어굿으로 알고 있을 뿐 〈연오랑 세오녀〉 이야기와 관련이 있는 것은 모르고 있다.

울산시 일산동에서 별신굿을 조사하고 〈일월(日月)거리〉 무가자료를 채록하여 정리한 박경신은 일월거리에 대하여 다음과 같이 언급하고 있다.

별신굿이 시작되는 날부터 끝나는 날까지 매일 아침 해 뜨는 시각에 맞추어서 거행되는 거리로 같은 무녀에 의해서 진행되는 것이 일반적인 형태이며 매일 아침 같은 사설을 반복 구연한다. 내용은 일월신에게 별신굿이 행해짐을 고하는 의식인데 엄밀히 말하면 별신굿 거리에는 포함되지 않는 것이다. 이곳 일산동의 노인들은 한결같이 자신들의 부락에서는 별신굿을 스물네 거리로 진행한다고 말하고 있으며 무들도 역시 스물네 거리로 진행한다. 그러나 구체적으로 그 스물네 거리의 별신굿 속에 이 거리는 들어 있지 않다. 따라서 이 거리는 부락제의 차원을 뛰어넘는 그 상위에서의 인식을 반영하고 있는 독립된 의식으로 이해하는 것이 더 타당하다고 본다. 동해안 세습무 집단의 무가자료에 이 거리가 존재한다는 사실은 아직 학계에

보고된 바 없으며 자료 자체도 채록된 전례가 전혀 없다.[08]

　　일산동 〈일월거리〉보다도 더욱 분명하게 〈연오랑 세오녀〉 신화
를 재현하는 굿은 죽성리의 〈일월맞이굿〉이다. 죽성리의 〈일월맞
이굿〉은 바다에 잠겼다 드러났다 하는 매바위에서 행하여지고 있고
일월맞이 무가의 구연이 끝나고 나면 '후리'라는 독특한 놀이가 이
어진다. 무명 베 한 필을 길게 늘여 무집단과 마을 임원, 마을 사람
들, 구경꾼 등이 붙잡고는 길게 늘어서서 매바위 쪽으로부터 마을쪽
으로 몰고 들어오는 것이다. 이것을 주민들은 그물로 물고기를 몰아
잡는 것을 본뜬 것으로 멸치가 많이 잡히게 하여 달라는 의례로 알
고 있다.[09]

　　이처럼 현지 주민들은 일월굿이 어떤 굿인지 어디에서 유래된 것
인지 잘 알지 못하고 있다. 그러나 이러한 무속의례는 〈연오랑 세오
녀〉 설화에서 기원한 것이 분명하다. 매바위는 연오가 타고 일본으
로 갔다는 바로 그 바위이고 '후리'라는 의식은 세오가 일본에서 짠
세초를 신라로 보내자 신라에서 이를 받아 귀비고에 넣어 사라진 일
광을 회복한 사연을 재현하는 의식이라고 본다. 현지 주민들은 '후
리'라는 놀이를 그물로 물고기를 몰아 잡는 것을 본뜬 것으로 해석하
고 있는데 이것은 〈일월맞이굿〉의 유래나 성격을 알지 못하고 자의

08　박경신, 『울산지방무가자료집』 (1), 울산대학교 인문과학연구소, 1993, 25면.
09　박경신, 장휘주, 『동해안 별신굿』, 화산문화, 2002, 172–176면.

적으로 추측한 견해일 뿐이다. 일월이 풍어를 관장하는 신이라는 근거도 없고 무명이나 베가 그물을 나타낸다고 보기도 어렵다. 어촌에서 흔히 사용하는 그물을 제쳐두고 구태여 구하기 어려운 무명이나 베로 대체할 이유가 없다.

그렇다면 영남지역 무속의례에서 숭앙되는 일월신은 연오랑 세오녀 부부를 가리킨다고 할 수 있고 일신과 월신은 부부관계로 인식되었음을 알 수 있다. 이처럼 죽성리의 〈일월맞이굿〉이나 일산동의 〈일월거리〉란 굿은 〈연오랑 세오녀〉 설화에서 유래한 일월제(日月祭)가 전승된 무제(巫祭)이며 일월신은 광명의 신이면서 부부신으로 숭앙된 사실을 영남지역 무속에서 확인할 수 있다.

5) 해와 달 이야기의 배경사상

신화적 유형의 이야기에서 일월이 부부 관계에 있다는 것은 어떤 사상과 관련이 있는 것일까?

중국 송대 철학자 소옹(邵雍)은 일(日), 즉 해는 천상의 가장 큰 양기(陽氣)이고 달은 천상의 가장 큰 음기(陰氣)로서 일월의 결합은 곧 태양(太陽)과 태음(太陰)의 결합이고 만물 생성의 근원이 되며 인간의 음양의 결합은 남자와 여자의 결합이라는 이론을 개진하고 있다.

움직임의 큰 것을 태양이라고 하고 작은 것을 소양이라고 하며 고요한 것의 큰 것을 태음이라고 하고 작은 것을 소음이라고 한다. 태양

은 해가 되고 태음은 달이 된다. (動之大者 謂之太陽 動之小者 謂之小陽 靜之

大者 謂之太陰 靜之小者 謂之小陽 太陽謂日 太陰謂月)[10]

이처럼 기(氣)의 운동의 측면에서는 해와 달이 음양으로 대립됨을
말하고 있다. 그리고 이 구절을 풀이한 글에서 다음과 같이 설명하
고 있다.

해는 지극한 양의 정기이므로 태양이 해가 되고 지상에서는 불이 된
다. 선천도에서는 건이 해가 되니 건의 위치는 정남에 있다. 달은 지
극한 음의 정기로서 해의 기운을 얻어 빛을 간직하기에 태음이 달이
된다. 지상에서는 물이 된다. 선천도에서는 태로써 달을 삼으니 달
의 위치는 동남이다.(日者至陽之精也 故太陽爲日 在地則爲火 先天圖 以乾爲日 乾

之位在正南 月者至陰之精 得日氣而有光 故太陰爲月 在地則爲水 先天圖 以兌爲月 兌之

位在東南)[11]

여기서 양기 계열로 천상의 태양과 지상의 불, 음기 계열로 천상
의 달과 지상의 물이 연계됨을 알 수 있다. 그런데 음양론을 인간에
게 적용하면 남자는 양기(陽氣)에 속하고 여자는 음기(陰氣)에 속한다.
그렇다면 천상에서의 음양이 결합한 것은 일월이고 인간의 음양이

---

10 胡廣等撰, 『性理大全』 卷之九, 中文出版社, 1981, 166면, 皇極經世書 三 〈觀物內篇〉爲之一.
11 앞 책, 166-167면.

결합한 것은 부부라는 점에서 일월과 부부가 상통됨을 이해할 수 있다고 본다. 중국 신화에서도 복희(伏羲)와 여왜(女媧)는 부부신인데 일신과 월신의 성격을 띠고 있다. 이런 점에서 일신과 월신이 부부관계로 설정되어 있는 것은 동양의 음양사상에 기인한 것임을 알 수 있다.

2. 일월노리푸념과 유사설화

1) 일월노리푸념

〈일월노리푸념〉은 손진태가 평북 강계에서 전명수라는 무속인으로부터 채록한 서사무가로 일월신의 유래를 서술한 것이다. 임석재가 함흥에서 월남한 무녀 강춘옥에게서 채록한 〈돈전풀이〉와 김태곤이 함흥에서 월남한 이고분 무녀에게서 채록한 〈궁상이굿〉도 동일 서사유형에 속하는 각편들이다. 〈일월노리푸념〉의 내용은 다음과 같다.

명월각씨 해당금과 궁산선비는 말을 붙여본 지 삼년 만에 가난하게 혼례를 이룬다. 궁산이는 명월각씨가 너무 어여뻐 곁을 떠나지 못하여 아무 것도 벌지 못해 굶게 되자 궁산이에게 자기 화상을 그려주며 화상을 가지고 가서 나무를 해오라고 한다. 궁산이가 화상을 나무에 걸어놓고 나무를 하는데 광풍이 불어 화상이 날아가 아랫녘 배선비집에 떨어진다. 배선비는 명월각씨가 미인인 것을 알고 생금 한 배를 싣고 궁산이에게 가서 내기 장기를 두자고 한다. 궁산이는 명월각씨를 걸고 배선비는 생금 한 배를 걸고 내기 장기를 두어 궁산이가 세 판을 진다.

명월각씨를 빼앗기게 된 궁산이가 식음을 전폐하자 이 사연을 들은 명월각씨는 계집종을 자기 대신 변장시켜 놓고 자기는 종으로 변장하여 헌 치마를 입고 한 다리를 절면서 물을 긷겠다고 한다. 배선비는 명월각씨가 종으로 변장한 것을 알고 물 긷는 종년을 달라고 한다. 배선비가 명월각씨를 데려가려 하자 명월각씨는 닷새 말미를 얻어 소를 잡아 포육을 떠서 궁산이 바지 저고리에 솜처럼 넣어두고 바늘 한 쌈과 명주실 한 꾸러미를 옷깃에 넣어 놓는다. 명월각씨는 배선비에게 부탁하여 궁산이를 데리고 가다가 어느 한 섬에 내려놓는다.

궁산이는 섬에서 옷 속에 포육을 먹고 바늘로 낚시를 만들어 고길 낚어 먹으며 산다. 궁산이는 어미학이 하늘로 올라간 사이에 새끼학을 낚은 물고기를 먹여 키운다. 어미학이 내려와 보고 새끼를 살린 궁산이를 업어다가 육지에 내려놓는다. 명월각씨가 배선비와 살면서 웃지도 않고 말도 하지 않자 배선비가 소원을 묻는다. 명월각씨는 거지잔치 사흘만 하여달라고 한다. 궁산이가 거지잔치에 참여하여 자리를 잘못 잡아 사흘을 못 얻어 먹고 팔자 한탄을 하자 명월각씨는 이를 알고 따로 상을 차려 먹인 후 구슬옷을 내어 놓으며 이 옷을 고들을 추어 깃을 잡아 입으면 내 낭군이라고 한다. 궁산이가 구슬옷을 입고 백운중천에 떴다가 내려오자 배선비도 구슬옷을 입고 백운중천에 올라갔으나 벗는 재주를 배우지 못하여 내려오지 못하고 솔개가 된다. 궁산이와 명월각씨는 다시 만나 부부로 살다가 일월신이 된다.[12]

〈일월노리푸념〉은 〈아내의 초상화〉, 〈새신랑〉, 〈우렁각시〉, 〈개와 고양이의 구슬찾기〉 등 여러가지 민담 유형과 교섭관계를 가지면서 전승된 무속의 일월신화라고 생각된다. 그러나 이야기의 끝부분에 궁산이와 명월각씨가 일월신이 되었다고 첨부한 것 이외에 일월의 기능이나 일신과 월신으로서의 신령스러운 행적은 전혀 없다. 전체적 이야기의 틀은 부부서사로서 〈아내 걸고 내기하기〉 유형의 민담과 일치한다.

2) 예성강(禮成江)

〈아내 걸고 내기하기〉 유형의 이야기로서 옛 문헌에 정착된 자료는 『고려사(高麗史)』〈악지(樂志)〉〈예성강(禮成江)〉조에 수록된 하두강(賀頭綱)의 이야기를 꼽을 수 있다.

---

12 孫晋泰, 朝鮮巫覡의 神歌(其四), (靑丘學叢 第二十八號, 靑丘學會), 1937, 140–150면 〈일월노리푸념〉 필자 요약.

옛날에 중국 상인인 하두강이란 자가 있었는데 바둑을 잘 두었다. 그가 한번은 예성강에 갔다가 아름다운 부인을 하나 보고서 그녀를 걸어서 (빼앗으려고) 그녀의 남편과 내기바둑을 두어 거짓으로 이기지 않고 물건을 갑절로 치러주었다. 그녀의 남편은 이롭다고 생각하고 아내를 걸었다. 두강은 단번에 이겨서(그녀를 빼앗아 가지고) 배에다 싣고 가버렸다. 그 남편은 한(恨)에 차서 이 노래를 지었다. 세상에 전해지기는 부인이 떠나갈 때에 몸을 되게 조여매서 두강이 건드리려고 했으나 건드리지 못했다는 것이다. 배가 바다 가운데 이르자 뱅뱅 돌고 가지 않아서 점을 쳤더니 이르기를 '절부(節婦)에 감동되었으니 그 여인을 돌려보내지 않으면 배는 반드시 파선하리라.' 하므로 뱃사람들이 두려워하고 두강에게 권해서 그녀를 돌려보내주었다. 그 부인이 역시 노래를 지었다. 후편이 그것이다.[13]

위의 〈예성강〉에서는 중국 상인 하두강의 시점에서 이야기를 서술하고 있어 아내를 빼앗긴 남편이나 하두강에게 팔려가다가 돌아온 하두강 아내의 속내에 대해서는 아무런 설명이 없다. 이 서사는 신화로 의식한 흔적이 전혀 보이지 않으며, 세상에 전해지는 이야기를 들은 대로 역술(譯述)한 것으로 보인다. 이에 비하여 〈일월노리푸념〉은 궁산이와 그 아내의 관점에서 부부의 시련을 극복하는 과정

---

13 동아대학교 고전연구실, 『譯註高麗史』 第六, 태학사, 1982, 651-652면.

을 상세하게 서술했다는 점에서 큰 차이가 있다. 그러나 두 이야기에는 다음과 같은 공통점이 있다.

⊙ 남편은 미인인 아내와 사는 장기나 바둑을 좋아하는 사람이라는 점.
© 남편이 아내를 걸고 내기 장기나 바둑을 두어 저서 아내를 빼앗겼다는 점.
© 아내의 노력으로 부부가 재결합하였다는 점.

이러한 유사점에도 불구하고 두 자료의 서사 초점은 다르게 설정되어 있다. 특히 남편의 고난이나 아내의 시련극복을 향한 노력이 〈예성강〉에서는 거의 없다고 할 정도로 미미하나 〈일월노리푸넘〉에서는 이 부분이 전체 서사에서 가장 중심이 되고 있다. 결과적으로 〈일월노리푸넘〉은 남편의 무능과 어리석음으로 빚어진 가정의 시련을 부인의 현명한 노력과 굳센 정절로 극복하고 부부가 일월신으로 좌정한다는 신화인 데 비하여 〈예성강〉 이야기는 바둑에 미쳐 미인 아내를 잃은 한 인물이 지은 노래와 아내가 굳센 정절의식으로 부부 재회를 이룬 뒤에 부른 노래에 대한 곡명전설(曲名傳說)의 성격을 가진다.

3) 도미(都彌)
권력의 개입으로 부부가 분리되고 아내의 노력으로 부부가 재회

한다는 이야기는 〈도미처(都彌妻)〉 설화를 들 수 있다. 『삼국사기(三國史記)』 열전(列傳) 〈도미(都彌)〉 조(條)에 수록된 설화는 다음과 같다.

도미는 백제사람으로 편호소민(編戶小民)이었으나 자못 의리를 알고 그의 아내는 미려하고 또한 절행이 있으므로 사람들의 칭찬을 받았다. 이때 개루왕(蓋婁王)이 이 말을 듣고 도미를 불러 이야기하기를 "무릇 부인의 덕은 비록 정절을 위주로 한다고 하나 만약 어둡고 사람이 없는 곳에서 교묘한 말로 꾀이면 능히 그 마음이 움직이지 않는 자가 없을 것이다." 하므로 도미는 대답하기를 "사람의 마음을 가히 헤아리지 못할 것이오나 그러나 신의 아내만은 비록 죽더라도 두 마음을 가짐이 없을 것입니다." 하니 왕은 이를 시험하고자 하여 도미에게 사건을 만들어 머물러두고는 한 근신으로 하여금 왕으로 꾸며 왕의 의복을 입히고 말을 태워 보냈는데 그는 밤에 도미의 집에 이르러서 먼저 사람을 시켜 왕이 왔다고 알리고 도미의 부인에게 말하기를 "내 너의 아름다움을 듣고 좋아한 지 오래되어 도미와 내기를 하여 이겼으므로 너를 얻게 되어 내일 너를 궁인으로 하게 하였으니 이후부터 너의 몸은 나의 소유하는 바라." 하고 드디어는 곧 음란하고자 하니 도미부인은 말하기를 "국왕은 망언이 없겠아오므로 내 감히 순종하지 않으리오. 청컨대 대왕께서는 먼저 방으로 들어가소서. 내 다시 옷을 갈아입고 곧 들어가 모시겠나이다." 하고 물러나와서는 곧 한 계집종을 단장시켜 모시게 하였다. 그런데 왕은 뒤에 그가 속인 것을 알고 크게 노하여 도미를 애매한 죄로 다스려 그의 두 눈동자를 빼고 사람을 시켜 그를 끌어내어 작은 배에 실어 강물 위에 띄워놓고 드디어는 도미부인을 이끌어들여 강제로 음란하려 하니 도미부인은 말하기를 "남편을 이미 잃고 단 혼자몸이 되었으므로 능히 스스로 살지 못하게 되었사온데 항차 대왕을 모시게 되어 어찌 감히 명을 어기겠습니까? 그러하온데 지금은 월경으로써 온몸이 더럽게 되어 있사오니 청하옵건데 다른 날을 기다려 깨끗하게 목욕을 한 다음 뒤에 오겠나이다." 하니 왕은 그 말을 믿고 이를 허락하였다.

이렇게 하여 도미부인은 마침내 도망하여 강가에 이르렀으나 배가 없어 능히 강을 건너지 못하고 하늘을 우러러 통곡하는데 갑자기 한 조각 배가 나타나서 물결을 따라 오므로 이를 잡아타고 천성도(泉城島)에 이르러 도미를 만났는데 아직 그가 죽지 않았으므로 풀뿌리를 파서 먹으며 드디어는 함께 배를 타고 고구려 산산(蒜山)에 이르니 고구려 사람들이 이를 불쌍히 여겨 의식을 주므로 드디어는 살게 되어 거기서 일생을 마쳤다.[14]

이 설화도 〈일월노리푸념〉과 유사한 성격이 많다. 남편으로 등장하는 인물이 아름다운 부인과 사는 평범한 백성이라는 점, 그리고 이 소문을 들은 인물이 그 아내를 빼앗으려 하였으나 부인의 굳건한

14 金宗權, 『完譯 三國史記』, 선진문화사, 1969, 752-753면.

정절의지로 인해 실패하였다는 점 등이 그 것이다. 또한 개루왕이 도미의 아내에게 도미와 내기를 하여 이겼다고 말한 점은 배선부가 궁산이와 내기 장기를 둔 사연과 상통되는 성격을 가진다. 특히 도미부인이 계집종을 단장시켜 자기 대신 왕의 근신(近臣)을 모시게 하였다든지 도미를 물에 띄워 보냈는데 도미의 아내가 왕을 속이고 도미를 찾아내어 배를 타고 물길을 따라 고구려로 탈주한 사연은 〈일월노리푸념〉과 일치하는 부분이다. 도미처 설화에서 개루왕은 왕의 권력으로써 백성의 아내를 강탈하려 하였다는 점이 주목된다. 눈을 잃은 도미와 아내는 개루왕의 마수(魔手)를 피하여 배를 타고 고구려로 가서 일생을 마치는 데는 성공하였으나 개루왕의 악행을 징치하지는 못했다. 결국 도미처 설화는 부당한 권력의 횡포를 고발하고 생사의 고비에서도 부부의 신의를 지키는 여성의 절행(節行)을 드러낸 이야기라고 본다. 이러한 차이는 신화와 전설의 차이와도 연결된다. 일월신화인 〈일월노리푸념〉은 부부가 난관을 극복하고 신으로 좌정하는 과정을 그린 이야기로서 난관 극복과정이 비현실적이며 숭고미를 보여주는 데 비해 전설에 해당하는 도미처 설화는 권력의 횡포에 저항하다가 비참하게 삶을 마감한 진실한 인물의 사연이 담긴 이야기로서 시련과정에서 현실성이 돋보이며 비장미를 보여준다.

4) 우렁각시 (새털옷 신랑)

구비설화로 〈일월노리푸념〉과 유사한 유형은 〈우렁각시〉이다. 〈우렁각시〉는 한국, 중국, 일본을 비롯한 동아시아 지역에서 널리 전승되는 민담유형으로서 변이유형 중에 우렁이 속에서 나온 미인 아내를 왕이나 관장(官長)에게 빼앗겼다가 다시 찾는 내용이 있다. 〈우렁각시〉의 처음 부분은 농사짓는 총각이 우렁이가 각시로 변한 여인과 부부가 되는 내용이다.

한 농군 총각이 밭을 갈면서 '이 농사를 지어 누구와 같이 먹고 사나?' 하자 어디서 '나랑 같이 먹고 살지.'라고 말한다. 농부가 다시 '누구랑 같이 먹고 사나?' 하자 '나랑 같이 먹고 살지.'라고 답한다. 농부는 소리 나는 곳을 찾아가 우렁이 한 마리를 발견하고 이것을 집으로 가져가서 물독(또는 농 속)에 넣어 둔다. 다음 날 아침 밥상이 맛있게 차려져 있음을 보고 이웃집 할머니가 차려준 줄 알고 물어보자 모른다고 한다. 총각은 일찍 일어나서 숨어서 부엌을 엿보다가 물독에서 우렁이가 아름다운 여인으로 변하여 밥을 지어놓고 다시 물독으로 들어가는 것을 발견하였다. 총각은 다음날 일찍 일어나서 지키고 있다가 물독에서 나오는 여인을 붙들어 청혼하여 아내로 삼는다.

그 뒤로 이어지는 이야기에서 〈우렁각시〉의 하위 유형은 비극적 결말 유형과 행복한 결말 유형으로 나누어진다. 비극적 결말 유형은 우렁각시가 미인임을 알게 된 관장이나 임금이 우렁각시를 빼앗아 가자 남편은 울다가 죽어 새가 되고 우렁각시도 죽어 새가 되어 함께 날아다닌다든가, 또는 남편은 죽어 청조가 되고 아내는 죽어 참빗이 되어 사또의 머리털을 쥐어뜯었다고 되어 있다. 이에 비해 행복한 결말 유형인 〈새신랑〉이나 〈아내의 초상화〉에서는 아내를 빼앗아간 임금이나 관장을 응징하고 부부가 재결합한다는 내용이 나타난다. 부부의 시련과 재결합 과정에서 〈일월노리푸념〉은 〈우렁각시〉의 행복한 결말 유형과 유사점이 많다.

아름다운 우렁각시와 부부가 된 신랑은 아내의 곁을 잠시도 떠날 수 없어 아내가 그려준 아내의 초상화를 가지고 산에 가서 나무를 하다가 초상화가 바람에 날려 궁정(또는 관아)의 뜰에 떨어지고 임금(사또)의 눈에 띄어 아내를 빼앗긴다. 그러나 우렁각시가 웃지 않자 임금(사또)은 우렁각시의 요구대로 거지잔치를 연다. 이 자리에 남편이 참석한 것을 보고 우렁각시는 새털옷을 내어놓고 이 옷을 입을 줄 아는 사람이 나의 남편이라고 한다. 본 남편은 자기가 입던 옷이라 새털옷을 입고 하늘로 날아 올랐다가 내려온다. 우렁각시가 이 모습을 보고 웃자 임금(사또)은 자기의 관복과 새털옷을 바꾸어 입는다. 그러나 새털옷을 입은 임금(사또)은 하늘로 날아 올랐으나 벗을 줄 몰라 영영 지상으로 내려오지 못한다. 또는 임금(관장)의 옷을 입은 우렁각시의 신랑이 새털옷을 입은 임금(사또)을 포박하라고 명령하여 제거하고 새로운 임금(관장)이 되어 우렁각시와 행복하게 살았다고도 한다.

위 이야기는[15] 〈일월노리푸넘〉과 매우 닮아 있다. 관장의 복식을 갖춘 우렁각시의 남편이 새털옷을 입은 진짜 사또를 포박하여 제거한다는 것은 권력이 외피(外皮)에서 나온다는 의미를 보여준다. 〈백조천녀(白鳥天女)〉 설화에서 날개옷을 벗은 백조는 날지를 못하고 호랑이 설화에서 호피를 벗어 놓고 중으로 변한 호랑이는 호피를 찾아 입지 못하면 맹수로서의 위력을 발휘하지 못한다. 이런 예는 동물의 권능이 외피에서 나온다는 것을 말해주는데 인간에게도 그 논리가 적용된다. 즉 인간은 선천적으로 물려받은 내면적 자질은 평등한데 후천적으로 사회에서 획득한 신분적 우열이나 권력으로 층차가 생긴다는 것이다. 그런데 신분이나 권력은 의관과 같은 복식(服飾)으로 표방되기에 권력은 외적 형식에서 나온다고도 할 수 있다. 벼슬에서 물러나면 관복을 입지 못하고 권력을 행사하려면 의관을 갖추는 것은 이러한 이유에서라고 본다. 오늘날 사회에서도 직위를 박탈하는 것을 옷을 벗긴다고 하는데 이런 관념을 〈우렁각시〉 행복한 결말유형에서 발견할 수 있다.

이러한 민담에서는 우렁각시가 이계(異界)의 존재로서 우렁이에서

---

15 새털옷 입기 단락이 있는 〈우렁각시〉 각편은 〈달팽이 각시〉 『구비문학대계』 4-2, 〈우렁색시2〉 『구비문학대계』 5-2, 〈우렁색시 덕에 임금된 사람〉 『구비문학대계』 7-16 등이 있다. 서대석, 「한국과 滿族의 구비서사문학의 대비연구」, 이병근 외, 『한반도와 만주의 역사와 문화』, 서울대학교 출판부, 2003, 206-211면 참조.

여성으로 변신하여 총각과 결연하는 과정이 신화적 의미를 내포한 부분인 데 비하여 〈일월노리푸념〉에서의 부부결합과정은 형식적인 혼례를 통해 부부로 결합한다는 의미밖에 없다. 또한 부부 분리의 동인(動因)도 남편의 잘못이라는 공통점은 있으나 권력의 개입으로 타율적으로 강탈당하는 것과 자신이 자율적으로 계약에 동의하여 내기에 져서 빼앗긴다는 점은 차이가 있다고 할 수 있다.

5) 일월노리푸념의 가정신화적 성격

〈일월노리푸념〉은 일월신의 유래를 이야기한 일월신 신화이면서 동시에 부부서사로서 가정신화적 성격을 가진다. 〈일월노리푸념〉과 같이 부부서사로 이루어진 서사무가는 전국에서 전승되는 〈제석본풀이〉를 위시하여 경기지역의 〈성주본가〉, 경남지역의 〈성조푸리〉, 호남지역의 〈칠성풀이〉, 제주도의 〈세경본풀이〉 등을 들 수 있다. 그 가운데 〈일월노리푸념〉처럼 부부의 이야기로만 전개되는 부부서사는 〈성주본가〉, 〈성조푸리〉, 〈세경본풀이〉이다.

가족서사에는 부부서사(夫婦敍事), 부자서사(父子敍事), 부녀서사(父女敍事), 모자서사(母子敍事), 모녀서사(母女敍事), 형제서사(兄弟敍事), 자매서사(姉妹敍事) 등이 포함된다. 부부서사의 기본형은 부부로 맺어지고 부부관계에 이상이 생기어 부부분리가 나타나고 다시 부부가 장애를 극복하고 재결합하는 것으로 전개되는 유형이다. 〈일월노리푸념〉에서는 이와 같은 부부관계만 나타나고 그 밖의 가족관계는 나타나지 않는다. 이에 비해 〈제석본풀이〉와 〈칠성풀이〉는 부부의 이야기와 더불어 부녀관계, 부자관계가 상당한 비중을 차지한다. 〈제석본풀이〉에서 당금아기의 출산과 양육과정은 부모와 자식의 관계를 다룬 것이고 당금아기가 낳은 아들 세 쌍둥이가 아버지를 찾아가서 아들로 인정을 받는 사연은 부자서사(父子敍事)로서 부부서사와는 성격이 다른 것이다. 〈칠성풀이〉는 전반부에는 부부서사가 중심이지만 중후반에는 모자서사가 핵심이고 특히 계모와 전실 아들과의 비정상적 모자서사가 큰 비중을 차지한다. 부부 이외에 다른 가족이 등장하더라도 서사전개에 아무런 의미 있는 기여를 하지 못하면 문제될 것이 없다. 이런 관점에서 〈일월노리푸념〉과 같은 부부서사로 되어 있는 서사무가를 든다면 〈성주본가〉, 〈성조푸리〉, 〈세경본풀이〉라고 할 수 있다. 이들 서사무가에서 집약되는 공통된 가정신화로서 핵심적 서사요소는 부부결합(가정의 탄생)—부부의 분리(가정의 시련)—부부의 재결합(가정의 완성)이다.

부부의 결합: 부모의 주혼으로 혼례가 이루어지거나 당사자의 자율적 만남과 노력으로 결혼이 성사된다. 〈성주본가〉는 황우양씨와 황우양 부인이 처음부터 부부로 등장한다. 여기에는 부부로 맺어지는 사연이 나타나지 않는다. 〈세경본풀이〉에서는 자청비가 문도령을 만나 남자로 변장하고 함께 글공부를 떠나는 것으로 시작하여 우여곡절을 많이 겪고 결혼하는 것으로 되어 있다. 〈일월노리푸념〉과

경남지역 〈성조푸리〉에서는 모두 부모의 주혼으로 예법에 따라 혼례를 이룸으로써 부부가 된다. 혼례사연은 부부의 탄생으로서 개인의 일생기에 견준다면 주인공의 탄생과 같은 서사의 기점(起點)에 해당한다. 부부의 탄생은 가정의 탄생이다. 가정은 부부로부터 시작된다. 개인의 일대기에서 신화적 주인공의 출생이 강조되는 것처럼 가정신화에서 가정의 탄생은 신화의 시초로서 중요한 의미를 가진다. 그런데 대체로 영웅신화의 주인공은 비정상적으로 출생하는 데 비하여 가정신화에서 가정의 탄생은 정상적이고 적법하게 이루어진다는 것이다. 이런 점에서 〈일월노리푸념〉과 같은 무속의 가정신화는 부부관계에 파탄이 생기는 것으로서 가정의 비정상적 탄생을 대체하였다고 생각한다.

부부의 분리와 재결합: 부부의 시련은 부부관계에 틈이 생기는 것을 말한다. 부부로 맺어지고 아무 문제없이 행복하게 살아간다고 하면 서사로서 흥미를 끌 수 없다. 부부는 성(性)과 애정을 매개로 맺어진 남녀관계이기에 부부의 시련은 제삼자의 틈입(闖入)으로 시작된다. 즉 일부일처(一夫一妻)의 가정에 다른 남성이나 여성이 끼어들면서 삼각관계가 나타나는 것이 부부시련의 출발이다. 〈일월노리푸념〉에서는 배선비가 등장하여 명월각씨를 차지하려고 궁산이와 내기를 한다. 한 여성을 두고 두 남성이 경쟁하는 삼각관계는 애정서사에 기본요소다. 궁산이는 배선비에게 아내를 빼앗긴다. 그러나 명월각씨는 궁산이의 시련을 예상하고 섬중에서 살아갈 수 있도록 육포를 만들어 궁산이 옷에 넣어두고 낚시와 실을 준비하여 고기를 낚아 살아갈 수 있도록 조처(措處)한다. 한편 명월각씨는 배선비에게 허신을 하지 않고 웃지 않으며 궁산이를 만나려고 거지 잔치를 열고 잔치에서 궁산이를 보고 구슬옷을 내놓고 이 옷을 입을 줄 아는 사람이 나의 남편이라고 하여 배선비를 물리치고 궁산이와 재결합한다. 이처럼 현명한 아내가 지혜로 남편과의 의리를 지키고 훼손된 가정을 복구하는 사연을 보여준다. 여기에서 가정의 진정한 주인공은 주부(主婦)라는 의미를 발견하게 된다.

〈성주본가〉에서는 소진랑이 천하궁으로 일하러 가는 황우양씨와 옷을 바꾸어 입고 황우양씨 부인을 겁박하여 아내로 삼으려고 한다. 부인은 점을 쳐서 불길함을 말하고 자기에게 붙은 귀신을 제거해야 한다면서 지함 속에서 구메밥을 먹으며 황우양씨가 돌아오기를 기다린다. 황우양씨는 천하궁에서 점을 쳐보고 소진랑이 자기 부인을 납치하여 간 것을 알고 소진뜰로 가서 소진랑을 징치하고 부인과 재회한다. 부부가 서로 사랑하며 행복하게 사는 가정에 다른 남성이 나타나서 부인을 빼앗았으나 부인의 지혜로 위기를 모면하고 본 남편과 재결합한다는 점에서 〈일월노리푸념〉과 〈성주본가〉는 공통점이 있다. 특히 아내의 현명함과 정절의식이 가정을 지키는 요건임을 보여주는 점이 일치한다.

그런데 시련을 극복하는 과정은 다른 점이 많다. 〈일월노리푸념〉

에서는 남자들 사이에 내기라는 계약이 이루어져서 남자들의 합의 (合意)로 부인을 거래하는 데 비하여 〈성주본가〉에서는 소진랑이 황우양씨가 없는 틈에 힘으로 부인을 겁박한다는 점이 다르다. 또한 빼앗긴 부인을 되찾는 방법에서 궁산이는 부인의 지혜로 배선비에게 구슬옷을 입혀 지상에 내려오지 못하게 함으로써 부부 재결합에 성공한다. 즉 궁산이는 자기 스스로 부인을 내어주었으나 부인과 재결합하는 데에는 부인의 지략에 전적으로 의존하고 있다. 반면 황우양씨는 부인의 당부를 지키지 못한 잘못을 하였으나 되찾는 과정에서는 남자로서 능동적이고 우월한 힘을 발휘하여 소진랑을 제압한다. 이런 점에서 〈일월노리푸넘〉의 남주인공은 무능하고 가난하며 부인이 없으면 거지신세를 못 면하는 부정적 인물인 반면 〈성주본가〉의 남주인공은 영웅다운 면모를 보여주는 인물로서 가정을 재건하는 데 주도적 기여를 한 인물이라는 차이가 있음을 알 수 있다.

한편 〈성조푸리〉에서는 성조가 왕자이면서 계화부인을 구박하여 죄를 짓고 황토섬에 귀양가는 것으로 부부의 분리가 나타난다. 즉 부부 사이에 다른 남성이나 여성이 개입하는 삼각관계가 조성되지 않는다. 남편의 횡포로 부부의 시련이 야기되고 남편의 뉘우침으로 다시 부부가 재결합한다는 점에서 남성적 관점에서 일방적인 서술을 하고 있다는 점이 특징이다.

〈세경본풀이〉에서는 자청비와 문도령의 만남과 헤어짐이 여러 차례 반복되면서 부부로 결합하는 과정을 보여주고 있으나 부부 결합으로 가정이 탄생되는 과정에 핵심이 있다기보다는 농경신으로 좌정하는 과정에 신화적 의미가 모아지고 있다. 이런 점에서 〈세경본풀이〉는 가정신화라기보다 농경생산신 신화이기에 상세한 논의를 생략하기로 하겠다.

〈일월노리푸념〉에서 배선비를 돌보는 명월각씨의 행위는 다양한 공동체의 삶의 체험이 반영되었다고 해석할 수 있다. 명월각씨가 물고기를 낚을 수 있도록 바늘과 실을 준비하여 궁산이에게 준 것은 궁산이가 무인도에서 혼자 살아갈 수 있도록 조처를 취한 것으로서 어렵사회(漁獵社會)에서 개발한 삶의 방식과 지혜가 반영된 것이다. 이처럼 명월부인은 명칭도 명월로 나타날 뿐 아니라 궁산이에게 낚시질을 가르쳐준 인물로서 수신(水神)의 후예인 고구려의 유화(柳花)부인과 상통하는 면모를 찾을 수 있다. 궁산이는 섬중에서 낚시질로 삶을 영위하다가 학의 도움으로 섬에서 육지로 나올 수 있었다. 학은 천상을 왕래하는 신이한 동물로 나타난다는 점에서 물보다 하늘과 친연성이 있다. 이런 점에서 궁산이가 학을 타고 섬에서 나온 것은 어로생활을 하다가 육지에 이르러 수렵이나 유목으로 생활방식을 바꾼 것을 의미한다고 볼 수 있다. 한편 구슬옷은 공중을 날 수 있는 깃옷으로서 백조천녀 설화와 깊은 관련이 있다고 본다. 대체로 구슬은 태양의 정기를 상징하는 경우가 많다. 궁산이가 명월각씨가 내어 준 구슬옷을 입고 벗을 줄 알았다는 것은 천공을 나는 원리를 터득하고 있었다는 것이고 이는 하늘의 원리를 신성시하는 천신숭

배집단의 신성의식과 관계가 있다고 본다. 이러한 의식은 고구려신화에서 천신인 해모수를 신성시하는 의식과 연관시킬 수 있다. 이는 태양신 숭앙의식과 관련을 가진다고 할 수 있다. 즉 남주인공은 고구려신화의 해모수와 상통하는 일면이 있다.

이런 점에서 〈일월노리푸념〉은 고구려에서 형성된 태양신계의 남성과 수신계의 여성이 결합하여 부부가 되고 여러 가지 시련을 겪는다는 해모수와 유화의 결합 신화가 무속의 부부신 신화로 굴절되어 전승되면서 부부서사의 설화유형을 수용하여 변모된 것이라고 생각한다.

함흥지역의 〈궁상이굿〉 종반에는 고씨의 유래가 첨부되어 있다. 궁상이가 내기에 지자 배선이에게로 간 궁상이 부인은 궁상이를 잔치자리에서 발견하고는 지어두었던 구슬옷을 내어놓아 배선이를 제거하고 궁상이와 함께 배를 타고 건너와서 다시 살림을 시작한다. 그런데 궁상이는 아무 일도 하지 않고 부인이 바느질을 해서 돈을 모아가지고 남편에게 돈을 주면서 장사를 해보라고 하자 궁상이는 장에 가서 고양이를 하나 사온다. 궁상이가 놀기만 하자 부인은 다시 궁상이에게 돈을 주어 장으로 보낸다. 궁상이는 다시 장에 가서 강아지 한 마리를 사온다. 궁상이가 사온 고양이와 강아지는 삼년동안 사랑을 받고 궁상이 집에서 지내다가 서로 의논하고 주인의 신세를 갚아보자고 하고 저 건너 장자집으로 가서 팔방야광주를 물어온다. 이 야광주는 쌀과 돈이 저절로 나오는 보물이어서 궁상이는 재산이 자꾸 불어난다. 그래서 재산을 나라에 바쳤는데 나라에서 재산이 너무 많이 불어나자 불을 놓아 야광주를 태워버린다. 궁상이 부부는 당초 선간 사람으로 득죄를 하고 인간에 내려왔는데 죄를 벗고 다시 선간으로 돌아가고 고양이와 강아지는 십년을 묵어 사람으로 변하여 부부가 되어 고씨의 조상이 된다.[20]

이러한 삽화는 〈개와 고양이의 구슬찾기〉라는 민담이 수용된 것이다. 그런데 전체 서사문맥에 어울리지 않는 이러한 민담 유형이 왜 삽입되어 고씨의 유래와 결부되었는가 하는 것이 문제다. 〈일월노리푸념〉에서는 궁산이와 명월각씨가 재결합하는 것으로 끝이 나는데 〈궁상이굿〉에서 느닷없이 개와 고양이가 등장하고 고양이의 '고'자를 따서 고씨란 성씨의 유래를 말하고 있어서 구연자의 실수나 흥미를 주려는 작위적인 첨가로 생각하기 쉽다. 〈궁상이굿〉에서는 궁상이 부인이 배선이에게서 탈출하여 도망을 가다가 우물에다가 신을 벗어 놓고 절간으로 들어가 숨고 배선이는 부인을 찾으려고 우물을 푸는 이야기가 들어 있고 다시 배선이에게 잡혀온 부인이 남에게 선심을 베풀어야 한다면서 거지잔치를 하자고 하여 궁상이를 찾는다는 사연이 들어 있다. 전체적으로 이런 저런 설화유형들을 서사전개에 수용하고 있다는 느낌을 주는 것이 사실이다. 그러나 성씨 유래담은 매우 많은데 하필이면 일월신 유래를 말하는 서사무가에 고씨의 유래를 부가하였는가 하는 의문이 제기된다.

고양이와 강아지는 궁상이가 장에서 사다가 기른 가축으로서 궁상이와 한 가족 같은 성격을 가진다. 궁상이와 부인은 선간(仙間)으로 사라지고 후손을 남기지 않았다. 궁상이 집에는 고양이와 개가 변한 사람이 뒤를 이어 살았다. 그렇다면 궁상이를 계승한 후예는 고양이와 개가 사람으로 변하여 부부가 된 존재라고 볼 수 있고 그들의 후예인 고씨는 궁상이와 부인의 후손으로 생각할 수 있다. 고씨는 제주 고씨도 있지만 고구려 시조 주몽의 성씨를 생각할 수 있다. 주몽은 해모수와 유화 사이에서 출생한 인물로서 해씨가 아닌 고씨를 성으로 삼아 고씨의 시조가 된 인물이다. 그런데 주몽의 출생성분을 말하는 〈모두루묘지(牟頭婁墓誌)〉 기록에 '일월의 아들(日月之子)'이란 말이 나온다. 이렇게 보면 일월의 아들은 고씨가 되는 셈이니 궁산이와 명월각씨가 일월신이라면 그 사이에서 나온 후손은 고씨가 되어야 한다고 생각하였을 가능성이 있다. 이처럼 〈일월노리푸념〉이나 〈궁상이굿〉에는 고구려 신화가 침윤(浸潤)된 흔적이 발견된다. 이들 서사무가는 고구려의 고토(故土)인 평북 강계와 함남 함흥에서 전승되고 있던 서사무가라는 점에서 그 가능성이 더욱 커진다.

이상에서 한반도에서 전승되는 일월신화 자료를 검토하면서 일월의 신은 광명의 신이면서 동시에 부부의 신이고 일월신화는 부부서사로서 가정신화적 성격을 가지고 있음을 말하였다. 또한 한반도의 일월신화에서 일월은 인류의 조상이고 고구려 국조를 탄생시킨 조상신이며 신라에서는 광명신이면서 가정의 단초를 이룩한 부부신으로 나타나고 있음을 살펴보았다.

제 3 장

–

전설적 유형에 나타난
인간관과 민족의식

전설은 진실하고 유능한 인물이 실패하여 비극성을 담아내는 이야기인데 주인공이 역사적 인물인 경우는 반드시 실패한 사연만 있는 것은 아니다. 이 장에서 검토할 자료는 〈장자못 전설〉, 〈천자 전설〉, 〈금척 전설〉 등인데 〈장자못 전설〉은 세계적으로 널리 분포된 전형적 전설로서 비극성을 담지하고 있으나 〈천자 전설〉은 역사적으로 실재한 성공한 인물의 이야기로서 〈야래자 설화〉나 풍수전설이 수용되어 있다. 〈금척 전설〉은 신화적 성격이 강한 유형인데 이 이야기와 관련이 깊은 〈치병척 설화〉는 민담으로 변모되어 있다. 전설 유형에 따라서 이야기의 성격이 어떻게 다르며 신화나 민담과 어떤 교섭관계를 가지는가를 알아보기로 하겠다.

1. 장자못 전설

1) 장자못 전설에 나타난 인간관

〈장자못 전설〉은 전국적으로 전승되는 지소(池沼)전설로서 〈장자못 전설〉 또는 〈며느리바위 전설〉 〈바위로 화(化)한 여자〉 등의 이름으로 채록된 설화이다. 지금까지 채록된 각편이 수백 편을 상회하는데[01] 각편들을 종합하여 내용을 정리하면 다음과 같다.

옛날에 매우 인색한 장자가 살고 있었는데 하루는 한 스님이 시주를 받으러 왔다. 장자는 스님에게 소똥을 퍼서 바랑에 넣어주며 욕설을 하였다. 스님은 말없이 장자 집을 떠났다. 장자의 며느리가 이 광경을 보고 장자 모르게 쌀을 한 되 퍼내어 스님에게 가져다 주며 시아버지의 무례함을 사과하였다. 스님은 며느리에게 장자의 집에 큰 화가 닥칠 터이니 이상한 조짐이 보이면 즉시 뒷산으로 난 길로 도망을 치라고 하며, 도망갈 제 무슨 소리가 나더라도 절대로 뒤를 돌아보지 말라고 당부를 하였다.

어느 날 며느리가 보니 주초에서 물이 솟고 아궁이에서도 물이 솟아났다. 며느리는 스님이 말한 이상한 조짐이 이것이라고 생각하고 즉시 뒷산으로 도주하기 시작하였다. 그런데 이때 갑자기 자기가 살던 집 쪽에서 벼락을 치는 소리가 들렸다. 며느리는 멈춰 서서 뒤를 돌아보았다. 거기에는 참으로 놀랄 만한 광경이 나타났다. 자기가 살던 장자의 큰 집은 물 속으로 함몰되고 그 터가 못으로 변하면서 식구들이 함께 수몰되고 있었다. 이를 목격하는 순간 며느리는 그 자

---

01 장자못 전설의 자료에 관해서는 최래옥, 「설화와 그 소설화 과정에 대한 구조적 분석」 국문학연구 7,
    서울대학교 국문학연구회, 1968 참조 요망.

리에 굳어져서 바위로 변했다. 연못으로 변한 장자의 집터를 그 후 '장자못'이라 부르게 되었고 며느리가 굳어져서 돌로 변한 바위를 '며느리 바위'라고 부르게 되었다.

이 전설은 평안남도 영변, 개천, 의주, 선천 등 한반도 북방지역부터 강원도 춘천, 경기도 충청도의 중부지역 경상도, 전라도 등 전국 각지에 300여 곳의 전설 증거물을 확보하고 전승되고 있다. 그런데 장자못과 며느리 바위라는 전설의 증거물은 연못이나 바위 중 하나만 있는 곳도 다수 있다. 증거물이 확실하기에 지역전설적 성격을 띠고 있으나 전국적으로 전승되는 광포(廣布)전설이고 몽골 등 북방아시아지역에서도 전승되는 전설유형이며 성경의 〈소돔과 고모라〉도 같은 유형의 이야기라는 점에서 세계적으로 전승되는 광포전설이라고 할 수 있다. 그러나 한국의 전승유형은 한국적 특색을 띠고 있어서 다른 지역 전승유형과 구별되는 의미를 구현하고 있다.

〈장자못 전설〉에는 세 부류의 인물이 등장한다. 인색한 장자와 그의 며느리, 그리고 앞일을 아는 고승이다. 장자는 재산을 많이 소유하고 있었고 풍요로운 삶을 누리는 사람이었으나 남에게 베풀 줄 모르는 매우 인색한 인물로 나타난다. 물질적 부에 집착하는 장자는 지상에 사는 세속적(世俗的) 인간존재를 나타낸다. 장자는 남보다 잘 살기 위하여 재산을 불리고 자기의 이익을 위하여 거리낌 없이 남을 고통스럽게 하면서 눈앞에 다가오는 파멸은 전혀 예측하지 못한다.

장자에게는 영원(永遠), 이상(理想), 신성(神聖) 등의 관념은 아예 존재하지도 않는다.

한편 스님은 신성적 존재로 나타난다. 스님의 시주행위는 부처님 공양이나 기타 불사에 드는 비용을 충당하려고 하는 것이고 동시에 세속에서 물질에 집착하여 고통을 받는 사람에게 구원과 해탈의 길을 열어주려는 종교적 목적에서 행하는 수도의 행각이라 할 수 있다. 즉 세속사회에서 재물을 모아 부귀영화를 누리려는 축재행위는 아니라고 본다. 또한 그는 장자의 악행이나 악심을 시험하기 위하여 찾아왔다고 볼 수도 있다. 즉 악독한 장자에게 천벌을 내리기 전에 신의 사자로서 악한 자임을 확인하려고 찾아왔다는 것이다. 스님은 장자의 악행을 실제로 겪어보고 장자가 악인이 확실함을 알고 천벌을 받을 것을 확신하게 되어 예언을 남겼다고 본다. 그러나 심성이 착한 며느리를 대해보고 며느리도 장자와 함께 징벌의 대상이 되는 것을 그대로 둘 수 없어 살아날 길을 지시한 것이다.

이처럼 장자와 스님은 대척적 관계로 설정된 인물이다. 장자가 지상의 세속적 존재라면 스님은 천상의 신성적 존재이고, 장자가 현실적 삶에 집착하는 존재라면 스님은 이상적 세계를 추구하는 존재이다. 장자는 시주를 거절하는 데서 머물지 않고 이미 받아 모은 시주 쌀까지 못 쓰게 소똥을 바랑에 퍼서 넣었다. 이는 부처님을 모독하는 신성모독의 행위이지만 세속적 관점에서는 생산에 힘쓰지 않고 남이 생산한 것을 공짜로 얻으려는 자를 징치하는 징벌이라고 할 수 있다. 이런 점에서 장자는 세속의 현실을 대표하는 존재이고 스님은 신성계를 상징하는 존재이다.

그런데 장자의 며느리가 문제이다. 장자의 며느리는 장자와 함께 사는 가족인데도 장자와는 스님을 대하는 태도가 달랐다. 장자 모르게 쌀을 퍼다가 스님에게 시주를 하며 시아버지의 무례를 사과했다는 것은 며느리가 스님이 지향하는 이상적 삶을 이해하고 신성계를 동경한 것이라고 본다. 즉 며느리는 장자를 시아버지로 모시고 장자와 함께 한 가정에 몸담고 생활하는 세속적 존재이면서도 한편으로는 신의 세계를 의식하고 영원한 이상계를 동경하는 중간자적 존재로 나타난다. 며느리가 스님의 지시를 듣고 따르기는 하였으나 금기를 지키지 못하고 돌로 굳어진 것에서 이상계를 동경하지만 현실을 외면할 수 없는 중간자로서의 인간의 갈등과 고뇌의 모습을 찾을 수 있다.

인간은 동물과 달리 직립 보행하는 존재로서 머리는 하늘을 향하고 두 다리는 대지를 딛고 걸어다니며 살아간다. 머리가 향하는 하늘은 이상의 세계이고 발이 딛고 있는 대지는 현실의 공간이다. 다리가 버티어 내지 않으면 머리가 하늘을 향할 수 없는 것처럼 현실을 무시한 이상은 있을 수 없다. 또한 이상이 없는 인간은 동물과 다를 것이 없다. 며느리는 영원한 신성계를 동경하였지만 자기가 가족과 함께 살았던 현실공간을 모른 체할 수 없었던 것이다. 신성계를 향한 발걸음을 세속에 대한 미련이 멈추게 하였고 며느리의 속계의 탈출은 실패하게 되었다. 며느리는 뒤를 돌아보는 자세 그 모습 그 대로 굳어져서 돌이 되었다고 하였다. 몸은 신성계를 향하고 있으면 서 머리는 세속의 삶의 터전을 돌아보는 비틀어진 여인의 형상이 며 느리 바위의 모습일 것이다. 이 모습은 신성과 세속, 이상과 현실의 중간에 서서 인간의 존재론적 고뇌를 표상하는 사연을 응축하고 있 다고 본다.

2) 몽골 설화 〈사냥꾼 카리이프〉와 비교

한국의 〈장자못 전설〉에서처럼 인간이 금기를 어기어 돌이 되었 다는 설화모티브는 몽골의 설화에서도 찾을 수 있다. 〈사냥꾼 카리 이프〉 이야기가 바로 그것이다.

카리이프는 깊은 산중으로 사냥을 나갔다가 학에게 채어가는 흰 뱀 한 마리를 보고 학을 활로 쏘아 죽여 뱀을 구출해준다. 다음날 그는 그곳으로 다시 사냥을 나갔다가 전날 구해준 흰 뱀을 만난다. 흰 뱀 은 자기는 용왕의 딸인데 부모님께 청하여 당신을 용궁으로 초대할 터이니 용궁에 와서 부모님이 보물을 고르라고 말하면 부모님 입속 에 물고 있는 보석을 달라고 하라고 가르쳐준다. 그 보석은 입에 물 기만 하면 세상의 모든 동물들의 이야기를 알아들을 수 있는 진기한 보배라는 것이다. 카리이프는 흰 뱀을 따라 용궁으로 가서 환대를 받고 용왕이 입에 물고 있는 보석을 달라고 한다. 용왕은 보석을 주면서 이것을 가지고 알아낸 사실은 절대로 다른 사람에게 말해서는 안 되며 만약 말을 한다면 재앙을 받을 것이라고 경고한다.

카리이프는 그 구슬을 입에 물고 동물들의 이야기를 알아들어 쉽게 사냥을 하며 살아간다. 그러다가 어느 날 날새들이 홍수가 나서 온 들판을 휩쓸 것이라고 이야기하는 것을 듣는다. 카리이프는 온 마을 사람들에게 이 사실을 알리고 홍수를 피하라고 외치며 다닌다. 마을 사람들이 믿지 않자 마을사람들에게 날새들이 하는 말을 들은 경위와 이를 알리면 자기가 돌로 변하여 죽는다는 사실까지 모두 털어놓는다. 이 말을 들은 마을 사람들은 모두 소떼와 양떼를 몰고 피난을 간다. 그리고 카리이프는 점차 돌로 변하여 굳어진다. 이때 갑자기 큰비가 내리어 홍수가 나고 마을은 물에 함몰된다. 얼마 후 홍수가 그치고 물이 빠지어 마을은 옛 모습을 되찾게 되었다. 홍수를 피한 사람들은 다시 마을로 돌아와서 돌로 변한 카리이프를 찾아내어 산마루에 모시고 제사를 지내며 마을 사람을 구해준 그의 희생정신에 감사를 드린다.[02]

이 이야기는 카리이프라는 사냥꾼이 자기를 희생하여 마을사람들을 구출하고 돌로 굳어져서 마을 사람들의 제향을 받는 신으로 좌정한다는 내용을 담고 있다. 〈장자못 전설〉에 등장하는 장자의 며느리

---

02 주채혁, 「몽골민담」, 정음사, 1984, 18~22면.

와 몽골 설화에 등장하는 카리이프는 금기를 어기어 돌로 굳어졌다는 점은 같지만 인물의 성격에서는 상반되는 점을 보여준다. 장자의 며느리는 여성이고 장자에게 종속된 존재인 반면 카리이프는 남성이고 사냥꾼으로서 주체적으로 삶을 영위하는 존재이다. 장자의 며느리는 장자 모르게 스님에게 시주를 한 보답으로 수몰을 모피할 방법을 알게 되는데 카리이프는 용녀를 살려준 보답으로 용왕으로부터 얻은 보주(寶珠)의 주능(呪能)으로 마을이 수몰될 것을 알아낸다. 며느리가 시주한 쌀이 장자의 것이라면 며느리는 남의 것으로서 정보를 획득한 셈이다. 그러나 카리이프는 자신의 능력을 발휘한 대가로 정보를 얻었다고 할 수 있다. 며느리가 몸담은 사회는 장자의 가정으로서 장자는 악행을 일삼는 인색한 인물로 설정되어 있다. 그러나 카리이프가 속한 사회는 마을공동체로서 마을 주민이 악행을 일삼는다는 언급은 나타나지 않는다. 이런 점에서 장자집의 수몰은 악행 대한 신의 징벌적 의미를 가지지만 카리이프가 살던 마을이 물에 잠기는 것은 어느 곳에서나 있을 수 있는 자연재해의 성격을 가진다.

장자의 며느리는 가정의 한 가족원으로서 가장인 장자 모르게 스님에게 시주를 하고 자신의 피화방법을 스님에게 듣는다. 가장인 장자를 속였다는 점에서 며느리는 공동체에서 이탈한 존재이다. 스님은 장자집에 화가 닥칠 것을 알려주었지만 며느리는 이 사실을 장자집 식구 누구에게도 말하지 않았다. 그리고 자기 홀로 살아나려고 도피를 한다. 이는 개인의 삶과 공동체의 삶이 긴밀하게 연계되어 있지 않음을 의미한다. 즉 공동체의 안전보다도 개인의 살길이 우선이라는 사고를 담고 있다고 볼 수 있다.

반면 몽골 설화에서는 공동체의 안위를 개인의 삶보다도 우선하는 사고를 찾을 수 있다. 카리이프가 멧새들의 지저귀는 소리를 알아듣고 마을이 수몰할 것을 예측하는데 이는 마을 사람 누구도 알지 못하는 비밀스러운 정보였다. 카리이프는 자기 혼자서 피신하거나 사랑하거나 친한 사람 몇몇에게만 귀띔을 하여 피난을 하게 할 수도 있었을 것이다. 그리고 홍수로 마을이 수몰된 후 다시 돌아와 마을 사람들이 차지하였던 토지 등을 자기가 가질 수도 있었을 것이다. 그러나 카리이프에게 이러한 생각은 아예 없었다. 그는 마을 사람을 구하기 위하여 피난 갈 것을 외쳤고 마을 사람들이 믿어주지 않자 화가 닥칠 것을 알고도 모든 사실을 털어놓고 설득하였다. 그리고 마을 사람들이 안전한 곳으로 대피하는 것을 보면서 돌로 굳어져 갔던 것이다. 카리이프의 석상은 며느리 바위의 뒤틀린 몸과 놀람과 고뇌에 찬 표정과는 달리 큰일을 하였다는 성취감에 만족해 하는 모습이었을 것이다. 마을 사람들이 카리이프의 석상에 제사를 지낸다는 것은 카리이프가 마을의 신으로 좌정하였다는 것을 의미한다. 이처럼 한국의 〈장자못 전설〉은 가정을 무대로 전개되면서 가족원 전체보다도 개인의 안전을 우선시하는 사고를 보여주는 데 비하여 몽골 설화에서는 마을 공동체를 위하여 개인을 희생하는 공동체 우선의 사고를 찾을 수 있다.

2. 천자(天子) 전설

한반도에서 전승되는 천자 전설에는 명태조 주원장 전설, 청태조 노라치 전설, 그리고 통치한 왕조가 분명하지 않은 한천자 전설 등이 있다. 주원장은 '주걸웅' '주천자'라고 나타나는데 명(明)나라를 건국한 주원장을 말하는 것이고 노라치는 청태조 누르하치(努爾哈赤)를 말한다. 한천자는 강원도 춘성군에서 전승되는 전설의 주인공인데 역사적 인물이라기보다는 전설적 인물로서 한천자가 다스린 실제 왕조는 밝혀져 있지 않다. 명태조 전설과 청태조 전설은 천자의 출생담으로 야래자 설화를 수용하고 있으며, 천자로의 발신(發身) 과정에서는 천자명당전설을 수용하고 있다. 천자명당전설은 풍수전설로 분류되기도 하는데 천자가 나온다는 명당에 조상의 묘를 써서 자손이 천자가 된다는 이야기이다. 원래 한반도에는 통치자를 천자(天子)라고 칭하지 않기 때문에 천자가 없고 따라서 천자명당이란 존재하지 않아야 된다. 그런데 한국 이야기들 중에는 천자명당 전설이 있으니, 그 내용은 천자명당에 조상의 묘를 쓴 후손이 중국으로 들어가서 천자가 되었다는 것이다. 명나라를 건국한 주원장(朱元璋), 청나라를 건국한 누르하치(努爾哈赤)가 모두 한반도에서 출생한 인물로 되어 있다.

경남 웅천(熊川)의 〈천자바위 전설〉[03]과 〈천자혈 전설〉은 명태조

---

03 최상수, 「한국민간전설집」, 통문관, 1958, 199~200면.

주원장의 출생과 발신을 이야기한 본격적인 천자전설이며, 웅천(熊川)의 〈천자봉(天子峯) 전설〉과 황해도 구월산의 〈주가봉(朱家峯) 전설〉[04]에서도 주원장이 이 고장 출신임을 말하고 있다. 함경북도 회령의 〈오지암(鰲池巖) 전설〉,[05] 〈한성자(汗城子) 전설〉,[06] 함경북도 성진(城津)의 〈광적사(廣積寺) 전설〉 등은 청태조 전설들인데 여기에서는 누르하치의 출생지가 함북 회령 지역으로 나타난다.

주원장과 누르하치는 건국한 왕조도 다르고 연대도 차이가 나는데 두 전설에 모두 천자의 출생담으로 야래자 설화가 수용되고 수중의 천자명당에 부친의 묘를 쓴 뒤에 천자가 되었다는 천자명당 전설이 수용되어 있다. 경남 웅천의 〈천자바위 전설〉과 〈천자혈 전설〉에서는 천자 명당을 차지하여 뒤에 천자가 된 인물은 주원장이고 명당을 알아보고 헤엄 잘 치는 아이에게 부탁하여 왕후의 명당을 차지한 풍수장이는 이성계로 되어 있다. 함북 회령에서 채록된 〈천자와 왕이 나오는 명당〉도 거의 같은 이야기인데 여기에서는 천자가 된 인물이 청태조이고 왕이 된 인물이 이성계로 되어 있다. 이처럼 주원장이나 누르하치를 이성계와 비교하고 있는 점도 유사하다. 이는 전승자들이 중국 역사에 대해서 정확한 지식이 없기에 주원장과 누르하치에 대해서 중국의 천자로서 제업을 이룩한 인물이라는 점만

04 앞 책, 183면.
05 앞 책, 467~470면 〈309 노라치〉 참조.
06 임석재, 『한국구전설화』 4, 함경북도편, 34~36면 〈淸太祖〉.

을 기억하고 혼동하여 이야기를 전승시켰다고 볼 수밖에 없다.

명태조와 청태조 전설에서 주목할 점은 천자가 될 인물의 출생과정에 야래자(夜來者)설화가 수용되어 있다는 점이다. 야래자 설화는 한반도를 위시하여 일본, 중국에서 두루 전승되는 이야기이다. 이런 점에 착안하여 야래자 설화의 신화적 성격을 알아보기로 하겠다. 또한 이들 설화에서는 주원장이나 누르하치를 이성계나 정충신 등 한반도의 영웅적 인물과 비교하는 삽화가 있다. 이런 점을 중심으로 이들 설화에 잠재되어 있는 민족심리를 검토하기로 하겠다.

한편 강원도 춘성군 북산면 가리산 지역에서 전승되는 〈한천자 전설〉에서는 천자명당에 부친의 묘를 쓴 인물이 '한이' 라고만 나타날 뿐 시대도 불분명하고 중국 어느 왕조의 황제인지는 모르고 있으며 그 당시의 한반도에서 왕 노릇을 한 인물도 등장하지 않는다. 다만 명당의 예징이 중국의 명태조 전설과 유사한 성격이 감지된다. 또한 〈한천자 전설〉은 흥미 있는 풍수설화로서 작중시간이 역사적 시간으로 구체화되어 있지 않다. 이는 이 이야기가 전설에서 민담으로 변모하고 있음을 보여주는 점이라고 본다. 이런 점에서 〈한천자 전설〉과 중국의 명태조 전설을 대비하여 보기로 한다. 아울러 천자 명당설화에 나타난 인간관과 운명관을 검토하기로 한다.

1) 명태조 전설

한반도에서 채록된 명태조 전설은 최상수가 채록한 경남 웅천의

〈천자바위〉 전설과 〈천자봉〉 전설, 그리고 경남 거제군에서 임석
재가 채록한 〈천자혈 전설〉이 있고 최근에 경남 의령에서 정상박이
채록한 〈수중명당과 주천자〉등이 있다. 그 밖에도 주원장에 관련된
많은 설화가 채록되었다. 주원장의 선조가 명당에 묘를 쓰고 주원장
이 태어났다는 전설은 중국에서도 전해진다. 그런데 한반도의 명태
조 전설에 나타난 명당의 성격과 중국의 명태조 전설에 나타난 명당
의 성격이 다르다. 또한 중국의 명태조 전설에는 탄생담이 없다. 먼
저 한반도에서 전승되는 주원장 전설을 검토하기로 하겠다.

(1) 웅천(熊川)의 천자봉(天子峰) 전설

경상남도 웅천고을 웅산(熊山) 기슭에 주가(朱哥)라는 늙은 부부가 살
고 있었다. 어느 날 한 도승이 그 근처를 지나가다가 서기가 오르는
것을 보고 찾아가니 오두막집에 늙은 부부가 살고 있었다. 도승은
늙은이 내외에게 이 집에 불일간 귀공자가 세상에 나올 것이라고 하
고 가버렸다. 그 후 늙은 부인이 임신하여 아들을 낳고 이름을 주원
장(朱元璋)이라고 하였다. 이 아이가 다섯 살 먹었을 때 그 전에 귀공
자를 낳을 것이라고 예언한 도승이 찾아와서 아이를 데리고 갔는데
이 아이가 열다섯 살 때 절에서 나와 군대의 장수가 되고 명나라의
태조가 되었다.[07]

07 최상수. 앞 책, 182면.

이 설화에서는 주원장이 웅천고을 웅산기슭에서 출생하였다는 사연만 있을 뿐 특별한 천자예징이나 예징의 실현은 나타나지 않는다. 웅산에 천자봉이라는 명칭도 주원장이 태어나 천자가 된 이후에 붙여진 것인지 아니면 그 이전부터 천자봉이라는 산이 있었는지도 불분명하다. 이야기를 구연한 사람은 웅산의 정기가 빼어나서 천자가 탄생하였음을 강조한 것이라고 볼 수 있는데 도승의 신이성만 드러내고 있을 뿐 주인공의 행적에 대한 언급은 없다. 황해도 수안군(遂安郡) 천자산(天子山)에도 이와 같은 전설이 있다고 하며 구월산의 주가봉(朱家峰)이란 산봉은 주원장이 수업한 곳이라고 알려져 있다.[08] 이러한 전설은 명나라를 건국한 주원장이 자기 고장에서 태어났다는 것을 주장하는 전설로서 한반도에는 산천이 수려하여 훌륭한 인물이 많이 배출된다는 인식에서 만들어진 전설이라고 생각한다.

(2) 웅천(熊川)의 천자(天子)바위 전설

최상수가 자기 선친에게서 채록한 천자바위 전설을 소개한다.

옛날 함경도 어느 곳에 이씨라고 하는 풍수가 있었는데 그는 자기 아버지가 돌아가자 명당을 고르려고 부친의 유골을 짊어지고 팔도 강산을 편답하였다. 그가 경상도 웅천 바닷가에 이르러 한 산맥이

---

08 앞 책, 183면.

바다 속으로 들어갔는데 용호가 날고 뛰는 천하의 명당을 발견하였다. 그는 매우 기뻐하며 자세히 살펴보니 명당은 바다 가운데 바위 밑에 있었다. 그는 도저히 바다 속으로 들어가 명당을 찾아 묘를 쓸 수가 없어서 실망을 하고 있었다. 그런데 그 바위 위에서 놀던 한 아이가 와서 무엇을 보고 있느냐고 말을 걸었다. 그래서 그는,

"저 바위 밑에는 분명히 명당이 있어 왼쪽에는 천자가 날 구멍이 있고 오른 쪽에는 왕후가 날 구멍이 있으련만 내가 들어가 볼 수 없구나."

하고 탄식을 하였다. 그 아이는 이 말을 듣고,

"그러면 내가 헤엄을 잘 치니 들어가 보고 오지요."

하고는 헤엄을 쳐 그 바위 밑을 들여다보고 와서는,

"말씀하신 대로 분명히 오른쪽과 왼쪽에 각각 구멍이 있습니다."

하므로 그는 자세한 이야기를 그 아이에게 해주고 또 그 아이의 아버지 해골도 파서 가져오게 한 뒤, 나무 함에 담은 자기 아버지의 해골을 그 아이에게 내어 주면서 그것을 왼쪽 구멍에 넣고, 그 아이의 아버지 해골을 오른쪽 구멍에 넣고 오라고 잘 일러 주었다. 그러나 그 아이는 물 속으로 들어가서는 그 풍수장이 아버지의 해골은 오른 쪽 구멍에 넣고 자기 아버지 해골은 왼쪽 구멍에 넣고 나왔다.

이렇게 한 뒷날 그 풍수장이는 아들을 낳았는데 그 아들이 이씨조선의 왕인 이태조(李太祖) 이성계(李成桂)라고 하며 헤엄치던 그 아이는 장성하자 중원(中原)으로 들어가서 병술(兵術)을 닦아 많은 무리를 거느리고 있다가 명나라를 일으켜 왕이 되었는데 그가 명태조(明太祖)

주원장(朱元璋)이라고 한다.[09]

　이 이야기에는 이성계의 부친이 주인공 풍수로 등장하여 수중에 있는 천자명당을 찾아내었으나 헤엄을 잘하는 주원장이 천자명당을 차지하여 천자가 되었고 풍수의 아들 이성계는 조선 국왕밖에 되지 못했다는 것이다. 이 이야기에는 천자나 왕이 되는 것은 인물의 능력보다도 조상의 묘를 쓴 명당의 급수에 따라서 결정된다는 생각과 수중의 천자명당은 수성(水性)에 익숙한 인물이 차지한다는 주장이 들어 있다. 결국 수중명당은 물과 친연성이 있는 존재가 주인이 된다는 것으로서 수신신앙이 반영되어 있다고 볼 수 있다.

(3) 천자혈(天子穴) 전설

이전에 이성계가 대국 천자가 될 양으로 자기 부친 시체를 짊어지고 명당자리를 얻으려고 조선팔도를 돌아다니다가 웅천 천자봉이라는 산에 이르러보니 산세가 천자가 날 명당이었다. 그런데 명당자리가 바다 밑에 가 있어서 들어갈 수가 없었다. 그런데 어떤 총각이 잠박질을 하는 것을 보고 이 총각을 시키면 명당자리에 묘를 쓸 수 있다고 생각하여 총각을 불렀다.
이 총각은 주걸웅이라고 하는 총각인데 이 총각이 세상에 나오기까

---

09 최상수, 「한국민간전설집」 통문관, 1958, 199–200면.

지는 이상한 일이 있어서 생겨난 아이였다. 웅천 천자봉 밑에 한 부자가 살았는데 이 부자에게는 시집 갈 때가 된 딸이 있었는데 밤이 되면 바다에 사는 물개가 와서 같이 자고 아침 일찍 가곤 했는데 이 처녀가 애를 배어 십삭 만에 사내 아이를 낳았는데 이 아이가 바로 잠수질 잘하는 주걸웅이었다.

이성계는 이 총각을 불러 바다 밑에 미륵이 있는 것을 보았느냐고 물으니 봤다고 하였다. 이성계는 너는 내가 시키는 대로 하라고 하며,
"그 미륵에 명당이 있다. 너의 아버지 시체도 거기다 쓰고 나의 아버지 시체도 거기다 쓸란다. 그러니 너는 너의 아버지 뼈를 가져오라."
고 하였다. 이 총각이 자기 어머니에게 아버지 묘가 어디 있느냐고 묻자 어버지는 묘를 쓰지 않았다고 하며 두꺼운 종이에 싸서 두었던 물개의 뼈를 내어 주었다. 총각이 그 뼈를 가지고 이성계에게 가자 이성계는 총각에게 저의 아버지 뼈는 오른손에 쥐여주고 총각 아버지 뼈는 왼손에 쥐여주고 미륵 앞으로 가서 미륵의 귀에다 걸되 이성계의 아버지 뼈는 미륵의 왼쪽 귀에 걸게 하고 주걸웅 아버지 뼈는 미륵의 오른쪽 귀에 걸라고 하였다. 총각이 바다 밑으로 잠수질을 하여 들어가서 미륵 앞으로 가려고 하니 미륵이 눈을 무섭게 뜨고 바라보고 있어 기겁을 하고 정면으로는 들어갈 수가 없어서 미륵 뒤로 가서 오른손에 쥔 뼈를 미륵의 오른쪽 귀에 걸고 왼손에 쥔 뼈를 미륵의 왼쪽 귀에 걸어 놓고 나왔다. 이성계가 내가 시킨 대로 잘하였느냐고 묻자 총각은 미륵이 눈을 무섭게 뜨고 있어서 앞으로 못

가고 뒤로 돌아가서 당신 아버지 뼈는 미륵의 오른쪽 귀에, 저의 아버지 뼈는 미륵의 왼쪽 귀에 걸었다고 하였다. 이성계는 아무 말도 하지 않았다. 미륵의 왼쪽 귀는 천자가 날 명당이고 오른쪽 귀는 조선 왕이 날 명당이었다.

이성계는 그래도 천자가 되고 싶어서 주걸웅과 같이 대국으로 들어갔다. 가다가 보니 어떤 노파가 술을 팔고 있는데 그 노파는 금잔에 술 한 잔을 부어놓고 한 잔에 천냥씩을 받는다고 하였다. 주걸웅은 돈이 한 푼도 없으면서 그 술을 홀짝 마셨다. 그러자 그 노파는 이성계 보고 이 길로 조선으로 가서 조선 골살이나 살아먹으라고 하고 그 총각 보고는 대국에 들어가서 천자살이 해먹겠다고 했다. 이성계는 욕심은 많았지만 배포가 적어서 조선왕밖에 안 되었지만 그 총각은 배포가 커서 중원으로 들어가서 주걸웅이라는 대국천자(大國天子)가 됐다고 한다.[10]

이 이야기에는 이성계가 주역으로 등장한다. 주걸웅은 야래자인 물개의 아들로 되어 있는데 청태조 전설과는 다르게 야래자의 정체를 확인하는 과정도 없고 물개를 살해하였다는 언급도 없다. 물개를 처치하였다는 내용을 생략한 것은 대명천자를 존중하는 의식과 무관하지 않다고 본다. 야래자인 물개는 주원장의 부친인데 물개를 살해

10 임석재, 『임석재 전집』 10, 『한국구전설화 경상남도편』, 평민사, 1993, 28~30면. 필자가 표준어로 윤문.

하는 것은 반역행위와 상통하는 것으로 생각하였을 가능성이 있다.

이 설화에서는 이성계가 풍수로 나타나고 있고 주걸웅과 동시대의 인물이면서 나이가 좀 많은 인물로 등장한다. 즉 이성계는 총각인 주걸웅에게 자기 부친의 유골을 천자명당에 걸도록 시켰기에 나이도 위이고 아는 것도 더 많은 선배로 되어 있다. 그런데 이성계와 주원장은 같은 시대의 인물이라고 볼 수는 있으나 실제 활동시기와 건국 시기는 주원장이 훨씬 앞선다. 1353년 주원장이 기병할 때 이성계는 18세에 불과하였고 1378년 주원장이 즉위할 때 이성계는 지리산 일대에 출현하는 왜구를 토벌하고 있었다. 주원장이 즉위한 후 24년이 지나서 1392년 이성계는 조선국 왕으로 즉위하였다. 그러나 왕위를 물러난 해는 주원장이 죽은 해인 1398년이다. 제위와 왕위를 그만 둔 해가 일치할 뿐이다. 이런 점에서 이성계보다는 주원장이 선배임이 분명하다. 따라서 이성계가 주원장과 천자가 되려는 경쟁을 하였다는 이야기는 실제 사실과 많은 차이가 있다. 다만 비슷한 시기에 중국과 한반도에서 왕조의 교체가 일어났고 새로운 왕조개창의 주인공들이 권좌에 오르기 이전에 교섭을 하였으리라고 상상한 것이다.

이 이야기의 구연자는 주걸웅과 이성계의 비교에 초점을 두었다고 볼 수 있는데 주걸웅의 신이한 탄생과 돈이 한 푼도 없으면서 천 냥짜리 술잔을 거침없이 먹어치우는 통이 큰 인물임을 강조하고 있다. 춘성군에서 필자가 채록한 설화에서도 천냥 술 이야기가 나온다. 이성계는 천냥짜리 술을 마셨고 주원장은 만냥짜리 술을 마셨는데 술파는 노파가 주원장에게 먼저 술을 따르며 주원장은 천자상이고 이성계는 왕후상이라고 하였다고 되어 있다.[11] 이러한 이야기는 천자가 될 인물은 국량이 크고 천명을 타고 났기에 욕심만 가지고는 대국의 천자가 될 수 없다는 정명사상(定命思想)을 보여준다.

(4) 수중명당과 주천자

정상박이 경남 의령군 부림면 신반리에서 채록한 이야기는 여성이 구연한 자료인데 마산 돌섬을 무대로 주원장의 탄생담이 신비하게 전개된다.

옛날에 서울에 살던 대감의 자녀가 전쟁을 피해서 배를 타고 마산 돌섬으로 들어와서 농사를 지으며 살고 있었다. 그런데 여동생이 배가 불러오는 것을 오빠가 알고 밤에 동생이 자는 방을 몰래 지켜보니까 어떤 벌건 놈이 자고 가는 것이었다. 그래서 오빠가 그 벌건 놈의 목을 끊어서 종이에 싸서 걸어놓고 신체는 밑에다 묻어버렸다. 그 후 여동생은 열 달이 차서 사내아이를 낳았는데 이 아이는 섬 중에서 외삼촌에게 글공부를 하며 자랐는데 헤엄을 잘하여 물에 가서 늘 놀았다. 이 아이가 열다섯 살 되었을 때 서울에서 정승 벼슬하던

---

11 서대석, 『한국구비문학대계』 2-2, 강원도 춘천시 춘성군편, 한국정신문화연구원, 1981, 669-670면
    〈이성계와 주원장〉.

영감이 죽어서 그 아들이 풍수를 데리고 묘자리를 찾아 돌섬까지 왔는데 명당이 물 복판에 있는 것을 알고 이 아이에게 물속을 탐색해 보라고 하였다. 아이는 물속에 큰 돌부처가 있는데 부처의 눈에서 서광이 비치여 그 앞에서는 놀지를 못한다고 하였다. 풍수는 그 돌부처의 귀가 명당이라고 하고 정승의 아들이 돌아간 자기 부친의 머리를 끊어다가 오른쪽 귀에 걸고 아이 아비의 머리는 왼쪽 귀에 걸라고 아이에게 시켰다. 아이가 물속으로 들어가서 무서워서 돌부처 앞으로 들어가지 못하고 뒤로 돌아가 저의 부친 머리는 부처의 오른쪽 귀에 걸고 정승의 머리는 왼쪽 귀에 걸었다. 정승 아들이 아이에게 어떻게 하였느냐고 묻자 아이는 무서워서 뒤로 돌아가서 걸었다고 하였다. 정승아들은 명당이 바뀌었다고 하며 다시 바꾸어 걸라고 하였다. 아이가 물속으로 들어가니 자기 부친의 머리를 건 곳에는 상어 떼가 버글거리며 둘러싸고 있어 접근을 할 수 없었다. 정승의 아들은 아이의 말을 듣고 자기 부친의 머리를 도로 떼어 오라고 하여 가지고 다른 명당을 찾아 떠나버렸다.

아이가 열일곱 살이 되었을 때 만주에서 천자를 뽑는다는 소문을 듣고 외삼촌을 보고 가겠다고 하자 외삼촌이 돈을 많이 주었다. 아이는 그 돈으로 군사를 거느리고 만주로 갔다. 그런데 천자 될 사람에게는 코끼리가 스스로 엎드려서 타라고 하였는데 이 아이가 나타나자 코끼리가 앞발을 꿇고 엎드리었다. 그래서 천자가 되었는데 그 사람이 물사람이래서 성이 없고 붉을 주자 주천자라고 하였다는 것

이다.[12]

이 이야기는 주천자가 마산 돌섬에서 태어난 인물로 설명하고 있는데, 탄생담이 〈야래자〉 유형과 유사하며 부친의 유골을 수중의 천자명당에 걸어서 천자가 되었다고 되어 있다. 전반부의 주천자 출생 담은 서울에서 피난 온 대감의 딸과 밤에만 찾아오는 벌건 놈이 결합하여 임신이 되었다고 하면서도 벌건 놈으로 표현된 야래자의 정체는 밝혀지지 않았다. 아이를 물사람이라고 하고 헤엄을 잘하였다고 한 점을 보아 아이의 아버지가 물과 친연성이 있는 동물일 가능성이 있다. 만주에서 전승되는 〈삼천녀〉 설화에서 애신각라 부그리 융순의 출생담에 등장하는 붉은 열매와 관련이 있을 듯하다. 후반부의 천자가 된 인물은 주천자라고 말하고 있어 명태조와 연결시키고 있는데, 주원장의 성씨가 붉을 주자이어서 야래자를 '벌건 놈'이라고 하였을 가능성이 있다. 그러나 구연자는 돌섬에서 자란 아이가 만주에서 천자를 뽑는다는 소식을 듣고 만주로 가서 천자가 되었다고 한 것으로 보아 청태조 전설과 혼동하고 있다는 느낌을 받는다. 명태조 주원장 설화의 특징은 주원장이 승려 출신이라는 것이다. 그런데 이 설화의 주인공 주천자는 외삼촌에게 돈을 얻어 군사를 거느리고 만주로 갔다고 되어 있다. 이런 내용들은 실제 주원장의 행적과 일치

12 정상박, 유종목, 『한국구비문학대계』 8-10, 한국정신문화연구원, 1984, 394-402면. 필자 요약.

하지 않는다.

주원장은 중국 호주(濠洲) 사람이다. 호주는 중국 안휘성(安徽城) 봉양현(鳳陽縣) 동쪽을 말하는데 명대에는 임호부(臨豪府)라고 하였고 뒤에 봉양부(鳳陽府)로 고치었다. 17세에 고아가 되어 황각사(皇覺寺)로 들어기 승려가 되었다가 원나라 말기에 군웅이 봉기하자 호주의 곽자흥(郭子興)의 휘하로 들어가서 십부장(十夫長)이 되어 싸울 때마다 모두 이겼다. 곽자흥이 그를 신임하여 자기 의녀(義女)와 결혼시켰는데 그 후 대군을 거느리고 호주에 웅거하여 세력을 떨치면서 진우량(陳友諒), 장사성(張士誠) 등을 토멸하고 연경의 원군(元軍)마져 격파한 뒤 남경(南京)에 도읍하여 명나라를 개국하였다. 주원장은 포의(布衣)로 제업(帝業)을 이룬 인물로 유명하다. 주원장이 마산 돌섬에서 생장하였다는 이야기는 주원장의 생장지인 중국의 호주가 호수가 많은 지역인 것과 관련이 있을 가능성이 있다.

이 전설의 후반부에서 천자가 태어날 수중명당이 돌부처의 오른쪽 귀라는 점과 섬중에서 자란 아이가 지사가 시킨 것과 다르게 시골(屍骨)을 바꾸어 천자명당에 걸었다고 한 점은 함북 회령에서 전승되는 청태조 전설과 유사하다. 이처럼 이 설화는 주원장 설화와 청태조 전설이 혼합된 모습을 보여주고 있다.

(5) 중국의 명태조 전설

명태조(明太祖) 주원장(朱元璋)에 대한 중국의 설화에도 명당에 선조의 묘를 쓰고 후손이 천자가 되었다는 이야기가 전해진다. 명(明)나라 왕문록(王文錄)의 『용흥자기(龍興慈記)』에는 다음 같은 이야기가 기록되어 있다.

사천(泗川)에 양가돈(楊家燉)이 있는데 돈대 아래 굴이 있었다. 희조(熙祖)(주원장의 조부)가 그 안에 누워 있자니 도사 두 사람이 지나다가 그가 누운 곳을 가리키며 말하기를,

"만약 이곳에다 장사를 지내면 천자가 날 것이다."

하니 그 같이 있던 사람이

"어째서인가?"

하고 묻자,

"이 땅은 기운이 따뜻하기 때문이다. 시험삼아 마른 나뭇가지를 심어보면 십일 만에 반드시 잎이 날 것이다."

라고 하였다.

희조를 불러 일어나니 말하되,

"너는 나의 말을 들었느냐?"

하였다. 희조가 거짓 귀먹어리 행세를 하자 그들은 마른 나뭇가지를 꽂아놓고 가버렸다. 희조가 기다린 지 열흘 만에 과연 잎이 돋아났다. 희조는 이것을 뽑아버리고 마른 나뭇가지를 꽂아놓았다. 두 도사가 다시 와서 보고 그 동료가 말하기를,

"잎이 어째서 나지 않았는가?"

하니,

"필시 그 사람이 뽑아갔을 것이다."

라고 하였다. 희조가 더 이상 숨기지 못했다. 도사가 말했다.

"다만 천기가 누설되었으니 오래 버티어 전해지는 것은 옳지 않다."

하고 희조에게 말했다.

"그대가 복이 있나보네. 죽으면 이곳에 장사를 지내면 천자가 날 것이네."

희조는 인조(仁祖)(=주원장 부친)에게 말했는데 뒤에 과연 그곳에 장사를 지냈다. 장사를 지내자 흙이 스스로 항아리가 되어 무덤이 되었다. 반년 만에 진후(陳后)가 태조를 잉태하였으니 모두 말하기를 이 돈대에는 천자의 기가 있다고 하였다.[13]

이 이야기에서는 돈대 아래 굴 속에 명당이 있었으며 주원장의 조부가 도사들이 주고 받는 말을 듣고 천자명당임을 알고 아들에게 부탁하여 자기 묘를 천자 명당에 쓰도록 해서 손자인 주원장을 잉태하게 되었다고 한다. 명당의 예징으로서 마른 나무가 잎이 피어났다고 하였고, 도사들을 속이려고 잎이 핀 가지를 뽑고 마른 나뭇가지를 꽂아 놓았으나 도사들이 속지 않았다는 사연이 있다. 이는 춘성군 가리산 천자명당 전설과 상통하는 명당 예징이다.

---

13 손진태, 앞 책, 73면 필자 번역.

2) 청태조 전설

청태조 전설은 함경북도 화령 경원 등지에서 채록되었는데 〈야래 자 전설〉과 〈천자명당〉 전설 그리고 〈천자검〉설화가 연접되어 있고 고구려 〈주몽신화〉와 만족의 애신각라(愛新覺羅) 시조신화인 〈삼천 녀(三天女)〉설화와도 교섭관계를 가지고 있어 비교신화학의 측면에 서 매우 중요시되는 자료이다.

(1) 노라치 전설

함경북도 회령에서 서쪽으로 15리 밖에 현무암(玄武巖)이란 동네가 있다. 그곳은 오지암(鰲池巖), 오제암(五啼巖) 또는 오제암(烏啼巖)이라고 하여 청(淸)나라 태조의 발상지로서 유명한 곳이다.

옛날 이곳에 이좌수라고 하는 토호가 살고 있었다. 그에게 자식이라 고는 딸 하나밖에 없어 금이야 옥이야 하고 길렀는데 나이 스무 살 이 되었을 때 그 딸의 배를 보아 임신을 하고 있는 것 같았으므로 양 친은 대경실색을 하여,

"가문을 더럽히는 불효한 자식은 집안에 그냥 둘 수 없다."

고 호령호령 하였다.

그 딸은 고개를 숙이고 말하기를,

"몇 달 전부터 밤마다 잠을 자고 있노라면 이름도 사는 곳도 모르는 젊은 청년이 살그머니 방에 들어와서는 저항도 못하게 하고 자고 가 므로 욕을 당하면서도 남부끄러움에 하는 수 없이 몸을 맡겨 왔더니

마침내 임신하기에 이르렀다."

고 하였다.

양친은 이 말을 듣고 새삼스레 다시 놀라며 그 젊은이의 신분을 알아보고자 그 딸에게 실뭉치를 갖다 주며, 그 젊은이가 돌아갈 때에는 살그머니 그 발목에 실 끝을 매어 두게 하였다.

그 이튿날 이좌수는 그 실이 간 곳을 따라가니 실은 근처 두만강 가 못 가운데에 들어가 있었다. 이좌수는 더욱 괴이하게 여겨 마을의 여러 사람들을 시켜서 그 못 물을 죄다 퍼내어 보니 그 곳에는 한 마리의 커다란 수달(獺)의 발목에 실이 감겨 있었다. 이좌수는 여러 사람에게 명하여 그 수달을 때려 죽여서 그 못 근처에다 묻어 버렸다.

그 후 그 딸은 달이 차서 사내아이를 낳자 이좌수는 따로 집 한 채를 주어 모자가 같이 살게 하였다. 아이 이름은 노라치(老獺稚)라고 하였는데 점점 자라매 지용(智勇)이 남보다 뛰어나고 특히 헤엄에는 능숙하였다.

어느 날 그는 아버지인 수달의 못 가에 앉아 있노라니까 한 사람의 길가는 중이 와서 말하기를,

"나는 지상사(地相師)인데 이 못 가운데 와룡석(臥龍石)이 있어 그것은 실로 좋은 땅으로서 그 돌의 왼쪽 모퉁이(左角)에는 천자의 터가 있고 오른쪽 모퉁이(右角)에는 왕후의 터가 있다. 어떤가, 자네에게 오른쪽 모퉁이를 줄 터이니 내 아버지의 시골(尸骨)을 왼쪽 모퉁이에 걸어주지 못하겠는가?"

한다.

이 말을 들은 노라치는 기뻐하여 곧 아버지의 무덤을 파서 그 시골을 오른손에 들고 지상사 아버지의 시골을 왼손에 가지고 물속으로 들어가서는 꾀를 내어 손을 바꾸어 자기 아버지의 것을 왼쪽 모퉁이에 걸고 지상사 아버지의 시골을 오른쪽 모퉁이에 걸고는 물 밖으로 나왔다.

그 당시 두만강 하류인 종성(鍾城)에서 남으로 40리 되는 수문동(水門洞)이라고 하는 마을 어떤 집에 한 아름다운 처녀가 있었으니 그 성질은 매우 쾌활하며 지용이 또한 비범하였으므로 혼담은 사방에서 많았으나 그 딸에 눈에 들지 않아 웬만한 남자는 눈도 떠보지 안 했다.

노라치는 그러한 말을 듣고 고고히 그 집에 가서 살면서 마침내 그 여자와 혼인을 하였다. 이 부부 사이에 세 사람의 아들이 났는데 그 셋째아들을 낳을 때에는 그 집에 자줏빛 구름이 어리었고 그 아이는 어릴 때부터 용모가 비범하여 이름은 한(漢)이라 하였다. 한이 점점 자라매 위덕(威德)이 뛰어나자 살 곳을 다시 한성현(漢城縣)이란 곳으로 옮기어 그곳에서 병술(兵術)과 마술(馬術)을 연마한 뒤에 청(淸)나라 태조가 되었다고 한다. (단기 4266년 8월 회령군 김능근씨담)[14]

이 이야기는 두 가지 유형이 복합되어 있는데 전반부의 노라치 출

---

14 崔常壽, 『한국민간전설집』, 통문관, 1958, 467-470면 〈309 노라치〉.

생담은 전형적인 〈야래자〉 설화 유형이고 후반부의 천자가 되는 과정은 〈천자명당〉 전설이다. 명태조 전설에서는 야래자의 정체가 물개로 되어 있는데 이 이야기에서는 수달로 밝혀져 있고 정체가 드러난 즉시 살해당하는 것으로 되어 있다. 천자가 될 인물의 조상인 수달을 때려죽였다고 한 것은 전승자가 청나라에 대한 감정이 좋지 않았음을 보여준다. 청태종인 황태극이 병자호란을 일으켜 조선을 정벌한 인물이기 때문이다. 수중 명당은 와룡석으로 되어 있는데 명태조 전설의 돌미륵이나 돌부처와 같은 성격을 가지면서 명당으로서의 신이성을 드러내는 데 적절한 성격을 가진다. 풍수사상은 불교사상보다는 도교사상이나 토속사상과 관련이 깊기에 용이 누운 모양의 돌이 물속에 잠겨 있다는 것이 돌미륵이나 돌부처가 물속에 있다는 것보다 신비성을 돋보이게 한다.

그런데 노라치가 청을 건국한 것이 아니고 수문동의 아름답고 지용이 겸비한 여성과 결혼하여 낳은 셋째아들 한이 개국의 시조가 되었다고 되어 있다. '한'이란 우두머리를 의미하는 보통명사로서 '칸(干)'과 같은 말이다. 춘성군의 한천자란 말도 여기에서 유래하였다고 본다.

만주지역에서 채록된 청태조 전설에서는 청태조가 이총병(李總兵) 집에서 머슴살이를 하다가 이총병에게 좌우 다리에 7개의 붉은 점이 있는 것을 보여주었는데 이 총병은 이것이 천상의 자미성이 하강한 징표임을 알고 이 만주인이 황상(皇上)이 될 인물이라고 생각하여 살해하려고 하였으나 이총병의 첩이 그를 구출하여 천리마를 타고 도주시켰다는 이야기가 전한다. 또한 이총병의 추격을 피하여 죽을 고비를 여러 번 겪으면서 청구(靑狗)나 희작(喜鵲)과 같은 동물의 도움으로 살아난 이야기가 있다.[15]

(2) 회령 애신각라(愛新覺羅) 전설

임석재가 함북 경원에서 채록한 청태조 전설 2편이 있는데 두 이야기가 유사하여 함께 검토하기로 한다.

회녕 서촌에서 한 삼십리 가면 오국산성(五國山城)이 나타나고 오국산성 맞은편에 한성자(汗城子)라는 높은 산이 있는데 이 한성자에서 청태조 애신각라(愛新覺羅)가 났다고 한다.

서촌 건너편 두만강 가 어느 마을에 이좌수란 사람이 있는데 이 사람에게 과년한 딸이 있었다. 어느 날 이좌수가 보니까 딸이 임신을 하고 있었다. 이좌수가 대로하여 딸을 문초하자 딸은 몇 달 전부터 밤마다 시커멓고 물짐승 냄새가 나는 이상하게 생긴 놈이 찾아와서 자고 가는데 부끄러워서 말을 못하였다고 했다. 딸의 말을 듣고 이좌수는 명주실 꾸리에 바늘을 꿰어 두었다가 그 놈의 옷자락에 꽂아 놓으라고 하였다. 딸이 아버지 말대로 하였더니 명주실 세 뭉치가

---

15 楊克興 王興義編, 『神話傳說 三百篇』, 北方婦女兒童出版社, 1991, 725-73 〈老罕王傳說(一) (二) (三) 참조.

다 풀려나간 뒤에 멈추었다. 다음날 이좌수는 동네 사람 수백명을 동원하여 실을 따라가니 실은 두만강을 건너가서 어느 산성 안 연못으로 들어가 있었다. 장정들을 시켜서 못의 물을 다 퍼냈더니 못 밑에 바위 위에 수달에게 바늘이 꽂혀 있었다. 이좌수는 이 몹쓸 놈이 남의 딸을 범했다고 대로하여 수달을 뚜드려 죽이고 그 시체를 거기다 버리고 돌아왔다. 그 후에 이좌수 딸은 사내아이를 낳았는데 이좌수 딸은 이 아이가 아버지를 찾으면 가르쳐주려고 수달의 시체를 갖다가 어느 바위틈에 넣어두었다. 아이는 머리가 발그스럼하고 피부색도 누르스름하여 누르하치라고 불렀다. 이 아이는 헤엄을 잘하고 잠수질도 잘하여 두만강에 가서 노는데 물속으로 몇십리를 헤엄쳐 다녔다.

어느 날 풍수 하나가 찾아와서 이 아이가 잠수질 하는 것을 보고 말했다.

"저 동해 바다 멀리 바위가 있는데 그 바위에 뿔이 둘인데 왼쪽 뿔에 무덤을 쓰면 천자가 나오고 오른쪽 뿔에 쓰면 왕이 난다. 내 우리 부모 송장을 너를 줄 테니 왼쪽 뿔에 걸어다오."

라고 하였다. 그런데 사실은 이 아이가 저의 아버지 유골과 바꾸어 걸 것 같아서 풍수가 반대로 말한 것이었다. 누르하치는 풍수의 부모시체와 자기 부친의 뼈를 지고 바다로 들어가서 풍수가 하라는 대로 왼쪽 뿔에 풍수 부모의 시체를 걸고 자기 부친의 유골은 오른쪽 뿔에 걸고 나왔다. 풍수가 어떻게 하였느냐고 묻자 누르하치는 풍수어르신이 시킨 대로 하였다고 하였다. 풍수는 이 말을 듣고 "이 것이 다 천명이다. 할 수 없다." 하고 사라져버렸다.

누르하치가 나이 스무 살쯤 되어서 어떤 여자하고 결혼하여 아들 삼 형제를 낳았는데 그 중 셋째가 특히 영특했다. 셋째아들은 밤낮 눈을 감고 있었는데 눈을 뜨고 사람을 대하면 사람이 기절하였고 가만히 있어도 밖에서 무슨 일이 일어나는지 훤하게 알고 있었다. 그 무렵에 회령 어느 곳 우물에 큰 뱀이 나타나서 사람들이 접근을 못하였다. 그때 조선의 명장 정충신이 함경도 병사로 있었는데 이 소식을 듣고 찾아가 보니 뱀이 아니고 큰 칼이 있었고 천자검(天子劍)이라고 새겨져 있었다. 정충신은 이 칼을 가지고 있으면서 천자가 될 만한 인물이 누구인가 하고 은근히 찾아보았다. 그러던 중 누르하치의 셋째아들이 영특하다는 말을 듣고 그 집을 찾아갔다. 정충신은 첫째 아들과 둘째아들을 만나보았으나 천자가 될 만한 인물은 아니었다. 그런데 셋째를 만나보니 눈을 감고 있었다. 그래서 정충신이 나는 조선국 병사인데 어째서 무례하게 눈을 감고 인사도 없느냐고 책망을 하자 셋째는 눈을 딱 뜨면서,

"아 이놈 무엄한 놈 같으니 네가 천자검을 바치러 왔으면 당장 바치고 갈 것이지 건방지게 무슨 소릴를 하고 있는 거냐!"

하며 호통을 쳤다. 셋째의 눈에서는 번갯불보다 더 강한 불빛이 튀여나오고 그 호통소리는 우레소리처럼 우렁찼다. 그래서 정충신은 이거 큰일 났다 하고 천자검을 얼른 바치고 도망쳐 나왔다. 그런데

이 셋째 놈이 천자검을 가지고 명나라를 쳐서 대청제국을 세우고 청 태조가 됐다는 이런 이야기라고 한다.[16]

경원에서 채록된 다른 각편에는 수달이 있는 곳이 오제암 바위 밑에 연못으로 되어 있고 이좌수 딸과 수달 사이에서 태어난 아이가 노달치라고 되어 있으며 지사가 찾아낸 천자명당이 한성산(汗城山) 연못 속의 바위로 되어 있다. 또한 노달치가 방응이라는 곳에 사는 못나고 힘센 처녀와 오줌누기 시합을 하고 결혼하여 청태조를 낳았다는 삽화가 추가되어 있다.

이상의 청태조 전설은 이좌수의 딸이 수달과 결합하여 사내아이를 낳았는데 그가 청나라를 건국한 누르하치(노라치 또는 노달치)이며 물속에 있는 수중 명당에 부친인 수달의 시체를 걸고 난 후에 그의 아들이 천자가 되었다는 것이다. 그리고 정충신이 가지고 있던 천자검을 누르하치의 제3자에게 주었다는 천자검 전설이 부가되어 있다.

누르하치의 아들이 천자가 되었다고 한 것은 누르하치의 아들 황태극이 국호를 청으로 바꾸었기 때문이다. 실제 개국의 시조는 누르하치인데 후금국을 세우고 즉위하였으며 천자로서 신성징표도 누르하치가 가지고 있었다고 본다. 그런데 누르하치 대에는 중원을 통일하지 못하였고 그의 아들인 청태종이 정묘년과 병자년 두 차례에 걸

---

16 임석재, 임석재전집4 「한국구전설화 함경북도 함경남도 강원도 편」, 평민사, 1989, 34–37면 필자 약술.

쳐서 조선을 정벌하였기에 이야기하는 사람들이 청태종을 더 위대한 인물로 인식한 듯하다. 그러나 뛰어난 인물이라는 인식과 우호적 인물은 다르기에 이좌수는 자기 딸에게 잉태를 시킨 수달을 때려죽였고 태어난 아이도 헤엄을 잘하였다는 것 이외에 아무런 신성징표도 나타남이 없는 것으로 이야기하고 있다.

3) 야래자 설화의 신화적 성격

이상의 천자명당 전설 자료에서 눈에 띄는 특징은 천자의 출생담이 야래자 설화로 되어 있고 천자가 되는 과정은 물속에 있는 천자명당에 선조의 유골을 걸었기 때문이라는 풍수전설이 수용되어 있다는 점이다. 이제 이런 설화적 특징이 어떻게 나타나게 되었는가를 알아보기 위하여 야래자 설화의 전반적 성격과 수중명당 설화의 신이성에 대하여 검토해보기로 하겠다.

야래자 설화는 한·중·일 등 동아시아 일대에서 널리 전승되는 이야기인데 한반도에서 전승되는 자료로 문헌에 정착된 것은 〈서동(薯童)설화〉와 〈견훤 전설〉이다. 특히『삼국유사』기이편(紀異篇) 〈후백제(後百濟) 견훤(甄萱)〉조에 기록되어 있는 〈견훤 전설〉은 한국야래자 유형의 대표적 각편으로서 유형명칭을 〈견훤식 전설〉로 명명할 만큼 논의가 많이 되었다. 구비자료로는 함북 성진 회령 지역의 청태조 전설을 비롯하여 강원도 평강에 〈평강채씨 시조전설〉, 경기도 여주의 〈창녕조씨 시조전설〉, 충남 연기군 서면 쌍유리의 마을시조

전설, 충남 부여의 〈남지전설〉 등인데 대부분이 성씨 시조나 마을시조 또는 백제왕의 출생담으로 되어 있다.[17] 야래자 설화의 공통된 서사단락은 다음과 같다.

ㄱ. 한 여인이 살았는데 임신을 하였다.
ㄴ. 아버지가 추궁하자 그 여자는 정체를 알 수 없는 남성이 밤에 찾아와 자고 간다고 하였다.
ㄷ. 아버지는 딸에게 바늘에 실을 꿰어 그 남자의 옷깃에 꽂아 놓으라고 하였다.
ㄹ. 아침에 실을 따라가서 산이나 연못 속에 있는 야래자의 정체를 알아내었다.
ㅁ. 야래자는 용, 뱀, 수달, 자라, 거북, 지렁이 등이었는데 발견하면서 살해된다.
ㅂ. 여인은 사내아이를 낳았는데 매우 영특하였고 뒤에 성씨 시조나 왕이 되었다.

이상과 같은 야래자 설화는 성씨시조나 국왕과 같은 신성한 인물의 출생담이라는 점에서 신화적 성격을 가진다. 그런데 건국신화의 국조출생담과 비교해보면 부계가 물과 친연성이 있는 동물로 등장하고 비하(卑下)되어 있다는 특징을 알 수 있다. 야래자 설화를 〈이류교구전설(異類交媾傳說)〉이라고도 하는데 이는 인간과 인간이 아닌 다른 류가 성적 결합을 한다는 의미에서 붙여진 명칭이다. 그렇다면

---

17 서대석, 『한국신화의 연구』, 집문당, 2001, 143–219면, 7. 백제신화 참조.

신성혈통을 강조하여야 할 시조의 출생담에서 인간 여성과 인간이 아닌 수중 동물이 결합하고 남성으로 변신한 동물의 정체가 밝혀지면서 살해된다는 것은 무슨 이유인가?

북방 건국신화의 주인공인 단군이나 주몽의 출생담은 천신계의 남성과 지신이나 수신계의 여성이 결합하여 시조를 출생한다는 공통점이 있다. 그런데 국조의 부친인 환인이나 해모수는 천신이나 태양신으로서 찬양되고 거룩한 존재로 나타난다. 반면 국조의 모계는 수동적이며 남성에게 순응하는 모습을 보여준다. 이러한 천부지모(天父地母) 또는 천부수모(天父水母)의 신화는 건국신화뿐만 아니라 무속신화에도 수용되어 계승되고 있음을 확인할 수 있는데 오산의 〈시루말〉 제주도의 〈천지왕본풀이〉 등 창세신화에서 그 모습을 찾을 수 있다. 〈시루말〉의 당칠성이나 〈천지왕본풀이〉의 천지왕은 지상의 여성과 접촉하면서 일방적으로 잉태를 시키고 사라진다. 매화부인이나 총맹부인은 잉태를 하고 출산을 하여 아들들을 양육하고 아버지가 남긴 유훈을 실천하는 일을 할 뿐 여성으로서 자기 주장을 내세우지 않는다. 이처럼 건국신화에 나타나는 부부관계는 남편이 하늘에서 하강한 신성한 존재로 주도권을 행사하고 여성은 일정한 삶의 터전을 확보하고 정주하면서 출산과 육아를 책임지는 존재로 나타난다. 이러한 신화는 부계사회에서 남성이 주도권을 행사하는 모습을 반영한 것이라고 본다.

그런데 야래자 설화에서는 남자의 정체가 인간이 아닌 이류(異類)

로 설정되어 있고 정체를 드러내지 않고 밤에만 여인에게 접근하며 정체가 드러난 뒤에는 살해당하는 것으로 되어 있다. 야래자인 남성은 수달이나 뱀, 거북 등 수중동물이 변신한 인간으로서 고귀한 풍모로 묘사되기보다는 괴이하고 추루한 모습으로 묘사된다. 경남의 주천자 전설에서는 '벌건 놈'으로 회령의 청태조 전설에서는 '괴상스런 짐승' 또는 '그 놈이 시커멓게 생긴 놈인데 털두 나구 했는데 사람의 모양을 하고 있어도 사람 같지도 않고 몸에서 고약한 냄새가 나는데'로 나타난다. 이는 부계혈통을 부정하거나 무시한 것으로서 모계사회에서 여성이 주도권을 행사하는 사회의 일면이 반영된 것으로 볼 수 있다.

야래자 설화는 한중일 삼국에서 공통으로 전승된다. 일본에서는 〈삼륜산 전설(三輪山 傳說)〉이라고 하는데 미와야마 신사의 신화로 『고사기(古事記)』 숭신천황(崇神天皇)조 〈삼륜산 전설〉항에 기록되어 있고 수많은 각편이 도처에서 전승되고 있다.

이쿠타마요리비메(活玉依毘賣)는 그 용모가 단정하고 예뻤다. 그런데 그녀에게는 남자가 있었는데 그 모습 또한 누구와도 비할 수 없을 만큼 훌륭했다. 한밤중에 홀연히 찾아와 서로 혼인을 하여 지내는 동안 별로 시간이 흐르지 않았음에도 불구하고 그 미녀는 임신을 하게 되었다. 그녀의 부모들은 그녀가 임신한 사실을 알고 이상하게 여겨 딸에게 묻기를 "너는 분명히 아이를 가졌다. 남편도 없는데 어찌하여 임신을 하게 되었느냐?"라고 하였다.

여기에 그녀가 대답하기를 "수려하게 생긴 남자가 있는데 그 성도 이름도 모릅니다. 매일 밤마다 찾아와 서로 같이 지내는 동안 어느 덧 임신을 하고 말았습니다." 라고 하였다.

이 말을 들은 부모는 그 남자의 정체를 알아내기 위해 딸에게 황적 색 점토를 마루 앞에다 뿌려놓고 실패에 감긴 실을 바늘에 꿰어 그 남자의 옷자락에 꽂아 놓아라! 라고 가르쳐 주었다.

그리하여 그녀는 부모가 시키는 대로 하였는데 다음날 아침 일어나 보니 바늘에 꿰어둔 실은 출입문의 열쇠구멍을 통해 빠져나가 있었 고 다만 그 곳에 남아 있는 실은 세 가닥 뿐이었다. 따라서 그 남자가 열쇠구멍을 통하여 빠져나갔음을 알고 실을 따라 가보니 미와야마 (美和山) 신사(神社)에 이르러 그쳤다. 이러한 까닭으로 미루어보면 오 호타타네코가 신의 아들임을 알 수 있는 것이다.[18]

위의 일본의 야래자 설화는 야래자가 신으로 등장하고 '수려하게 생긴 남자'로 미화되고 있다. 또한 야래자의 정체가 신으로 드러나 는 것에서 끝나고 야래자를 어떻게 하였다는 사연은 나타나지 않는 다. 아마도 신이라는 사실을 알았다면 제향(굿)을 드렸을 가능성이 있다. 이처럼 일본의 야래자 설화는 남성이 신격화되어 있고 신화로

---

18 魯成煥譯註, 『古事記』 中, 예진, 1990, 99-101면 〈3. 三輪山 傳說〉.

서 신성성이 분명하게 나타난다.

중국의 야래자설화는 『선실지(宣室志)』나 『어괴(語怪)』와 같은 고문헌에 수록되어 있으며 신화적 성격은 나타나지 않고 지괴류(志怪類)로 되어 있다. 당(唐) 장위(張謂)의 『선실지』에는 2편의 자료가 수록되어 있는데 야래자가 굼벵이로 나타나는 이야기가 있다.

평양인(平陽人) 장경(張景)이란 사람은 활을 잘 쏘아 본부에 비장으로 있었다. 경에게는 열여섯일곱 살쯤 되는 딸이 있었는데 매우 민첩하고 슬기로워 그 부모가 사랑하였다. 부모 옆방에서 거(居)했는데 어느 날 저녁 딸 혼자 방안에서 아직 잠들기 전인데 혼연 문이 열리고 한 사람이 들어오는 것이 보이는데 흰 옷을 입고 살찐 모습이었다. 그 사람은 스스로 여자의 침대에 기대어 있는데 딸은 도둑인가 두려워서 감히 돌아보지도 못하고 가만히 있었다. 흰옷 입은 사람이 웃으면서 다가오자 여인은 더욱 무서워하며 변괴라고 생각하고 소리를 쳤다.

"그대는 도적이 아니냐 그렇지 않다면 인류가 아니다."

백의자는 웃으며 말했다.

"내 마음을 뽑고 나더러 도적이라 하니 또한 역시 거짓말이라 나보고 사람이 아니라고 하니 너무하지 않느냐? 나는 본래 제(齊)나라 사람 조(曹)씨의 아들이라 시인이 나의 아름다운 풍모를 말했는데 그대는 혼자 알지 못하는가? 그대가 비록 나를 거부한다 해도 우자(=우공:

나라를 빼앗기고 다른 나라에 빌붙어 사는 군주나 제후)의 버림과 같을 뿐이다."
말을 마치고 드디어 침상으로 들어와 동침하였다. 여자는 이를 싫어
하였으나 감히 몰래 보지도 못하였다. 장차 날이 밝으려 하자 가버
리고 다음 날 저녁 다시 왔다. 여자가 더욱 무서워하여 그 다음날 아
버지에게 사연을 모두 말하니 아버지가 이는 괴물이 틀림없다고 말
했다. 즉시 한 쇠바늘을 실을 꿰게 하고 날카로운 칼을 그녀에게 주
며 도깨비(魅)가 오거던 이것으로 치라고 가르쳤다. 그 날 저녁에 다
시 오자 여자가 억지로 말을 걸자 매가 과연 말을 잘 하였다. 밤중쯤
되어 여자는 몰래 바늘로 그의 목을 찔렀다. 도깨비가 뛰어오르며
크게 소리를 지르고 실을 끌고 나가버렸다. 다음날 딸이 아버지에게
고하여 시동에게 그 자취를 좇아가게 하였더니 집에서 수십 보를 나
가 한 고목 아래에 이르러 한 굴 속으로 실이 들어가 있었다. 이에 이
를 파헤치니 몇 자 파지 않아 과연 한 자는 넘는 굼벵이가 있는데 그
목에 바늘이 꽂혀 있었다. 대개 이른바 제인(齊人) 조씨자(曹氏子)였다.
경이 즉시 이를 죽이니 이로부터 드디어 변괴가 없어졌다.[19]

이 자료에서 야래자가 굼벵이로 나타나는데 굼벵이가 흰색이어
서 흰옷을 입었다고 하였고 굼벵이가 통통하기에 살이 쪘다고 하였
으며 야래자가 자기를 제인 조씨자라고 소개하였는데 이는 굼벵이

19 손진태, 앞 책, 205~206면, 필자 번역.

를 나타내는 한자 제조(蠐螬)에서 근거한 것이다. 이는 다분히 지어낸 듯한 이야기라는 느낌이 드는데 신성한 존재로 등장하여 영귀한 아들을 태어나게 한다는 한국의 야래자 신화와는 다른 점이다. 이야기를 기록한 자는 야래자를 '괴(怪)', '타류(他類)', '매(魅)'로 표현하고 있어 괴이한 사연을 기록한다는 의미의 〈지괴(志怪)〉로 인식하고 있음을 알 수 있다. 중국의 다른 자료에도 야래자가 소녀(少女), 황수인(黃手人) 등으로 출현하고 드러난 정체는 여귀(女鬼), 포도 등으로 되어 있는데 야래자의 정체가 드러나면 죽이거나 태워버리는 것으로 신이성은 있으나 신성성은 별로 나타나지 않는다. 이처럼 중국의 야래자 설화는 인간 여성과 괴물이 결합한다는 사연과 야래자의 정체를 밝혀내어 괴이한 사건이 해결되었다는 것이고 야래자와 성적 결합을 한 여인이 출산한 아이가 큰 인물이 되었다는 사연은 없다. 이러한 설화의 양상은 부계사회가 확립되어 모계사회적 흔적을 부정하는 의식이 반영된 결과라고 생각된다.

한국에서 건국 시조의 출생담으로 수용된 야래자 설화는 견훤 전설, 명태조 전설, 청태조 전설이다. 그런데 견훤 전설에서도 야래자의 신성성은 퇴색되어 있다.

견훤 전설은 『삼국유사』〈무왕〉조 바로 다음에 〈후백제 견훤〉조에 실려 있는데 '고기(古記)에 이르기를'로 시작되고 있다. 『삼국사 본전』을 인용하여 아자개(阿慈介)의 아들로 견훤에 대한 사실을 기록한 것과 달리 세간에 전해지던 설화를 기록한 것으로 생각된다.

옛날 한 부자가 광주(光州) 북촌에 살았는데 한 딸아이가 있어 자용이 단정하였다. 아버지에게 말하기를 매양 한 자색 옷의 남자가 잠자리에 이르러 교혼한다고 하였다. 아버지가 이르기를 긴 실에 바늘을 꿰어 그 옷에 꽂아두라고 하였다. 그대로 하였는데 밝은 후 실을 찾아 보니 북쪽 담장 아래서 큰 지렁이의 허리에 바늘이 꽂혀 있었다. 뒤에 임신하여 한 남자를 낳았는데 나이 열다섯이 되자 스스로 견훤이라고 일컬었다.[20]

이 이야기는 야래자신화의 요소를 모두 갖추고 있는데 야래자가 지렁이로 되어 있고 야래자가 발견된 곳이 북장하(北墻下)로 되어 있으며 야래자를 어떻게 하였다는 사연이 없다는 점이 특이하다. 견훤은 후백제를 건립한 국가의 시조이고 고려조를 건국한 왕건과 여러 차례 싸움을 하면서 왕건을 괴롭혔던 인물이기에 고려조 때 편술한 『삼국유사』에서 신성한 자취로 기록하지는 않았을 가능성이 있다. 이 이야기 뒤에 견훤의 행적이 비교적 상술되어 있는 것으로 보아 『고기(古記)』의 자료를 축약하여 기록하였거나 가감 없이 옮겼을 가능성이 있다. 지렁이는 더러운 진흙 속에서 사는 동물로서 닭과 같은 조류의 먹이가 되는 하찮은 미물이다. 한 나라를 건국한 영웅적 인물이 지렁이의 후손이었다는 것은 이야기의 이치에 부합한다

---

20 『三國遺事』 卷第二 〈後百濟 甄萱〉 필자 번역.

고 보기 어렵다. 또한 지렁이가 발견된 곳이 북쪽 담장 아래인 것도 석연치 않다. 담장 밑에 흙속에도 지렁이가 살 수는 있지만 이러한 곳이 인간으로 변신하는 능력을 가진 영특한 존재가 사는 신성공간이라고 볼 수는 없다. 이런 점에서 후백제의 시조신화로 전승되었던 본래의 이야기가 고려조에 들어와 신성성이 거세되어 이야기의 괴이성만 남은 모습이라고 추정된다.

지금 상주에는 견훤성이 있고 견훤이 지렁이 아들이라는 탄생담이 전승되고 있다.[21] 여기에서도 견훤이 지렁이 자식이라는 것만 강조될 뿐 신이한 자취에 대한 서사는 별로 없다. 한편 구비전설로서 광주에서 최상수가 채록한 〈지렁이의 아들〉은 『삼국유사』의 내용과 같은 견훤 출생담을 이야기하고 있다.

견훤이나 누르하치는 모두 새로운 왕조를 창업한 개국의 시조이다. 견훤은 후백제를 건국하였고 누르하치는 후금국을 세웠다. 이처럼 국가를 창업한 인물의 부계혈통을 수중 동물이나 지렁이에다가 결부시켜 폄하한 이유는 무엇 때문일까? 이들 이야기가 한반도에서 신화로서 신성성을 확보하지 못했던 데에서 그 해답을 찾을 수 있으리라 생각한다. 견훤은 후백제를 건국하였으나 곧 고려왕조에 굴복하였다. 견훤은 신라를 공격하여 경애왕(景哀王) 이하 수많은 사람을 참살하였고 끊임없이 왕건의 세력과 충돌하면서 고려건국 집단에게

---

21 최정여, 천혜숙, 『한국구비문학대계』 7–8, 경상북도 상주군편, 한국정신문화연구원, 1983, 926–927면 〈지렁이 아들 견훤〉.

위해를 가했다. 이런 점을 보아 고려가 통일왕조를 수립한 이후 견훤을 반영웅시하였을 가능성이 크다. 반영웅(反英雄)은 능력은 뛰어나지만 탁월한 능력을 집단에게 위해를 가하는 데 발휘하여 집단으로부터 반감이나 공분을 일으키게 하는 인물이다. 이런 인물의 출생담으로 야래자 설화를 수용하여 회잉과정의 괴이한 점만을 부각시키고 혈통을 비천하게 하여 반신화로 전승한 것이라고 생각한다.

누르하치의 출생담도 이러한 관점에서 이해할 수 있다. 누르하치(努爾哈赤)는 설화에서 '노라치' 또는 '노달치'로도 나타나는데 후금(後金)을 건국한 애신각라(愛新覺羅)를 말한다. 누르하치는 1583년에 군사를 일으켜 1588년 건주위(建州衛)를 통일하고 1616년에 후금(後金)을 세웠다. 뒤에 누르하치의 아들 황태극(皇太極)이 즉위하여 국호를 청(淸)으로 바꾸자 누르하치는 청을 개국한 태조가 되었다. 누르하치의 아들 황태극은 두 차례 조선정벌을 단행하였다. 1627년 정묘호란과 1636년 병자호란이 그것이다. 병자호란시에는 조선을 침범하여 남한산성에서 인조(仁祖)의 항복을 받아내었다. 그리고 소현세자(昭顯世子, 1612-1645), 봉림대군(鳳林大君, 1619-1659) 등 왕자와 홍익한(洪翼漢, 1586-1637), 오달제(吳達濟, 1609-1637), 윤집(尹集, 1606-1637) 등 삼학사를 비롯한 척화파 신하를 심양으로 압송하여 문죄하였다. 조선왕조에서는 병자국치로 군신이 일체가 되어 청을 증오하였고 청에 의하여 멸망한 명나라와의 의리를 심리적으로 지속하였다. 이른바 '대명의리'(大明義理)라고 하는 한족 왕조에 대한 동경과 만주족에 대한 증오는 민족감정으로 형성되어 수많은 설화 소설에 수용되었다. 〈임경업전〉, 〈박씨전〉 같은 소설을 비롯하여 많은 야담 설화에서 이러한 민족의식은 쉽게 찾아볼 수 있다.

누르하치의 출생담이 야래자 설화를 수용하여 혈통이 비하된 것은 이런 맥락에서 이해할 수 있다. 다만 명태조 전설에서도 야래자 설화가 출생담으로 나타나는데 이 자료는 주천자가 만주로 가서 천자가 되었다고 한 것으로 보아 청태조 전설과 혼동하였을 가능성이 있다.

야래자 설화의 특징은 여성이 임신하여 출산함에 있어 남성의 정체를 은닉하고 비하한다는 것이다. 이러한 설화가 위인의 출생과 결부되어 있다는 것은 이 설화에 모계사회의 혼속이 반영되어 있기 때문이라고 본다. 실제 설화 내용을 보면 모계사회에서 남녀가 결합하는 상황과 그대로 일치한다. 중국 운남성의 소수민족인 나시족은 모계사회를 유지하고 있는데 모계사회에서 남녀의 결합은 본인의 자유의사를 존중하여 밤중에 남성이 여성의 방을 찾아가는 것으로 이루어진다. 결혼으로 부부가 된다는 것은 존재하지 않으며 아버지라는 말도 없다고 한다. 성숙한 남녀는 낮에 활동을 하면서 서로 어울리는 기회에 애정표현을 하고 밤이 되어 사람들의 왕래가 끊어지고 나면 남자가 여자의 방을 찾아간다. 여자는 자기 방을 따로 쓰는데 남자가 찾아오면 누구인가를 확인하고 문을 열어주거나 잠그거나 한다. 남자는 여자를 찾아갈 때 세 가지 물건을 준비한다고 하는

데 고기 덩어리와 모자와 칼이다. 고기덩어리는 여자집의 개가 몹시 짖는 것에 대비하여 개에게 던져주려는 것이고, 모자는 여자의 방문 밖에 모자를 걸어 놓아 이미 남자가 있다는 표시를 하여 다른 남자가 들어오는 것을 막으려는 것이며, 칼은 혹시 다른 남성과 싸움이 일어날 경우를 대비하는 것이라고 한다. 여성은 마음에 드는 남성에게는 문을 열어주고 마음에 들지 않거나 상태가 좋지 않으면 문을 잠그면 그만이다. 이런 점에서 남녀의 결합에서 여성이 주도권을 가지는 셈이다. 남녀의 성적 결합으로 잉태된 아이는 여성가족이 출산과 육아를 돌보는데 일반사회에서 아버지가 하는 일을 아이의 외숙이 담당한다. 남성은 자기의 자녀가 없기에 육아에 대한 책임이 없고 정해진 아내도 없기에 자유롭게 여성편력을 할 수 있다. 가족은 나이 많은 여성이 가장이 되고 여성이 낳은 자녀들로 이루어진다. 어머니는 자녀에게 생부가 누구인가를 밝히지 않으나 마을 남성 중에서 생부를 특별한 아저씨로 지목하여 아이와 친밀한 관계를 가지도록 한다고 한다.

이러한 혼속은 야래자 설화와 그대로 일치한다. 인적이 없는 밤중에 남성이 여인의 방으로 찾아오고 남성의 정체가 드러나지 않는다는 사실이 모계사회에서 남녀의 결합방식과 같다. 야래자의 정체를 밝혀내고 이를 처단하는 사연은 모계사회에서 부계사회로 바뀌면서 나타난 변화라고 본다.

4) 청태조 전설과 〈삼천녀(三天女) 전설〉

만주족이 기록한 만족 신화 〈삼천녀(三天女)〉에는 불고륜(弗古倫)이라는 천녀(天女)가 포이호리(布爾湖里)라는 호수에서 목욕을 하다가 신작[神雀(鵲)]이 물어다 준 붉은 열매(朱果)를 삼키고 임신하여 출산한 애신각라(愛新覺羅) 포고리옹순(布庫里雍順)이란 인물이 청나라 제실의 시조라고 되어 있다. 불고륜이란 말은 만주말로 '옛고을'이라는 의미라고 한다. 불은 고(古)의 의미이고 고륜은 나라나 부락을 뜻하는데 특정한 개인의 이름이 아니고 오래된 마을을 가리킨다는 것이다.[22] 그렇다면 '불고륜'이란 말은 '고구려'라는 말과 같은 의미가 아닌가 생각한다. '구려'는 '고을' 또는 '나라'란 말이고 고는 높다는 의미(高)와 오래되었다(古)라는 의미가 있는데 만주어와 고구려어에서 상통하던 어휘였을 가능성이 있다. 그렇다면 만주족의 족원신화는 고구려 〈주몽신화〉를 재편하여 수용한 것임이 확실시된다. 즉 신작이 물어다 준 붉은 열매는 해모수의 변형이고 셋째 천녀 불고륜은 유화의 변형이며 불고륜이 낳은 아들은 주몽의 변형이다. 그런데 〈주몽신화〉와 〈삼천녀〉에서 지향하는 신성성이 다르게 나타난다. 〈주몽신화〉에서는 해모수가 천신계통이고 유화는 수신계통인데 〈삼천녀〉에서는 불고륜이 천신계통이고 신작의 붉은 열매는 성격이 불분명하다. 즉 고구려신화에서는 시조의 부계가 천신이고 모계는 수신으로 설정되

---

22 遼寧大學出版部, 『滿族大辭典』, 1990, 19면 〈三仙女〉항 滿語'佛'爲舊, '古倫' 爲國或部落之意, "佛古倫" 并非一个人, 而是 一个古老的部落.

어 있는데 만주족 신화에서는 시조의 모계가 천신이고 부계는 그 존재가 드러나지 않는다. 즉 여성이 남성과의 결합이 없이 독자적으로 임신이 된 것으로 나타난다.

〈삼천녀전설〉에서 셋째 천녀가 붉은 열매를 삼키고 잉태가 되어 청나라 황실의 시조를 출산하였다는 것은 아버지의 존재를 부정한 것으로서 모계사회의 혼속과 상통하는 성격을 가진다. 붉은 열매는 성씨도 이름도 없기에 결국 여성 혼자 임신과 출산을 하였다는 의미이고 자식에게 아버지의 존재를 알릴 필요가 없다는 점에서 모계사회의 성격과 일치한다. 다른 만족의 족원신화에도 삼성지방에 세 천녀가 낳은 자손들이 인구가 많아져서 서로 싸우다가 포고리옹순이 나타나 화해를 시켰다고 하는 이야기가 있는데 여기에서도 부계혈연은 고려하지 않고 있음을 알 수 있다. 이처럼 만족의 신화에는 모계사회적 성격이 강하며 야래자 설화가 만족제실의 시조 출생담으로 수용된 것도 이런 까닭이라고 보여진다.

만족 민간 전설에는 누르하치(努爾哈赤)에 관한 이야기가 많이 전승된다.

누르하치는 일찍 부모를 여의고 열여섯 살 때 유랑생활을 하다가 명나라 산해관 총병 이성량(李成梁) 집에 들어가 심부름을 하며 기식하고 있었다. 그는 이성량의 발을 씻는 일을 하다가 이성량의 다리에 붉은 반점이 세 개 있는 것을 보고 자기 다리에는 일곱 개의 반점이 있다고 이성량에게 보여주었다. 이성량은 이 아이의 상모가 영준하고 눈에 광채가 나는 것을 보고 천상의 자미성이 탄강한 인물로 생각하여 장차 이 만주인이 천자가 되리라고 생각하여 죽여 없애기로 마음 먹었다. 이총병의 애첩 희란(喜蘭)이 총병이 번민함을 보고 이유를 묻자 사실 이야기를 하였다. 희란은 누르하치가 충후하고 잘못이 없는데 죽이는 것이 온당하다고 생각되지 않아 누르하치에게 이총병 모르게 천리마 두 필과 평소 누르하치가 돌보던 누런 개 한 마리를 내어주고 도망가도록 하였다. 누르하치가 탈주하자 이총병이 이 사실을 알고 대병을 풀어 추격하였다. 삼일 삼야를 아무 것도 먹지 못하고 달리던 말들이 죽어버렸다. 누르하치가 개와 함께 삼림으로 들어가 숨자 이 총병의 추격군은 말이 죽은 것을 보고 누르하치가 삼림 속에 있을 것으로 알았으나 수풀이 우거져 찾기 어렵다고 판단하고 산에 불을 질렀다. 누르하치가 숲속에서 잠든 사이에 불길이 누르하치를 에워쌌다. 누렁이 개가 불이 타들어오는 것을 먼저 알고 냇물에 가서 온 몸에 물을 적셔다가 누르하치가 누워 있는 주변에 뿌렸다. 추격병이 물러간 뒤 누르하치는 잠에서 깨어 자기가 누운 자리가 물기에 젖어 타지 않았고 누렁이가 탈진하여 죽어 있는 것을 보았다.

누르하치가 황제가 된 뒤 자기를 구해준 누렁이의 은혜를 생각하여 만족들에게 개를 죽이지 말고 개고기도 먹지 말고 개가죽 모자를 쓰지 말라는 명령을 내렸고 이것이 만족의 가법(家法)이 되었다

고 한다.[23]

중국의 전설에서는 누르하치가 천자의 기상을 타고난 영특한 인물이었고 천자의 징표로 다리에 칠성반점이 있었으며 이런 징표 때문에 죽을 고비를 겪은 것으로 나타나고 있다. 이는 만족들이 전승하는 전설로 자기민족의 개국시조를 영웅화한 이야기로서 한반도에서 전승되는 누르하치의 전설과는 전승자의 태도에서 큰 차이를 보이고 있다. 한반도의 누르하치 전설에서는 누르하치가 수달이나 물개의 아들로서 상모도 추루(醜陋)하고 천자의 징표도 없는 인물로 되어있다. 누르하치가 천자가 된 것은 헤엄을 잘하여 부친의 시골을 천자명당에 걸었기 때문이고 이는 오로지 명당의 기운을 받아 발복한 것으로 되어 있다. 각편에 따라서는 지사가 시킨 대로 하지 않고 자기 부친의 시골을 천자명당에 걸었다고 되어 있다. 이처럼 누르하치는 간지(奸智)가 있는 인물로 나타난다. 반면 중국 만족의 전설에서는 천자의 징표가 있을 뿐만 아니라 사람됨이 성실하고 충후하여 이총병의 소첩도 목숨을 버리면서 구해주고 집승인 누런 개까지도 자신을 희생하면서 누르하치를 구한다. 이는 인간적인 면에서 덕성을 갖추고 있음을 강조한 것이다. 이처럼 한반도에서의 이야기와 만주에서의 이야기는 누르하치에 대한 인식이 차이가 남을 본다.

23 金太甲 主編,「吉林省民間文學集成」上卷 延邊朝鮮族自治州 民間文學集成編輯委員會, 1987, 539-540면 〈滿族爲什麽吃狗肉〉 필자 번역.

5) 한천자 전설과 명태조(明太祖) 전설

(1) 한천자 전설

가리산 천자명당 전설은 한천자 전설이라고도 하는데 실제 중국의 어느 시대의 천자인지는 구연자들도 잘 모르고 있다. 이야기의 내용이 명당전설의 백미라고 할 만큼 재미있어 사실여부를 떠나 구비서사문학으로서 가치가 높은 자료라고 생각한다. 필자가 춘성군에서 채록한 각편을 종합하여 정리하기로 한다.[24]

강원도 춘성군 북산면 물노리 가리산에는 한천자묘라는 천자명당이 있는데 그 곳에는 다음과 같은 전설이 전해진다.

지금은 소양호에 수몰되었으나 소양댐을 건설하기 이전에는 춘성군 북산면 내평리 한터라는 마을이 있었다. 이 한터에 한이라는 총각이 살았는데 아버지는 돌아가고 홀어머니를 모시고 사는데 집이 가난하여 아버지 장사도 못 모시고 채마밭에 임시로 퇴롱을 해놓고 있었다.

하루는 스님 한 분이 찾아와서 자고 가기를 청하였다. 그래서 한이 총각은 자기가 자는 방의 아랫목을 내어드리고 자기는 윗목에서 자기로 하였다. 그런데 스님은 한이에게 어디 가서 달걀 3개만 구해다 달라고 하였다. 한이는 닭을 기르는 집에 가서 달걀 3개를 얻어오며 '스님이 비린 것을 피하는데 이 스님이 달걀을 찾는 것이 괴이하다.'

24 서대석, 『한국구비문학대계』 2-2, 강원도 춘천시 춘성군편, 1981, 138–151면: 강원근, 〈한천자 전설(1)〉, 151–167면; 장명수, 〈한천자 전설(2)〉, 663–669면; 박치관, 〈한천자 전설〉 등 3편을 종합한 것이다.

하고 혼자 생각하고 세 개 중 한 개를 소죽 끓이는 솥에 삶은 뒤 식혀서 스님에게 드렸다. 스님은 달걀을 바랑에 잘 간수하였다.

한이 총각은 스님과 한방에서 자는 척하면서 스님의 동태를 주시하였다. 밤중쯤 되자 스님은 아무 말 없이 바랑을 지고 방문을 나서는 것이었다. 그래서 한이는 스님 모르게 스님 뒤를 쫓아갔다. 스님은 하늘의 별자리를 쳐다보며 가리산으로 올라가며 이곳 저곳을 살피더니 한 곳에서 패철을 꺼내놓고 지세를 살펴본 다음 땅을 파고 달걀 하나를 꺼내 묻고는 이리 저리 살피다가 다시 두 곳을 찾아 달걀을 묻고 밤하늘의 별자리들을 바라보고 무엇을 기다리는 듯 앉아 있었다. 한식경쯤 지났을 때 달걀 묻은 곳에서 닭 우는 소리가 나기 시작하였다. 제일 먼저 묻은 곳에서 제일 늦게 닭울음 소리가 났다. 스님은 이상하다는 듯 고개를 갸웃거리며,

"분명 이곳이 천자 명당인데 어째서 닭이 제일 늦게 울까?"

하고 중얼거렸다. 한이 총각이 이 광경을 보고,

"첫 번째 파고 묻은 곳에 아마 삶은 달걀을 넣은 모양이다. 삶은 달걀이 닭으로 되살아나는 명당이라면 천자명당이 분명할 것이다."

라고 생각하고 명당 장소를 눈여겨보고 기억한 다음 지름길로 내달아 먼저 집으로 와서 자는 척하고 누워있었다.

이튿날 스님은 고맙다고 인사를 하고 사라졌다. 한이는 퇴롱에 있는 아버지 시체를 꺼내 가리산에 제일 명당에 장사를 지내기로 하였다. 마을의 자기 또래의 머슴들에게 도와줄 것을 부탁하고 어머니

에게도 아무 날 아버지 장사를 지낼 터이니 술을 한 동이 얻어서 장지로 가지고 오라고 하였다. 그런데 시체를 쌀 수의도 관도 없어서 귀리집을 엮어서 만든 두루마리로 시체를 쌌다. 마을 머슴들은 친구 부친 장사지내는 것을 도와주어야 하겠는데 주인의 허락을 받기가 어려웠다. 그래서 모두 큰 산 나무를 하러 가겠다고 하고 나뭇가지를 따려고 장대에 낫을 매어 지게에 꽂아지고 한이네 집으로 모여들었다. 이렇게 해서 시체를 여럿이 교대로 지고 가리산으로 올라갔다. 한이는 늘 다니던 곳이라 밤중에 보아둔 곳을 금방 찾을 수 있었다. 달걀을 첫 번째 묻은 곳을 파내려 가니 이미 광중이 반듯하게 만들어져 있었다. 그래서 머슴들이 잠시 쉬었다가 하관을 하기로 하고 장지에 모여 앉아서 옷을 벗고 이를 잡기 시작하였다. 머슴들은 서로 다투어 이를 잡아 죽이며 여기 황소 한 바리 잡는다고 떠들어대며 수십 마리를 잡아 죽이었다. 그리고 시체를 광중에 넣으려고 하였다. 이때 한이 어머니는 마을의 여러 집으로 돌아다니며 술을 구걸하여 한 동이를 채워 이고 장지로 가는데 술이 출렁거려 넘칠까 보아 솥뚜껑으로 동이를 덮고 가리산으로 올라갔다. 장지에 도착하니 마침 하관하는 때이므로 술동이를 인 채 하관하는 것을 지켜보았다. 하관을 하려고 귀리집으로 엮은 두루마리를 풀으니 귀리집이 노랗게 떠서 햇빛에 반사되어 금빛처럼 빛났다. 이때 명당을 잡은 스님이 숨어서 이 광경을 지켜 보았다. 그리고 탄식하였다. 그 자리는 천자명당 자리가 분명한데 명당의 효험이 있으려면 시체를 금으로 만든 관에 넣어야 하고 기치창검을 높이 들은 군사들이 시체를 호위해야 하며, 장지에서는 하관하기 전에 소 50마리를 잡아 피를 내야하고 하관시에는 투구철갑을 한 장수가 지켜보아야 한다는 것이다. 그런데 귀리집을 엮어 시체를 싼 것이 황금 관 역할을 하였고 머슴들이 장대 끝에 낫을 매어 지게에 꽂아 지고 시체를 운구한 것이 마치 군사들이 기치창검을 들고 호위하는 모습과 같았으며 이를 잡아 죽이며 황소를 잡았다고 떠들은 것이 소를 잡아 피를 낸 것과 같은 효과를 내었다. 그리고 술동이 위에 솥뚜껑을 덮어 이고 하관을 지켜 본 한이 어머니가 투구 철갑을 한 장수의 형상과 같은 모습이었다. 그래서 그 후손이 틀림없이 천자가 되리라고 믿고 한이에게 조선에는 천자가 없으니 대국으로 들어가라고 하였다.

한이는 내평리를 떠나 중국으로 들어갔다. 그러나 먹고 살길이 없어 빌어먹는 거지신세가 되었다. 그리고 거지노릇을 하다가 젊은 여자 거지를 만나 부부가 되어 아들까지 낳았다. 그리고 빌어먹으며 어느 한 곳에 이르러 보니 족장인 왕이 죽어 큰 장사를 지내는데 이상한 광경이 벌어졌다. 새 대왕을 선출하는데 짚으로 북을 크게 만들어 달아 놓고 남자들은 모두 주먹으로 짚북을 쳐서 북소리가 나는 사람을 왕으로 추대한다는 것이었다. 수많은 사람이 짚북을 주먹으로 쳐보지만 북소리는 나지 않았다. 한이도 주먹으로 짚북을 쳐보았다. 그러나 아무 소리도 나지 않았다. 그런데 한이의 아들이 짚북을 향해 주먹을 내밀자 꽹하는 소리가 울려 퍼졌다. 그리고 사방에서 구름이 모이어 들고 뇌성을 울리며 비가 내렸다. 이 광경을 본 그 나라 신하들은 여기에 대왕이 계신다며 이 아이 앞에 무릎을 꿇고 대왕으로 맞이하여 모셨다. 이때 가리산 천자명당에서도 하늘에서 뇌성이 울리며 묘가 갈라지고 묻혔던 시체가 용으로 변하여 하늘을 날아 오르다가 물노리 앞의 산봉을 스치고 소양강으로 들어갔다. 지금 물노리 앞 산봉이 칼로 베어낸 듯 무너진 것이 그때 용이 지나간 자국이라고 한다.

한이의 아들은 왕으로서 교육을 받고 즉위하여 중국의 천자가 되었다. 그리고 자기의 선대 고향이 조선국인 것을 알고 강원도 춘성군 북산면 물노리 가리산을 찾아와 조부 산소에 제사를 지내러 다녔다. 그런데 중국의 천자가 나오려면 조선국에 사신을 보내 천자를 영접하도록 하였기 때문에 조선에서는 여간 귀찮은 일이 아니었다. 그래서 그 후손이 천자가 되어 조상의 묘를 찾겠다고 조선에 사신을 보내어 선조의 묘가 어느 곳에 있는가를 묻자 신하 중에 지혜가 있는 사람이 그곳은 구만이 고개를 넘어 삼천리 버덩을 지나 물노리를 지나야 도달할 수 있다고 하였다. 구만이 고개는 춘성군에 있는 어느 고개의 이름이고 삼천리 버덩도 들판의 이름이며 물노리는 가리산 밑에 있는 마을 이름인데 중국의 천자는 구만 개의 고개를 넘고 삼천리나 되는 습지를 건너고 배를 타고 바다를 지나야 되는 것으로 생각하여 너무나 멀고 험난한 길이라고 여기고 제사 지내러 나오는 것을 포기하였다고 한다.

이상 한천자 전설에 나탄난 천자 명당은 앞에서 살펴본 명태조나 청태조의 천자명당과는 성격이 다르다. 강원도 춘성군 북산면 물노리에서 필자는 이 전설을 채록하면서 가리산에 전설증거물인 천자명당에 실제 묘지가 있다고 들었다. 물노리 이장인 박치관은 한천자 전설을 이야기한 뒤 한천자의 조부묘라는 무덤에는 잡풀이 하나도 없는데 그 이유는 누구든지 묘지에서 잡풀을 뽑아주면 산삼을 캔다는 말이 퍼져서 풀이 나서 클 새 없이 뽑아버린다고 하였다. 또 묘는 시체가 용이 되어 빠져 나갔기 때문에 빈묘이고 용이 빠져나간 구멍이 있다고도 하였다. 그런데 천자명당의 산세에 대해서는 자세한 설명이 없고 다만 삶은 달걀을 묻어놓았는데도 닭으로 살아나 닭 울음 소리를 냈다는 것이다. 그렇다면 가리산의 천자명당은 닭과 관련이 있다고 본다. 그리고 시체를 금관에 넣어 묻어야 한다고 하였고 황소 오십 마리를 잡아 피를 보여야 하고 기치창검을 들고 시체를 운구해야 하며 투구철갑을 한 장수가 하관을 지켜보아야 한다고 하였다. 이러한 명당 예징을 보면, 이 명당은 황금이나 무력적 전쟁 영웅과 긴밀한 관련이 있음을 알 수 있다. 곧 이 명당에 조상의 묘를 쓰고 그 후손이 천자가 되려면 싸움에서 승리하여야 한다는 것을 암시한 것이라고 본다. 이 같은 천자의 조건은 어떤 집단의 문화와 관련을 가지는 것일까?

닭은 신라 경주지역에서 신성시되는 동물로 나타난다. 신라를 계림국이라고 하였고 박혁거세 왕비인 알영이 계룡의 몸에서 나왔다고 되어 있다. 닭은 날이 밝을 때 울음을 운다는 점에서 태양을 상징하는 새로 생각할 수도 있고 닭을 나타내는 십이지의 유(酉)가 나타내는 시간은 해가 진 저녁시간이기에 달과 관련을 가진다고 볼 수도 있다. 즉 닭은 천체의 운행을 알리는 동물로서 신성조의 성격이 있다. 그런데 알영이 태어난 알영정이란 공간은 우물이고 계룡은 용이라는 점에서 알영은 수신의 후예라는 성격을 가진다. 한천자 전설에서 닭이 울음을 운 명당에 묻힌 시신이 후손이 천자로 등극하는 날에 용이 되어 강물로 들어갔다는 것은 용신의 후예가 천자가 됨을 의미하는 것으로 볼 수 있다. 이처럼 이 전설은 용신신앙과 관련을 가진다.

중국에서 용신이 신성시된 왕조는 청이다. 금이란 국호를 청(淸)으로 바꾼 것은 오행설에 따른 것이라고 하는데 명(明)은 불을 나타내기에 금으로는 불을 이길 수 없고 물을 나타내는 국호를 써야 명을 제압할 수 있다고 생각하여 후금을 청으로 바꾸었다는 것이다. 청국에서는 천자의 상징으로 용을 내세웠다. 그리하여 팔기군의 깃발에서부터 궁전의 층계까지 모두 용을 그리고 새겼다. 이런 점을 고려하면 한천자는 청국의 황제라고 볼 수 있다.

그런데 한천자의 조상은 한반도의 머슴 출신으로 되어 있다. 이는 포의로 천자가 된 인물을 말한다고 할 수 있는데 청태조 누르하치는 명문 출신으로서 부조(父祖)가 모두 명의 관리로서 전쟁시에 참화를 당한 인물이고 누르하치 자신이 명의 관리로서 만주지역의 고을을 다스리다가 여진족을 규합하여 세력을 확장하여 개국의 터전을 마련한 인물이다. 포의로 부조의 기반이 없이 창업한 인물은 주원장이다. 주원장은 중국 역대 제업을 이룩한 창업주들 가운데 가장 신분이 미천한 인물이다. 한고조 유방도 미천한 신분으로 되어 있으나 주원장처럼 지역기반이 전혀 없는 인물은 아니었다. 이런 점에서 본다면 한반도에서 중국으로 건너가서 떠돌이 생활을 하다가 천자가 된 인물은 주원장과 유사하다. 그런데 주원장은 불교를 신봉하여 처음에 황각사로 들어가 중노릇을 한 인물이다. 명이란 국호는 해와 달을 합한 글자로서 광명이나 불의 의미를 담고 있다.

이 설화는 풍수전설인데 명당에 묘를 쓰면 후손이 잘 된다는 풍수사상을 실제 실현한 것이다. 여기에는 혈통이나 신분은 출세하는 데 아무런 문제도 되지 않는다. 조선에서는 머슴이고 중국으로 가서는 거지였던 인물이 명당에 아버지를 장사지내고 아들을 낳았는데 그 아들이 천자가 되었다는 것이다. 대체로 명당설화에는 죽을 지경에 이른 고승을 구해주고 그 보답으로 명당인 묘자리를 얻는 것으로 나타난다. 이 설화에서도 스님을 재워주고 달걀을 구해다 주는 등 스님에게 친절하게 한 것은 사실이나 스님이 알아낸 명당을 몰래 보고 차지한 것이지 스님이 한이 총각에게 명당을 잡아 준 것은 아니었다. 이런 점에서 한이 총각이 중국 천자가문의 조상이 된 것은 우연이라고 할 수밖에 없다.

그런데 천자가 되는 과정은 천자가 될 인물이 짚으로 만든 북을 주먹으로 치면 북소리가 울린다는 것이다. 그래서 천자명당에 부친의 묘를 쓰고 낳은 한이의 아들이 명당의 영기를 받아 짚북을 울리고 천자가 되었다고 하였다. 그렇다면 이러한 '짚북을 울리고 천자되기' 삽화는 어떻게 형성된 것인가? 짚으로 만든 북이 북소리를 내고 짚으로 만든 닭이 닭의 울음 소리를 내는 인물이 진정한 인물이라는 삽화는 〈제석본풀이〉 동해안 지역 전승본에 들어 있다. 당금애기가 낳은 아들이 부친인 스님을 찾아갔을 때 친자 확인 과정에서 이 같은 시험을 한다. 당금아기 아들 삼형제에게 부친인 스님은 너희가 나의 아들이 되려면 짚으로 북과 닭을 만들어 그 북이 북소리를 내고 그 짚닭이 닭울음을 울어야 된다고 한다. 아들들이 짚으로 북과 닭을 만들어 놓고 첫째아들이 짚북을 치니 천둥소리가 나고 둘째가 치니 지동소리가 나고 셋째가 치니 벼락치는 소리가 나고 짚닭도 홰를 치면서 닭울음을 울었다고 되어 있다. 그렇다면 고대 사회에서 짚북과 짚닭으로 어떤 인물의 진위를 가리는 일을 하였음을 알 수 있다. 천자명당의 예징으로 달걀이 닭 울음소리를 내었다는 것은 짚닭이 울음을 울었다는 것과 상통된다. 그리고 천자가 될 인물이 맨주먹으로 짚북을 치자 큰 북소리가 울려 퍼졌다는 것은 북을 울리는 능력이 천자의 자격시험에 중요한 요건이었음을 말해준다.

그렇다면 북소리를 내는 능력이란 어떤 능력을 말하는 것인가? 북은 굿을 할 때 사용하는 악기다. 굿을 시작할 때 먼저 북소리를 내는데 제주도에서는 이것을 '신청울림'이라고 한다. 이 말은 신에게 귀를 기울이게 하는 울림이라는 의미이다. 신에게 인간의 소원을 말할 적에 신이 귀를 기울여 들어주어야 하는데 인간들이 하는 무수한 말들을 신이 모두 들어 줄 수는 없기에 북소리를 울리고 하는 말만 듣는다는 것이다. 즉 북을 울리는 능력은 신에게 인간의 의사를 전달하는 능력으로서 사제자로서의 자격과 능력을 말하는 것이다. 신을 받들고 인간사회의 어려운 일들을 신에게 알리고 신의 의사를 알고 이를 인간들에게 전달하는 일은 고대통치자에게 가장 중요시되는 능력이었다. 제정일치 사회에서는 사제자가 곧 군장을 겸하였고 군장을 뽑을 때는 신의 의사를 물어서 신이 지정하는 인물을 추대하였다. 이러한 고대사회의 유습이 제정(祭政)이 분리된 후대에까지 남아 천자의 자격시험으로 이야기에 남게 되었다고 본다.

(2) 명태조 전설과의 비교

이 설화는 중국의 천자명당 설화인 명태조 전설과 닮은 점이 많다. 명당을 알아보는 인물이 한국에서는 스님이고 중국에서는 도사로 다르게 나타나지만 이야기 속에서의 기능은 같다. 명당이라는 근거 역시 삶은 달걀이 닭으로 살아나서 울음을 운다는 것과 마른 나뭇가지가 잎이 돋아난다는 것으로 죽은 것이 다시 살아나는 생기가 충만한 땅이 명당이라는 것이다. 또한 명당을 차지한 인물이 명당을 알아본 사람을 속인다는 점도 일치한다. 한이라는 총각은 스님의 뒤를 밟아 그 행위를 몰래 엿보고 명당임을 알았으면서도 끝내 스님에게 알리지 않았고 희조는 도사들의 말을 듣고 귀머거리 행세를 하면서 새잎이 돋아난 나뭇가지를 뽑아버리고 마른 나뭇가지를 꽂아 놓아 도사를 끝까지 속이려 하였다. 결국은 명당을 차지한 사람의 후손이 천자가 되었다는 결말 역시 공통점이 있다.

이처럼 한천자 전설과 중국의 명태조전설은 다음과 같은 공통된 서사단락을 보유하고 있다.

1. 명당을 알아보는 명풍수가 등장하여 명당을 지정한다.
2. 천자명당에는 생기가 충만하다는 명당으로서의 예징이 나타난다.
3. 천자 될 사람의 선조가 이 명당을 알아낸다.
4. 천자 되는 사람의 선조의 유해를 천자명당에 장사 지낸다.
5. 후손이 천자가 된다.

천자명당 이야기에는 우리 민족의 우수성을 드러내려는 의취가 담겨 있다. 천자는 가장 고귀한 인물로서 모든 사람이 추앙하는 존재이다. 통치자를 하느님의 아들인 천자로 일컬은 것은 하느님의 혈통을 이은 자만이 천하를 다스릴 수 있는 자격이 있다는 사고를 나타낸 것이다. 이러한 천자가 한반도에서 생장한 인물이라는 이야기가 전승되는 것은 중국이 영토가 아무리 광활하다 해도 통치자와 같은 훌륭한 인물은 한반도에서 배출된다는 의식이 작용한 것이라고 생각된다.

6) 천자전설에 나타난 민족의식

천자전설에는 천자명당 전설이 핵심을 이루고 있는데 명태조전설과 청태조전설에 공통된 천자명당은 물속에 명당이 있다는 것이다. 일반적인 풍수이론에서는 수중명당은 잘 거론하지 않는다. 음택풍수이건 양택풍수이건 물속은 명당이 되기 어렵다. 풍수(風水)란 말의 어원을 보아도 지기(地氣)는 바람에 흩어지고 물을 만나면 멈춘다고 하였다. 그래서 산줄기 사이에 흐르는 물이 보이는 곳이 묘지로 선정되었다. 이런 곳에 지기가 모인다고 하는데 지기가 흐르거나 멈춘 곳은 지상의 땅속이지 물속에 있는 땅밑은 아니다. 명당의 조건은 시신이 잘 썩어 탈육이 잘 되고 백골이 곱게 지는 곳으로서 수기가 과도하게 많으면 살이 썩지 않기에 묘지 물이 드는 곳은 기피하였다. 그런데 천자명당 전설에 수중명당은 물속에 있는 용이 누워 있는 모습을 한 와룡석이거나 돌부처나 돌미륵으로 나타난다. 그리고 명당의 혈은 오른쪽 귀와 왼쪽 귀로 되어 있어 귓구멍이 바로 명당 혈로서 부친의 유골(遺骨)을 귓구멍에 넣거나 귀에 걸어 놓는 것으로 되어 있다. 이는 물속에다가 시신을 담가놓는다는 것인데 이러한 명당의 선택과 장법(葬法)이 어디에서 유래하였는지 알 수 없다. 한반도에서는 대체로 산줄기를 따라 지기가 흐른다고 보고 산줄기가 벋어내린 모양과 주변의 산세를 보고 명당을 판별하여 산중에서 명당을 찾아내고 조상들의 묘지를 썼다. 그렇다면 수중명당을 천자가 태어난다는 천하제일의 명당으로 생각한 설화에 담긴 의식은 어떤 문화와 사상과 관련을 가지는 것인가?

명당이 물속에 있다는 것은 물의 생명력에서 신이한 힘을 받을 수 있다는 사고라고 할 수 있다. 물은 생명의 원천이다. 물이 없으면 모든 생물이 생명을 유지할 수 없다. 그래서 물이 존중되고 물을 관장하는 수신이 숭앙되었다. 물은 하늘에서 내려오는 빗물, 그리고 골짜기의 샘물이나 개울에서부터 시내나 강 그리고 바다에 이르기까지 그 규모가 다양하다. 묘지를 쓸 만한 수중 공간은 호수나 하천, 그리고 바다라고 할 수 있는데 흐르는 물보다도 고여 있는 정지된 물이라야 시신을 고정시킬 수 있다. 그래서 수중명당이 연못이나 바다 속으로 되어 있다.

물이 신성시된다는 것은 물을 관장하는 신을 숭앙하기 때문이다. 산은 높다고 유명한 것이 아니고 신선이 살아야 명산이고 물은 깊다고 신령스러운 것이 아니라 용이 있어야 신령한 물이라(山不在高 有儒 則名 水不在深 有龍則靈)는 이밀(李密)의 〈누실명(陋室銘)〉에서의 언급과 같이 명당에는 신령한 기운이 서려 있고 이러한 기운을 느끼는 것은 신령한 존재인 신을 의식하기 때문이다. 그래서 수중의 명당은 수신계의 혈통을 타고난 인물이 차지한다. 명태조나 청태조의 출생담에도 그 부친의 혈통이 물과 친연성이 강한 물개나 수달로 나타난다. 야래자 설화에서 야래자는 뱀, 거북, 자라, 지렁이, 수달, 물개 등 다양하게 되어 있으나 대체로 물과 친연성이 있는 동물들이다. 수중에서 생활하는 동물의 혈통을 천자에게 접맥시킨 것은 이러한 동물이 신성성을 지닌 수신적 성격을 가졌기 때문이라고 본다. 즉 수신신앙과 수중명당이 긴밀하게 관련이 있다고 보는 것이다.

수신은 비를 내리는 용신으로 숭앙되기도 하였고 바다의 신인 용왕신으로 형상화되기도 하였다. 그러나 강이나 하천의 물을 관장하고 물고기류의 삶을 주관하는 신이 수신으로 신봉되었다. 수신을 하백(河伯)이라고 하는데 하백은 고구려 국조 주몽의 외조부로 되어 있다. 이처럼 국조의 혈통에 수신이 등장하는 것은 아득한 옛날부터였다. 그런데 고구려 〈주몽신화〉에서는 모계가 수신으로 되어 있고 천신인 해모수가 물속에 동실을 만들어 유화를 유인한 것으로 되어 있다. 수중에 만들어진 동실과 수중에 잠겨 있는 석상의 천자명당은 유사한 성격을 가진다. 다만 천자명당전설에서는 천자의 부계가 물과 친연성이 강한 존재로서 수신적 성격을 보여준다. 밤에 몰래 찾아와 여인에게 임신을 시킨 존재는 수중 동물이고 이러한 수신의 혈통을 타고난 아이는 헤엄을 잘하여 수중의 천자명당에 부친을 장사지낼 수 있었다. 그렇다면 천자의 부친은 수중에서 생활하는 동물이었으니 죽어서도 그 시신은 수중으로 돌아가는 것이 마땅하다. 태어난 곳이 곧 죽어서 갈 곳이라는 반본(返本) 의식에서 화장(火葬), 매장(埋葬), 풍장(風葬), 수장(水葬) 등의 장묘법(葬墓法)이 나타났다. 즉 인간이 하늘에서 왔다고 생각하면 화장이나 풍장을 하여 시신을 천공으로 날려보내고 땅에서 나왔다고 생각하면 땅에 묻어 땅속으로 스미게 하고 물에서 나왔다면 물에 띄워보내는 것이 근본으로 되돌려 보내는 방법이었다. 이런 점에서 수중의 묘지를 찾아낸 것은 인간이 물에서 나왔다는 신화와 관련을 가진다.

그런데 모든 생물이 물로부터 나왔다는 만족신화가 있다. 만족의 창세신화에는 아부카허허라는 창세여신이 등장하는데 이 신은 물거품에서 탄생하였고 물이 있는 곳이면 어디에나 존재하는 생명의 원초적 신으로 나타난다. 인간을 만들 때에도 여자부터 만든다. 이런 점에서 청태조 전설은 만족의 수신신앙과 관련을 가지고 있음을 알 수 있다. 수중의 명당은 와룡석, 동부처, 돌미륵 등으로 나타나는데 용이나 미륵은 수신적 존재로 볼 수 있다. 용은 바다를 관장하고 비를 관장하기에 수신으로 숭앙되었다. 미륵은 불교의 미륵불을 말하는 것으로 생각하기 쉬우나 고어에서 용을 '미르'라고 하였고 물을 '밀'이라고 한 점을 보면 토속신앙에서 수신이 불교신의 명칭으로 바뀌어진 것으로 볼 수 있다. 미륵에서 다시 돌부처로 명당이 바뀌어진 것은 불교신앙이 한반도에서 자리잡으면서 부처님의 영험력이 일반인들에게 널리 확산되었기 때문이라고 본다.

그런데 풍수학에 밝은 지사나 이성계와 같은 인물이 수중 명당을 찾아내어 묘를 쓰려고 하였다는 점이 이해하기 어렵다. 특히 주원장과 이성계가 서로 비교되고 청태종과 정충신이 비교되면서 대국천자가 위대한 인물임을 드러낸 것은 대국인 중국의 강성함과 위대함을 인지한 징표라고 본다. 이는 임진왜란이나 병자호란과 같은 국난을 겪으면서 강대한 중국의 힘을 피부로 느낄 기회를 가졌기 때문이다. 임진왜란시 조선의 군사력만으로는 왜군을 대적할 수 없었다. 그래서 명의 원군을 청해왔고 전란이 끝난 이후는 임진동구지은(壬辰東救之恩)이라고 하여 명나라가 구원병을 보낸 은혜를 잊지 않고 명나라와 의리를 지키려고 하였다. 조선은 이성계가 세운 국가이고 명나라는 주원장이 세운 국가이기에 명과 조선의 대비를 주원장과 이성계의 대비로 나타냈다고 본다. 즉 주원장이 이성계보다 더 큰 인물이어서 중국의 천자가 되었다고 한 것은 중국이 조선보다 더 강대한 나라이기에 중국의 천자가 조선의 국왕보다 더 큰 인물이라는 의식에서 형성된 삽화라고 본다.

천자검 설화에서 조선의 명장 정충신이 청태종에게 천자검을 바치고 도망쳤다는 삽화 역시 병자호란시에 청국에게 조선이 굴복하는 것을 체험하고 청태종이 큰 인물이라는 인식에서 형성된 것으로 볼 수 있다. 조선에서 가장 존귀한 인물은 국왕이다. 그런데 임란이 일어나자 선조는 도성을 떠나 의주로 피신하였고 병자호란이 일어나자 인조는 남한산성으로 대피하였다. 그런데 인조는 청군의 공세를 견디지 못하고 청태종에게 굴항하고 말았다. 국왕이 항복을 한다는 것은 국왕을 섬기는 조선의 신민 모두가 굴항하는 것이다. 정충신(鄭忠信, 1576-1636)은 임란시에 권율의 휘하에서 종군하였고 인조가 즉위하자 안주목사로 방어사를 겸임하였고 이괄란이 일어나자 도원수 장만(張晩, 1566-1629)의 휘하에서 전부대장(前部大將)이 되어 난을 평정하는 데 큰 공을 세워 금남군(錦南君)에 봉해진 인물이다. 특히 청나라 사정에 밝아 정묘호란시에는 평안도 병마절도사로서 부원수를 지냈다. 그는 임경업과 함께 청국이 두려워하는 조선의 명장이었다. 이러한 인물이 청태종의 안광과 호통소리에 기가 죽어 도주하였다고 한 것은 호란에서 패배한 이유를 국세의 허약함에서 찾지 않고 청태종이란 인물의 위대성 때문으로 인지한 증표라고 본다. 국제적 정세에 밝지 못한 이야기 구연자들은 대체로 전쟁의 승패가 지도자 개인의 능력과 영웅성에 달려 있다고 생각하는 경우가 많다. 이른바 영웅시대에서 일반에게 널리 퍼진 의식인데 역사는 개인적 영웅에 의하여 창조되고 변혁된다고 보는 것이다. 이러한 의식을 천자검 이야기에서도 읽어낼 수 있다.

3. 금척(金尺)전설과 치병척(治病尺) 설화

1) 금척전설

천자명당설화와 함께 검토할 이야기가 금척설화이다. 금척릉 전설 또는 금척리 전설로 알려진 이 이야기는 신라의 시조 박혁거세 왕이 꿈에 신인으로부터 왕의 증표로 드리는 것이니 대대로 길이 전하라는 말과 백성들 중에 병이 든 사람은 이 자로 몸을 재면 즉시 낳을 것이라는 말과 함께 금척을 받았는데 꿈을 깨고 보니 신인은 간데없고 금자 하나가 있었다는 것이다. 왕은 이것을 보물로 삼아 귀중히 보관하여 후대로 전하였는데 당나라 황제가 이를 알고 사신을 보내 보여 달라고 하므로 왕은 이를 빼앗길까 염려하여 삼십여 기의 작은 무덤을 만들어 어느 한 무덤에다 묻어버렸는데 이 무덤을 금척릉(金尺陵)이라 하고 이 무덤이 있는 마을을 금척리(金尺里)라고 한다는 것이다.[25]

위의 금척전설은 왕권상징물에 대한 신화적 성격이 있는데 조선왕조의 왕권을 신성시하는 지배층신화로서 재현되기도 하였다. 『조선왕조실록』에는 이성계의 꿈이야기로 나타나고 조선왕조 개창의 일등공신인 정도전(鄭道傳, 1337-1398)은 악장(樂章)〈몽금척(夢金尺)〉과 당악정재(唐樂呈才)〈몽금척〉에 이 설화를 수용하였으며, 조선의 왕권신화적 성격을 띠는 〈용비어천가(龍飛御天歌)〉에도 수용되어 이성계의 신이성을 부각시키고 있다. 또한 대한제국 시기에는 〈금척대훈장(金尺大勳章)〉으로 재현되기도 하였다.[26]

여기서 박혁거세가 신인에게 받은 금척은 인세의 통치권을 신으로부터 부여받은 통치자로서 징표인데 당나라 황제는 이런 통치자의 징표가 없었다는 것이다. 이는 인세의 진정한 통치자는 당나라 황제가 아니라 신라의 왕이라는 의미가 담겨 있다. 그리고 통치권의 상징인 금척은 끝내 중국에게 빼앗기지 않고 한국에 보존되어 있다

---

25 최상수, 앞 책, 247-248면 참조.
26 강진옥, 口傳說話 類型群의 存在樣相과 意味層位, 이화여자대학교 대학원 박사학위 논문, 1986 참조.

는 것이다. 이는 중국의 천자가 한반도에서 태어난 한국인이라는 의식과 상통하는 관념이라고 생각한다.

신인(神人)이 하사한 금척은 길이를 재는 자로서 통치를 하려면 크고 작고 길고 짧은 것을 객관적으로 분별해야 하는데 이러한 일을 수행하는 도량형 도구이다. 통치자는 세금을 거둬들이고 공동으로 생산한 것은 공동체 구성원에게 공정하게 분배하는 일을 행하여야 한다. 그런데 공정한 분배의 정의를 실현하기 위해서는 이를 재는 도구가 있어야 한다. 이런 의미에서 금척은 길이를 측량하는 도구이면서 동시에 인간사회의 질서를 유지하기 위한 법과 제도를 말한다고 본다. 인간이 함께 살려면 사회에서 정한 법규를 만들고 이를 지키면서 공정한 경쟁을 해야 하고 이해관계로 분쟁이 발생하면 정해진 규정에 따라 시비를 분변하여 판결을 하고 중재해야 한다. 이러한 통치권자의 법집행 행위 전반이 금자로 표징(標徵)되어 나타난 것이다.

그런데 금척은 치병의 기능도 가지고 있었다. 금척을 사용하는 존재가 통치권을 행사하는 군주라는 점에서 금척을 사용하여 치료하는 병은 국가적 재앙이 될 수 있는 역병과 같은 전염병을 말한다고 볼 수 있다. 역병은 무서운 재앙이다. 이러한 질병을 다스리는 일은 의원 개인이 감당할 수 있는 것이 아니기에 금척을 사용하는 국왕이 나서야 한다. 이처럼 금척은 법과 제도로 사회정의를 실현하는 기능과 질병을 치료하는 두 가지 기능이 있는 신성한 기물이었다.

그렇다면 금척이 없는 당나라 황제는 신이 인정하는 통치권이 없다는 것이고 이는 공정한 분별과 판단으로 통치를 하는 진정한 군주(君主)가 아니고 폭력으로 통치권을 장악한 존재라는 의미가 된다. 그래서 당나라 황제는 천신에게 금척을 달라고 하지 않고 신라왕이 가진 것을 빼앗으려고 한 것이다. 그런데 신라왕은 금척을 빼앗기지 않으려고 삽십여 기의 무덤을 만들어 그 무덤 중 한 곳에 묻었다. 금척을 무덤 속에 감추었다는 것은 금척이 신라에 존재하기는 하지만 사용하지 않는다는 의미가 잠재되어 있다. 흔히 사용하지 않는 물건이나 실행하지 않는 법령을 사장(死藏)한다고 하는데 금척을 무덤에 묻었다는 것은 바로 공정한 법규와 신이한 의술이 사장되었다는 것이다. 유능한 군주라면 정정당당하게 금척의 소유권을 주장하여 내어주지 않으면 될 터인데 빼앗길 것을 겁내어 무덤에 묻어 감추었다는 것은 현명한 처사라기보다는 무능한 인물의 비겁한 행위라고 본다.

그런데 왜 이러한 자랑할 것도 없는 전설을 전승하는 것일까? 땅속에 묻힌 금척은 언제든 다시 세상에 나타날 가능성이 있다는 점에서 가능성이나 희망을 준다는 의미가 있다고 본다. 심십여 기의 무덤이 많다고 해도 제한된 공간에 한정되어 있기에 마음만 먹으면 얼마든지 금척을 다시 찾아낼 수 있을 것이다. 그런데 아무도 금척을 찾아내려는 노력을 하지 않았다. 이는 진정한 통치자가 등장하지 않고 있음을 말한다. 이런 점에서 금척을 찾아낸 진정한 군주가 나타나서 바른 정치를 하는 날이 언젠가는 도래할 것이라는 믿음과 희망이 이 금척릉 전설에 담겨 있다고 본다.

2) 치병척(治病尺) 설화 – 대길몽(大吉夢) 설화

금척전설은 금척신화라고 할 수 있는 신성왕권의 유래를 이야기한 것이다. 그런데 이 설화가 민간에서 민담으로 변모되어 전승된 이야기로 〈치병척(治病尺)〉이 있다. 이러한 유형의 이야기를 〈큰 꿈〉, 〈대길몽(大吉夢)〉이라고도 하는데 금척의 기능 중에 병을 고치는 기능에 초점을 맞추어 재편된 것이다.

옛날 한 마을에 총각 하나가 있었는데 하루는 신기하고 별난 꿈을 꾸었다. 그래서 그 총각은 별난 꿈을 꾸었다고 온 동네를 떠들고 다녔다. 그런데 사람들이 무슨 꿈을 꾸었느냐고 물으면 말할 수 없다고 하고 원님한테나 말하겠다고 하였다. 이 소리가 원님에게 전해지자 원님은 이 총각을 데려다가 꿈 이야기를 하라고 하였다. 그러나 총각은 임금님에게나 말하겠다고 하고 꿈의 내용을 말하지 않았다. 원님은 화가 나서 이 총각을 옥에 가두었다. 총각이 감옥에 있는데 어린 쥐 둘이 와서 서로 싸우더니 한 마리가 죽어버렸다. 조금 있으니까 어미 쥐가 입에 이상한 막대기를 물고 와서 죽은 새끼를 막대기로 이리 재고 저리 재고 하니까 죽은 쥐가 살아났다. 총각은 이것을 보고 저 막대기가 신기한 보물이 분명하다고 생각하고 쥐에게 달려들어 막대기를 빼앗자 쥐는 막대기를 버리고 달아나 버렸다.
이때 나라에서는 임금이 사랑하는 공주가 갑자기 병이 들어 죽었다. 이 소식을 전해들은 총각은 원님에게 자기가 공주를 살려낼 수 있다고 하였다. 원은 임금에게 총각의 말을 전하고 총각은 대궐로 들어갔다. 총각은 임금에게 공주를 살리겠으니 아무도 공주가 있는 방에 들어오지 못하게 하여 달라고 하였다. 임금이 허락하자 총각은 공주를 발가벗기고 쥐에게서 빼앗은 막대기로 공주의 몸을 이리 저리 재었다. 그러자 죽은 공주는 살아났다. 임금은 총각에게 소원을 물었다. 그러나 총각은 아무것도 바라지 않는다고 하였다. 공주는 총각이 자기의 알몸을 모두 보고 만졌음을 알고 다른 남자에게는 시집을 가지 못하겠다고 하였다. 임금은 총각을 부마로 삼았다.

그 후 대국에서 천자가 사랑하는 공주가 갑자기 죽었다. 천자는 조선에 죽은 사람을 살려내는 사람이 있다는 말을 듣고 그 사람을 보내라고 조선 왕에게 통지를 하였다. 조선왕은 부마를 대국으로 보냈다. 이 사람은 중국 천자에게 죽은 공주를 자기에게 맡기고 아무도 접근하지 못하게 하였다. 그리고 공주를 발가벗기고 막대기로 요리조리 재자 공주는 살아났다. 그리고 부끄러워하며 자기는 다른 사람에게는 시집을 가지 않겠다고 천자에게 말하였다. 천자는 할 수 없이 이 사람을 부마로 삼았다. 이 사람은 병 고치는 자막대기 덕분에 조선과 대국의 양국부마가 되어 양국 공주를 거느리고 살았다. 어느 날 중국의 공주는 금대야에 물을 떠다가 왼쪽 발을 씻고 조선국 공주는 은대야에 물을 떠다가 오른쪽 발을 씻어주었다. 이때 비로소 자기가 한 발은 해를 딛고 다른 한 발은 달을 딛고 천하를 호령하는 꿈을 꾸었다고 꿈이야기를 하였다. 대체로 길몽은 꿈 이야기를 남에

게 하면 꿈이 보여주는 예징(豫徵)이 허사가 되기에 말을 하지 않아야 한다는 것이다.[27]

이 이야기에는 꿈의 예징과 실현이라는 의미와 죽은 사람을 살려 내는 신기한 자를 사용하여 한미(寒微)한 서민 총각이 양국부마로 출세한다는 서민의 낭만적 꿈을 담고 있다. 대체로 이야기는 인과론적 구성으로 전개되어야 흥미를 끌 수 있다. 이 이야기의 발단은 한 서민 총각이 큰 꿈을 꾸었다고 하면서 꿈 내용을 밝히지 않다가 이야기가 끝날 때 꿈 이야기를 한다는 점에서 사람의 궁금증을 자극하여 관심을 끄는 수법을 쓰고 있다. 꿈을 꾼 총각이 신이한 보배인 치병척을 얻는 과정은 참으로 황당하다. 쥐가 죽은 새끼쥐를 살려내는 것을 보고 쥐에게서 이것을 쉽게 빼앗았다는 것인데 이러한 엄청난 보배를 하찮은 동물인 쥐가 물고 다니며 사용하였다는 것이나 별 힘도 들이지 않고 쉽게 획득할 수 있었고 누구에게 배우지 않고도 사용법을 터득하여 죽은 사람을 살려 낼 수 있었다는 것도 민담적인 허구로서 진실성을 결여하고 있다. 이러한 보배 자가 실제로 있었다면 죽어 없어지는 사람이 없었을 것이다. 그리고 어떤 사람은 살릴 수 있고 어떤 사람은 살리지 못한다는 제한도 없기에 보배 자를 가진 사람은 인간의 생사를 관장하는 신적 존재로 군림할 수 있었을

---

27 이 설화는 여러 지역에서 많은 각편이 채록되었는데 임석재, 임석재전집4 『한국 구전설화』 강원도 편, 224–226면 〈大吉夢〉, 226–230면 〈大吉夢〉 등의 자료를 중심으로 필자가 재정리한 것이다.

것이다. 그러나 큰 꿈을 꾸고 두 나라 부마가 된 주인공은 아무에게
도 꿈 이야기를 하지 않았고 신기한 자막대기 자랑도 하지 않았다.
그래서 아무나 살려달라고 찾아오지 않아서 부귀를 온전히 누릴 수
있었다고 할 수 있다. 이는 지켜야 할 비밀은 끝까지 지켜야 한다는
교훈을 주는 부분이라고 생각할 수 있다.

3) 신화에서 민담으로의 변모

〈치병척〉이야기는 한 서민 총각이 병 고치는 자를 얻어 양국 부
마가 되어 부귀하게 된다는 사연을 길몽(吉夢)과 관련시켜 지어낸 민
담이다. 금척설화에서도 신인에게서 받은 금척이 병을 고치는 기능
이 있음을 말하고는 있으나 구체적으로 어떤 사람의 무슨 병을 어떤
방식으로 고쳤다는 사연은 전혀 없다. 금척은 통치권의 상징이므로
구체적 사용방법이 중요한 것이 아니다. 통치권이 있으면 통치를 하
기 위하여 여러 가지 도량형을 만들어 사용해야 한다. 무게를 다는
저울이나 길이를 재는 자나 양을 헤아리는 되나 말이 모두 도량형
이다. 공정한 분배를 하는 것이 통치자의 주요한 책무인데 이를 위
해서는 소득이 얼마인가를 정확하게 파악하여야 하고 그에 따라 세
금을 거둬야 한다. 또한 공동체에서 공동으로 생산한 곡식이나 가
축 등을 구성원에게 나누어줄 경우에도 저울이나 됫박이나 자가 필
요하다. 그 밖에 물물교환을 하는 무역거래에서도 이러한 도량형이
있어야 한다. 그런데 이처럼 생산, 분배, 교역에서 사용되는 자막대

기가 민담에서는 병을 고치는 신기한 주능이 있는 보배로 등장한 것이다.

　병을 고치는 자, 즉 치병척(治病尺)은 통치자가 필요로 하는 것이 아니라 병을 고치는 일을 전문적으로 하는 의원이 가지고 있어야 할 도구이다. 병 중에서 가장 무서운 병은 죽을 병이다. 만약 죽은 사람을 살려내는 재주가 있다면 이 세상에서 못 고치는 병은 없을 것이다. 치병척은 바로 이러한 인간의 염원을 반영한 것이다. 그런데 통치의 법규로 중요시되는 준척(準尺)이 치병척으로 바뀌고 치병척을 운용하는 주체가 임금에서 한 서민 총각으로 바뀐 것은 신화에서 민담으로의 전이(轉移)를 드러낸 것으로 주목된다. 신화는 주로 국가 차원에서 왕권을 신성시하기 위해 재편된 이야기이다. 신화의 주인공은 통치권을 행사하는 집단의 수장(首長)이고 통치를 원활하게 하기 위해서는 비판을 금기시(禁忌視)하는 신성성을 부여하는 것이 필요하다. 그래서 금척은 신이 부여한 신성한 권리의 상징물로 되어 있다. 그런데 민담의 향유자인 일반 서민들은 통치를 받는 존재이기에 통치권에는 관심이 없다. 서민의 염원은 건강하게 오래 사는 것인데 먹을 것이 있고 병이 들지만 않는다면 이러한 염원을 실현하는 데 큰 어려움이 없다. 먹는 것을 얻으려면 열심히 일을 하면 되지만 병이 든 것을 고치는 것은 아무나 노력만으로 할 수 있는 일이 아니기에 치병척과 같은 보배를 상상하게 되었다고 볼 수 있다. 또한 세상에서 가장 고귀하다는 임금이나 천자도 병을 고치거나 죽은 사람을 살려내지는 못하는 존재로 등장하고 있어 권력도 의학과 같은 전문적 학식이나 기술이 있는 사람은 어찌할 수 없다는 것을 말하고 있다고 할 수 있다.

금척신화와 치병척 민담을 대비해 보면 신화적 성격과 민담적 성격이 극명하게 드러남을 알 수 있다. 금척을 받은 인물은 국왕으로서 인간 사회에서 가장 존귀한 존재이다. 반면 치병척을 획득한 인물은 미천한 서민이다. 금척은 신인에게서 받았다고 하고 당나라 황제가 탐을 냈다고 하여 신성한 기물이라는 점만 강조하고 실제로 어떻게 사용하였다는 사연이 없이 땅속에 묻혀버리고 만다. 이처럼 신성성이 강조되는 것은 신화의 공통된 특징이다. 이에 반하여 치병척은 선택된 인간에게 주어진 보물이 아니고 인간 자신의 노력으로 획득한 것이다. 이러한 보패를 가진 자는 보패를 자랑하지 않아 남들이 가진 줄 몰랐으며 필요할 때 은밀하게 활용하여 부귀를 획득하였다.

치병척 설화는 일반인의 이상인 생활상의 풍요와 결혼을 통한 가정의 행복을 추구하는 작품세계를 구축하고 있다. 그러면서도 이야기의 내용은 다분히 믿을 수 없는 황당한 내용으로서 진실성이 결여되어 있다. 이는 민담의 작품세계의 공통된 특징이다.

제 **4** 장

–

민담의 의미와 해석

민담은 신화나 전설과 달리 흥미에 초점이 있는 이야기이다. 그래서 증거물도 없고 이야기하는 사람의 태도도 진지하지 않으며 이야기 내용의 진실성 여부도 따지는 사람이 없다. 민담에는 동물담, 일반담, 소화 등이 있는데 본격적인 동물담은 동물유래담이나 동물우화이며 사람과 동물이 함께 등장하는 경우도 많다. 동물이 등장하지 않는 이야기는 역사적 사실과 관련된 이야기나 현실적 체험에서 형성된 이야기들이 많다. 순수민담은 현실적 체험에서가 아닌 상상력으로 만들어진 이야기들인데 비현실적 작품세계를 보여준다. 세계적으로 널리 전승되는 순수민담은 전래동화라고도 하는데 사람과 동물, 그리고 초인적 신령이 함께 등장하여 신비한 세계를 구축한다. 이 자리에서는 이러한 순수민담에 속하는 이야기 유형들 중에서 〈호랑이 형님〉, 〈호랑이와 곶감〉, 〈구렁덩덩신선비〉, 〈네모난 구슬〉, 〈구렁이와 지네의 승천다툼〉, 〈종소리〉 등을 검토하기로 하겠다.

1. 호랑이 이야기

한국의 대표적 동물담은 호랑이 이야기와 뱀 이야기이다. 특히 호랑이는 옛날 사람들이 두려워하는 맹수였고 산신(山神)의 사자(使者), 또는 산신 자체로 숭앙의 대상이 된 동물이다. 『삼국지』위지(魏志) 동이전(東夷傳) 〈예(穢)〉조에는 "호랑이를 신으로 여기어 제사를 지낸다(祭虎以爲神)."라고 기록되어 있다. 예의 고토이었던 강원도 지역에서 호랑이 이야기가 많이 전승되는 것은 우연이 아니라고 본다.

호랑이 이야기는 종류도 많고 내용도 매우 다양한데 대체로 사람과 호랑이가 우호적 관계를 가지는 이야기와 적대적 관계를 가지는 이야기로 양분할 수 있다. 우호적 관계를 가지는 이야기의 대표적 유형은 〈호랑이 형님〉, 〈효자와 호랑이〉, 〈열녀와 호랑이〉 등이다. 적대적 관계를 나타낸 이야기는 〈호식명당〉, 〈호식당할 팔자〉, 〈금강산 호랑이 잡기〉등으로 호랑이와 인간이 대결하는 모습을 보여준다. 그 밖에 〈토끼와 호랑이〉, 〈호랑이와 곶감〉, 〈호랑이와 소나기〉처럼 호랑이를 속이거나 호랑이 스스로 속는 소화적 성격의 이야기도 많이 있다. 이 자리에서는 인간과 우호적 관계를 나타낸 이야기로 〈호랑이 형님〉, 적대적 관계를 나타낸 이야기로 〈포수와 호랑이〉, 그리고 소화적 성격을 가지는 〈호랑이와 곶감〉을 검토하기로 하겠다.

1) 호랑이 형님

〈호랑이 형님〉은 조동일 분류안에 〈712-11 형이라고 하니 그런 줄 안 호랑이〉라는 이름 아래 〈호랑이 형님〉(대계 1-7), 〈호랑이 꼬리에 흰 털이 생긴 이유〉(대계 2-6), 〈대관령의 유래〉(대계 2-7), 〈호랑이와 호형(呼兄)하고 지낸 사람〉(대계6-4), 〈호랑이를 효자로 만든 사람〉(대계7-9), 〈호랑이 덕에 출세한 머슴〉(대계7-14) 등 6편의 각편이 정리되어 있다. 이들 각편은 편차가 매우 심한데 비교적 내용이 갖추어진 강원도 지역 전승본을 참조하여 교합본을 만들어 내용을 정리하기로 한다.

홀어머니를 모시고 사는 한 총각 아이가 깊은 산으로 나무를 하러 갔다가 큰 호랑이를 만났다. 아이는 도망갈 수도 없고 싸울 수도 없다고 생각하여 한 꾀를 내어 호랑이 앞으로 나가 넙죽 절을 하면서,
"형님! 어머니가 그렇게 그리워 보고 싶어 하시던 형님을 여기서 만나네요."
라고 하였다. 호랑이가 이상하게 여겨,
"네가 누군데 나보고 형님이라고 하느냐?"
하고 물었다. 총각은,
"어머니가 저보다 먼저 아들을 낳았는데 그만 호랑이로 변하자 사람들이 해칠까 봐서 산으로 보냈는데 어떻게 사는지 모르겠다고 늘 형님 걱정을 하시면서 지냅니다."

라고 말했다. 호랑이가 생각해보니 자기가 어디서 태어났는지 부모가 누구인지 생각이 나지 않아 '아마 저 애 말대로 저 아이 어머니가 내 어머니인가 보다' 생각하고,

"그래 그러면 인간들은 나를 무서워하고 나도 포수를 만날까 걱정이 되어 어머니를 찾아보기는 어렵지만 네가 사는 곳을 가르쳐 주면 내가 몰래 가서 어머니 모습이라도 보고 싶다."

고 말했다.

나무꾼은 호랑이가 제 말을 곧이듣자 이제는 살았다 생각하고 자기가 사는 집을 가르쳐 주었다.

호랑이는 나무를 꺾어서 잠깐 사이에 한 짐을 해주었다. 아이가 집으로 돌아오자 어머니가 나뭇짐을 보니 모두 손으로 꺾어 묶은 것이어서 어쩐 일이냐고 물었다. 아이는 호랑이 만난 이야기를 어머니에게 하였다. 그리고, 호랑이가 어머니를 만나러 오겠다고 하니 어머니는 무섭더라도 참고 호랑이가 오거던 그저 눈을 꽉 감고 호랑이 목을 끌어 안고 울기만 하라고 하였다.

며칠 뒤 밤중에 쿵 소리가 나더니 앞마당에 멧돼지 한 마리가 떨어지면서 호랑이가 울타리를 넘어 들어왔다. 멧돼지는 호랑이가 어머니에게 가져온 선물이었다. 어머니는 무서운 것을 참고 나가서 눈을 감고 호랑이에게 달려들어 목을 안고 쓰다듬으며 울기만 하였다. 호랑이는 정말로 이 여인이 자기 어머니가 확실하다고 생각했다.

그 후로 호랑이는 노루며 산돼지 등을 자주 물어다 주어 총각아이는

어머니와 잘 살게 되었다. 그런데 아이가 나이가 들어 장가 갈 때가 되었으나 가난하여 딸을 주려는 사람이 없었다. 어머니는 아들에게 호랑이에게 부탁을 해보라고 하였다. 그래서 아이는 산으로 가서 호랑이를 만나 이런 저런 이야기를 하다가,

"이제 어머니도 나이가 많아서 힘이 드는데 제가 장가를 들어야 어머니를 편히 모실 수 있을 터인데 색시를 구할 수 없네요."

하였다. 호랑이는 이 말을 듣고,

"그건 염려 말아라. 이 형님이 너의 색시를 업어올 터이니 너는 방에 불을 뜨듯하게 때고 더운 물을 끓여놓고 미음을 준비해 두어라."

라고 하였다. 며칠 뒤 밤중에 호랑이는 한 색시를 업어왔는데 색시는 시집을 가다가 잡혀온 모양으로 신부차림을 하고 있었고 까무러쳐 있었다. 총각과 어머니는 더운 방에 색시를 누이고 온몸을 주물러 깨어나게 한 뒤 미음을 먹여 정신을 차리게 하였다. 신부는 부잣집 딸인데 시집을 가는 길에 산고개에서 호랑이가 달려드는 바람에 조군꾼들과 일행이 모두 도망친 사이 호랑이가 등에 업고 총각의 집까지 오게 된 것이었다. 신부는 이곳이 어디인지도 모르고 호랑이가 겁이 나서 호랑이가 시키는 대로 그날 밤 냉수를 떠 놓고 총각과 혼례를 올렸다.

몇 년이 지나자 신부는 친정에 가서 부모를 만나보고 싶다고 했다. 그러나 신랑은 신부가 어디에 살았는지도 모르고 처가에 가서 어떤 대접을 받을는지도 몰라 호랑이와 의논을 하였다. 호랑이는 걱정 말

라고 하며 내가 시키는 대로 준비하라고 하였다. 호랑이는 어느 부 잣집에 가서 비단과 쌀 등을 물어다가 주면서 선물을 준비하게 하고 큰 말 한 마리를 업어다가 주면서 말가죽을 잘 벗겨서 자기에게 씌우고 너희 부부가 등에 올라타면 자기가 데려다 주겠다고 하였다. 신부는 말가죽을 덮어 쓴 호랑이를 타고 신랑과 같이 친정엘 갔다.

신부의 부모는 죽은 줄 알았던 딸이 살아서 어떤 신랑과 같이 찾아오자 너무 기뻐서 잔치를 열었다. 그런데 먼저 신부와 정혼했던 사람이 색시가 살아서 온 것을 보고 색시를 빼앗으려고 신랑에게 내기를 청하였다. 먼저 돈 천냥씩을 걸고 활쏘는 내기를 하자고 하였다. 신랑은 마구간으로 호랑이를 찾아가서 의논을 하였다. 호랑이가 말했다.

"며칠 동안 먹지를 못하였으니 우선 흰 죽을 쑤어서 구유에 담지 말고 마구간 주변에 흘려 놓아라. 그리고 시합하는 날 과녁 옆에 나를 매어 놓고 활을 쏘아라."

신랑이 죽을 쑤어 마구간 주위에 흘려놓자 호랑이는 죽 냄새를 맡고 몰려온 개들을 잡아 먹었다. 그리고 활 쏘는 곳으로 가서 먼저 정혼자가 활을 쏘면 코로 불어서 다른 곳으로 화살을 날려 보내고 동생이 활을 쏘면 숨을 들이마시어 과녁에 명중시켰다. 정혼자는 활쏘기 시합에서 지고 분이 나서 다시 말을 타고 강을 건너뛰어 넘기 내기를 제의하였다. 이번에는 자기의 전 재산을 걸을 터이니 신랑은 색시를 걸라고 하였다. 신랑은 호랑이와 다시 의논을 하고 호랑이를 타고 강을 건너뛰기로 하였다. 정혼자는 신랑이 타고 온 말의 가죽이 윤기가 없이 말라 비틀어진 것을 보고 승리를 자신하였다. 먼저 신랑이 호랑이를 타고 어렵지 않게 강을 건너뛰었다. 그리고 호랑이는 동생에게 말했다.

"저놈이 건너뛸 때 내가 걸치고 있는 말가죽을 뜯어 내 모습을 드러내라."

정혼자의 말은 명마였으나 강을 건너뛰다가 언덕에 큰 호랑이가 눈을 부릅뜨고 서 있는 것을 보고 겁에 질려서 강물에 떨어져 정혼자와 함께 죽었다. 신랑은 많은 재산을 차지하여 부자가 되었다.

어느덧 세월이 흘러 어머니가 돌아갔다. 호랑이는 꼬리에 하얀 헝겊을 매어 상제임을 표시하고 어머니 묘지를 잡아 장사를 모시고 묘지를 지키며 육식을 끊고 시묘살이를 하였다. 호랑이가 먹는 것이라고는 까칠까칠한 가시가 있는 풀뿐이었다. 그리고 삼년의 시묘를 마치고 호랑이는 굶어 죽었다. 호랑이 꼬리에 흰 털이 박힌 것은 그 때부터라고 한다.

이 이야기는 한 아이에게 속아서 인간에게 진정으로 효성과 우애를 실천한 호랑이의 행위를 그려낸 민담이다. 이 이야기에서 호랑이의 역할은 맹수로서가 아니라 무엇이든지 다 할 수 있는 만능해결사로서 모습을 보이고 있다. 홀어머니와 함께 가난하게 생활하는 총각아이의 가정에서 결핍된 것은 아버지라는 존재였다. 아버지는 한 가정의 가장으로서 일을 하여 가족을 먹여 살려야 하는 존재이면서 동시에 가족이 위험에 닥치면 이를 구해낼 책임이 있는 강한 힘을 가진 존재이다. 이러한 아버지가 없는 가정에 호랑이는 장남이면서 형님으로 아버지의 공백을 메워주고 있다. 호랑이는 산짐승을 잡아서 먹을 것을 대어주고 동생의 배필을 구해온다. 또한 동생 부부를 등에 태우고 동생의 처가에 가서 동생이 곤경에 처하자 이를 모두 해결해 준다. 그리고 어머니가 죽자 효성을 다하여 묘를 지키다가 삼년상을 마치고 어머니를 따라 죽는다.

이처럼 인간의 가정에서 가장이 해야 할 일과 맏아들이 부모와 아우에게 할 일들을 호랑이가 대신하고 있음을 본다. 그리고 인간도 실천하기 어려운 시묘살이를 하면서 효도를 실천한다. 이런 이야기 내용은 호랑이를 통하여 인간이 지켜야 할 가족 간의 의리나 윤리를 제시한 것이라고 본다.

그런데 호랑이가 형님이라고 거짓말을 한 인간을 그처럼 온 힘을 기울여 도와준 것은 무슨 까닭인가? 모든 결핍을 해결하는 대단한 능력을 가진 호랑이가 어찌하여 어린아이의 거짓말을 별다른 의심 없이 그대로 받아들였는가? 이런 문제를 생각해 보기로 하자.

이 이야기의 흥미는 호랑이와 인간의 우호적 관계인데 호랑이는 인간에게 아무런 도움도 받지 못하면서 인간 동생과 어머니를 정성껏 도와주는 것으로 나타난다. 이러한 캐릭터의 형상화는 바로 자기를 알아주는 존재에 대하여 호감을 가지는 인간의 본능을 호랑이를 통하여 드러낸 것이라고 볼 수 있다.[01] "군자는 자기를 알아주는 사람을 위하여 목숨을 내놓고 여인은 자기를 알아주는 사람을 위하여 용모를 가꾼다."라는 말이 있다. 이 말에는 여성을 비하하는 듯한 의미가 있어 명언이라고 소개하기에는 주저되는 면이 있으나 인간의 심리를 가장 잘 설파했다고 본다. 인간관계는 서로를 인정해주는 데서 시작된다. 친구간의 우정도 서로를 이해하고 장점을 인정해주어야 우정이 돈독해지고 남녀관계도 서로를 알아주는 데서부터 사랑이 싹트고 성숙된다. 결국 인간활동은 자기를 인정받기 위한 노력이라고 할 수 있다. 다만 누구에게 무엇을 인정받기를 원하느냐에 따라 활동양상이 다르게 나타날 뿐이다. 성직자는 신에게 인정받기 위하여, 신하는 군주에게, 군주는 백성들에게, 제자는 스승에게, 스승은 제자에게 인정받기 위하여 노력한다. 그래서 어떤 사람은 자기를 알아주는 사람을 찾으려고 천하를 편답하기도 하고 평생을 기다리기도 한다. 이는 인간이 어떤 재능을 발휘할 때 그 재능을 알아주는 사람이 있어야 더욱 힘을 내고 보람을 느끼기 때문이다. 자기 자신이 아무리 고매한 인격을 가졌거나 천하무적의 용맹이 있거나 절세의 재주가 있다 해도 이를 보여줄 기회가 없고 아무도 알아주지 않는다면 아무 것도 없는 것이나 다름없다.

그런데 호랑이는 인간과 가까이 하고 싶어도 인간이 호랑이를 피

---

01 이러한 해석은 토론자인 신동흔 교수가 제시한 견해를 필자가 수용한 것이다.

하여 숨거나 도주하거나 해치려고 하기 때문에 사귈 수가 없었다. 그러던 차에 형님이라고 반갑게 달려드는 총각아이를 만나게 된 것이다. 뿐만 아니고 자기를 낳고 밤낮으로 그리워하는 어머니가 있다는 소리까지 듣게 된 것이다. 그래서 호랑이는 나를 형님이라고 불러주고 나를 아들이라고 그리워하는 아우와 어머니를 위하여 내가 할 수 있는 일을 모두 하겠다고 생각한 것이다. 이 이야기에서 인간뿐만 아니라 동물도 자기를 알아주는 사람에게 자기의 능력을 자랑하고 싶어함을 볼 수 있다. 호랑이는 인간보다 체력이 강하고 용맹이 뛰어나서 노루나 멧돼지 등을 잡기도 하고 험준한 산중을 빠르게 달릴 수 있다. 이야기의 청중은 이러한 재주를 어머니와 아우에게 자랑하는 호랑이 모습을 발견하게 된다. 이처럼 호랑이의 도움은 상대를 우호적으로 인정해주는 보답으로 나타난 것이다.

그런데 이 이야기를 좀 더 음미해 보면 인간의 내면에 잠재하여 있는 권력에 대한 동경을 찾을 수 있다. 이야기에 등장하는 호랑이는 만능해결사이면서 폭력의 지존(至尊)으로 나타난다. 호랑이의 폭력은 모든 것을 굴복시킨다. 어머니나 아우가 필요로 하는 것이면 무엇이든지 호랑이는 해결한다. 호랑이는 자신의 용맹과 힘으로 약자를 굴복시키고 자신이 원하는 것을 차지한다. 호랑이의 약탈행위는 인간사회에서 횡포한 권력자의 모습을 떠올리게 한다. 그러나 호랑이의 이러한 약탈행위는 자신을 위해서가 아니라 동생과 어머니를 위해서 행해진다.

여기서 이 이야기를 흥미있게 향유하면서 전승한 대중은 호랑이의 폭력과 같은 강력한 힘을 동경하였음을 알 수 있다. 사람은 부당한 폭력에 피해를 보기도 하지만 절대적 폭력에 기대어 안전한 삶을 확보하기 때문이다. 인간사회에서 가장 크고 강한 폭력은 국가의 공권력이다. 인간은 국가의 공권력의 보호를 받고 안심하고 살아간다. 인간 사회가 구축한 공권력은 적들의 침략을 막아 생명을 보호하고 도적들의 약탈로부터 재산을 지켜주고 억울한 사정을 송사를 통해 해결해준다. 그러나 농업이나 어업과 같은 일차 산업에 종사하면서 육체적 노동으로 생계를 유지하던 많은 사람들은 법적 절차를 밟아 문제를 해결하기보다는 폭력으로 문제를 해결하는 것을 더 신속하고 통쾌하게 여겼을 것으로 생각한다. 이러한 계층에서 이야기 속의 호랑이의 활약은 매우 매력적이었을 것이다.

이처럼 이 이야기는 호랑이의 행위를 통하여 인간사회에서 지켜야 할 모자간의 윤리나 형제간의 우애를 보여주면서 동시에 인간 내면에 잠재한 폭력에 대한 동경심을 일깨워주고 있다고 생각한다.

2) 포수와 호랑이

인간과 적대적 관계를 나타내는 호랑이 이야기는 호랑이가 인간을 잡아먹거나 인간이 호랑이를 잡아 죽이는 이기고 지기의 대결담이다. 즉 인간과 호랑이의 대결을 주제로 한 이야기들인데 대결의 주체는 대체로 호랑이와 포수이다. 이는 호랑이가 보통 인간보다는 강하기에 호랑이와 싸울 수 있는 사람은 총질하는 솜씨가 뛰어나고 용맹스러운 포수이어야 싸움이 볼만하고 흥미롭기 때문이다. 포수와 호랑이는 대체로 같은 공간에서 생활을 한다. 호랑이는 짐승들이 많은 큰 산에서 사는데 포수도 짐승들을 잡으려고 큰 산기슭에서 산다. 그래서 금강산 포수나 백두산 포수의 이야기가 많다. 여기에서는 아버지의 복수를 한 백두산 포수의 이야기를 소개한다.

옛날 백두산 밑에 백포수란 사람이 살고 있었는데 총질하는 재주가 뛰어나서 백두산의 짐승들은 모두 백포수를 무서워하였다. 그런데 백두산에는 한 큰 호랑이가 살고 있었는데 백포수가 자기가 잡아먹을 짐승들을 잡아갈 뿐 아니라 자기의 족속들까지 살해하므로 어떻게 해서든지 백포수를 없애려고 하였다. 그러나 백포수는 워낙 총질을 잘 하여 그냥 대결할 수가 없었다. 백포수 역시 이 큰 호랑이를 잡아야 자기가 마음 놓고 사냥을 할 수 있다고 생각하여 기회를 엿보고 있었지만 큰 호랑이를 잡기란 쉬운 일이 아니었다.

그러던 어느 날 큰 호랑이가 사람으로 변해서 백포수를 찾아왔다. 그리고 백포수에게 자기가 백두산 큰 호랑이 있는 곳을 알려줄 터이니 함께 가서 잡자고 하였다. 백포수는 기회가 왔다고 생각하고 아무런 의심 없이 즉시 그 사람을 따라서 깊은 산중으로 들어갔다. 아무도 없는 깊은 산중에 이르자 그 사람은 갑자기 큰 호랑이로 변하여 백포수에게 달려들었다. 백포수는 총을 겨누어 보지도 못하고 큰 호랑이에게 죽음을 당했다. 큰 호랑이는 백포수를 잡아 먹고 머리만 물어다가 백포수 집 기둥에다가 매달아 놓고 사라졌다.

백포수에게는 부인과 어린 아들이 있었다. 부인은 백포수가 큰 호랑이에게 살해당한 것을 알았다. 어린 아들은 아버지 뒤를 이어 포수질을 하려고 총쏘기 연습을 하면서 자랐다. 아들이 점점 자라서 철이 들게 되자 어머니에게 아버지는 어디 있느냐고 물었다. 어머니는 백두산 큰 호랑이가 너의 아버지를 속여서 잡아먹고 머리만 가져다 놓았다고 하였다. 이 말을 들은 아들은 곧바로 아버지의 원수를 갚으러 가겠다고 하였다. 어머니는 그 호랑이는 참으로 영특하고 흉포하여 네 재주로는 잡을 수 없다 하고 총 쏘는 연습을 더 하라고 하였다. 아들은 열심히 총질하는 연습을 하여 자신감이 생겼다. 그래서 다시 어머니에게 호랑이를 잡으러 가겠다고 하였다. 어머니는,

"너의 아버지는 십리 밖에 바늘을 달아 놓고 그걸 쏘아 맞추었다. 그래도 그 호랑이한테 당했다. 너도 내가 보는 앞에서 십리 밖에 바늘을 쏘아 보아라."

라고 말했다. 아들은 십리 밖에 바늘을 달아놓고 쏘아 맞추었다. 그제서야 어머니는 허락을 하였다.

아들이 장속을 하고 집을 떠나서 백두산 속으로 깊이 깊이 들어갔다. 고개를 수없이 넘어 한 곳에 이르러 보니 고래등 같은 기와집이 한 채 서 있었다. 마침 해가 저물어 어두워 오자 아들은 기와집으로 찾아가 대문을 들어서며 쥔을 찾았으나 아무런 대답이 없었다. 아들

은 다시 또 한 대문을 들어가 주인을 찾았으나 아무런 기척이 없었다. 아들이 이렇게 열두 대문을 들어가자 어떤 처녀 하나가 나왔다. 아들이 하룻밤 자고 가기를 청하자 처녀는 우리 집에서는 잘 수 없으니 다른 곳으로 가라고 하였다. 아들이 잘 수 없는 까닭이 무엇이냐고 묻자 처녀는 슬픈 빛을 띠고 말했다.

"우리 집은 본래 삽십여 명이 넘는 대가족이 살았는데 이 뒷산에 큰 호랑이가 와서 우리 식구들을 하나씩 하나씩 다 잡아 먹고 나 혼자 남았는데 오늘은 내가 잡혀 먹힐 날이니 이 집에서 자다가는 손님도 호랑이의 해를 당할 것 같아서 그럽니다."

라고 하였다. 아들은 이 말을 듣고

"나는 아버지 원수를 갚으려고 큰 호랑이를 찾아 나선 사람이니 오늘 저녁 내가 큰 호랑이를 잡겠으니 걱정말고 나를 재워만 주시오."

하며 간청했다. 처녀는 그럼 들어오라고 하고는 저녁밥을 넉넉히 하여 두 사람이 배부르게 먹었다. 밤이 되자 큰 호랑이는 각색 짐승들을 데리고 나타났다. 그리고 토끼를 보고 오늘 운수를 점쳐보라고 하였다. 토끼가 흥흥 행행거리며 점을 쳐보더니,

"오늘 대호님은 검정 콩알을 잡숫구 죽겠구 사슴은 화루불을 쓰구 죽구 다른 짐승들도 다 죽겠습니다."

라고 했다. 큰 호랑이가 이 말을 듣고 무슨 말이냐고 하며 대문을 확 밀치고 안으로 들어섰다. 이때 대문 뒤에 숨어 있던 아들 포수는 호랑이 머리에다가 총을 쏘았다. 큰 호랑이는 피하지 못하고 총알을

맞고 죽었다. 총소리에 놀라 사슴은 뛰어 달아나다가 화루불을 뒤집어쓰구 죽고 다른 짐승들도 집 안마당에서 포수의 총을 맞고 모두 죽었다. 아들 포수는 그 집 처녀와 결혼하여 그 집 재산을 차지하고 어머니를 모셔다가 잘 살았다.[02]

이 이야기에서 큰 호랑이와 포수 부자는 대결을 펼친다. 포수는 백발백중의 명사수로서 십리 밖에 바늘을 명중시키는 재주가 있었고 백두산의 큰 호랑이는 오래 묵어 사람으로 변신하는 능력을 가졌고 토끼에게 점을 쳐보게 하여 몸조심을 하는 용의주도한 영물로 나타나고 있다. 호랑이는 사람을 잡아먹는 맹수로서 포수도 호랑이에게는 한 끼의 식사거리에 불과하였고 포수에게 호랑이는 가죽이 비싸서 어떤 다른 동물보다도 수입을 증대시켜주는 명품 사냥감이었다. 이처럼 호랑이와 포수는 자기의 삶을 위하여 상대를 죽여야만 하는 적대적 관계로 나타난다. 포수만 없다면 호랑이는 약한 짐승들을 잡아먹으며 천수를 누릴 것이고 큰 호랑이만 없다면 포수도 마음 놓고 사냥을 하면서 비교적 안전하게 살아갈 수 있다. 그래서 서로 상대를 죽이려고 지혜를 짜낸다. 이처럼 포수와 호랑이의 대결은 둘 가운데 하나가 죽어야 끝나는 처절한 싸움으로 긴장감을 자아낸다.

첫 번째 대결에서 아버지 포수는 큰 호랑이에게 총질 한번 못하고

---

02 임석재, 임석재 전집 2 『한국구전설화 평안북도편』, 평민사, 1988, 59-61면 〈호랑이를 쏜 포수〉. 이 설화는 제보자 9명의 각편을 임석재 선생이 종합한 것인데 필자가 표준어로 다시 정리한 것이다.

살해당하고 만다. 큰 호랑이가 포수의 속마음을 알아차리고 호랑이를 잡게 해 주겠다고 속여서 산속으로 유인하여 기습을 가했기 때문이다. 여기서 큰 호랑이는 힘과 꾀를 함께 갖춘 존재로 나타남을 본다. 그리고 포수를 살해한 자는 바로 자신이라는 것을 포수 가족에게 알려주려고 포수의 머리를 물어다가 포수 집 기둥에 달아 놓는다. 이는 호랑이가 자신의 위력을 과시하여 포수 가족을 위시한 인간들에게 공포심을 갖게 하면서 대항 의지를 꺾으려는 전략으로 볼 수 있다. 그러나 이러한 호랑이의 전략은 화를 불러들이는 단초가 되었다. 포수의 아들이 아버지의 뒤를 이어 명포수가 되었기 때문이다. 포수의 아들은 어머니로부터 아버지가 큰 호랑이에게 살해당한 사실을 알아내고 총질을 연마하여 명사수가 된다. 그리고 아버지의 복수를 하려고 큰 호랑이를 찾아 백두산 속으로 들어간다.

옛 이야기에는 아버지의 복수를 위하여 일생을 사는 아들의 생애를 담은 것이 많다. 그러면 왜 법에 호소하여 고발하지 않고 개인의 힘을 길러 원수를 갚으려고 하였을까? 호랑이는 맹수이기에 인간이 지키는 법과 관련이 없다. 그래서 호랑이를 잡아다가 징치하기가 어렵기에 포획을 하거나 사살하는 방법밖에 없다. 그러나 원수가 인간일 경우도 이야기에서는 법으로 해결하지 않는다. 어린 아들이 장성하여 아버지의 복수를 결심하고 복수행각을 할 시기는 이미 공소시효가 지난 때이거나 증거가 없어 고발할 수가 없는 경우가 많기 때문으로 볼 수도 있다. 그러나 무력이나 폭력으로 복수하는 이야기는 지혜와 힘을 발휘하여 통쾌하게 적을 제압하는 과정을 보여주는 것이 목적이어서 법에 호소하여 송사로 해결하는 재미없는 내용은 담지 않는다. 송사를 통하여 원수를 갚는 일은 법을 알아야 하고 원수의 죄를 입증할 증거를 확보하여야 하며 법적 절차에 따른 복잡한 과정을 거쳐야 한다. 이러한 해결방법은 이긴다는 확실한 보장도 없고 오래 기다려야 하기에 일반 민초들에게는 환영을 받기 어려웠다고 본다.

포수 아들의 아버지 복수담은 '호랑이 잡고 장가가기' 유형의 한 이야기로 볼 수 있다. 이 유형의 이야기는 매우 많은데 공통된 내용은 다음과 같다.

처녀 혼자 있는 집에 무예가 출중한 남성 영웅이 유숙하기를 청하고 처녀는 호랑이나 귀신 또는 산적 두목이 밤중에 찾아와서 식구들을 죽이고 자기 혼자 남았는데 이번에 자기가 죽을 차례라고 하면서 숙박을 거절한다. 이런 사정을 들은 남성 영웅은 처녀를 도와서 밤에 찾아온 호랑이나 귀신을 물리치고 처녀와 부부가 된다는 이야기다.

민담에서는 대체로 호랑이나 요괴를 물리치고 결혼하는 행복한 결말을 보여주지만 전설에서는 비극적 결말을 보여주는 예도 있다. 신립 장군 일화가 바로 그러한 전설이다. 신립 장군이 권율 도원수 집에서 처가살이를 할 시절에 사냥을 나갔다가 산중에서 처녀를 구출한다. 처녀는 건즐(巾櫛)을 받들겠으니 거두어 달라고 하였으나 처가의 눈치가 보여 처녀의 청을 거절하는 바람에 처녀가 자살한다. 그 후 임진란이 일어났을 때 신립 장군은 탄금대 전투에서 처녀가 죽어서 된 원귀의 말을 듣고 배수진을 쳤다가 패전하여 죽었다는 것이다.

이야기에 등장하는 밤에 찾아와서 식구들을 해치는 존재가 무엇이냐에 따라 해결방법도 달라진다. 본 이야기에서는 포수의 원수와 처녀의 원수가 모두 백두산 큰 호랑이로 설정되어 있고 호랑이의 살해는 포수와 처녀의 공동의 원수를 갚는 행위가 된다. 이는 '원수 갚고 결혼하여 부자되기'의 민담적 결말유형으로서 전형적인 행복한 결말의 성격을 보여준다.

민담은 전설과 달리 불가능을 가능하게 만들어 성공하는 것으로 끝을 맺는다. 그래서 행복한 결말이 민담의 공식화된 특징으로 지적된다. 그런데 민담에서 추구하는 행복이 무엇인가를 검토하면 주인공이 돈을 벌어 부자가 되고 좋은 배필을 만나 가정을 이룬다는 것이다. 즉 민담 향유층인 대다수 사람이 지향하는 행복이란 물질적으로 풍요로운 삶과 결혼을 하여 자손을 낳아 기르는 가정적 행복임을 알 수 있다. 부(富)는 생활을 풍요롭게 하는 요소인데 이는 삶의 질을 높이는 수단이다. 같은 시간을 산다면 아무런 결핍이 없이 근심과 고통이 없는 즐거운 상태로 삶을 영위하는 것이 고통스러운 상태의 삶보다 양질(良質)의 삶이라고 할 수 있다. 삶의 양(量)은 시간으로 계산된다. 오래 사는 것이 짧게 사는 것보다 삶의 양이 많은 것이다. 그런데 인간의 수명은 한정되어 있어서 100년을 넘기기 어렵다. 그래서 자손으로 대를 이어가며 수명을 연장하는데 자손을 두려면 결혼을 하여야 한다. 그래서 결혼은 생명을 연장하는 단초가 된다는 점에서 삶의 양을 확장하는 것이다. 즉 민담의 세계는 삶의 질을 높이고 삶의 양을 증대한다는 생명체의 가장 근본적 문제를 다루고 있음을 알게 된다.

3) 호랑이와 곶감

〈호랑이와 곶감〉은 〈호랑이와 소나기〉와 같이 소화적 성격을 지니는 이야기로서 한국인은 거의 모르는 사람이 없을 정도로 널리 알려진 이야기이다. 그러나 이 이야기를 자세하게 음미하면 다양한 함축된 의미와 여러 가지 교훈적 성격을 찾을 수 있다. 먼저 아동들이 쉽게 읽도록 다듬어진 이야기를 제시하기로 한다.

어느 산골 깊은 산속에 호랑이 한 마리가 살고 있었다. 때는 온 세계가 흰 눈으로 뒤덮여 먹을 것이라고는 찾아볼 수 없는 겨울이었다. 어느 날 저녁 며칠을 굶은 호랑이는 사람이 사는 마을로 먹이감을 찾아 어슬렁어슬렁 내려왔다. 그리고 호롱불 빛이 새어 나오는 어느 집에 이르렀다. 그 집에서는 어린아이의 울음소리가 들렸다. 엄마가 달래는데도 아이는 계속 울고만 있었다. 호랑이가 안으로 들어가서 가만히 동정을 엿보자니 엄마의 말이 들렸다.

"어마 저것 봐! 저 밖에 뒷산 호랑이가 와 있네."

호랑이는 이 말을 듣고 깜짝 놀라 가슴이 덜컥해서 그 자리에 그대로 앉아 방안을 다시 엿보았다. 아이는 호랑이라는 말에도 울음을 그치지 않고 계속 울어대었다. 이때 엄마가 무엇을 꺼내는 듯하더니 아이에게 말했다.

"여기 곶감 있다."

그러자 그처럼 줄기차게 울던 아이가 울음을 뚝 그치었다. 호랑이는 생각했다.

'곶감! 그것은 얼마나 무서운 것이기에 아이가 울음을 금방 그치는 가. 아마도 나보다 훨씬 무서운 놈이 분명한 모양이다. 만약 곶감에 게 들키면 나는 무사하지 못하리라.'

고 생각하자 호랑이는 겁이 나서 슬며시 그 집을 빠져나와 산으로 도망치고 말았다.

이 설화에는 어머니와 어린 아기, 그리고 호랑이가 등장한다. 이 야기는 호랑이의 시점에서 서술된다. 호랑이는 굶주린 상태에서 먹을 것을 찾고 있었다. 호랑이는 육식동물이어서 주린 배를 채우려면 동물이나 사람이나 생명체의 희생이 요구된다. 즉 인간사회에서 굶주린 호랑이의 침입은 매우 위험한 상황이다. 한편 눈이 덮인 겨울, 방 속에서 울고 있는 어린 아기 역시 배가 고파 먹을 것을 요구하고 있었다. 그런데 호랑이는 자기 스스로 먹을 것을 구할 능력이 있는 맹수이지만 어린 아기는 먹을 것을 구할 능력이 없어 누군가가 돌보아주어야 하는 무능력한 존재이다. 반면 어머니는 어린 아기를 돌보아야 하고 자신의 생존도 스스로 해결해야 하는 책임이 있는 존재이다 그러나 호랑이에 비하여 육체적 힘은 약한 존재이다. 즉 폭력의 측면에서 가장 강한 자는 호랑이고 가장 약한 자는 어린 아기이다. 또한 호랑이는 어머니와 아기가 있는 집에 이미 들어와 있는 상태이고 어머니와 아이는 호랑이가 집안에 있는 것을 모르는 상태이다. 이런 점에서 이 상황은 호랑이에게 유리하고 어머니와 아기에게는 매우 불리한 상황이라고 할 수 있다.

그런데 지식의 측면에서는 호랑이가 어머니보다 아는 것이 적다. 호랑이는 자신의 용맹함을 알고 있지만 곶감이 무엇인지 모르고 있었다. 나무열매를 주식으로 하지 않으니 곶감에 대하여 관심도 없었고 먹어보지 않았으니 무엇인지도 몰랐던 것이다. 한편 어머니는 호랑이의 무서움도 알고 있었고 곶감의 단맛도 알고 있었다. 아기의 울음을 그치게 하려면 겁을 주는 방법도 있고 달래는 방법도 있다는 것을 모두 알고 있었다. 이런 점에서 안다는 측면에서는 어머니가 호랑이보다 한 수 위에 있다고 할 수 있다. 어린아이는 곶감의 단 맛은 알고 있었으나 호랑이의 무서움은 모르고 있었다.

여기서 호랑이는 폭력 또는 권력과 같은 위협적 존재를 나타내고 곶감은 금품이나 식품 등 삶에 요긴한 요소로서 인간이 좋아하는 재화와 상통하는 성격을 나타내는 것으로 볼 수 있다. 울고 있는 아기는 배가 고파 울고 있었고 곶감은 배고픈 것을 해결해줄 수 있는 맛있는 식품이었다. 여기에서 어린아이는 결핍의 상태에 있는 존재로서 울음은 이를 해결해 달라는 요구라고 보아야 한다. 이러한 아이의 요구는 어머니를 향하고 있는데, 이는 어머니가 자기의 요구를 들어준다는 것을 알고 있었기 때문이다. 어머니는 자식의 결핍을 충족시켜 줄 권능과 의무가 있는 존재이다. 어린아이가 우는 것은 자신의 결핍을 해소하여 달라는 의사표현이고 어머니는 아이가 왜 우는지를 몰라 겁도 주어보고 달래보기도 하는 상황이었다. 아이가 호랑이를 무시하고 곶감을 택한 것은 맹수의 위협은 모르고 곶감의 단맛은 알기 때문이었지만 결과적으로 폭력적 위협보다도 굶주림이 더 무섭다는 것이고 채찍보다도 당근이 더욱 효과적인 해결방법이라는 의미를 담고 있다.

또한 호랑이가 곶감이 무서운 존재인 줄 알고 도망쳤다는 것은 모르는 것에 대해서는 두려움을 느끼는 생명체의 본능을 보여주는 점이다. '아는 것이 힘이다', '상대를 알고 자기를 알면 백번 싸워도 두렵지 않다'는 명언들을 떠올리게 하는 대목이다. 즉 모르기 때문에 사태를 정확하게 파악하지 못하여 실패한다는 것으로 앎의 중요성을 깨닫게 하는 부분이다. 반면 호랑이란 말에도 울음을 그치지 않은 아이는 '모르는 자가 용감하다', '모르는 게 약이다', '아는 것이 병이다'라는 속담을 상기시키는 부분이다. 이처럼 이 이야기에는 아는 자와 모르는 자의 유리함과 불리함, 그리고 상대를 다루는 수법으로 당근과 채찍의 효용성 문제가 함축되어 있다.

2. 구렁이 이야기

구렁이는 뱀 중에서 큰 것을 가리키는데, 이야기에 등장하는 구렁이는 뱀의 속성인 독을 사용하여 사람을 해치는 동물로 나타나지 않고 오래 묵어서 도술을 부리거나 용이 되어 승천하려고 도를 닦으면서 곤경에 처한 사람을 도와주는 신비한 존재로 나타난다. 또한 인간을 위협하고 자기에게 위해를 가한 인간에게 복수를 하는 동물로 등장하기도 한다. 민간에서는 구렁이를 '업'이라고 하여 신성시하였고 구렁이가 나타나면 비가 오거나 큰 변고가 생긴다고 생각하였다.

구렁이가 등장하는 이야기는 매우 많은데 대체로 구렁이가 인간과 우호적 관계를 맺는 이야기와 인간과 적대적 관계를 가지는 이야기로 나눌 수 있다. 인간과 우호적 관계를 맺는 이야기에는 〈구렁덩덩신선비〉, 〈구렁이와 지네의 승천다툼〉 등이 있는데, 구렁이가 사람으로 변신하여 부부관계를 맺고 인간을 도와준다. 반면 인간과 적대적 관계를 다룬 이야기에는 〈종소리〉, 〈네모난 구슬〉 등이 있으며, 이때 구렁이는 인간에게 위해를 가하는 무서운 동물로 등장한다.

1) 구렁덩덩신선비

〈구렁덩덩신선비〉는 〈구렁덩덩시선비〉, 〈구렁덩덩새선비〉, 〈뱀서방〉, 〈뱀신랑〉, 〈구렁선비〉 등으로도 불려지는 우리의 대표적 민담유형이다. 이 설화유형은 세계적으로 널리 알려진 〈큐피드 사이키〉신화와 같은 서사유형으로서 아르네와 톰슨의 유형분류항 〈425 잃어버린 남편을 찾아서(AT425 The Search for the Lost Husband)〉의 한반도 전승유형이라고 할 수 있다.[03]

이 설화는 할머니들이 손자 손녀에게 이야기해 주던 한국의 대표적 전래동화인데 이야기의 세계가 환상적인 부분이 많아서 이에 대한 해석이 필요하다고 생각된다. 먼저 자료의 채록상황을 점검하고 이야기에 함축된 신화적 성격을 논의하기로 하겠다.

(1) 채록 자료 현황과 교합본(校合本)

〈구렁덩덩신선비〉는 『한국구비문학대계』에 34편, 임석재, 『한국구전설화』에 13편, 임동권, 『한국의 민담』에 1편 등 48편이 채록 정리되어 있다. 필자가 확인한 전승지역별 각편의 수는 경기 4편, 강원 1편, 충북 1편, 충남 7편, 전북 12편, 전남 2편, 경북 8편, 경남 9편, 평안북도 4편이다. 채록된 지역은 전북과 경남이 다수로 나타나고 있으나 조사자가 이 유형에 대해 관심을 가지고 전국 각지를 고루 조사한 것이 아니기에 특정지역의 문화적 특성과 관련지어 논의하는 것은 의미가 없다고 생각한다. 다만 각편의 특징을 검토하면 전북과 경남에서 채록한 각편이 비교적 내용이 풍부하고 이야기의 조리도

---

03 이 설화에 대해서는 일찍이 필자가 이야기의 신화적 성격을 검토한 바 있다. 서대석, 「구렁덩덩신선비의 신화적 성격」, 『고전문학연구』 3 한국고전문학연구회, 1986. 이 장에서는 최근까지 채록된 자료를 참고하여 기존의 필자의 연구를 바탕으로 재논의를 하기로 한다.

잘 갖추어져 있음이 확인된다. 구연자의 성별을 보면 전체 48편의 구연자 중에서 여성구연자가 40편으로 압도적으로 많다는 점이 주목된다. 조사자가 남성이 많기에 남성구연자를 많이 접촉하였다는 점을 고려하면 이 이야기는 여성의 이야기라고 해도 지나친 말이 아니라는 생각이다. 전체 각편을 참고하여 교합본을 정리하고 이를 중심으로 이야기의 의미를 분석하기로 하겠다.

옛날 어떤 곳에 나이 많은 영감과 할머니가 살고 있었는데 자녀가 없어 구렁이라도 하나 낳으면 좋겠다고 하였다. 그런데 이 할머니가 잉태를 해서 낳고 보니 구렁이였다. 할머니는 구렁이를 뒤안 굴뚝 옆에다 삿갓을 덮어 놓아 두었다.

할머니 이웃에는 딸 삼형제를 둔 장자집이 있었는데 할머니가 애기를 낳았다는 소문을 듣고 첫째딸이 찾아와서,

"할머니! 할머니! 애기를 낳았다던데 애기 어디 있어?"

하고 물었다. 할머니는,

"뒤안 굴뚝 옆에 삿갓 덮어 놨다. 가서 봐라."

하였다. 큰 딸이 가서 보고는,

"애기를 낳았다더니 구렁이를 낳아 놨구먼 아이고 더러워."

하면서 침을 뱉고 가버렸다.

다음 둘째딸 또 찾아와서 똑같이 하고 가버렸다.

셋째딸이 또 찾아와서 보더니만,

"할머니 구렁덩덩신선비를 나왔구먼."

하였다.

얼마를 지난 후 구렁이는 어머니에게 장자집에 가서 장자 딸에게 청혼을 하라고 하였다. 어머니가 안 된다고 하자 구렁이는,

"어머니가 내 말을 안 들어 주면 나는 오른 손에 칼을 들고 왼손에는 광솔에 불을 붙여 들고 나 나오던 안태 고향으로 도루 들어갈 테야."

하고 협박을 하였다. 어머니는 무서워 장자집으로 가서 청혼을 하려 했지만 말이 나오지 않아 방바닥만 문지르고 돌아오기를 세 차례나 하였다. 장자네 마누라가 이를 보고 무슨 말이든지 해보라고 했다. 어머니는 구렁이가 자기를 조르고 협박하던 이야기를 하였다. 장자네 마누라는 딸 셋을 불러,

"누가 구렁이한테 시집을 갈래?"

하고 물었다. 첫째딸과 둘째딸은 '누가 징그러운 구렁이한테 시집을 가느냐고 문을 박차고 나가 버렸다. 그런데 셋째딸은 부모님 시키는 대로 하겠다고 하였다. 그래서 날을 잡아 혼인을 하는데 구렁이는 장자네 담장 위로 장대를 걸쳐놓고 장대를 타고 건너가서 혼례를 치렀다.

첫날 밤에 구렁이는 신부에게 이 집에 삼년 묵은 간장(또는 기름)과 밀가루가 있느냐고 하였다. 있다고 하자 그러면 간장 한 독과 밀가루 한 독 그리고 물 한 독을 준비하여 달라고 하였다. 그리고 간장독에 들어갔다가 나와서 다시 밀가루 독에 들어가서 몸을 궁글리고 물독

에 들어가서 몸을 헹구더니 구렁이 허물을 벗고 옥골선풍의 신선 같은 선비가 되었다.

이때 언니들이 셋째가 어떻게 지내는지 궁금하여 문틈으로 엿보니 아주 잘 생긴 신선 같은 선비와 같이 살고 있었다. 그래서 구렁이의 청혼을 거절한 것을 후회를 하며 시기하게 되었다.

어느날 구렁이는 각시에게 구렁이 허물을 내어주며,

"나는 서울로 과거를 보러 가겠으니 이 허물을 잘 보관해야 하오. 만일 이 허물을 잃어버리든지 불에 태우면 우리는 영영 다시 만나지 못할 것이오."

하고 신신당부한 뒤, 서울을 향하여 출발하였다. 각시는 구렁이 허물을 동정 안에 넣어서 항상 차고 있었다. 그런데 언니들이 와서 동생을 잠들게 하고 그 틈에 동정 안에 든 허물을 꺼내어서 화로에 넣어 태워 버렸다. 허물 타는 누린 냄새가 퍼져서 집 밖으로 새어나가서 서울에 까지 퍼졌다. 서울에 있던 신선비는 이 냄새를 맡고서 자기 허물이 불에 탔음을 알고 집으로 돌아오지 않고 자취를 감추었다.

신선비가 돌아오지 않자 각시는 신랑을 찾으려고 열두 폭 치마를 뜯어서 고깔과 바랑을 지어 스님의 복장을 하고 지팡이를 짚고 집을 나섰다. 가다가 구더기를 주워먹는 까마귀를 만나,

"까마구야 까마구야 구렁덩덩신선비 어디로 갔는지 못 보았니?"

하고 물었다. 까마귀들은,

"이 구데기를 윗물에다가 씻쳐서 아랫물에다 헹궈서 가운데 물에다

가 받쳐서 주면 가르쳐주지."

하였다. 각시가 구데기를 옥같이 씻어서 받쳐주자 까마귀들은 저 고개를 넘어가라고 하였다. 각시가 그 고개를 넘어가니 멧돼지가 칡뿌리를 캐먹고 있었다. 각시가 멧돼지에게 신선비 간 곳을 묻자 멧돼지는,

"이 산에 있는 칡뿌리를 다 캐서 주면 가르쳐 주지."

하였다. 각시는 산에 칡뿌리를 모두 캐어 주니 멧돼지는 저 고개를 넘어가라고 하였다. 각시가 그 고개를 넘어가니 빨래를 하는 아낙네가 있었다. 각시가,

"여보시오 아주머니, 구렁덩덩신선비 어디로 가는 것 못 보았소?" 하고 물었다. 아낙네는,

"이 빨래를 검은 빨래는 희게 빨고 흰 빨래는 검게 빨아서 풀을 멕이고 다듬이질을 해서 얌전하게 잘 개어주면 가르쳐주지."

하였다. 각시는 빨래를 모두 빨아서 잘 다듬어서 개어 주었다. 아낙네는 저 고개를 넘어가라고 하였다. 각시가 그 고개를 넘어가자 논 가는 사람이 있었다. 각시가 논 가는 사람에게 신선비 간 곳을 물으니 논 가는 사람은,

"이 논 저 논 다 갈아서 씨를 뿌려서 모를 내고 지심을 매고 나락을 훑어서 찧어서 옥백미를 독에다 담아 주면 가르쳐주지."

하였다. 각시는 그의 요구대로 벼농사를 지어 옥백미를 독에다 담아 주었다. 그 사람은 저 고개를 넘어가면 옹달샘이 있고 샘에는 은복

지개가 있을 터이니 그 은복지개를 타고 가면 구렁덩덩신선비가 사는 집을 알 수 있을 것이라고 가르쳐주었다. 각시는 고개를 넘어 옹달샘에 이르러 보니 은복지개가 떠 있었다. 각시가 은복지개를 타고 가다가 은복지개가 뒤집어지면서 물에 빠져서 물 밑으로 나와 한 곳에 이르러 보니 나락이 누렇게 익은 들판이 펼쳐져 있었다. 각시가 들판을 가자니 조그만 계집애가 새를 보면서,

"우여우여 아랫녘 새야 웃녘 새야 구렁덩덩신선비 낼 모래 장개간다. 떡쌀 술쌀 할 것이니. 그만저만 까먹고 날러가거라 우여우여."

하고 노래를 했다. 각시는 그 애에게 그 소리 한번만 더 해 달라고 하였다. 그 애는 우리 어머니가 꼭 한 번만 하라고 하였다며 거절하였다. 각시는 은가락지를 빼어 주며 부탁하였다. 아이는 다시 노래를 하였다. 각시가 구렁덩덩신선비 사는 집을 묻자 저기 기와집이라고 가르쳐 주었다. 각시는 그 집으로 가서 동냥을 청하여 옥백미를 한 되 받아서 자루 밑으로 흘려 쏟고 젓가락으로 주워 담으며 해를 보냈다. 각시가 자고 가기를 청하자 잘 데가 없다고 하였다. 말 외양간에는 말이 있어서, 소 외양간에는 소가 있어서, 헛간에는 여러 가지 잡동산이가 있어서, 집귀퉁이에는 개가 있어서 안 된다고 하였다. 각시는 겨우 마루 밑을 얻어 자기로 하였다.

그 날 밤에는 달이 밝게 떠 올랐다. 구렁덩덩신선비가 다락에서 글을 읽다가 마당으로 내려와서 달을 쳐다보며,

"달도 밝다 달도 밝다. 저기 저 달은 한 몸을 가지고도 고향에 사는

우리 각시 보련마는 나는 두 눈을 가지고도 어이해서 못 보는가?"

하고 노래하듯 중얼거렸다. 각시가 이 소리를 듣고,

"달도 밝다 달도 밝다. 저기 저 달은 한 몸이라도 구렁덩덩신선비를 보건마는 나는 두 눈을 가지고도 구렁덩덩신선비를 못 보는가?"

하고 노래하듯 읊조렸다. 신선비가 이 소리를 듣고 다시 한번 노래를 했다. 각시가 다시 화답했다. 그제서야 신선비는 마루 밑으로 와서 각시를 만났다.

신선비는 새로 장가를 가서 살고 있었는데 선비가 각시 둘을 데리고 살 수 없어서 두 각시에게 일을 시켜 보고 일 잘하는 각시와 살기로 하였다. 첫 번째는 산에 가서 하루에 싸리나무 열 단을 해오는 것인데 먼저 각시는 해지기 전에 열 단을 해왔는데 나중 각시는 못해왔다. 두 번째 일은 석자 세치 나막신을 신고 십리 밖에 샘에 가서 물한 동이를 길어서 열두 층계를 흘리지 않고 오는 것인데 먼저 각시는 해냈는데 나중각시는 물을 다 쏟았다. 세 번째는 호랑이 눈썹 세개를 뽑아오는 것인데 먼저 각시는 산속으로 들어가 호랑이 할머니를 만나 부탁을 하자 할머니는 각시를 치마 밑에 숨겨놓고서 할머니 아들 호랑이 삼형제가 들어와 인내 난다고 하자 눈에 진드기가 붙었다고 하며 눈썹 세 개를 뽑아주었다. 나중각시는 개 눈썹을 가져왔다. 그래서 구렁덩덩신선비는 나중각시를 버리고 먼저 각시와 살기로 하였다.

(2) 큐피드 사이키 신화와의 비교

〈구렁덩덩신선비〉는 세계적으로 널리 분포된 민담유형으로서 아르네와 톰슨의 설화유형 분류에는 일상담(Ordinary Tales) 중 주술담(Tales of Magic)으로 분류하였고 분류항은 〈425 잃어버린 남편을 찾아서〉로 되어 있다. 이 유형의 공동 화소는 1.괴물남편, 2.주술에서 풀려난 괴물, 3.남편을 잃음, 4.남편찾기, 5.남편을 도로 찾음으로 전개되는데 〈구렁덩덩신선비〉도 이러한 서사단락을 공유하고 있다. 세계적으로 널리 알려진 이 유형의 설화는 〈큐피드 사이키〉인데 톰슨이 정리한 단락별로 〈구렁덩덩신선비〉와 비교하면서 공통점과 차이나는 점을 검토하기로 하겠다.

옛날 어떤 왕에게 딸 셋이 있었는데 막내딸 사이키는 너무나 아름다워 사람들은 미의 신 비너스에게 바칠 찬사를 사이키에게 보내었다. 비너스신은 크게 노하여 아들 큐피드에게 명하여 사이키의 매력을 제거하도록 하였다. 큐피드는 사이키를 벌하러 갔으나 그녀의 아름다움에 취하여 자신의 화살에 상처를 입었다. 사이키는 매력이 없어져 구혼자가 나타나지 않자 부모는 아폴로 신에게 물어 올림프스 산정에 있는 괴물에게 시집을 가게 된다는 신탁을 받는다. 부모에게 이 말을 들은 사이키는 올림프스 산정으로 가서 아름답고 찬란한 궁전으로 들어가 시종들의 접대를 받으며 산다.

그런데 밤이면 형체를 보지 못하게 하는 남편이 와서 사랑을 해주고 새벽이 되면 사라진다. 사이키는 행복하게 지내며 남편에게 부탁하여 언니들을 만나게 해달라고 하여 언니 둘이 사이키 있는 곳으로 온다. 언니들은 사이키가 남편의 얼굴을 못 보았다고 하자 너의 신랑은 흉악한 뱀이며 너를 잡아먹기 위해서 환대하는 것이라고 하고 밤에 괴물의 정체를 확인하고 비수로 목을 자르라고 하였다. 사이키는 언니들이 시킨대로 비수를 가지고 남편이 잠든 사이에 등불을 켜서 얼굴을 비쳐보았다. 그런데 남편은 뱀이 아니고 세상에서 가장 아름다운 큐피드신이었다. 사이키가 남편의 모습을 좀 더 자세히 보려고 등불을 기울이다가 뜨거운 기름을 큐피드의 어깨에 떨어뜨렸다. 어깨를 데인 큐피드는 잠이 깨어 자기를 의심한 사이키에게 영원한 이별을 선언하고 사라져 버렸다.

사이키는 남편을 찾으려고 집을 나와서 시리즈 신의 농장에 이르러 곡식과 농기구들을 정리해주고 큐피드가 있는 곳을 물어 비너스 사원으로 향하였다. 사이키의 간청을 들은 비너스신은 첫 번째로 산처럼 쌓인 곡식을 정리하라고 하였다. 그런데 개미떼들이 사이키를 동정하여 이 일을 모두 해주었다. 비너스는 다시 사이키에게 금빛 양털을 모아오라고 하였다. 그런데 수신이 도와주어 이 일을 무난히 해내었다. 비너스는 다시 저승에 가서 아름다움의 상자를 가져오라고 하였다. 사이키는 저승에 가서 무사히 아름다움의 상자를 가지고 나왔다. 그런데 상자를 열어보지 말라는 금령을 어기고 상자를 열어보다가 저승잠이 들어버렸다. 상처가 나은 큐피드는 사이키가 잠들어 있는 곳에 도착하여 잠을 거두고 주피터 신에게 사이키를 신으로 만들어 줄 것을 탄원하였다. 주피터의 도움으로 비너스의 허락을 얻어 사이키는 큐피드와 재결합하고 영주를 마시고 신이 되었다.

사이키 이야기와 신선비 이야기는 이야기의 전체적 전개가 유사하고 주인공의 성격에도 공통점이 있다. 여주인공이 신선비 설화에서는 장자나 정승의 셋째딸로 나타나고 사이키설화에서는 왕의 셋째딸로 되어 있는데 고귀한 가정의 삼자매 중 막내라는 점이 일치한다. 또한 막내딸이 인간이 아닌 괴물에게 시집갈 것을 자청하는 것도 공통된다. 또한 남편은 뱀의 허물을 쓴 미남자거나 뱀으로 알려진 미모의 신이라는 점, 그리고 언니들의 질투로 남편을 잃는다는 점, 온갖 고역을 치르며 남편을 찾는 노력을 기울인 끝에 드디어는 남편과 재회하게 된다는 점이 일치한다. 특히 불을 사용하여 남편을 다치게 하거나 남편의 노여움을 샀다는 점, 남편을 찾기 위해서 농경에 관한 일을 해준다는 점, 여주인공이 사나운 짐승의 털을 가져오라는 과제를 해결하고 부부 재결합에 성공한다는 점이 일치한다.

그런데 두 설화에는 중요한 차이점이 있다.

첫째 신선비 이야기에는 신이 등장하지 않는데 사이키 이야기에는 신이 등장하고 처음부터 신과 인간의 갈등이 나타난다. 사이키 이야기에서는 사이키에게 과제를 부여하는 존재는 신이며 이러한 과제를 수행할 때 신의 도움을 받는다. 그러나 신선비 이야기에서는 셋째딸에게 길을 가르쳐주는 동물이나 사람들이 여러 가지 힘든 일을 시키며 셋째딸은 누구의 도움도 받지 않고 혼자 고역을 감당한다.

둘째, 신선비 이야기의 주인공은 남성인 신선비인데 사이키 이야기의 주인공은 여성인 사이키이다. 신선비 이야기의 처음은 신선비의 출생에 이은 청혼과 탈각으로 전개된다. 여기에서 주역은 신선비이다. 신선비가 잠적한 다음에는 아내의 남편 찾기 과정이 있는데 이 대목에서의 주역은 여성인 장자의 셋째딸이다. 그러나 셋째딸이 신선비와 만나고 난 다음에는 신선비가 주도권을 가진 존재로 복귀한다. 그리하여 아내에게 과제를 부과하고 어떤 아내와 결합할 것인가를 결정한다. 그런데 사이키 이야기에서 남편인 큐피드는 저승 잠이 든 사이키에게 잠을 거두고 주피터 신에게 사이키를 신으로 만들어 줄 것을 탄원하는 것 이외에는 별로 하는 역할이 없다. 신선비 이야기에서 신선비가 하는 일의 대부분을 사이키 설화에서는 여러 신들이 하고 있다.

셋째, 사이키는 절색인 미녀인데 장자의 셋째딸은 미녀라는 언급이 없다. 사이키 설화에서 여성의 미모는 중요한 요건으로 나타난다. 비너스신과 사이키가 미모의 우열을 다투면서 신의 질투로 이야기가 시작된다. 이에 비해 신선비 이야기에는 여성의 미모에 대해서는 처음부터 끝까지 아무런 언급이 없다. 이는 여성의 평가 요소로 외모를 중시한 서구와 이를 무시한 우리의 전통사회의 가치관의 차이를 말해주는 것이라고 생각한다.

넷째, 신선비는 구렁이로 태어났다가 탈각하여 미남선비로 변하는데 큐피드는 본래부터 미남이었다.

〈큐피드 사이키〉신화는 신화학자나 문인들의 손을 거쳐 다듬어진 이야기이다. 그래서 사이키가 천하의 절색미녀로 형상화되어 있고 남편인 큐피드와 사랑에 초점을 맞추어 문학적으로 다듬어졌다. 〈구렁덩덩신선비〉는 할머니가 손자 손녀에게 들려주던 전래동화로서 어린이들의 흥미와 수준에 맞추어 재편된 이야기이다. 이 이야기에는 한 여성이 자기의 잘못으로 헤어지게 된 남편을 찾아 재결합하는 과정에서 남편에 대한 아내의 지극한 정성과 끈질긴 노력을 보여준다는 교훈적 의미가 담겨 있다.

(3) 신화적 해석

〈구렁덩덩신선비〉는 이야기 내용이 비현실적이고 황당한 부분이 많다. 인간이 구렁이를 출산한다는 것 자체가 있을 수 없는 일이다. 또한 구렁이가 말을 하는 것도 허물을 벗고 사람이 된다는 것도 현실에서는 볼 수 없는 환상의 산물이다. 이러한 작품세계는 동화의 환상적 성격이라고 하더라도 이야기가 재미가 있으려면 이야기 나름의 이치에 맞아야 하는데 이치에 맞지 않는 부분이 너무나 많다. 구렁이가 태어난 것은 구렁이 죽인 작대기를 할머니가 소변 보는 곳에 세워 두었다든지, 작대기로 할머니를 찔렀다든지, 밭에서 일을 하다가 구렁이의 알을 주워 먹었다는 등 구연자 나름의 잉태의 근거를 제시한 각편들이 있으나 그렇다고 해도 사람이 구렁이를 낳는다는 것은 이해하기 어렵다. 또한 장자의 딸 삼형제 중 막내딸만 구렁이를 보고 구렁덩덩신선비를 낳았다고 한 것은 무엇을 알아보고 한 말인지 이야기 안에서 아무런 해명이 없다. 구렁이가 장자의 딸에게 청혼을 하라고 어머니를 조른 것은 구렁이가 남성이라는 점에서 여자에게 장가를 들고 싶어서 그랬다고 하더라도 장자의 셋째딸은 무슨 이유로 구렁이에게 시집을 오겠다고 하였는지도 알 수 없다. 또한 장자나 그의 아내는 가난한 할멈의 청혼을 받고 아무런 노여움도 보이지 않고 딸들에게 의사를 타진하는데 한반도의 사회적 현실에서는 보기 어려운 일이다. 또한 구렁이 허물은 무엇이기에 그것을 잃어버리든지 불에 타면 어째서 부부이별이 되는 것인지도 이야기 안에서 아무런 설명이 나타나지 않는다. 이러한 의문점을 풀어보기 위해서 이야기의 해석이 필요하다고 본다.

〈구렁덩덩신선비〉에서 출생한 구렁이는 보통의 뱀이라고 볼 수는 없다. 우리가 주변에서 보는 보통의 구렁이라면 사람이 구렁이를 낳았다는 것 자체가 큰 괴변이 아닐 수 없다. 그러나 구렁이를 낳은 할머니는 구렁이를 낳고도 대수롭지 않게 생각한다. 그리고 굴뚝 밑에다 삿갓으로 덮어 놓아둔다. 만약 보통의 구렁이라면 이것을 기를 이유도 없고 주위의 사람들이 곱게 내버려두지도 않았을 것이다. 그런데도 구렁이를 낳았다는 소문이 퍼지자 장자집의 딸 삼형제가 이를 구경하러 올 뿐 변고로 여기는 다른 일들은 나타나지 않았다.

이러한 의문점은 구렁이를 신으로 볼 때 모두 해결된다. 구렁이는 가정의 업신으로서 민간에서 용신과 함께 수신으로 숭앙되었다. 큰 구렁이가 나타나면 비가 올 것이라고 하고 스스로 사라질 때까지 건드리지 않았다. 굴뚝 모퉁이에 삿갓으로 덮어 놓은 구렁이의 형태는 흔히 뒷뜰에 놓아 둔 터주항아리의 모습을 연상하게 한다. 터주신은 항아리에 벼를 담아 짚으로 삿갓모양의 덮개를 씌워 장독대 옆에 놓아 둔 것을 말한다. 그리고 고사를 지내면 고사떡을 바치고 햇곡이 나면 곡물을 교체하였다. 이렇게 본다면 구렁이의 탄생은 신의 하강이고 굴뚝 밑에 놓아 둔 것은 신위를 배설하고 신으로 봉안함을 말한다고 볼 수 있다.

그렇다면 장자의 딸 삼형제의 구렁이에 대한 부정 또는 긍정의 평가는 무엇을 의미하는 것인가?

구렁이가 신이라면 장자의 딸들은 신을 섬기는 사제자의 후보라고 할 수 있다. 사제자는 신과 교령능력을 갖추어야 하고 신의 영능을 감지하고 숭앙해야 한다. 이런 점에서 장자의 첫째딸과 둘째딸의 부정적 평가는 신을 알아보지 못하는 속세 인간의 무지를 보여주는 행위이면서 신성을 모독하는 언행이 된다. 반면 셋째딸이 구렁이를 보고 신선비라고 한 것은 구렁이의 내면에 감추어진 신성성을 꿰뚫어 본 신통력을 드러낸 말이고 신과의 교령이 가능한 사제자로서의 자격이 있음을 암시한 표현이라고 본다.

이렇게 해석하면 구렁이의 청혼은 바로 신이 자신을 섬겨줄 사제자를 지정하는 행위가 된다. 강신무는 무병(巫病) 또는 신병(神病)이라는 병에 걸린 다음 선배 무녀에게 내림굿을 받고 무당의 자격을 얻는다. 그런데 흔히 신병을 '신이 굽어보았다'고 한다. 이는 무당이 모실 몸주신이 자기를 받들어 모셔줄 사제자를 지정하였다는 말이다. 구렁이가 보통의 뱀이라면 인간사회에서 뱀과 인간의 결혼은 용납될 수 없는 괴변이 된다. 그런데도 구렁이는 당당하고 자신만만하게 어머니를 위협하여 청혼을 하도록 압박을 가한다. 이는 구렁이 나름대로 혼사가 성사된다는 믿음이 있기 때문이다. 이러한 믿음은 셋째딸이 신선비라고 한 데 기인한다. 이는 구렁이의 신성성을 감지하고 신으로 모실 뜻이 있음을 암시한 것이기 때문이다.

그러나 구렁이의 어머니는 구렁이와 셋째딸의 교감을 알지 못하고 세속적 기준에서 장자집과의 혼사는 이루어질 수 없는 것이라고 생각하고 주저한다. 이를 본 구렁이는 만약 어머니가 청혼을 하지 않으면 불과 칼을 들고 어머니 뱃속으로 다시 들어가겠다고 위협한다. 이러한 구렁이의 협박에는 중요한 신화적 의미를 내포하고 있다. 어머니의 뱃속은 대지를 상징한다. 아기를 잉태하고 출산하는 여성의 배는 바로 생산력을 갖춘 대지이다. 불과 칼은 이러한 대지의 생산력을 고갈시키는 도구들이다. 불은 가뭄을 상징하고 칼은 전쟁을 의미한다. 대지의 생명력은 적당한 물이 있어야 한다. 불은 물을 말리기에 뱃속으로 불을 켜가지고 들어간다는 것은 대지를 물이 없는 사막과 같은 불모지로 만들겠다는 것이다. 칼은 전쟁의 도구이다. 전쟁은 모든 것을 파괴한다. 칼을 들고 뱃속으로 들어간다는 것은 지상에 건설한 인간의 삶의 터전을 모두 망가뜨리겠다는 것이다. 이러한 위협에 어머니는 굴복하지 않을 수 없었다.

장자 내외가 구렁이의 청혼을 반발하지 않고 받아들인 것은 구렁이의 위협을 두려워했기 때문으로 볼 수 있다. 장자는 토지를 많이 보유하고 경작하여 많은 생산을 하여 부를 축적한 사람이다. 장자가 풍요로운 삶을 이어가려면 가뭄이나 전쟁과 같은 사태가 일어나지 않아야 한다. 많이 가진 자일수록 재앙이 일어나면 잃는 것이 많다. 그래서 장자는 구렁이와의 혼사를 반대하지 않은 것이라고 본다.

그러면 셋째딸과 구렁이의 혼인은 어떤 의미가 있는 것인가?

구렁이가 신이라면 신과 결합하는 처녀는 신을 모시는 사제자가 되는 것이다. 마치 강신무가 몸주신을 맞이하여 받들어 모시는 것과 같다. 이처럼 신과 무녀의 결합을 신성혼으로 나타내는 일은 무속사회에서 어렵지 않게 찾아볼 수 있다. 구렁이가 장자의 셋째딸을 각시로 지정하고 청혼한 것은 이러한 무속에서 신과 무녀의 만남과 상통하는 성격을 가진다.

구렁이의 혼인을 인신공희(人身供犧)로 보아 구렁이신에게 제물로 처녀를 바치는 습속을 나타낸 것이라고 해석할 수도 있다. 이렇게 볼 경우 두 언니의 질투나 신선비가 잠적한 후 남편을 찾아 헤매는 아내의 노력이 해명되지 않는다. 제물이 되기 위해 다툰다는 것도 말이 안 되고 신이 제물을 버리고 잠적하자 제물이 신을 찾아 헤맨다는 것은 더 이상하기 때문이다.

혼례를 이룬 첫날밤에 구렁이는 허물을 벗고 옥골선풍의 미남 선비가 된다. 신선과 같은 선비라는 의미로 '신선비'라는 말이 붙여졌다고 본다. 이에 대해서 구렁이가 자기는 천상에서 죄를 지어 구렁이 허물을 쓰고 왔는데 이제 죄에 대한 형벌이 풀리어 허물을 벗는다고 되어 있는 각편들이 많다. 그런데 경남지역 각편들에서는 간장독이나 기름독, 밀가루 독, 물독을 준비하게 하고 간장독에 빠졌다가 밀가루 독에 몸을 굴리고 물독을 통과하면서 허물을 벗는 것으로 나타난다. 이 같은 탈각과정은 중요한 신화적 의미를 담지하고 있다고 본다. 간장이나 기름, 밀가루는 모두 농경을 통하여 생산한 인공식품이다. 특히 간장은 띄운 음식으로서 인류가 개발한 발달된 식품이다. 이러한 식품을 통과한다는 것은 농경시대를 거친다는 의미가 된다. 구렁이신이 구렁이 모습으로 등장한 것은 수렵시대 동물신 숭앙의 흔적이다. 원시신앙에서는 곰, 호랑이, 뱀 등 동물신을 숭앙했다. 특히 구렁이는 풍요와 다산의 신으로 숭앙되었다. 이러한 동물신은 후대에 오면서 인격신으로 변모하게 된다. 신의 형상이 동물에서 인간으로 그 모습이 바뀌어졌던 것이다. 이러한 예는 중국의 서왕모신(西王母神)의 모습이 변모하는 것에서 찾을 수 있다. 서왕모의 처음 모습은 인면사신(人面蛇身)의 괴물로 나타난다. 그 뒤 아름다운 여인의 모습으로 바뀌는데 이는 도교의 영향으로 여신이 여선(女仙)으로 바뀌면서 이상적 미녀가 된 것이다.

이처럼 간장독이나 밀가루 독을 통과하여 구렁이 모습에서 옥골 선풍의 미남자로 바뀐 것은 바로 농경시대에 이르러서 동물신에서 인격신으로 바뀐 것을 이야기 식으로 반영한 것이라고 본다. 농경의 산물인 식품을 통과한다는 것은 신이 흠향하는 제물이 농산품이라는 것이고 신의 기능이 농경의 풍요를 관장하는 풍농신이라는 근거도 된다. 즉 신선비로 바뀐 신은 농경의 생산을 관장하였을 가능성이 크다. 잠적한 신선비가 있는 곳을 가르쳐 준 존재가 농부이고 셋째딸은 농사를 지어 주고 신선비가 있는 곳으로 가는 법을 알아내었고 신선비가 있는 곳은 물속을 통과하여 도달한 별세계이고 벼가 익어가는 들판이라는 점이 이를 말해준다.

신선비는 구렁이 허물을 각시에게 맡기고 잘 보관하라는 당부를 간곡하게 한다. 만약 허물이 없어지든지 불에 타면 부부간 영이별이라는 것이다. 구렁이 허물은 구렁이신의 신체로서 신이 깃드는 당(堂)집의 성격을 가진다. 허물을 보관한다는 것은 신위(神位)를 배향(配享)한다는 의미가 된다. 반면 허물을 없앤다는 것은 봉안하던 신위를 파기하는 것으로 신에 대한 제향을 더 이상 지속하지 않는다는 것을 나타낸다. 신위를 파기하는 행위는 곧 신의 정주처를 파손한 것이고 신을 제향하는 사제자와의 결별(訣別)을 말하는데 신과 사제자를 부부로 설정하였다면 부부 사이가 파탄이 난 것이 된다. 그런데 옛날에 한국사회에는 이혼이 없었다. 부권사회에서 아내가 남편을 상대로 이혼을 제기하는 경우는 없었고 아내가 잘못이 있는 경우

시가에서 축출할 수는 있었다. 그래서 이혼이라는 말 대신 영이별이라고 표현한 것이다.

언니들은 동생이 몸에 지니고 있던 구렁이 허물을 찾아내어 불에 태운다. 두 언니는 구렁이를 징그럽고 더러운 존재로 여겨 침을 뱉고 욕한 인물이었다. 이는 구렁이의 신성성을 몰라보고 구렁이로 등장하는 수신(水神) 또는 농경신의 신앙을 거부한 인물이라는 의미가 있다. 그들이 구렁이 허물을 불에 태운 것은 구렁이 신앙을 타파하는 행위를 한 것이다. 구렁이는 물과 친연성이 있는 수신이다. 물과 불은 상극이다. 허물을 불에 태워 그 냄새가 서울까지 퍼졌다는 것은 수신이나 농경신 신앙을 타파하여 그 재앙이 전국적으로 퍼졌음을 말한다. 흔히 냄새는 전염병을 나타낸다. 구렁이 타는 냄새가 널리 퍼졌다고 한 것은 신의 보호에서 벗어난 집단이 앙화를 받아서 홍수나 가뭄과 같은 천재지변이나 역병과 같은 전염병으로 고통받게 된 것을 말한다고 할 수 있다.

신선비의 아내인 장자의 셋째딸이 기다려도 오지 않는 신선비를 찾아나선 것은 재앙으로부터 공동체를 구원하기 위하여 사라진 신을 다시 찾아내어 신으로 모시기 위한 사제자의 영신(迎神) 행위라고 본다. 해마다 국가나 마을에서는 새해의 신을 맞이하는 신맞이 굿을 하였다. 정월에 행하여지는 동제가 바로 그것이다. 또한 새로 집을 지으면 성주맞이 굿을 하는데 이는 새로운 가옥의 신을 봉안하는 의식이다. 무속인들은 몸주신의 영험력이 쇠퇴하면 영험력을 갱신하기 위하여 속세로부터 단절된 깊은 산에 일정기간을 은거하면서 정진하는 시간을 가지기도 한다.

각시는 신선비를 찾는 여행길에 오른다. 그래서 구더기를 먹는 까마귀, 칡뿌리를 먹는 멧돼지, 빨래하는 아낙네, 밭가는 농부 등에게 그들이 요구하는 엄청난 일을 모두 해주고 신선비 있는 곳을 찾아간다. 이러한 남편 탐색과정은 〈바리공주〉나 〈자청비〉와 같은 무속신화에서 흔히 나타나는 것으로 샤먼의 영혼여행(soul journey)과 상통하는 성격을 가진다. 샤먼은 신을 만나 인간사회의 문제를 해결하려고 신의 세계로 여행한다. 신을 만나기 위해서는 강물을 건너고 장애를 극복하는 어려움이 수반된다. 여러 가지 장애를 극복한 사람만이 신을 만날 수 있고 문제를 해결할 수 있는 것이다. 그런데 처음에 동물들에게 길을 묻고 나중에 사람에게 길을 물어 결국 샘을 통과하여 오곡이 무르익어 새를 보는 들판에 도착하여 신선비를 만났다는 것은 신선비라는 신이 원시 수렵사회에서 농경사회로 시대를 거치며 점차 변모하여 농경생산신으로 정착하는 과정을 압축적으로 나타낸 것이라고 풀이할 수 있다.

신선비의 거처를 확인한 셋째딸은 그 집에 이르러 동냥을 청하고 조나 깨를 밑이 터진 자루에 받아 땅바닥에 흘려버리고 젓가락으로 주워 담으며 해지기를 기다린 뒤 자고 가기를 청하여 겨우 마루 밑을 얻어 잠자리를 정한다. 이러한 삽화는 〈당금애기〉와 같은 무속신화에서 스님이 당금애기 집을 찾아가서 취했던 시간 보내기 행위와 일치한다. 다만 〈당금애기〉에서는 당금애기를 처음 만난 스님이 당금애기와 인연을 맺으려고 부린 책략인데 이 이야기에서는 사라진 남편을 만나기 위한 책략이란 점이 다르다. 이처럼 이 이야기에는 구비서사문학에 널리 퍼져 있는 공식적 단위의 삽화가 수용되어 있다.

그러면 장자의 셋째딸은 왜 신선비에게 당당하게 접근하지 못하고 그처럼 주저하였을까 하는 의문이 제기된다. 아내가 남편을 찾아 그토록 고생을 하며 헤매었다면 남편을 보고 바로 달려드는 것이 당연하다. 그런데도 아내는 달을 쳐다보며 신선비와 노래를 주고받은 후 아직까지 자기에 대한 사랑이 있음을 확인하고서야 비로소 자기의 본색을 드러내고 있다. 이는 신맞이 굿이 절차에 따라 격식대로 진행되기 때문으로 해석할 수도 있고 신선비가 당부한 허물 지키기에 실패한 잘못 때문에 주저하는 모습을 나타낸 것으로 볼 수도 있다. 신을 맞이하려면 우선 신이 있는 곳을 알아내야 하고 신의 의사를 탐지해야 한다. 이런 절차가 반영되었다고 생각한다. 또한 신선비는 집을 떠나며 이 허물을 지키지 못하면 우리는 영원히 이별이라고 아내에게 선언하였다. 그렇다면 구렁이 허물이 타버린 순간 부부의 인연은 이미 끝나버린 것이라고 볼 수 있다. 이처럼 한번 끊어진 인연을 다시 잇기 위해서 잘못을 저지른 아내가 용서를 비는 조심스러운 행동이 필요했다고 볼 수도 있다.

신선비는 새로 장가를 가서 부인이 있었다. 이는 새로운 집단의 신으로 좌정하였다는 의미라고 해석할 수 있다. 과거에는 한 남자가 두 아내와 함께 살 수가 있었다. 그런데도 굳이 신선비가 두 부인을 둘 수 없다고 한 것은 하나의 신이 두 집단으로부터 제향을 받기 어렵다고 본 것이다. 신도 지역을 관장하는 범위가 있기에 고을의 관장이 하나인 것처럼 신이 관장하는 집단도 하나라야 한다. 그래서 두 아내 중에 한 사람을 선택하는 시험을 치르게 하였다. 시험 문제는 보통 사람이 하기 어려운 일들이었다. 하루에 싸리나무 열 단 베어오기는 어려워 보이지 않는데도 문제로 제기된 곳이 있다. 이는 싸리나무가 귀한 곳이었을 가능성이 있다. 다음은 물 길어오기인데 석자 세치 나막신을 신고 삼십리 빙판길을 물을 가득 채운 동이를 이고 물 한 방울도 흘리지 않고 길어와야 한다는 것이다. 물동이를 이고 물 길어오기는 여자들이 일상에서 하는 일이다. 물은 생명의 원천이고 삶을 존속시키는 필수의 음료이다. 그래서 물 긷는 일을 시험했다고 할 수 있다. 그러나 물 긷는 조건이 만만하지 않다. 이러한 조건을 충족하려면 힘과 참을성과 얌전한 행동 등이 갖추어져 있어야 한다. 즉 여성이 갖추어야 할 미덕과 자질과 역량을 시험한 것으로 볼 수 있다.

다른 각편에는 새들이 앉은 나뭇가지를 새가 날아가지 않은 채 꺾어 오라는 과제가 있다. 이러한 일은 보통사람이 할 수 없는 것이다. 작은 움직임만 느껴도 새는 날아가기 때문이다. 새가 자기가 앉아 있는 가지가 꺾어지는지도 모르게 일을 하려면 지극히 조용히 해야 한다. 여성의 조용한 성격과 조심성을 시험한 것이다.

가장 어려운 시험이 호랑이 눈썹 뽑아오기이다. 호랑이는 사납고 위험한 동물이다. 호랑이의 눈썹을 뽑으려면 호랑이보다 더 힘이 세고 용맹하여 호랑이를 굴복시키거나 호랑이의 습성을 잘 파악하여 다루는 법을 알아야 가능한 일이다. 장자의 막내딸은 호랑이 할머니에게 가서 부탁을 하여 호랑이 눈썹을 얻는다. 이는 호랑이가 어미와 새끼들이 가족을 이루고 살고 있고 새끼들은 어미의 말을 잘 듣는다는 호랑이의 생리를 이용한 것처럼 보인다. 그런데 여기서 호랑이 눈썹을 요구한 것은 무슨 의미일까? 사이키신화에서도 사이키는 비너스신으로부터 금색양털을 가져오라는 요구를 받는다. 금색 양이나 호랑이는 모두 사나운 동물이다. 이러한 사나운 동물을 다룰 수 있다면 다른 모든 동물을 다룰 수 있다고 보아 유목인으로서 자질을 시험한 것으로 볼 수 있다. 즉 이 시험은 아내의 유목 능력을 테스트한 것이라고 할 수 있다.

그런데 신선비의 아내로서의 자질시험은 신화문맥으로 본다면 사제자로서의 자격시험이 된다. 신을 받드는 사제는 물을 잘 관리해야 하고 짐승을 잘 다루어야 한다는 것이다. 장자의 셋째딸은 남편을 찾아 헤매는 과정에서 이미 구더기 잡기, 칡뿌리 캐기, 농사짓기 등 많은 일을 해내었다. 이처럼 일 잘하는 여성이 결국 가정을 잘 지키고 생산을 증진시켜 인류를 행복하게 만든다는 것이다. 이런 점에서 이 이야기는 전통사회에서 어린이들의 심성을 교육하는 구비교재로서 훌륭한 기능을 했다고 본다.

2) 네모난 구슬

(1) 이야기 내용

인간이 삶을 유지하기 위해서는 재화가 필요하다. 특히 먹는 것은 계속 필요하기 때문에 지속적으로 생산을 하여야 하고 생산하기 위해서는 일을 해야 한다. 만약 일하지 않고 식품이나 의류 등 생활에 필요한 재화가 무한정 나오는 보패가 있다면 얼마나 좋을까? 이러한 달콤한 생각을 사람들은 누구나 한번쯤 해보았을 것이다. 그리고 이러한 꿈 같은 욕망을 실현시키는 이야기로 화수분 설화가 만들어져 전승되었다. 화수분은 돈이나 쌀이나 옷감 등 삶에 소요되는 물품이 끝없이 나오는 보배를 말한다. 보배의 형상은 구슬이기도 하고 상자나 항아리 모양으로 되어 있기도 하며 족자 속의 그림으로 나타나기도 한다.

화수분 설화의 대표적 유형 가운데 하나가 〈네모난 구슬〉이다. 이 설화는 〈보주의 유래〉, 〈꿩과 이시미〉 등의 명칭으로 독자적 유형으로 전승되기도 하며 〈개와 고양이의 구슬찾기〉 이야기의 전반부에 삽입되어 전승되기도 한다. 이 설화의 내용을 요약하면 다음과 같다.

어느 부부가 들에서 일을 하다가 날지를 못하고 푸드덕거리는 꿩을 보고 잡다가 먹고 임신이 되어 아들을 낳았다. 그런데 그 꿩은 구렁이(이시미)가 잡아먹으려고 노리던 것이었다. 그 아들이 장성하여 장가를 가게 되었는데 도중에서 구렁이(이시미)가 나타나서 너는 내가 먹으려던 꿩이 환생한 것이니 나의 먹이라고 하며 잡아먹겠다고 하였다. 아들은 구렁이에게 나는 장가를 가는 길인데 신부가 모르고 있으니 일단 혼례나 치르고 난 후 신부에게 알리고 돌아와서 먹히겠다고 하자 구렁이는 허락한다. 아들이 혼례를 치른 후 신부에게 이러한 사정을 이야기하자 신부는 함께 죽겠다며 신랑과 함께 구렁이에게로 온다. 구렁이가 신랑을 삼키려고 하자 신부는 구렁이에게 내가 평생 먹고 살도록 주선을 해 주지 않으면 나의 신랑을 내어줄 수 없다고 한다. 구렁이는 네모난 구슬을 토해서 신부에게 주고 세 모서리에서 삶에 필요한 재화를 얻는 방법을 말해준다. 신부가 남은 한 모서리는 무엇을 하는 것이냐고 묻자 구렁이는 미운 놈에게 '너 죽어라' 고 말하면 죽는다고 한다. 신부는 구슬을 받아 구렁이를 향하여 '미운 놈 너 죽어라' 하고 소리치자 구렁이는 죽고 말았다. 신랑과 신부는 구슬을 가지고 와서 부자가 되어 잘 살았다.

(2) 이야기 해석

여기서 문제가 되는 것은 보주(寶珠)의 의미와 구렁이의 정체, 그리고 구렁이를 대하는 신랑과 신부의 취하는 각기 다른 자세이다. 구렁이는 왜 농부 내외가 자기의 밥인 꿩을 먹고 낳은 아이가 성장하여 결혼하기까지 기다리고 있었던 것일까? 왜 신랑은 구렁이가 잡아 먹겠다고 하자 도망칠 생각을 하지 않고 구렁이와의 약속을 지켰는가? 구렁이는 무엇 때문에 그처럼 무엇이든지 나오는 보배구슬을 가지고 있으면서 굳이 신랑을 잡아먹으려고 하였는가? 신부는 어떤 인물이기에 신랑과 달리 구렁이에게 맞설 수 있었는가? 네모난 구슬은 무엇의 상징인가? 이러한 의문은 이야기 안에서는 찾을 수 없다. 대체로 설화, 서사시, 소설 등과 같은 이야기 문학은 작품세계가 하나의 단위화된 소우주로서 모든 의문에 대한 답은 작품 내에 담겨 있다. 그런데 이 이야기는 상식적으로 이해가 안 되는 부분이 있으며 이에 대한 해답을 찾으려면 특별한 해석이 필요하다고 본다.

이야기에 등장하는 구렁이나 신랑 또는 신부를 우리가 일상적으로 접하는 평범한 존재로 파악해서는 위의 문제는 풀리지 않는다. 구렁이는 신으로 보아야 한다. 구렁이가 먹으려던 꿩은 신에 대한 제물이다. 농부 내외가 쉽게 꿩을 잡을 수 있었던 것은 꿩이 달아나지 못했기 때문이다. 꿩은 구렁이가 잡아먹으려고 노려보고 정신을 빼서 움직이지 못하는 상태였기에 농부 내외가 쉽게 붙잡을 수 있었다. 그래서 구렁이가 꿩을 먹고 임신하여 낳은 아이에게 너는 나의 밥이라고 했던 것이다. 이를 다시 풀이하면 아이는 구렁이신이 점지한 존재인 셈이다. 그런데 아이의 부모는 구렁이의 존재를 알지 못하고 있었다. 즉 구렁이를 신으로 받들지 않고 구렁이가 먹을 것을 가로챘다. 구렁이는 아이가 성장하는 것을 보고 자신의 존재를 알아주기를 바라고 기다렸다고 본다. 즉 구렁이는 아이의 부모세대에게 는 숭앙받지 못했지만 아이의 세대에는 신으로 받들어주기를 기다 리고 있었다고 생각한다. 어떤 신이 공동체의 신앙을 확보하려면 성 숙한 어른의 신자들을 확보해야 한다. 그래서 아이가 장성하여 어 른이 되기를 기다렸다고 본다. 아이가 장가 가는 것을 보자 구렁이 는 이제는 자기가 스스로 나서서 자기 존재를 알려야 될 때가 왔다 고 생각한 것이다. 아이가 결혼을 해서도 구렁이를 신으로 알아주지 않는다면 영영 구렁이는 신으로 대접받지 못할 수도 있기 때문이다. 그래서 아이에게 나타나서 '너는 내가 먹을 꿩을 먹고 태어난 놈이니 나의 밥이 되어야 한다. 너를 잡아먹어야 하겠다'고 말했다. 아이는 처음 듣는 말이지만 구렁이가 노리던 꿩의 후신이기에 도망갈 수가 없었다. 즉 구렁이에게 제압되어 있었기에 구렁이를 보는 순간 자신 은 잡혀 먹어야 될 운명임을 직감했다고 본다. 이는 다시 말하면 아 이가 속한 집단은 구렁이 신앙을 가지고 있었다고 본다. 구렁이를 신앙하면 신앙을 가진 사람의 영혼은 구렁이에게 점령된 것으로 보 아야 한다. 그런데 구렁이가 먹으려던 것을 먹고 구렁이 존재를 모 르고 있었다는 것은 신을 섬기는 일에 등한했음을 나타낸 것이라고 할 수 있다. 그래서 아이는 구렁이에게 혼례를 올리고 올 테니 그때 잡아먹으라고 했던 것이다. 구렁이는 아무 의심 없이 신랑을 보내주 었다. 이는 아이가 도망가지 못할 것을 알고 있었기 때문이다. 즉 아 이의 영혼은 이미 구렁이에게 점령된 상태이기에 신을 배반하는 일을 할 수 없다고 생각한 것이다.

그런데 신부는 신랑과 달리 구렁이를 신으로 모시지 않는 집단이었다고 본다. 즉 구렁이에게 점령당하지 않은 맑은 영혼을 가지고 있었다. 그래서 구렁이와 당당하게 맞설 수 있었다. 신부는 신랑과 함께 구렁이에게 가서 신랑의 앞에 서서 구렁이와 담판을 벌인다. 담판의 문제는 먹고 사는 생존의 문제였다. 즉 신랑을 잡아먹으면 신랑 대신 자기의 생존을 구렁이 네가 책임져야 한다는 것이다. 옛날에는 여성이 결혼을 하면 남편이 벌어오는 것을 가지고 살림을 하면서 삶을 유지하였다. 신부의 이 같은 요구는 구렁이에게 신랑 잡아먹는 것을 포기하든지 나의 평생 먹고 살 것을 대어 주든지 하라는 이자택일(二者擇一)의 준엄한 요구였다. 구렁이는 신랑을 잡아먹고 신부의 먹고 살 것을 해결하겠다고 보배 구슬을 토해서 준다. 그러면 왜 구렁이는 신랑에게 이토록 집착하였을까?

신랑은 일시적으로 배나 불리는 개인적 먹잇감이 아니었다고 본다. 신랑을 먹는다는 것은 자신을 숭앙하는 집단을 확보하는 것으로서 영원히 제향을 받을 수 있는 방법이라고 본 것이다. 즉 구렁이가 신랑을 잡아먹는다는 것은 신랑 집단의 신으로 좌정하는 것을 의미한다고 볼 수 있다. 그래서 무엇이든지 나온다는 보배구슬까지 내어 놓으면서 신랑을 잡아먹겠다고 했다. 네모난 구슬에서는 돈이고 쌀이고 옷이고 생활에 필요한 물자가 원하는 대로 나온다고 했다. 이는 구렁이의 권능을 말해주는 것이다. 즉 구렁이는 인간에게 여러 가지 삶에 필요한 재화를 공급해주는 권능을 가지 존재라는 것이다. 그래서 신랑으로 대표되는 집단은 구렁이의 말에 순종할 수밖에 없었다고 본다. 그러나 신부로 대표되는 집단은 구렁이의 권능을 인정하지 않는 집단이었다고 본다. 신부는 네모난 구슬을 받아 내어 구렁이를 죽인다. 신부의 이러한 행위는 구렁이에게 점령당하여 지배를 받는 데서 해방됨을 의미한다. 신부는 인간의 삶은 인간 스스로 노력하여 삶을 영위하는 것이지 구렁이가 도와주어야 살 수 있는 존재가 아니라는 것을 지각한 인물이었다고 본다. 구렁이를 죽이고 구렁이가 토해낸 네모난 구슬을 이용하여 잘 살았다는 것은 이러한 사고의 표현이다. 이는 인류가 자연신 숭배에서 인간 중심의 사고로 전환됨을 의미한다고 생각한다.

그러면 네모난 보배구슬이란 무엇인가? 무엇이든지 인간의 삶에 필요한 것이 원하는 대로 나오게 하는 보배구슬은 인간의 삶에 필요한 식품이나 의류를 생산하는 대지(大地)를 말한다고 생각한다. 모서리가 넷이라는 것은 대지의 사방을 의미한다. 천원지방(天圓地方)이라는 말에서 땅은 모가 져 있다는 의미로 인식되었음을 알 수 있다. 인간이 먹는 곡물은 땅에서 재배되고 수확된다. 인간이 일을 하는 한, 땅은 끝없이 재화를 공급한다. 일한 만큼 거둔다는 말은 요구하는 대로 나온다는 말과 상통한다. 옷이 필요하면 땅에 옷의 원료가 되는 면화나 모시 등을 심어 옷감을 만들면 되고 먹을 것이 필요하면 벼나 보리나 채소 등을 경작하여 수확하면 된다. 경작할 땅이 있는 한 일하는 대로 인간이 필요한 모든 것을 얻을 수 있다. 보배구슬 그것은 바로 재생산이 가능한 토지나 생물이 사는 산과 바다 같은 대지를 의미하는 것으로서 인류가 유목이나 농경을 통하여 생산을 하면서 삶을 지속한다는 이치를 깨달은 보배의 관념이라고 본다.

구슬에서 네모 중에 한 모는 미운 놈을 죽이는 권능을 가진 모서리로서 생산의 기능을 가진 세 모서리와 다른데 이것은 무슨 뜻일까? 이는 4계절을 나타낸 것으로 해석할 수 있다. 봄, 여름, 가을의 3계절은 생산활동을 하는 시기이다. 그러나 겨울은 모든 생물체의 성장이 멈추어지고 번식이 중지되는 죽음의 계절이다. 미운 사람을 죽게 하는 한 모서리는 서리와 눈으로 초목을 시들게 하는 겨울을 나타낸 것으로 본다.

3) 종소리[04]

〈종소리〉는 전국 각지에서 널리 전승되는 자료로서 1924년 박달성이 「어린이」 2-9호에 〈생명의 종소래〉라는 제목으로 게재(揭載)한 이래 여러 설화집에 수십여 편이 채록되어 수록되어 있다. 이 이야기는 1952년 간행한 초등학교 5학년 1학기 국어 교과서에 수록되어 1960년까지 초등학교 학생들에게 널리 읽혀진 바 있다. 최근 채록된 이야기들 중에는 1950년대 초등학교를 다닌 분들이 교과서에서 배

---

04 이 장에서의 〈종소리〉에 대한 논의는 필자가 이미 발표한 "설화 〈종소리〉의 구조와 의미"(한국문화 8, 서울대 한국문화연구소, 1987)를 재정리한 것이다.

운 이야기를 구술한 자료도 많을 것으로 생각된다. 설화 제목은 〈까치의 보은〉, 〈꿩의 보은〉, 〈학이 종을 쳐서〉, 〈은혜 갚은 가치〉, 〈은혜 갚은 꿩〉 등 여러 가지가 있는데 본고에서는 초등학교 국어책에 실린 〈종소리〉란 이야기 제목을 유형명칭으로 사용하기로 한다.

(1) 각편의 변이양상과 정본(正本)의 재구

　지금까지 〈종소리〉는 20여 편의 각편이 채록되어 발표되었고 각편 간의 편차도 적지 않다. 여러 각편에 공통으로 담긴 내용을 요약하고 특히 변이가 심한 대목을 중심으로 변이양상을 검토하면서 이야기의 이치를 따져 올바른 내용을 추려서 정본(正本)을 재구해 보기로 하겠다. 정본의 재구는 이 유형에서 본래 담아내고자 했던 의미를 추출하기 위한 기초 작업으로 진행된다. 본래 유형과는 다른 방향으로 변이된 각편도 다수 있고 의미까지도 변질되어 있는 각편이 많아서 어떤 각편을 대상으로 의미를 논하느냐에 따라 이야기의 유형적 의미가 달라진다고 생각하기 때문이다.

　이야기의 핵심은 어느 한 사람이 길을 가다가 산중에서 구렁이를 죽이고 새를 구해주었는데 그 날 저녁 그가 잠을 자다가 죽은 구렁이의 아내인 암구렁이에게 죽게 되었으나 암구렁이가 종소리를 들려주면 살려주겠다고 하자 은혜를 입은 새들이 머리로 종을 울려 소리를 내자 종소리를 들은 구렁이는 복수를 포기하고 사라졌다는 것이다. 이러한 내용은 ① 주인공의 신분, ② 구출한 새의 종류, ③ 구렁이를 죽인 도구, ④ 암구렁이의 거취, ⑤ 종소리 난 곳, ⑥ 후일담 등에서 각편에 따라 다양한 변이를 보인다. 지금까지 채록된 자료 22편을 대상으로 변이 양상을 정리하면 다음 표와 같다.

번호, 전승지 (발표연도)	제목	발표지	주인공 신분	새의 종류	구렁이를 죽인도구	종소리 난 곳	암구렁이 의 거취	후일담
① 서울 (1979)	학이 종을 쳐서	구비문학 대계1-1	한량	학	활	뒷 절	풀어줌	시를 지음
② 경기 (1979)	꿩이야기	구비문학 대계1-3	선생	꿩	총	한산사	불분명	〈풍교야박〉 지음
③ 경기 (1983)	종을 쳐서 은혜갚은 꿩	구비문학 대계2-8	장계	까토리	돌	한산사	사라짐	〈풍교야박〉 지음
④ 강원 (1936)	치악산과 상원사	한국구비 전설지	한량	꿩	활	치악산	사라짐	절을 짓고 중이 됨
⑤ 충북 (1956)	새의 보은	한국의 민담	학동	묏새	돌	뒷산 절	용이 되 어 승천	새를 묻어 줌
⑥ 충남 (1958)	종소리	한국 민담선	선비	까치	활	낡은 절	용이 되 어 승천	미상
⑦ 전북 (1979)	종소리로 꿩이 은인을 살리다	구비문학 대계5-1	포수	꿩	활	근처 절	사라짐	미상
⑧ 전남 (1983)	까치의 보은	구비문학 대계6-3	한 사람	까치	활	근처 절	없음	압사모면
⑨ 전남 (1984)	까마귀와 선비	구비문학 대계6-6	선비	까마귀	활	절	용이 되 어 승천	과거급제
⑩ 경북 (1982)	까치의 보은	구비문학 대계7-12	한 사람	까치	활	절	사라짐	과거급제
⑪ 경북 (1974)	까치의 은혜	경북민담	선비	까치	활	산꼭대 기	용이 되 어 승천	과거급제

번호, 전승지 (발표연도)	제목	발표지	주인공 신분	새의 종류	구렁이를 죽인도구	종소리 난 곳	암구렁이의 거취	후일담
⑫ 대구 (1976)	은혜갚은 까치	경북민담	선비	까치	활	연못 속	사라짐	미상
⑬ 경남 (1980)	까치의 보은	구비문학대계8-3	한 총각	까치	활	서울장안	사라짐	과거급제
⑭ 경남 (1980)	은혜갚고 죽은 황새	구비문학대계8-5	한량	황새	활	없음	황새에게 죽음	과거급제
⑮ 경남 (1984)	선비와 까치	경남지방의 민담	선비	까치	미상	나무 위	용이 되어 승천	과거급제
⑯ 경남 (1982)	까치의 보은	구비문학대계8-9	선비	까치	활	절	용이 되어 승천	과거급제
⑰ 경남 (1984)	까치의 보은	구비문학대계8-14	포수	까치	활	치악산	사라짐	미상
⑱ 제주 (1984)	은혜갚은 꿩	제주설화집성	한 사람	꿩	몽둥이	한산사	사라짐	시를 지음
⑲ (1924)	생명의 종소리	어린이2-9	나무꾼	꿩	작대기	집 뒤산	사라짐	미상
⑳ (1924)	鵲の鐘つき	조성동화집	무인	까치	활	고루	도망감	미상
㉑ (1926)	쌍씽의 보은	조선동화대집	한량	꿩	활	종각	삿대로쳐 죽임	시를 지음
㉒ (1952)	종소리	국어5-1	선비	까치	활	종각	사라짐	미상

　　주인공의 신분은 한량, 선비, 포수, 나무꾼, 학동, 중국 시인 장계 (張繼) 등으로 나타나는데 빈도수를 본다면 선비가 7편으로 가장 많고 다음이 한량으로 4편이다. 그런데 신분이 밝혀져 있지 않은 '한 사람'이나 '한 총각'으로 나타나는 각편이 4편이나 되어 본래 주인공

의 신분이었는지 무엇이었는지 판정하기가 쉽지 않다. 그런데 주인공이 구렁이를 죽일 때 사용한 도구의 변이를 보면 활이 16편으로 절대 다수를 차지하고 총, 돌, 몽둥이, 작대기가 각각 1편이다. 여기서 구렁이 죽인 도구로는 활이 본래 이야기의 화소였음을 알 수 있다. 그렇다면 주인공의 신분은 활을 사용하는 사람임을 알 수 있으며 한량이 정답이라는 추정이 성립한다.

　주인공이 길을 가는 목적은 과거를 보러 가는 것이 압도적 다수로 나타난다. 주인공 신분이 선비로 되어 있는 것은 아마도 과거가 선비들의 전유물로 인식된 것에 기인하였다고 본다. 구렁이를 죽인 도구는 주인공의 신분과 여행목적에 따라 달라진다. 한량이나 선비는 활을 사용하였는데 활은 선비들이 문과시험에서 사용하는 도구가 아니다. 선비는 문과시험을 준비하는 서생이고 문과 과거에는 궁술을 시험하는 과목이 없기에 선비가 활을 메고 과거를 보러 나섰다고 볼 수는 없다. 이런 점에서 주인공 신분은 한량이 이야기 이치에 부합한다. 포수는 총을 사용하고 나무꾼은 지게 작대기를 쓰며 신분 미상의 주인공은 몽둥이를, 학동은 돌멩이를 사용하는 것으로 나타나는데 이는 주인공의 신분과 사용 도구가 적절하게 접목되어 나타난 변이이다.

　한량이 구해준 새는 까치가 11편, 꿩이 7편, 학, 묏새, 황새, 까마귀가 각각 1편씩이다. 까치가 빈도수가 가장 높고 다음이 꿩인데, 활을 사용하려면 까치가 등장하는 것이 자연스럽다. 꿩은 사람들이 즐겨

먹는 맛 좋은 식품이기에 꿩을 구해주는 경우는 흔하지 않다. 더구나 꿩은 잡목 속에 눈에 잘 띄지 않는 곳에 둥우리를 만들고 알을 낳는데 구렁이가 꿩의 알을 먹으려면 잡목 사이를 기어서 가야 한다. 이런 모습은 길 가는 사람들에게 쉽게 발견되지 않는다. 설사 구렁이를 보았다고 해도 잡목이 얼크러져 있는 땅 바닥에는 화살을 날릴 사계(射界) 공간이 없다. 꿩을 구출하려면 차라리 몽둥이나 작대기를 쓰는 것이 편할 것이다. 까치는 높은 나무 꼭대기에 집을 지어 눈에 잘 뜨이고 까치집을 올라가려면 나무기둥을 타고 공중으로 올라가야 하기에 화살을 쏘아 맞추기가 용이하다. 이런 점에서 한량이 구출한 새는 까치라야 이야기 전개가 자연스럽다고 본다.

종소리가 난 곳은 절이 8편으로 가장 많고 구체적 증거물로는 한산사(寒山寺)가 3편, 치악산이 2편이다. 여기서 한산사를 증거물로 제시한 각편은 주인공이 장계(張繼)라는 중국 당대(唐代)의 시인으로 설정되어 있고 후일담이 〈풍교야박(楓橋夜泊)〉이란 시를 지었다고 되어 있어 특이한 하위유형을 이루고 있다. 장계가 등장하는 각편은 장계가 지은 〈풍교야박〉이란 시의 유래담으로 되어 있다. 장계가 여행을 하다가 구렁이를 죽이고 꿩을 구해준 뒤, 풍교에 가서 뱃속에서 잠이 들었는데 구렁이의 습격을 받고 죽을 고비에 이르렀다가 한산사에서 치는 종소리가 들려와 살아났다는 것이다. 이러한 체험을 장계는 다음과 같은 〈풍교야박〉이란 시로 표현하였다는 것이다.

월락오제상만천(月落烏啼霜滿天) 달은 지고 까마귀는 우는 서리찬 하늘에

강풍어화대수면(江楓漁火對睡眠) 강가의 단풍과 고기잡이배의 불빛을 마주하여 졸고 있네

고소성외한산사(姑蘇城外寒山寺) 고소성 밖 한산사에서

야반종성도객선(夜半鐘聲到客船) 밤중에 치는 종소리가 객선에 들리네

구렁이가 한량에게 종소리를 들려주면 복수를 포기하겠다고 했고 실제로 종소리가 들려오자 사라졌다는 이야기 내용을 〈풍교야박〉의 마지막 구 '야반종성도객선(夜半鐘聲到客船)'에 연결하여 작시 유래담으로 만들은 것이다. 이야기의 공간배경은 중국의 고소성(姑蘇城- 蘇州) 한산사(寒山寺) 근역 풍교(楓橋)이고 증거물로서 한시 작품이 제시된다. 이러한 각편을 구연한 사람은 한문선생들로서 한시를 잘 아는 분들로 나타난다. 그런데 정작 중국의 시화에는 이러한 내용이 전해지지 않는다. 한산사의 종소리는 소상팔경 중에 "한산모종(寒山暮鐘)"이 들어 있는 데서 알 수 있는 바와 같이 널리 알려진 일상적 풍광이다. 구렁이의 요구를 들어주려고 새가 종에 머리를 부딪쳐 울린 일시적인 현상이 아니라 항상 정해진 시간에 한산사에서 울리는 종소리인 것이다. 따라서 장계를 주인공으로 〈풍교야박〉의 유래담으로 전해지는 이야기는 전설로서의 진실성이 없다고 본다. 이는 우리나라에서 〈종소리〉가 널리 전승되자 한시를 아는 사람들이 시의 내용과 이야기 내용이 일부 일치하는 점이 있음을 보고 결부시킨 것이라고 본다.

암구렁이의 거취는 한량의 몸을 풀어주고 사라진다는 각편이 11편으로 가장 많다. 그러나 구렁이가 어디로 갔는지, 왜 종소리를 요구하고 종소리가 나자 사라졌는지에 대한 설명은 없다. 다음으로 용이 되어 승천하였다는 각편이 7편으로 많이 나타난다. 여기에서는 구렁이가 용이 되려면 종소리가 필요하고 종소리를 듣고 용이 되어 승천하느라고 복수를 포기한 것이라는 설명도 나타난다. 그런데 구렁이가 오래 묵어 용이 되는데 여의주가 필요하다는 이야기는 많이 있어도 종소리를 들어야 승천한다는 것은 다른 설명이 필요한 부분이다.

그러면 왜 구렁이는 종소리를 요구한 것인가? 〈종소리〉의 전편(前篇)의 성격을 띠는 설화가 원주시 문화원에서 간행한 『원주의 얼』이란 잡지에 게재되어 있어 소개하기로 한다.

한 중이 속가의 여인과 정분이 나서 범종을 만들기 위하여 시주를 받아 모은 돈을 훔쳐가지고 도주하였다. 그들 부부는 죽어 저승에 가서 범종을 만들 재물을 훔친 죄업 때문에 구렁이로 환생하였다. 그런데 구렁이 부부는 범종소리를 3번 들어야 구렁이의 몸을 벗어날 수 있었다.

이 설화는 〈종소리〉란 이야기가 널리 퍼지면서 불교계에서 지어낸 이야기일 가능성이 크다. 치악산 상원사는 원주시가 있는 강원도

원성군에 있고 상원사 전설은 다른 지역에서 채록된 각편과는 달리 사찰 연기설화로 불교적 성격이 강하게 드러나기에 구렁이의 전생담이 쉽게 만들어질 수 있었다고 본다. 그러나 이야기 내용은 구렁이 부부의 전생담이 먼저이고 〈종소리〉는 그 다음 생(生)에 대한 이야기이다. 〈종소리〉에 등장하는 치악산의 구렁이 부부는 바로 전생에서 범종을 만들려고 시주를 받아 모은 재물을 훔쳐가지고 달아난 스님과 그 아내이었다는 것이다.

범종(梵鐘)은 절에서 사람들을 모이게 하거나 시각을 알리기 위해 치는 종을 말하는데 이 종소리를 듣는 순간만이라도 범부대중은 일체 번뇌로부터 벗어날 수 있다고 한다. 특히 범종의 소리는 지옥의 중생을 구원한다고 알려져 있다. 이처럼 불자들은 범종 소리를 듣고 법문을 들으면 모든 생명체는 생사고해(生死苦海)를 벗어나 불과(佛果)를 얻을 수 있다고 생각한다. 한국에서는 역사적으로 범종을 제작하기 위하여 특별한 노력을 경주하였다. 범종을 제작하는 데 수만 근의 구리와 주석이 들어갔고 이를 위해 수많은 불자들이 헌금을 하고 장인들이 심혈을 기울였다. 그리하여 한국은 국보로 지정된 범종만도 20여 구를 헤아리게 되었다. 그러나 〈종소리〉 각편의 구연자들 대부분은 불자(佛者)들이 아니고 구렁이의 전생담에 대해서도 알지 못하고 있는 것으로 나타난다.

후일담은 주인공이 그 후 어떻게 되었느냐 하는 것인데 여기에서는 두 가지의 대조적인 결말이 나타난다. 과거에 급제해서 잘되었다는 것으로 7편, 과거를 포기하고 절을 짓고 중이 되었다는 것이 1편, 과거에 실패하였다는 것이 1편, 시를 지었다는 것이 5편, 미상이 7편으로 되어 있다. 시를 지었다는 결말은 이미 논한 바와 같이 이 이야기가 장계의 〈풍교야박〉의 작시 유래담으로 서당선생들 사이에서 구전된 것이다. 주인공이 절을 짓고 중이 되었다는 것은 치악산 상원사 전설에서만 나타난다. 이는 주인공이 세속적 출세가 허망하다는 것을 깨닫고 과거를 포기하고 스님이 되어 자기를 구하려고 죽은 까치의 명복을 빌어주었다는 것이다. 이를 구연한 사람은 불교에 대한 숭앙심이 강한 사람이라고 생각한다.

결말부가 미상으로 처리된 것은 이 이야기의 의미를 구연자들이 정확하게 파악하지 못한 것이라고 볼 수 있다. 까치가 죽음으로서 은혜를 갚은 것을 보고 한량이 어떻게 처신하였을까 하는 문제는 바로 이 이야기의 의미를 어떻게 드러내는가 하는 문제와 관련이 있다. 두 가지 결말이 모두 가능하지만 구현되는 의미는 결말에 따라 크게 달라진다.

이상에서 논의한 바를 근거로 이야기의 바른 내용을 재구하여 제시하면 다음과 같다.

옛날 시골에 사는 한 한량이 과거를 보려고 집을 나서서 서울을 향하여 가다가 산속을 지나게 되었다. 그런데 산중에서 까치가 우짖는 소리를 듣고 바라보니 한 큰 나무 위에 까치집이 있었고 그 속에는 까치의 새끼들이 있었는데 구렁이 한 마리가 까치집을 향하여 기어 오르고 있었다. 한량은 등에 메고 있던 활을 내려 구렁이를 향하여 화살을 날렸다. 화살은 구렁이를 정확히 맞추었고 구렁이는 나무에서 떨어져 죽고 말았다.

한량은 계속해서 길을 가다가 산 속에서 날이 저물어서 잘 곳을 찾아 헤매다가 인가의 불빛을 발견하고 그 집에 가서 자고 가기를 청하였다. 그 집에는 아름다운 여인 나와서 잘 곳을 안내해 주었다.

한량이 피곤하여 잠이 깊이 들었다가 숨이 막히는 답답함을 느끼고 잠을 깨어보니 큰 구렁이가 자기 몸을 칭칭 감고 입을 벌려 삼키려고 하였다. 구렁이는 한량에게 말하였다.

"나는 낮에 산중에서 네가 죽인 구렁이의 아내다. 남편의 원수를 갚기 위해 너를 잡아먹어야 하겠다."

한량은 무서워 아무 말도 못하였다. 구렁이는 다시 말을 하였다.

"만약 네가 살고 싶으면 종소리 세 번 만 울려 다오. 그러면 내가 너를 풀어줄 것이다."

이 말이 끝나자 어디선가 뎅! 하고 종소리가 울렸다. 그리고 이어서 뎅! 뎅! 하고 종소리가 세 번 울리었다. 종소리를 들은 구렁이는 반가운 빛을 띠고 감고 있었던 한량의 몸을 풀어주고 어디론가 사라졌다. (구렁이는 용이 되어 승천하였다.)

날이 밝아오자 한량은 종소리 난 곳을 찾아가 보았다. 그곳에는 종루에 종이 달려 있었고 종루 아래에는 어제 새끼들을 살리기 위해

울부짖던 까치 부부가 머리가 깨어져 죽어 있었다. 한량은 까치가 은혜를 갚으려고 종을 울리고 죽은 것을 알았다. 그 뒤 한량은 가거에 급제하여 명관이 되었다. (한량은 과거 길을 포기하고 그곳에 절을 세워 까치들의 명복을 빌며 일생을 마쳤다. 그 절이 치악산 상원사이다.)

(2) 이야기의 국면의 대립 구조

앞에서 정리한 정본을 중심으로 이야기의 국면구조와 이 구조가 함의한 의미를 분석해보기로 하겠다.

이 이야기는 4개의 국면이 연접되어 있다. 첫째 국면은 한량이 과거를 보러 서울을 향해 집을 나서는 국면이고, 둘째 국면은 산중에서 까치를 도와 구렁이를 죽이는 것이고, 셋째 국면은 밤중에 암구렁이에게 감기어 위기를 맞이하였다가 종소리가 나서 살아난 국면이며, 마지막 국면은 종을 울리려고 머리가 깨져 죽은 까치를 종루 아래서 발견하는 국면이다. 각각의 국면에 내포된 주체의 성격, 작중시간, 작중 공간, 움직임의 성격을 검토하고 이러한 요소들이 어떤 관계를 맺고 있으며 어떤 의미를 드러내는가를 알아보기로 하자.

첫째 국면에 등장하는 주체는 한량으로서 무과 과거를 보기 위하여 서울을 향하여 출발하는 인물이다. 과거를 보려는 것은 출세를 하려는 의지의 발로로서 신분적 상승을 목표로 하는 상승의 움직임이다. 자기가 자란 향리에서 도성으로 향하는 길은 지세와 상관없이 올라가는 길이다. 임금이 있는 서울은 높은 곳이고 일차 생산업에 종사하는 민생이 거주하는 향리는 낮은 곳이다. 그래서 서울로 가는 것을 올라간다고 하고 서울에서 고향으로 돌아가는 것을 낙향이라고 한다. 한량은 신분상승을 위해 서울로 올라가는 길을 출발한 것이다.

한량이 출발한 시간은 이야기에서 분명하게 제시되어 있지 않으나 먼 길을 걸어서 가는 사람이 집을 나서는 때이기에 이른 아침이라고 보아야 한다. 경우에 따라서는 동트기 이전일 수도 있고 오후 어느 때일 수도 있으나 일반적으로 아침을 먹고 나서 출발하는 것으로 생각하는 것이 합리적이다. 아침은 해가 떠오르기 시작하는 시간이고 일을 시작하는 하루의 처음이다. 또한 이 국면에서의 한량이 집을 나서는 아침 시간은 자기가 생활하던 공동체의 영역을 벗어나는 순간이며 희망을 안고 새로운 공동체의 편입을 시도하는 시간이기도 하다.

이 국면에서의 공간은 자기가 생장하고 공부하던 정든 집 앞이라고 할 수 있다. 사람이 사는 집은 주거공간으로서 인류가 개발한 문화공간이다. 산이나 들과 같은 자연공간과 달리 야생의 동물이 생활하는 공간이 아니고 인류가 자연의 위협으로부터 안전을 확보한 공간이다. 집을 떠난다는 행위는 안전하고 익숙한 주거지를 벗어난다는 것이고 낯선 공간으로의 진입을 의미하기도 한다.

첫째 국면은 넷째 국면과 대립을 이루고 있다. 넷째 국면은 산중에서 맞이한 아침이고 종루 아래에서 까치의 죽음을 확인하는 내용이다. 산중은 자연공간으로서 자기가 생장한 마을의 집과는 대립된다. 또한 구렁이가 여인으로 변하여 한량을 유인하여 유숙한 집은 자연공간이면서 상상공간이나 이계공간의 성격을 보여준다. 구렁이가 몸을 풀고 사라진 뒤 살펴보니 집도 없어지고 바위 위에 있었다거나 굴속에 있었다는 서술에서 이러한 공간의 성격이 잘 드러난다. 시간은 아침으로서 같은 점이 있으나 까치의 죽음을 발견하는 아침은 세속의 출세욕망에 부풀었던 첫째 국면의 아침과 달리 출세의지가 감소되고 신성사회로 편입하는 아침이라는 점에서 차이가 있다. 또한 까치의 희생을 헛되게 하지 않으려고 새로운 각오로 재출발하는 시간으로 볼 수도 있다. 대체로 과거를 포기하고 스님이 되어 까치의 명복을 빌었다고 한 각편은 1국면과 4국면의 대립이 선명하다. 반면 과거에 급제하여 잘되었다고 마무리한 각편은 보은의 도리를 깨달아 훌륭한 인물로 거듭났다는 의미가 있다.

다음 두 번째 국면과 세 번째 국면의 대립항이 함축하고 있는 의미를 검토해 보기로 하자. 두 국면에서 작중시간은 한낮과 밤중으로 대립된다. 낮은 밝음의 시간이면서 생물이 활동하는 움직임의 시간이고 밤은 어둠의 시간, 생물이 활동을 멈춘 정적 시간이다. 인간은 낮에 활동을 하고 밤에 잠을 잔다. 그러나 야생동물은 밤에 활동을 한다. 낮은 일하는 시간이면서 이성의 시간이고 밤은 휴식하는 시간이면서 본능의 시간이기도 하다. 이러한 두 국면의 시간적 성격은 설화 문맥에서 다른 요소들과 관계를 맺으면서 대립되어 전개된다.

공간 역시 산중(山中)과 방안은 대립되는 의미를 내포하고 있다. 산중은 자연공간이고 개방된 공간이다. 반면에 방안은 인공의 문화적 공간이면서 폐쇄된 공간이다. 이러한 공간의 속성은 등장인물의 행위와도 관련성을 가진다.

두 번째 국면에서 대결자는 구렁이와 까치이다. 구렁이와 가치의 싸움은 자연의 생태계를 그대로 보여주는 것으로서 자연의 모습이다. 여기에 한량이 개입하여 상황을 역전시킨다. 한량은 활을 사용하여 구렁이를 죽인다. 활은 인간이 개발한 문명의 이기로서 동물이 가지지 못한 것이다. 만약 한량의 개입이 없었다면 구렁이는 까치집에 있는 알이나 어린 까치 새끼를 삼켜 식욕을 충족하였을 것이다. 한량의 개입은 동물들의 세계에 인간이 개입하여 자연의 질서를 인공적으로 조정한 것이고 인간의 자연 정복 활동의 성격을 나타낸다. 인간은 자연을 정복하고 자연의 생태계를 변화시키면서 문명생활을 영위해 왔다. 이런 점에서 두 번째 국면은 동물들의 대결을 인간과 동물의 대결로 바꾼 것이고 이는 자연과 문화의 대립이면서 자연을 극복하여 문화로 이행하는 문명사적 의미를 내포하고 있다.

세 번째 국면에서는 구렁이와 인간이 대결을 벌인다. 구렁이는 동물로서 자연적 존재이다. 사람은 도구를 사용하지 않을 때는 동물보다도 무력하고 나약하다. 두 번째 국면과는 반대로 동물인 구렁이가 우위를 점하고 인간인 한량이 위기에 처하여 타자의 구원을 받는다. 이 같은 움직임은 인간이 활동하지 않는 시간인 밤중에 휴식을 취하는 밀폐된 공간에서 일어난다. 이는 두 번째 국면에서 한낮에 개방된 자연공간에서 인간이 우위를 점한 것과 대조를 이룬다. 문명의 이기를 활용할 수 없는 상황에서 본능적 욕구 충족의 움직임은 동물이 인간보다 우월함을 알 수 있다. 그리고 우위에 있는 동물은 인간의 모습을 빌린다. 암구렁이는 여인의 모습으로 변하기도 하고 인간의 언어로 자기 본색과 살해하는 이유를 한량에게 알려주기도 한다. 그런데 한량의 은혜를 갚아야 하는 까치는 구렁이를 퇴치할 힘은 업고 종을 울릴 도구도 없는 작은 날짐승이었다. 만약 까치가 인간과 같이 도구를 개발하여 사용하는 존재라면 종을 울리기 위해 머리를 부딪쳐 죽지는 않았을 것이다. 화살을 날려 까치를 도와준 한량의 행위와 머리를 종에 부딪쳐 종을 울린 까치의 행위는 이런 점에서 대조된다. 이처럼 두 번째 국면과 세 번째 국면은 동물 대 인간, 자연 대 문화가 대립을 이루고 있고 두 국면의 서사적 상황과 성격이 대조적으로 설정되어 있다.

(3) 행위자의 층위로 본 이야기의 의미

〈종소리〉에는 한량과 구렁이, 그리고 까치의 세 종류의 행위자가 등장한다. 한량은 과거를 보러 가는 인간이고 구렁이는 까치집을 향하여 나무를 기어오르다가 화살에 맞아 죽은 숫구렁이와 남편의 원수를 갚으려고 한량을 삼키려다가 종소리를 듣고 사라진 암구렁이의 부부이고 까치 역시 새끼들을 키우는 한 쌍의 부부로서 한량의 도움으로 새끼들을 살렸으나 암구렁이에게 죽게 된 한량을 살리기 위해 종을 울리고 죽는 존재로 나타난다. 그런데 구렁이는 숫구렁이와 암구렁이가 각기 독자적인 행위를 하는 데 비하여 까치부부는 하나의 캐릭터로서 쌍둥이처럼 행동한다.

이들 행위자가 격돌하는 국면은 둘째 국면과 셋째 국면이다. 둘째 국면은 한량이 산중에서 까치를 도와서 활을 쏘아 구렁이를 죽이고 까치새끼를 구하는 부분이다. 둘째 국면의 행위자의 움직임은 구렁이와 까치의 대결국면에 한량이 끼어들어 까치 편에 들면서 우위를 점했던 구렁이가 패배하고 위기에 처했던 까치가 안전을 확보한 것이다. 여기서 까치, 구렁이, 한량이 등장한다. 까치는 나는 동물로서 활동공간이 천공이다. 구렁이는 기어 다니는 파충류로서 지상에 밀착해서 살아간다. 한량은 직립 보행하는 인간으로서 두 발은 땅을 딛고 있지만 머리는 천공을 향하고 걸어 다닌다. 지상과 천공 사이에서 구렁이가 가장 아랫 공간인 지상과 밀착되어 살고 까치가 천공을 점유하고 있으며 그 중간에 인간이 걸어서 움직인다. 이처럼 까치와 한량과 구렁이는 조류와 영장류와 파충류로서 나는 동물, 걷는 동물, 기는 동물로서 활동공간의 영역이 상층, 중층, 하층으로 구획된다.

구렁이가 자기의 삶의 공간에서 벗어나 까치집으로 나무를 타고 상승하는 움직임을 보이는 것은 까치 새끼들을 잡아먹으려는 것으로서 식욕을 채우기 위한 것이라고 볼 수 있다. 이는 약육강식의 살육이 자행되는 동물적 본능의 세계로서 자연의 생태계의 한 단면이다. 까치는 새끼를 구하려고 천공을 날아다니며 우짖는다. 어린 새끼를 보호하려는 마음은 짐승이나 사람이나 공통된 종족보존 본능의 발현이다. 이때 한량이 까치 편을 들어 구렁이를 살해한다. 그런데 한량의 구렁이 퇴치는 약육강식의 자연질서를 뒤바꾼 인간의 자연정복 행위로서 폭력으로 폭력을 제거하였다는 점에서 동물적 차원의 움직임이었다. 이는 셋째 국면에서 나타나는 한 쌍 까치의 살신성인의 희생행위와 비교할 때 낮은 차원의 성격을 가진다.

셋째 국면에서 한량은 여인이 있는 집에 들어가서 깊이 잠들었다가 암구렁이의 습격을 받고 위기에 처한다. 구렁이는 한량의 몸을 감고 자신은 낮에 네가 죽인 구렁이의 아내인데 남편의 원수를 갚겠다고 한다. 그러나 네가 종소리 세 번만 울려준다면 너를 살려주겠다고 한다. 그 순간 어디에선가 종소리가 들려오고 구렁이는 몸을 풀고 사라졌다는 것이다. 이 국면에서 등장하지는 않았지만 종소리는 낮에 도와준 까치부부가 머리를 종에 부딪쳐 낸 것이란 점에서 구렁이에게 죽게 된 한량을 까치가 구해주었다는 것이 드러난다. 그렇다면 셋째 국면은 둘째 국면과 움직임의 의미에서 대조를 이루고 있음을 알 수 있다. 둘째 국면에서는 한량이 까치를 도와 위기를 모면하게 해주었는데 셋째 국면에서는 까치가 한량을 살려내었다는 점에서 도움을 받은 자와 도움을 준 자가 서로 바뀌어져 있음을 알 수 있다. 그런데 한량은 구렁이를 죽이는 살육행위로 까치를 도왔으나 까치는 자신을 희생하여 구렁이의 소원을 들어주고 한량을 살렸다는 점에서 도와주는 방법이 차이를 보인다. 한량은 폭력으로 폭력을 제거하였기에 다시 폭력의 보복을 초래한다. 그러나 까치는 자기희생으로 폭력적 살육(殺戮)을 종식시켰다는 점에서 먹고 먹히는 약육강식의 세계를 정화시키고 평화를 안착시켰다는 의미가 있다. 이는 한량보다 한 차원 높은 신성성을 보여주는 행위로서 이야기의 의미가 이곳에 응축되어 있다고 생각된다.

천공은 신의 공간이고 신성공간의 성격을 가지며 지상은 세속공간이면서 현실공간의 성격을 가진다. 신성공간을 차지한 까치가 희생을 통하여 구렁이의 살생의 악심을 제거하고 죽을 인간을 살려내는 신성성을 발현하고 있다. 구렁이가 용이 되어 승천했다는 것은 탐욕과 정욕의 아수라장인 세속세계를 벗어나 신성세계로 진입한 것을 나타낸다.

후일담에서 한량은 과거에 급제하여 잘되었다고 하는 각편이 6편 있다. 이는 까치의 희생으로 살아나서 사회적 신분상승을 한 것으로서 구렁이의 승천과 같이 상승의지를 실현한 것이다. 반면 한량이 까치가 죽은 곳에 절을 짓고 스님이 되었다는 것은 까치의 거룩한 희생정신의 의미를 깨닫고 세속적 욕망을 떨쳐버리고 신성사회로 편입한 것을 말한다. 까치는 죽어서 악이 횡행하고 탐욕과 번뇌로 가득 찬 세계를 구원의 종소리를 울리어 악이 없는 세계로 정화하였던 것이다. 이런 의미에서 이 설화는 불교의 구원사상을 반영하고 있다고 해석할 수 있다.

반면 한량이 까치를 묻어주고 과거에 급제하여 잘 살았다는 결말은 전설이 증거물의 인지 범위를 벗어나 민담화하면서 행복한 결말로 변이된 모습이라고 생각한다. 이러한 결말의 의미는 구렁이라는 악을 제거하고 까치를 구해준 선행의 보상으로서 성격을 가진다. 이러한 이야기의 향유층은 한량이 천공을 나는 존재인 까치의 희생에서 사회 구원의 교훈을 얻고 관료로 진출하여 분쟁으로 얼룩진 사회에 평화로움을 안착시키는 정사(政事)를 펼칠 것을 기대하였다고 본다.

4) 구렁이와 지네의 승천다툼

(1) 이야기 내용

〈구렁이와 지네의 승천다툼〉은 구렁이와 지네가 이야기 속에서 역할이 바뀌어져 있는 각편들이 많아서 〈지네와 구렁이의 승천다툼〉으로 채록되기도 하였다. 그 밖에 〈지네와 구렁이〉, 〈구렁이와 지네의 싸움〉, 〈구렁이 은혜로 부자 된 사람〉 등의 여러 가지 이름으로 알려진 이야기이다. 각편마다 구연자가 강조하는 이야기의 의미가 다르게 나타나는데 필자가 충남 아산에서 채록한 유증선이 구연한 〈구렁이 도움〉을 중심으로 이야기의 의미를 검토하기로 하겠다. 먼저 이야기 내용을 소개하기로 한다.

옛날 강원도에 한 부자가 살고 있었는데 오가는 사람들에게 서울이

좋다는 이야기를 듣고 돈을 듬뿍 장만하여 가지고 구경차 서울로 올라왔다. 그리고 좋은 여관을 정하고 서울 구경을 시작하였다. 서울을 다녀보니 없는 것이 없었고 별의별 사람들이 별별 직업을 가지고 살고 있었고 온갖 먹거리, 놀거리도 많이 있었다. 그렇게 서울 구경을 다니며 돈을 쓰다가 한량친구를 사귀게 되었다. 그래서 그 친구의 소개로 한량 수십명을 사귀고 매일 활터에 가서 활도 쏘고 기생들과 놀며 세월을 보냈다. 돈이 떨어지면 시골 부모님에게 큰 사업을 하고 있는데 돈이 필요하니 전지를 팔아서라도 돈을 보내라고 하여 받아서 쓰곤 하였다. 그렇게 지낸 지 어언 삼년이 되었는데 시골에서 돈을 보내주지 않아서 여관비며 음식 외상값이 밀리어 쪼들리게 되었다. 그래서 슬그머니 여관을 나와서 고향 마을로 내려갔다.

고향 마을에 들어서서 자기 집을 가보니 어떤 낯모르는 사람이 살고 있었다. 부모의 소식을 묻자 그 사람은 저 개울가에 움막을 가보라고 하며,

"그분이 참 부자로 잘 살았는데 그의 아들이 서울에 가서 사업을 한다며 돈을 보내라고 하여 그 많던 전지를 다 팔아 보내고 집과 재물까지 모두 팔아 보내고 지금은 움막에서 겨우 연명하고 있다오."

하였다. 이 말을 듣고는 그는 지난 삼년간의 방탕한 서울 생활이 후회가 되었으나 어쩔 수가 없었다. 남 몰래 움막을 찾아가 엿보니 부모와 아내가 헌 옷을 입고 주린 빛이 역력하여 웅크리고 있었다. 그는 차마 얼굴을 들고 그 앞에 나설 수가 없어 참담한 심정으로 죽기

로 작정하고 비상을 구해가지고 깊은 산중으로 들어갔다. 그는 아무도 모르는 곳에서 조용히 죽어야지 죽어서도 더 이상 남에게 폐를 끼쳐서는 안 되겠다고 생각한 때문이었다.

온종일 깊은 산속으로 깊숙하게 들어가다가 밤중이 되자 한곳에 앉아 죽으려고 가지고 온 비상을 물에 타 마시고 누워 있었다. 얼마나 시간이 지났을가 눈을 떠보니 한밤중인데 하늘에 별은 총총한데 산 아래에서 등불이 줄을 지어 자기를 향하여 올라오고 었었다. '이 깊은 산속에 밤중에 누가 여기를 무엇하러 오는가' 하고 생각을 하다가 '필시 저승사자가 자기를 저승으로 잡아가려고 오는 것이려니' 하고 일어나 앉아서 있었다. 사람들이 몰려오더니 한 젊은 여인이 앞으로 와서 아무데 사시는 아무개 어른 아니시냐고 물었다. 이 사람이 그렇다고 하자 우리 아씨께서 모셔오라고 하여 왔으니 저와 함께 가자고 하였다. 이 사람은 아무런 영문을 몰라 이왕 죽을 몸인데 더 두려울 것이 무엇이 있겠나 싶어 그 여인을 따라 나섰다. 한참을 내려가자 한 큰 기와집이 나타났다. 그리고 그곳에 매우 아름다운 여인이 기다리고 있다가 맞아들였다. 여인은 자기의 행적을 모두 알고 있었다. 자기가 자란 곳이며 서울에서 놀아나면서 그처럼 많은 재산을 다 없앤 것이며 죽으려고 비상을 먹은 사연까지를 모두 이야기하였다. 그리고 당신은 이제 아무 걱정 말고 나와 부부가 되어 여기서 살자고 하였다. 이 사람은 이왕 죽은 몸인데 다시 가족을 볼 면목도 없어서 허락하고 그곳에서 그 여인과 함께 부부로 살기로 하였다.

그곳은 없는 것이 없었다. 하인도 많았고 문을 지키는 사람도 여럿이 있었고 시녀들도 많아서 온갖 시중을 다 들어주었다. 그래서 매일 호의호식으로 세월 가는 줄 모르게 어느덧 삼년을 보냈다. 그러던 어느 날 오늘이 며칠이냐고 아내에게 묻자 아내가 몇월 몇일이라고 하였다. 그제서야 고향의 부모와 아내가 떠올랐다. 그리고 그날이 바로 자기 할아버지 제삿날이라는 것도 생각났다. 그래서 아내에게 고향집에 좀 다녀와야 하겠다고 말하였다. 아내는 주저하는 듯하더니,

"가기는 가지만 절대 집에서 자거나 음식을 먹어서는 안 되고 이곳의 이야기를 누구에게든지 조금도 해서는 안 됩니다. 그리고 부인과 같이 밤을 보내지 말고 제사 지내는 즉시 돌아와야 합니다. 만약 내 말을 어기면 큰 화를 당할 것입니다."

라고 하였다. 이 사람은 그렇게 하겠다고 약속을 하고 산을 내려와서 고향 집으로 향하였다. 고향에 와서 부모님이 있던 움막을 찾아가니 움막이 사라지고 없었다. 지나가는 사람에게 부모님 사는 곳을 물으니 그 사람이 말하기를,

"내 참 별 희안한 일을 다 봅니다. 그 노인들이 엄청난 부자로 살았는데 그 아들이 서울 가서 큰 사업을 한다며 가산을 다 털어먹어 거지가 되었는데 다시 그 아들이 성공하여 그전보다 더 큰 부자가 되어 없앤 재산 다시 찾고 더 잘 살고 있으니 참 사람 팔자 알 수 없는 것 아니겠소."

라고 하였다. 그 말을 듣고 이것이 어찌 된 영문인가 믿어지지 않아 전에 살던 집으로 가니 집이 더 크고 화려해졌는데 하인들도 더 많이 북적이고 있었다. 이 사람이 들어가니 부모와 아내가 반갑게 맞으며,

"그래 사업하느라고 얼마나 고생이 많았니? 우리는 네가 보내준 돈으로 이렇게 호의호식하며 잘 살고 있는데 어쩌면 육년간이나 소식을 끊고 있다 이제야 오느냐."

고 하였다. 이 사람은 할 말이 없어 대강 둘러대고 음식도 먹지 않고 중요한 거래가 있어서 할아버지 제사를 지내면 바로 오늘밤 안으로 떠나야 한다고 하였다. 가족들은 워낙 큰일을 하는 사람이라 가지 않으면 큰 손해를 볼까봐 붙들지도 않았다. 이 사람은 이 모든 것이 새 아내가 도와준 것이라 생각하고 새 아내와의 약속을 지키려고 제사를 마치는 대로 바로 삼년간 살던 산속을 향하여 출발하였다.

그런데 산으로 오는 길에 십년강 삼십리 다리를 건너야 하는데 달밤에 다리를 건느다가 보니 어떤 키가 하늘에 닿을듯이 크고 수염을 발등까지 치렁치렁하게 늘어뜨린 노인이 다리 위에 막아서서 말을 걸어왔다. 너 어디 사는 아무개가 아니냐 하고 자기 이름을 불렀다. 이 사람이 깜짝 놀라 그렇다고 하자 그 노인은,

"나는 사람이 아니고 귀신이다. 너의 할아버지 아무개하고 친군데 나도 죽어 너의 할아버지의 무덤 옆에 내 무덤이 있다. 그런데 너의 할아버지가 나한테 말하기를 내가 오늘 손자 제사 받아 먹으러 가는

데 우리 손자가 오늘밤 안으로 죽게 되었으니 제발 좀 나를 도와 우리 손자를 살려달라고 하여 여기 왔다. 내가 네가 살아날 방도를 지금부터 말하여 줄 테니 꼭 내 말을 들어야 한다. 알겠느냐?"

하고 다그쳤다. 이 사람은 무서워서 떨며.

"예 알겠습니다."

하고 대답하자 노인은,

"오늘 저녁 너 집에 들어갈 때 아무 기척도 없이 들어가 봐라. 그러면 너의 처가 무엇인지 알게 될 것이다. 네 처는 구렁이다. 그리고 네 처가 거느리는 하인들도 모두 구렁이들이다. 너는 몰래 인기척을 내지 말고 들어가서 그것을 네 눈으로 확인해라. 그리고 다시 몰래 나와서 동구 밖에서부터 인기척을 내고 어째 마중 나오는 놈도 없느냐고 큰소리를 치며 들어가 봐라. 그러면 그것들이 모두 사람으로 바뀔 것이다. 그리고 너는 너의 처에게 밤새 아무것도 안 먹고 그냥 왔더니 시장하다고 하면서 밥을 달라고 해라. 그러면 내 처가 손수 아침을 지어 줄 터이니 밥을 한 숟갈 떠서 입에 물고 여러 번 씹은 후에 너의 처 얼굴에 대고 뿜어라. 그렇게 세 번만 얼굴에 씹던 밥을 뿜어 뱉으면 너는 살 수 있다. 그렇지 않으면 너는 구렁이 독 때문에 오늘 죽는다. 그렇게 하겠느냐?"

라고 말했다. 그 사람은 너무나 무서워서,

"예 예 그리 하겠습니다."

하고 대답했다. 그러자 그 노인은 어디론가 사라져버렸다. 이 사람은 반신반의하며 동구에 이르러 기척을 내지 않고 가만히 가보니 문지키는 곳에 구렁이가 잠을 자고 있었다. 가만히 집으로 들어와 보니 하녀들이 있는 방에 모두 구렁이가 자고 있었다. 안방을 보니 어마어마하게 큰 구렁이가 아내가 자는 곳에서 잠을 자고 있었다. 이 사람은 그 노인의 말이 사실인 것을 알고 다시 몰래 동구 밖으로 나와 큰소리를 치며 들어갔다. 구렁이들은 모두 사람으로 변하여 서방님 이제 오시느냐며 맞아들였다. 아내를 만나 대강 고향 소식을 전하고 시장하니 밥부터 달라고 하였다. 아내는 유별나게 친절하게 굴었다. 그리고 오늘은 제가 직접 아침을 준비하겠다면서 손수 음식을 만들어가지고 들어와 옆에 앉아서 숟가락에 반찬을 놓아주며 애교를 부렸다. 이 사람은 밥을 한 숟가락을 입에 넣고 씹으며 지나간 육 년간을 회상하였다. 재산을 탕진하고 죽으려다가 살아난 것이며 거지가 된 부모가 다시 거부가 된 것까지 생각하는 순간 아내의 얼굴에 씹던 밥을 차마 뿜어 뱉을 수가 없었다. 그래서 첫 숟가락을 그냥 꿀꺽 삼켰다. 그리고 다시 두 번째 숟가락의 밥을 씹으며 생각하였다. 그리고 두 번째 밥도 그냥 삼켜버리고 말았다. 세 번째 숟가락을 입에 넣고 씹으며 죽느냐 배신을 하느냐를 생각하다가,

"나는 이미 죽으려던 몸이다. 이만큼 더 산 것도 저 구렁이 덕이다. 지금 내가 죽어도 다 망한 우리 가족을 도와준 구렁이 은혜를 어찌 배신할 수 있겠는가?"

이렇게 생각이 들자 밥을 씹어 뿜는 것을 완전히 포기하였다. 이 사

람이 세 번째 숟가락의 밥을 그냥 꿀꺽 삼키자 이 모습을 유심히 지켜보던 아내가 기쁜 빛을 띠고 남자의 손을 덥석 잡고 눈물을 흘리며 말했다.

"여보 당신 죽을까봐 걱정이지? 당신 죽지 않아. 아무 걱정 말어. 내가 사람은 잘 알아보았지. 당신 어젯밤에 돌아오는 길에 십년강 삼십리 다리에서 할아버지 친구라는 한 늙은이를 만났지. 그리고 내가 구렁이라고 하면서 밥을 씹어 얼굴에 뿜으라고 시켰지. 나는 그 늙은이가 말한 대로 구렁이야. 그런데 그 늙은이는 사람이 아니고 건너 산에 사는 지네야. 그 지네와 나는 용이 되어 승천하는 경쟁을 하는 처지인데 내가 승천하면 그 지네가 죽고 그 지네가 승천하면 내가 죽게 되어 있어. 만약 당신이 지네의 말을 들었다면 내가 당신에게 쏟은 삼년간의 정성이 물거품이 될 뻔하였는데 당신이 나를 저버리지 않았기 때문에 내가 승천하게 되었소. 아무 날은 내가 용이 되어 승천할 터이니 내 말을 잘 들어! 내가 용이 되어 승천하면서 저 건너 지네가 사는 산을 벼락을 쳐서 지네를 죽이고 산허리를 끊어 놓을 텐데 그러면 산 때문에 그 너머로 흐르던 강줄기가 이곳으로 바뀌어 흐르면서 여기 벌판이 모두 옥토가 될 터이니 당신은 여기 땅을 모두 전지로 만들어 차지하고 곡식을 심으면 수만석 지기 큰 부자가 될 것이야."

라고 말했다.

그 후 구렁이 여인이 말한 어느 날 뇌성벽력이 일어나며 폭우가 퍼붓더니 여인은 용으로 변하여 승천을 하며 건너 산에 벼락을 쳤다.
그래서 그 산에 살던 지네는 죽고 산허리가 끊어지면서 강줄기가 방
향을 바꾸어 산속 벌판으로 흐르면서 산속에는 엄청나게 넓은 들판
이 형성되었다. 그리하여 이 사람은 이 광활한 토지를 모두 갖게 되
고 가족들과 다시 만나 큰 부자가 되어 잘 살았다.

이 이야기는 인간이 왜 신의와 도리를 지켜야 하는가를 가르쳐주
고 있다. 여기에 등장하는 주인공은 부모 덕에 부잣집의 아들로 태
어나서 어려움을 모르고 살던 사람이었다. 부자였기에 사람이 살
면서 겪는 고통을 아무것도 몰랐고 서울이란 곳을 동경하다가 부모
가 모은 재산을 탕진하게 된 것이다. 이야기 서두에서 가산을 탕진
하고 죽으려고 결심한 부잣집 아들을 주인공으로 설정한 것은 인간
관계가 어떻게 형성되고 재물이 인간의 행태를 어떻게 좌우하는지
를 보여주려 한 것이라고 볼 수 있다. 시골에서 생장한 촌사람이라
도 돈만 잘 쓰면 친구도 얼마든지 사귈 수 있고 재미있게 세월을 보
낼 수 있다는 것을 이야기 서두에서 보여준다. 시골의 부자와 같이
놀던 한량들은 재화를 생산하는 일에는 문외한들이다. 그들은 인생
을 즐기는 놀이에 명수들이다. 한마디로 놀 줄만 알고 일할 줄은 모
르는 계층이다. 놀이에는 돈이 필요하다. 먹고 마시는 것이 유흥에
는 중요한 부분이어서 돈 없이 잘 논다는 것은 서울과 같은 도시 생
활에서 불가능하다. 한량들은 시골 부자의 돈으로 3년의 세월을 잘

놀았다. 그러나 강원도 부자가 돈이 떨어지자 그들은 다시 찾아오지 않는다. 가난하면 인간의 삶은 비참해진다. 친구도 없어지고 공손하게 환대하던 여관집 주인이나 요식업을 하는 사람들도 외상값 독촉에 날을 세운다. 이는 세상의 인정세태를 이야기를 통하여 간결하게 알려주고자 한 서두의 상황 설정이라고 본다. 많은 각편들은 서두의 상황이 제시되지 않는다. 그냥 불우한 한 젊은 남성이 구렁이 여인에게 도움을 받는 것으로 설정되어 있다. 수많은 재산을 탕진하는 과정이 없다면 이야기 후반에서 구렁이 여인을 위해 죽음을 선택하는 주인공의 행위가 석연하지 못하다.

주인공이 고향에 돌아가 거지가 된 부모 처자를 보는 순간 자신의 방탕한 삼년간의 삶이 어떤 결과를 초래하였는가를 직접 목격한다. 그리고 뼈저린 후회 끝에 자살을 결심한다. 죽음이란 인간에게 있어서 마지막 길이다. 모든 두려움은 살려는 데서 생겨난다. 죽을 각오가 되어 있다면 아무것도 무서워할 것이 없다. 그래서 무슨 일이든지 도전할 수가 있다. 그리고 인생역전의 기회가 주어진다. 이른바 병서(兵書)에 있다는 "죽을 땅에 임해서 오히려 살 길이 있다."는 말이 이런 이치로 만들어진 말이다.

그런데 이 이야기에서 중점을 둔 것은 인간의 신의(信義) 문제이다. 아들에게 가산을 모두 팔아 돈을 보낸 부모는 아들을 믿는 믿음이 강했던 인물이다. 결국 이러한 신뢰감이 나중에 잃었던 부를 다시 회복할 수 있었다. 그러나 무엇보다도 절대절명의 위기에서 구렁이의 은덕을 져버리지 않은 주인공의 행위는 참으로 음미할 만한 대목이라고 본다.

할아버지의 친구로 주인공 앞에 나타난 지네는 주인공을 구출한 여인이 구렁이임을 밝힌다. 그리고 구렁이의 독으로 죽는다고 하면서 살 길을 알려준다. 주인공이 살 길은 아내인 구렁이를 죽이는 것이다. 여기서 주인공의 양자택일의 갈등이 나타난다. 죽으려는 자신을 구해주고 망한 집안을 일으켜 놓은 구렁이의 은혜를 저버릴 것인가 아니면 자신의 생명을 포기할 것인가 하는 문제이다. 주관적으로 본다면 자기의 생명보다 더 소중한 것은 없다. 우주의 삼라만상이 죽으면 그만이기에 재화로 환산할 수 없는 것이 자신의 목숨이다. 그러나 객관적으로 본다면 한 사람의 목숨은 수많은 사람들의 목숨 중 하나의 불과하다. 한 사람이 죽는다고 해서 세상이 크게 달라지는 것은 없다. 그래서 주관과 객관의 가치는 엄청난 차이를 가진다. 그런데 이 사람은 자기를 살려내고 자기 가족을 도와준 구렁이 아내에게 차마 침독이 묻은 밥알을 뱉지 못한다. 이는 『맹자』〈사생취의장(捨生取義章)〉을 떠올리게 하는 대목이다. 목숨과 옳은 일 중에서 하나를 택하라고 한다면 목숨을 버리고 옳은 일을 선택하겠다는 맹자의 주장을 실천에 옮긴 것이라고 볼 수 있다. 자신이 살아남기 위해서 자신을 살려내고 곤궁한 가족을 부유하게 만들어준 구렁이를 죽일 수는 없었던 것이다. 인간적 도리를 목숨보다 중시한 주인공은 행운의 주인공이 되고 죽을 인간을 구원해준 구렁이는 용이 되어 승천의 영광을 차지하고 속임수로 구렁이를 제거하려던 지네는 벼락을 맞아 죽는다는 결말이다.

사업을 하다보면 정의와 불의, 사익(私益)과 공익(公益), 인정(人情)과 책무(責務) 사이에서 어느 쪽에 설 것인가를 두고 갈등하는 경우가 많다. 특히 정리(情理)와 법리(法理) 중에 어느 것을 따라야 할 것인가 고민하는 경우가 많다. 인간관계는 혈연, 지연, 학연 등 여러 가지 관계로 얽혀 있다. 그리고 이런 인연의 줄을 따라 인간은 움직인다. 그러나 큰일을 하기 위해서는 공사(公私)를 분별하고 멀리 넓게 보는 시각을 가져야 한다. 목전의 황금에 눈이 어두우면 금빛에 눈이 부시어 다른 더 소중한 것이 보이지 않는다. 이런 점들을 경계하여야 함을 이 이야기는 가르치고 있다.

제 5 장

–

소화와 재담에 나타난
웃음과 재치

1. 소화(笑話)의 특성과 웃음이론

1) 소화(笑話), 재담(才談), 웃음

소화는 한마디로 웃기는 이야기다. 따라서 소화는 웃음과 무관할 수 없다. 웃음은 언어 이외의 행위에서도 유발될 수 있다. 간지러워서 웃는다거나 웃어보려고 웃는 웃음은 언어와 관련이 없을 수 있다. 언어와 관련 없는 웃음은 의미 없는 웃음이다. 의미 없는 웃음에 대한 연구는 인문학 영역이 아니다. 인체의 생리학적 현상에 대한 생물학적 관심일 뿐이다. 따라서 말을 듣고 웃는 웃음이 의미를 알고 웃는 웃음이고 웃음을 유발하는 말이 바로 소화이고 재담이다.

의미를 통하여 유발되는 웃음의 연구는 결국 의미의 기호인 언어 구조물의 분석적 연구로 이어지게 마련이다. 이런 까닭에 웃음을 연구하는 데 소화는 가장 중요한 연구 대상이 된다. 공연물인 소극(笑劇)이나 희극(喜劇)도 모두 소화를 소재로 만들어진 것이고 해학소설이나 판소리의 골계적 사설 역시 소화나 재담을 수용하여 국면을 장식하거나 전체적 골격을 구축한 것이기에 웃음을 유발하는 기본 소재는 소화라고 할 수 있다.

소화와 재담은 재미있고 우스운 말이라는 공통점이 있다. 그러나 엄격하게 따지고 들면 미묘한 차이가 있다. 소화는 웃음에 초점이 있고 재담은 재치에 초점이 있다. 소화 중에는 재치가 적은 것도 있고 개인에 따라 우스개 이야기 자체를 싫어하는 사람도 있다. 재담은 재치는 있으나 우습지 않은 자료도 많다.

그런데 '우스운 것은 모두 재미있다'라는 명제는 성립한다. 재미는 관심에서 나오는 것인데 관심이 없다면 내용 파악이 이루어지지 않을 것이고 내용을 모르고서는 웃음이 나올 리 없기 때문이다. 이런 점에서 '우스운 것은 모두 재미있다', '재미없는 것은 우습지도 않다' 라는 말은 성립한다고 본다. 이 말은 '아주 우스운 것은 매우 재미있다'라는 말과 상통되기에 재미와 웃음의 관계는 함수관계라는 법칙이 성립함을 알 수 있다. 여기서 재미가 소화의 필요조건임이 분명해진다.

재담 역시 재미가 필요조건이라는 점에서는 소화와 같다. 그런데 소화는 웃음이 필수적 요소이지만 재담은 재치가 필수적 요소이다. 이런 점에서 재미를 공분모로 하면서 재치에 초점을 둔 언어단위가 재담이고 웃음에 초점을 둔 언어단위가 소화임을 알 수 있다.

다음으로 언어단위의 성격에서 소화와 재담은 같지 않다. 소화는 설화의 하위범주이기에 서사적 요건을 갖춘 이야기를 말한다. 서사적 요건이란 주체가 움직여서 의미를 드러내는 언어단위를 말한다. 즉 인물이 등장하고 등장한 인물의 행위를 통하여 웃음을 나오게 하는 이야기가 소화이다. 그러나 재담은 수사적 차원에서 교묘한 비유나 반복 등으로 이루어진 구절이나 문장단위까지도 포함된다. 물론 서사적 요건을 갖춘 재담도 있다. 그러나 재담구나 재담절까지도 재담이라고 할 수 있기에 언어단위의 범주가 작아진다. 이런 점에서 재담구(才談句), 재담절(才談節) 등의 재담 단위는 성립될 수 있어도 소화구(笑話句)나 소화절(笑話節)과 같은 소화 단위는 있을 수 없다. 그래서 소화 속에 재담은 포함될 수 있으나 재담에 소화가 담기기는 어렵다. 이처럼 재담과 소화는 언어 단위의 크기에서 차이가 난다.

구체적 예를 들어 소화와 재담의 차이를 알아보기로 하겠다.

〈사돈집에서 말실수〉

딸의 시집에 바깥사돈이 갑자기 죽었다는 소식을 듣고 혼자 사는 과부 어머니가 사돈집으로 문상을 갔다. 가서 보니 망인의 자손들이 모두 슬프게 우는지라 자기도 죽은 영감 생각이 나서 대성통곡을 하며 울다가 자기도 모르게 땅바닥을 치며,

"아이고 영감 날 데려가지 어째 혼자 갔소?"

하였다. 딸이 가만히 들어보니 시아버지 상사에 어머니가 와서 영감 날 데려가라고 하는 것이 이상하고 창피스러워,

"어머니 무슨 말씀이오? 남들이 들을까 무섭소."

하고 윽박질렀다. 과부가 생각해보니 죽은 사람이 바깥사돈이라 큰 실수를 하였다고 생각하고 정신을 차려 맏상주인 사위를 보고,

"그래 그간 별고(別故) 없으셨나?"

하였다. 사위가 이상하다는 듯이 장모의 얼굴을 보면서,

"상고(喪故)보다 더 큰 별고가 뭐 더 있겠습니까?"

하였다. 과부가 생각해보니 또 말 실수를 한 것을 알았다. 그래서 이번에는 앞에 실수를 덮어보려고

"그래 어르신께서는 어쩌다가 변을 당하셨나?"

하고 물었다.

사위는 울먹이면서,

"선반에 얹어 둔 쇠꼬챙이를 꺼내시다가 그만 꼬챙이가 떨어져 찔려서…."

하면서 말을 잇지 못하였다. 과부는,

"원 저런 그래 눈은 찔리지 않으셨나?"

사위는 기가 막혀 아무 말도 하지 않았다. 여인이 생각해보니 또 실언을 한 것을 알았다. 그래서 미안하여 마루로 나왔다. 그런데 마당에 참새들이 날아와 먹이를 찾고 있었다. 이것을 보고 무슨 말이라도 해야 무안함을 모면하겠다 싶어서 안사돈을 보고,

"아이구 귀여워라. 그래 저 새들은 언제부터 기르셨나요?"[01]

이 이야기는 한번 실언을 하여 무안해진 여인이 이를 만회하려고 말을 하다가 실수를 반복한다는 소화이다. 과부로 사는 여인이 딸의 시아버지 상사에 인사를 가는 것은 잘못된 것이 없다. 문상은 대

---

01 이 자료는 1971년경 필자가 계명대학에 재직할 때 남기심 교수에게 들은 것을 정리한 것이다.

체로 남자들이 하는 것이지만 혼자 사는 과부이기에 사돈집 상사에 부주도 하고 인사를 하는 것이 도리이다. 그런데 바깥사돈은 갑자기 사고를 당하여 돌아갔기 때문에 자손들의 슬픔이 커서 형식적으로 곡하는 상가와 달리 비통함을 억제하지 못하는 슬픈 분위기에서 문상을 하게 되었고 자기설움이 복받쳐서 통곡을 하다가 중대한 실언을 하게 된 것이다. 망인이 된 바깥사돈의 신위를 향하여 "영감 왜 날 데려가지 혼자만 갔소?"라고 한 말은 자기가 바깥사돈과 내연의 관계를 맺고 있었다는 의미가 되어 참으로 해괴하고 망측한 행위를 발설한 것이 된다. 이 말을 들은 딸이 민망하여 책망을 하자 정신을 차리고 다시 상주에게 정중하게 인사를 한다는 것이 별고가 없느냐고 하였다. 이 말은 그저 오래간 만에 만나는 사람들 사이에서 관습적으로 건네는 인사로서 "댁내가 두루 평안하시지요"와 같은 의미로 쓰인다. 그런데 사람이 죽은 상고(喪故)야말로 별고 중 큰 별고인데 이런 인사를 하였으니 실언한 것이 분명하다. 상고 이상 더 큰 별고가 무엇이 있겠느냐는 상주의 말을 듣고 실언하였음을 깨달았지만 한번 내어뱉은 말을 다시 시정할 수는 없다. 이미 듣는 사람의 귀를 통하여 머리에 기억으로 저장되었기 때문이다. 그래서 다시 망인의 돌아간 사연을 묻다가 송곳에 찔렸다는 말에 그래 눈은 안 찔렸느냐고 말한 것이 또다시 실언이 되었다. 눈이 중요한 신체의 일부인 것은 분명하지만 목숨을 잃으면 눈도 함께 잃는 것이기에 죽은 사람을 보고 눈만 걱정하는 인사말은 실언임이 분명하다. 이처럼 어떤 사람이 처음 시작한 망언을 덮어보려고 계속 말을 하는데 하는 말이 모두 실언의 연속이어서 더 큰 창피를 당한다는 이야기다. 이러한 이야기는 우습기는 해도 재치가 있다고 보기는 어렵다.

다음으로 재담의 예를 보기로 하자.

〈백서방과 이천 원〉

이천읍에 원님이 도임차로 가다가 한강 나루를 건너게 되었다. 배를 타고 보니 사공이 여자였다. 그래서 여자 사공에게 말을 걸었다.

"아주머니 바깥양반 성씨는 어찌 되오?"

여사공이 공손하게 대답하였다.

"예 백서방이옵니다."

원은 장난기가 동해서

"참 대단하시오. 한 여인이 백서방과 살다니."

여인은 부끄럼을 띠고 공손하게 말했다.

"저야 뭐 이천 원님과 사시는 실내마님에 비하면 아무 것도 아니지요."[02]

〈이완 대장과 여인〉

이완 대장이 젊었을 때 길을 가는데 앞서 가는 여인의 치맛귀가 열

---

02 서대석, 『한국구비문학대계』 1-2, 한국정신문화연구원, 1980, 228-232면 〈백서방과 이천원〉 참조.

려있는 것이 보였다. 그래서 희롱조로,

"앞집 뒷문 열렸네."

하였다. 여인이 뒤를 흘끔 돌아다보더니,

"뒷집 개 안 짖었으면 도둑맞을 뻔하였네."

하였다.

맹랑한 여인이라고 생각하고 여인을 쫓아 가니 그때가 마침 정초이었는데 여인이 술을 한 잔 내왔다. 그래서 여인을 보고,

"설 술이지만 앉아서 먹겠소."

하였다. 여인이 상에다 국을 한 그릇 갖다가 놓으며,

"나물국인데 모자라겠습니다."

하였다.

이러한 이야기에는 여인의 말에서 특히 재치가 번득인다. 앞에 예화에서 백서방은 백씨 성을 가진 남편이라는 의미와 백 명의 남편이라는 의미가 있고 이천은 경기도에 있는 고을 이름 이천(利川)과 숫자를 나타내는 이천(二千)의 두 가지 의미로 사용됨을 알 수 있다. 즉 여사공은 중의법(重意法)을 활용하여 원님의 말과 대구가 되는 답변을 한 것이다.

뒤의 예화 역시 여자의 말에서 남자의 말을 받는 재치가 돋보임을 알 수 있다. 여인은 자기를 희롱하는 남성을 개에 비교하였고 다시 '설날 먹는 술'과 '서서 먹는 술'의 중의법으로 말을 걸어오는 남자에

게 '나물로 만든 국'과 '먹다가 남는 국'이라는 중의법으로 답변하여 남자의 기를 꺾어놓는다. 이처럼 재담의 묘미는 재치에 있음을 알 수 있다.

2) 웃음 이론

웃는다는 것에 대해 여러 학자들의 견해가 있다. 그러나 웃음 자체에 대해서 웃음이 어디서 유발되느냐 하는 문제와 우스운 것을 느끼는 심리상태나 생리상태에 대한 이론, 그리고 웃음을 유발하는 언어구조나 의미에 대한 논의는 대상이나 문제에 대한 관점의 차이를 적지 않게 드러낸다. '우습다'는 것과 '희극적이다' 하는 것은 꼭 같지 않으며 웃음을 유발하는 생리적 상태나 심리적 상태는 단일하지 않다는 데서 어떤 하나의 원리로 웃음의 문제를 일관성 있게 해명하기는 어렵다고 본다. 즉 웃음은 즐거운 심리상태에서만 나오는 미소(微笑)나 대소(大笑)만 있는 것이 아니고 어처구니가 없는 경우에 나오는 실소(失笑), 괴로울 때 나오는 고소(苦笑), 기가 막힐 때 나오는 홍소(哄笑), 남을 조롱할 때 나오는 조소(嘲笑) 등 다양한 심리상태에서 웃음이 유발된다. 다시 부연하자면 기쁠 때나 행복할 때 자기만족의 웃음이 나오기도 하고 남을 조롱하고 모멸하면서 자신의 우월함을 드러날 때에도 웃음은 나오고 타인의 불행이나 실수를 보면서 자신의 다행함을 느낄 때도 웃음은 나온다. 따라서 모든 종류의 웃음을 하나의 이론으로 설명하려는 시도는 처음부터 가능하지 않다고 본다.

대체로 웃음을 크게 나누어 순정한 상태에서 자연스럽게 터지는 자연적 웃음과 의도적으로 지어내는 인위적 웃음으로 나눈다면 그동안 수없이 제기된 많은 웃음의 이론은 순정의 웃음을 해명하는 데 적절한 것이었다고 생각된다.

　문제는 우리가 무엇 때문에 웃음의 원리를 찾으려고 하는지를 생각할 필요가 있다. 웃음의 원리를 밝히고 이론을 수립하면 그것을 어디에 써먹을 것인가를 염두에 두지 않을 수 없다. 대체로 웃음을 제공하는 텍스트를 해부하고 시대에 따라서 또는 민족이나 지역의 문화에 따라서 차이나는 웃음의 원리를 밝히는 것이 일차목표라고 본다. 그리고 더 나아가 새로운 웃음문화를 창조하는 데 쓸모 있는 이론을 만드는 것이 다음의 목표이다. 그렇다면 우리가 대상으로 하는 웃음의 텍스트는 어떤 것인가부터 생각할 필요가 있다.

　웃음은 미술이나 음악 등에도 존재한다. 그러나 대부분의 웃음의 자료는 언어로 이루어진 문학텍스트이다. 그림이나 조각에서 웃는 얼굴을 나타내거나 우스운 모습을 표현한 것이 많지만 이것은 모두 언어로 바꾸어 놓을 수 있는 것이기에 미술 작품에 나타나는 웃음의 문제를 해명할 별도의 이론을 모색하지 않아도 되리라고 본다. 음악에서도 소리 자체가 경쾌하고 우스운 느낌을 주는 부분이 있다. 그러나 이러한 악감은 언어와 결부될 때 비로소 더욱 확실한 효과를 낸다. 즉 웃음의 텍스트는 거의 모두가 어떤 의미를 통하여 웃음을 유발한다는 것이다. 이런 점에서 웃음의 이론은 바로 의미를 해부하는 문학이론임을 알 수 있다.

　지금까지 웃음에 대한 원리적 측면에서 이루어진 연구 성과는 서구에서 이루진 것이 대부분이다. 인문학의 대부분 이론이 플라톤과 아리스토텔레스에서 시작하기에 웃음의 이론도 이들의 주장부터 알아볼 필요가 있다.

　플라톤의 웃음이론은 『필레보스(Philebos)』에 수록되어 있는데 소크라테스와 프로타르코스의 대화 중에 들어 있다. 여기서 플라톤은 자기 자신을 알지 못하는 무지와 몰지각에서 웃음이 나온다고 하였다. 그러나 무지나 몰지각도 힘이 없는 경우에만 웃음에 대상이 된다고 하였다.[03] 이러한 플라톤의 이론은 조롱하는 웃음이나 비웃음의 성격을 말하는 것이고 자기의 우월함을 의식할 때 웃음이 나온다는 보들레르의 우월이론과도 맥을 같이한다고 생각된다.

　아리스토텔레스는 『시학』에서 우스꽝스러움의 근거를 추악함에서 찾고 있다. 희극은 보통보다 더 비천한 것의 모방이라고 하였다. 그러나 여기서 보통보다 더 비천한 것이란 모든 종류의 악과 관련해서가 아니라 오히려 추함의 한 부분인 우스꽝스런 것일 때에만 그러하다는 것이다. 우스꽝스런 것은 말하자면 하나의 실수이자 하나의 결함이라고 본 것이다. 예컨대 하나의 우스꽝스런 마스크가 추하게 일그러져 있으나 고통이 없는 것과 같이 고통을 주지 않고 감정도

---

03 유종영, 『웃음의 미학』 유로 서적, 2002 참조.

손상하지 않는 결점이 웃음이라는 것이다.[04]

이 부분을 아리스토텔레스의 "무해한 실수나 결함"에서 웃음이 유발된다는 이론으로 집약하여 논의한다. 여기서 아리스토텔레스의 견해는 후대 웃음이론에 많은 영향을 주었는데 우선 웃음은 비천한 것의 모방이라고 한 부분과 무해한 실수나 결함이라고 한 부분에 대해 깊게 음미할 필요가 있다. 비천한 것의 모방이라고 한 것은 사회 계급에서 하층계급이 하는 행위를 말하는 것으로 이해하기 쉽고 이렇게 알고 논의되어온 것이 사실이다. 그러나 이 말을 보다 일반화시켜 근원적으로 이해할 필요가 있다. 즉 비천함의 모방이라는 말은 동물적 본성에 대한 모방이라고 보는 것이 올바른 이해라고 생각한다. 인간은 고등동물로서 동물과 같은 본능적 욕구와 이 욕구를 충족시키기 위한 행위를 한다. 즉 생명유지를 위하여 먹고 배설하며 종족 보전을 위하여 생식행위를 하는 것은 동물과 같다. 그러나 이러한 식욕과 성욕의 충족방식은 사회에서 후천적으로 만들어진 도덕률에 의하여 절제되고 감추어진다. 본능적 욕구를 잘 감추는 것이 품위 있는 고급스런 교양으로 칭송되는 반면 동물과 같이 본능적 욕구를 분별 없이 추구하는 행위는 비천한 것으로 인식된 것이다. 따라서 비천한 것의 모방이란 먹는 행위나 생식 행위와 같은 동물적 욕구를 무분별하게 추구하는 행위를 의미한다. 실제로 웃음은 신체

04 유종영, 「웃음의 미학」, 유로 서적, 2002. 8, 68~69면.

의 하부에서 일어나는 배설과 관련된 것이 많다. 옷으로 가려져야 할 생식기나 배설기관이 노출된다든지 똥이나 오줌을 가리지 못하고 참지 못하여 동물처럼 아무 때나 아무 곳에서 배설한다든지 하는 것이 웃음거리가 되는 경우가 많다. 또한 남모르게 무엇을 먹다가 탄로가 난다든지 그 밖에 이성의 호감을 사기 위한 행위, 강한 자에게 굽실거리는 행위, 약한 자에게 거만하고 위세를 부리는 행위 등등이 모두 동물의 행위와 유사한 행동양식인데 이것이 웃음을 유발하는 요인으로 작용한다.

아리스토텔레스의 비천한 한 것의 모방이라는 말을 이렇게 이해할 때 웃음을 기독교 성직자들이 부정적으로 폄시한 것을 이해할 수 있고 동양의 유교 교양을 쌓은 사대부들이 경박한 자의 행태로서 파한(破閑) 이상의 의미를 부여하지 않았던 사정을 이해할 수 있다. 『성경』에서 찾아볼 수 있는 하나님의 웃음은 멸시와 조소의 웃음으로 나타난다. 『성경』에는 사랑과 기쁨의 표현으로서 웃음은 별로 없다는 것이다.[05] 이는 금욕생활을 실천하는 성직자가 웃음을 천시하고 부정하는 것 또한 비천함의 모방을 거부하는 것으로 이해할 때 수긍이 된다. 조선조 사대부들은 성리학을 연구하고 수기(修己)를 우선하는 교양을 쌓은 사람들이었다. 그래서 먹는 것을 탐하는 행위나 성적 욕망을 실현하려는 호색행위를 경멸하였다. 그러나 인간의 본성

---

05 앞 책, 94-104면 〈성경에 기록된 웃음〉 참조.

에 대한 연구가 성숙될수록 식욕과 성욕의 문제는 부정되기 어려운 생물체의 기본적 욕구이고 인간이 경시할 수 없는 절실한 욕구임을 알고 이를 무리하게 감추려는 행위를 오히려 풍자하여 웃음거리를 만들기도 하였다. 사대부들이 수집하여 기록으로 남긴 소화집들이 바로 이러한 웃음의 자료들이다. 서거정(徐居正, 1420-1488)의 『태평한화골계전(太平閑話滑稽傳)』, 강희맹(姜希孟, 1424-1483)의 『촌담해이(村談解弛)』, 송세림(宋世琳, 1479-?)의 『어면순(禦眠楯)』, 홍만종(洪萬宗, 1643-1725)의 『명협지해(冥葉志諧)』 등이 그것이다.

　비천한 것의 모방이라는 웃음의 이론은 중세의 민중적 카니발적 웃음을 보면 더욱 설득력을 가진다. 민중의 카니발적 웃음은 인간의 본능적 욕구를 웃음의 소재로 하고 있는데 르네상스를 대표하는 복카치오, 라블레, 세르반테스 등의 작품들에 담겨진 성(性)을 소재로 한 우스운 이야기에서 잘 드러난다. 이들 작품을 바흐친은 그로테스크 리얼리즘으로 명명하는데, 먹고 배설하는 육체적 삶을 주요 소재로 하고 있다는 특징이 있다. 바흐친의 주장은 동물적 욕구인 식욕과 성욕을 과장되게 표현하여 웃음을 주는 것으로 인체의 아랫도리에서 일어나는 일을 다루고 있다는 것이다.[06]

　세르반테스의 〈돈키호테〉에 등장하는 산초판차는 왕성한 식욕을 자랑하는 인물로서 그의 이상은 잘 먹기 위한 삶을 확보하는 것으로

06　앞 책, 104-120면 〈카니발의 웃음, 물질적·육체적 웃음〉 참조.

나타난다. 산초가 돈키호테에게 충성하는 이유는 돈키호테가 정복한 영지를 봉토로 얻어서 그의 큰 배를 채우는 데 부족함이 없는 먹거리를 확보하는 것이었다. 라블레의 작품에는 먹고 마시고 배설하고 섹스를 하는 모티브들이 압도적으로 우세하게 나타나고 과장되어 표현되어 있다. 빅토르 위고는 라블레를 육신과 하복부의 위대한 시인이라고 규정하였는데 이는 라블레의 작품에서 인간의 동물적 욕구를 발현하는 조야한 생리묘사가 웃음을 유발하는 직접 계기가 되고 있음을 적절하게 집약한 말이라고 평가되고 있다.[07]

물질이나 육체의 문제인 형이하학에서 웃음이 유발된다는 주장은 형이상학의 담론이 웃음과는 거리가 있다는 것을 생각할 때 더욱 설득력을 가진다. 조선조 유학자들은 성리학을 연구하였다. 인간의 심성은 사단(四端)으로 집약되는 인(仁), 의(義) 예(禮), 지(智)의 성(性)과 칠정(七情)으로 정리된 희노애락애오구(喜怒哀樂愛惡懼)의 정(情)이 있다고 하였다. 성리학의 주장은 인간은 수기(修己)를 통해 칠정을 다스리고 사단(四端)의 성(性)을 발현하도록 하여야 한다는 것이다. 그래서 웃음이 유발되는 희락의 감정은 절제의 대상이었다. 여기서 말하는 칠정은 인간의 본능과 관련된 감정이고 사단으로 대표되는 성은 수양을 통해 통제된 이성(理性)이라고 생각한다. 즉 공부를 많이 한 사람은 심성의 수양이 깊은 사람이고 자기의 본능을 잘 다스리는 사람을 지칭하는 것

---

07 앞 책, 110–111면.

이다. 그래서 도학군자(道學君子)란 본능인 생리적 욕구를 잘 절제하여 다른 사람에게 드러내지 않는 인물을 의미하였다. 이러한 사람은 웃음까지도 통제하여 자연스럽게 나오는 웃음을 통제하고 위엄과 품위를 나타내는 인위적 웃음을 지어냈던 것이다. 즉 깔깔거리는 가가대소(呵呵大笑)나 폭소(爆笑) 등은 체신이 없는 행위라서 가급적 삼가고 미소(微笑)나 파안대소(破顏大笑)로 대체하였다.

이처럼 웃음을 절제할 대상으로 생각한 것은 웃는 행위가 본능에서 유발되는 천박한 정서의 소산이라는 인식에서 비롯된 것이고 이는 아리스토텔레스의 희극이론과 궤를 같이하는 웃음관이라고 할 수 있다.

앙리 베르그송은 웃음은 기계적 경직성이 인간에게서 드러날 때 나타난다고 하였다.[08] 인간은 자기의 의지대로 움직이는 존재이고 기계적인 반복은 엄격한 의미에서 행하지 않는다. 즉 인간은 생각하는 존재이기에 부딪친 상황에 대해 정보를 수집하고 이를 분석하여 적절한 대처방법을 모색하고 행동하는 것이 원칙이다. 그러나 모든 사람이 항상 이렇게 행동하는 것은 아니다. 인간의 삶은 매일 반복하는 부분이 많다. 자고 일어나는 것이나 식사를 하는 것 등을 비롯해서 같은 공간을 반복하여 이동하기도 하고 같은 사람을 반복하여 만나기도 한다. 그래서 인간은 예측을 하게 되고 이미 체험한 것과

---

08 정연복 옮김, 앙리 베르그송, 『웃음』 – 희극성의 의미에 관한 시론 – 세계사, 1992.

같은 상황이라고 판단되면 생각하는 과정을 생략하고 기계적 반복을 한다. 그런데 이러한 반복행위가 습관화되어 새로운 상황에서도 기계적 반복 행위를 하다가 실수를 저지르게 된다. 이것을 베르그송은 인간의 행위에서 기계와 같은 경직성이 드러나는 경우로 본 것이다. 그런데 이는 다르게 말하면 기대와 다른 모습을 접할 때 웃음이 나타난다고 하는 불일치 이론과 상통한다.

소화의 대부분은 비정상인 인물의 이야기다. 정상적인 사람은 정상적인 인간의 행위를 기대한다. 그런데 비정상적 행위가 나타나면 기대를 파괴하게 된다. 정상적 인간은 사고를 하는 인간이다. 따라서 인간은 부딪친 상황을 파악하고 상황에 맞는 행동을 하는 것이 정상이다. 또한 할 일이 무엇인지를 알고 이에 맞는 도구를 선택하고 상대가 누구인가에 따라 말과 행동을 달리하여야 한다. 이처럼 인간은 항상 새로운 상황에 직면하여 그 상황에 맞는 행동방식을 생각하고 대처하면서 살고 있다. 그런데 기계는 인간이 작동시킨 대로 움직이기만 하고 스스로 상황에 따라 대처하지 못한다. 그래서 인간의 행위에서 기계적 경직성이 발견되는 경우는 인간이 실수할 때이고 이는 일의 실패를 의미하고 기대를 이탈한 것이 되기에 웃음의 유발동인이 되는 것이다.

육체적으로 비정상인 장님이나 절름발이, 벙어리, 귀머거리 등의 이야기는 정상인 사람의 관점에서 비정상이 된다. 정신적으로 비정상인 인물들 역시 소화의 주인공이 된다. 술을 지나치게 좋아하는 사람, 여자를 지나치게 밝히는 호색한, 게으름뱅이, 과도하게 인색한 인물, 공처가 등 수많은 기벽(奇癖)을 가진 인물들은 보통의 인물이 기대하는 것에서 일탈된 행동을 한다. 이처럼 정상적 궤도에서 이탈된 행위는 웃음의 대상이 된다. 결국 기계적 경직성에서 웃음이 유발된다는 베르그송의 이론은 기대감에 어긋나는 저속함에서 웃음이 유발된다는 키케로의 견해와 상통점이 있다고 할 수 있다.

웃음의 유발동인을 웃는 자의 심리적 기제로 분류한다면 자기 우월의 웃음, 자기 발견의 웃음, 자기초월의 웃음으로 나눌 수 있다. 비정상적 인간의 모습이나 동물적 속성을 보고 웃는 웃음은 심리적 기제로 보면 자기의 우월성을 인지하면서 유발되는 웃음이라고 본다. 희극인들이 관중을 웃기는 가장 초보적 기법이 바로 관중에게 우월감을 선사하는 것인데 주로 바보나 불구자의 행태를 흉내내는 것이다. 인간이 인간 같지 않은 또는 비정상적인 인간의 모습을 접하였을 때 나오는 웃음은 자기우월의 웃음과 상통한다. 정상(正常)이 무엇인가를 알고 정상에서 무엇이 잘못되어 비정상이 되었는가를 알았을 때 웃음이 나오는데 이는 웃는 자가 웃긴 자보다 우월하다는 심리가 깔려 있다.

그러나 대부분의 웃음은 자기를 발견하는 데서 시작된다. 인간적 유연성과 기계적 경직성의 관계로 웃음을 설명할 수도 있으나 모든 웃음이 이것만으로 해명되지는 않는다. 동물의 재롱을 보고 웃거나 가랑잎이 구르거나 산이나 바위 또는 나무의 형상이 이상한 것을 보고도 우리는 웃음을 웃는다. 이는 자연물에서 인간적 속성을 발견하였을 때 나오는 웃음이다. 즉 인간에게서 자연의 속성이나 생명이 없는 무생물의 속성을 발견하였을 경우에도 웃음이 나오지만 그 반대로 동식물이나 무생물에게서 인간적 속성을 발견하였을 때도 우리는 웃는다. 이것이 바로 자기발견의 웃음이다. 웃음의 텍스트를 이해한다는 것이 곧 자기 발견과 상통하기에 모든 웃음은 자기 발견과 관계가 있다. 즉 자기의 우월감을 인식하려면 먼저 상대와 자신을 비교해보는 관점이 필요하고 자기를 확인하는 과정을 거치게 된다. 무식한 사람의 언행을 이해하고 웃는다는 것은 이미 무식함을 알아보는 유식함이 전제된 것이기에 유식한 자신의 발견으로부터 자기 우월감으로 발전하는 단계를 거친다고 보아야 할 것이다. 이는 자신의 모습을 타자에게서 보는 순간이며 자기를 만난 반가움에 대한 표현이다. 그러나 부끄러운 자기도 있고 자랑스러운 자기 모습도 있기에 심리적 상태를 일률적으로 단정하기는 어렵다. 자기발견은 텍스트 이해의 필수적 과정이 되기도 한다. 다만 텍스트에 등장하는 인물의 수준이 자기와 같은 수준이거나 실수한 내용이 자신의 체험한 바와 일치할 경우 자기발견의 재미는 한층 강해진다고 볼 수 있다. 이처럼 웃음의 성격은 다르지만 어색한 웃음도 즐거운 웃음도 모두 웃음이기에 자기 발견과 인간발견의 웃음은 공통성이 있다

한편 한 차원 높은 경지에서 웃는 웃음이 있다. 어린아이의 재롱을 보면서 웃는 웃음이나 달관한 사람이나 깨달은 사람이 세간의 행

태를 접하고 웃는 웃음은 자기를 초월한 웃음이라고 할 수 있다. 자기초월의 웃음이란 평범한 인간적 속성에서 초탈하여 보다 높은 경지에서 웃는 웃음이다. 신과 같이 초탈한 경지에서 웃는 웃음이나 무엇을 깨달았을 때 나오는 웃음이 이런 웃음이라고 생각한다. 염화시중(拈華示衆)의 미소가 바로 그것이다. 부처가 연꽃을 가지고 설법을 하였을 때 다른 제자들은 그 의미를 이해하지 못하였는데 오직 가섭(伽葉)만이 부처의 의중을 알고 빙그레 웃음을 웃었다는 것이다. 마음이 서로 통하여 웃는 이심전심(以心傳心)의 미소도 염화미소(拈華微笑)와 같이 깨달음이나 인지(認知)를 표현한 웃음이라고 본다.

또한 모든 것을 달관하였을 때 나오는 웃음도 자기초월의 웃음에 속한다. 동양에 문학작품에 나타나는 미소는 달관이나 초탈의 웃음으로서 자기 초월의 웃음의 성격을 보여준다. 굴원(屈原)의 〈어부사(漁父辭)〉에서 어부가 굴원과 대화를 마치고 웃으면서 〈창랑가(滄浪歌)〉를 부르고 사라졌는데 이때의 어부의 웃음은 세상의 사는 이치를 통달한 사람이 웃는 웃음이다. 어부는 굴원이 초췌한 모습으로 강담(江潭)으로 다니는 것을 보고 무슨 이유로 대부 벼슬을 버리고 이런 곳에서 배회하느냐고 묻는다. 굴원은 온 세상이 모두 흐린데 나혼자 맑고 모든 사람이 취해 있는데 나 혼자 깨어 있기 때문에 조정에서 추방을 당한 것이라고 한다. 어부가 세상의 움직임에 따라 처세하라고 하자 굴원이 자기는 물고기의 밥이 될지언정 혼탁한 세속의 무리와 어울리지 않겠다고 한다. 이에 어부는 미소를 짓고 〈창랑가(滄浪歌)〉를 부르며 사라진다. 〈창랑가〉는 다음과 같다.

> 창랑의 물이 맑음이여 나의 갓끈을 씻으리로다(滄浪之水淸兮 可以濯吾纓)
> 창랑의 물이 흐림이여 나의 발을 씻으리로다(滄浪之水濁兮 可以濯吾足)

여기서 창랑의 물은 인간이 사는 환경이고 삶을 영위하는 사회다. 〈창랑가〉의 의미는 물이 맑으면 맑은 대로, 흐리면 흐린 대로 쓸모가 있듯이 환경에 적응하며 살라는 것이다. 이는 어부가 초탈한 경지에서 불의와 타협을 모르는 굴원의 대쪽 같은 절행을 비웃는 의미가 있다. 즉 인세에서의 처세의 진리를 통달한 자가 웃는 초월의 웃음이라고 할 수 있다.

또한 당대(唐代)의 시인 이백(李白)의 〈산중문답(山中問答)〉이란 시 중에

> 나에게 왜 푸른산에서 사느냐고 물으면
> 웃으면서 대답하지 않으니 마음이 저절로 한가롭네
>
> (問余何意棲碧山 笑而不答心自閑)

라는 시구에서의 시인의 웃음 역시 세속을 초탈한 초월적 웃음의 성격을 가진다. 벽산에 사는 의도를 묻는데 대답은 하지 않고 여유롭게 웃음만 지어보였다는 것이다. 아마도 묻는 사람은 돈벌이도 별로 없고 먹을 것을 구하기도 쉽지 않은 산중에서 무슨 재미로 사느냐고

물어본 것이리라. 이런 의도를 알아차린 시인은 속세를 벗어나서 자연과 합일이 되어 사는 재미를 설명해보아야 속인들이 이해할 것 같지 않아서 그냥 웃어 버리고 대답을 피한 것이다. 이 또한 묻는 사람보다 높은 경지에서 속세를 초탈한 자가 보여주는 웃음이라고 할 수 있다.

이상의 논의를 바탕으로 구체적 소화 자료를 웃음에 대한 여러 가지 이론을 적용하여 분석하기로 하겠다.

2. 소화를 통해 본 웃음의 성격

기대(期待)는 사람마다 다르다. 개개인의 기대는 식견, 품성, 가치관, 지식정도, 건강상태 등 수많은 조건에 따라서 달라질 수 있다. 그러나 인간이란 존재를 하나로 묶어 인간은 동물보다 위대하고 신보다 열등하다고 가정한다면 인간의 행동이나 심리상태는 동물적 존재로의 하향상태와 신을 지향하는 상향상태, 그리고 인간임을 자각한 평형상태로 나눌 수 있다. 여기서 인간으로서 정상적 행위를 할 경우 웃음이 나오기는 어렵다. 웃음이 유발되는 경우는 기대를 이탈하여 긴장이 이완되는 경우이거나 자기의 우월감을 인식하고 만족을 느끼는 경우인데 이러한 격차는 대체로 정상적 인간의 행위보다는 인간 이하나 인간 이상을 지향하는 행태에서 나타난다고 생각된다.

인간은 동물적 속성과 신적 속성의 양면을 가진다. 그런데 상황에 따라서 동물적 속성이 발휘되기도 하고 신적 속성이 발현되기도 한다. 동물적 속성은 식욕과 성욕의 충족을 위한 본능의 발현이라면 신적 속성은 이타적·희생적 행위로서 신성(神聖)을 지향하는 자기초월의 발현이다. 동물적 속성은 먹고 배설하고 짝짓기를 하는 행위로서 주로 신체의 아랫도리 부분을 쓰는 생리적 현상이고 신적 속성은 생각하여 판단하는 과정이 요구된다는 점에서 머리를 쓰는 영적 현상이다. 음식은 입으로 들어가서 아래로 내려간다. 그러나 지식은 눈과 귀를 통하여 들어와 머리에 저장된다. 이러한 두 가지 속성 중에서 무엇을 기대하고 무엇이 드러나는가에 따라 웃음의 성격이 달라진다.

웃음의 우월이론은 바로 인간에게서 동물적 속성을 발견하였을 때 나오는 웃음을 대상으로 하여 내세운 주장이다. 인간끼리도 상대적으로 우월하고 열등한 관계가 성립하지만 우선 인간은 동물보다 우월하다고 가정할 때 인간에게서 동물적 속성을 보는 순간 인간은 웃음을 유발하게 된다. 그러면 동물적 속성은 무엇이며 어떻게 발현되어 웃음을 유발하는가?

웃음을 유발하는 인간의 언행은 대체로 소화에 담겨 있는데 소화에는 동물적 속성인 생리현상을 드러내는 이야기들이 많다. 소화를 중심으로 이러한 면을 검토하기로 하겠다.

1) 동물적 속성의 발현 – 비천함의 모방

모든 사람은 먹고 배설하는 생리적 활동을 함으로써 생명을 유지한다. 지식이 많고 고귀한 신분의 사람이나 무식하고 세상의 물정을 모르는 바보나 먹고 배설하는 생리적 기능에는 별반 차이가 없다. 이는 사람뿐만 아니라 동물 모두가 가진 식욕본능으로서 개체보존을 위해 선천적으로 물려받은 생리현상이다. 문제는 먹고 배설하는 행위를 때와 장소에 따라 조절할 줄 아는 것이 인간인데 동물은 언제나 배고프면 먹으려 하고 배설하고 싶으면 배설한다. 인간은 교양을 갖춘 인물일수록 체통을 중시하여 배설행위를 은밀하게 수행한다. 그러나 이러한 배설행위가 사람들 앞에 드러날 경우 이를 감추려 하고 감추려다가 실패할 경우 창피를 당하게 되는데 이러한 문제를 다룬 소화가 많이 있다. 그 중 대표적인 것이 방귀설화다.

〈내가 뀐 방귀〉

옛날에 어떤 집에서 새 사돈을 상면하는데 안사돈이 방귀를 뽕– 하고 뀌었다. 안사돈은 면구스러워 허물을 덮어보려고 옆에 있는 7, 8세 된 저의 아들을 보고,

"이 애 어른들 앞에서 무슨 방귀를 그렇게 뀌니?"

하고 책망했다. 그러니까 그 아이는

"어머니가 뀌고서 왜 날보고 뀌었다구 해요."

했다. 이러니 그 여자는 더욱 무안해졌다.

조금 있다가 이 여자는 아이를 데리고 밖으로 나와서.

"아 이 자식아 눈치도 그다지 없담. 아무리 내가 뀐 방귀지만 네가 뀐 체할 것이지 내가 그런다고 어머니가 뀐 방귀라구 해! 그게 뭐람."

하고 나무랐다. 그러니까 이 아이는 급히 방으로 뛰여 들어가서 급한 말로,

"아까 뀐 방귀는 내가 뀐 방귀예요. 어머니가 뀐 방귀가 아니에요."

이러고 보니 어머니 꼴은 뭐가 되겠어.[09]

방귀는 생리적 현상으로서 배설의 일종이다. 다만 소리가 나고 냄새가 나서 청각과 후각으로 감지될 뿐 눈에 보이지 않기에 배설의 주체가 잘 드러나지 않는다. 그래서 여자들 중에는 간혹 방귀를 뀐 행위를 감추려고 하거나 다른 사람에게 전가하는 일이 있었다. 얌전한 것을 미덕으로 생각하는 여성에게는 방귀를 뀐다는 행위가 수치로 여겨졌기 때문이다. 이처럼 방귀 뀐 것을 수치로 알거나 감추려는 생각 자체가 인간의 생리적 욕구나 동물적 본성을 천박하다고 인식하였음을 말해준다.

위의 이야기는 바깥사돈 앞에서 방귀를 뀐 안사돈이 이를 어린 아들에게 전가시키려다가 더욱 망신을 당했다는 것이다. 전통사회에서 바깥사돈과 안사돈은 내외를 해야 하는 사이이다. 즉 성숙한 남

09 임석재, 『한국의 구전설화』 경기도 편, 평민사, 1989, 315면.

성과 여성은 친척이 아니면 서로 마주 대해서는 안 된다는 것이 내외법이란 윤리이다. 그런데 어쩔 수 없이 상면하는 자리에서 방귀를 뀌었으니 무참할 수밖에 없는 일이었다. 그러나 자연적이고 생리적인 현상임을 알기에 가만히 있었으면 방귀 냄새가 사라지듯 기억도 함께 잊혀져서 그만일 것이다. 그런데 이를 모피하려고 어린 아들에게 방귀를 뀌었다고 뒤집어씌운 것이 오히려 더 큰 수모를 겪는 발단이 된 것이다. 7-8세 된 어린아이는 내외법이 무엇인지도 모르고 자기 어머니가 사돈 앞에서 방귀를 뀐 것이 얼마나 부끄러운 것인지를 알지 못하기에 어머니를 감싸줄 생각을 할 수가 없었을 것이다. 즉 어린아이는 어른보다 생리적 속성을 가릴 줄 모른다. 그래서 동물적 행위를 해도 수치가 덜 된다. 그러나 어른은 생리적 욕구를 감추어야 인격이 유지되기에 이를 어린이에게 전가시키려 한 것이다. 이처럼 방귀설화에서 나오는 웃음은 생리적 현상을 감추려 하고 다른 사람에게 전가시키려다가 진실이 드러나게 되는 데서 웃음을 유발하는 이야기이다. 이런 점은 〈복방귀〉 소화에서도 찾을 수 있다.

〈복방귀〉
갓 시집온 색시가 시아버지에게 폐백을 드릴 때 방귀를 뀌자 시아버지는 며느리의 흉을 감추어주려고
"새 며느리가 복방귀를 뀌었으니 손자 삼형제는 보겠구나."
라고 말했다.

새 색시는 칭찬인 줄 알고 연거푸 방귀를 뀌었다. 괴로움을 참다못한 시아버지가,

"애야 그건 너무 과하구나."

했다.

여기서도 새색시는 시아버지가 며느리를 감싸주려고 복방귀라고 한 말의 진의를 모르고 방귀를 뀌는 행위를 잘하는 것으로 알고 자꾸만 뀐 것이다. 이러한 설화는 어린 아들과 어머니, 새 며느리와 시아버지가 대립되어 있는데 연소자와 연장자, 남성과 여성의 대립 항이 서로 다르게 설정되어 있다는 점에서 대조된다. 즉 방귀를 뀐 주체는 모두 여성이라는 점에서 같고 허물을 지각하지 못한 인물은 연소자라는 공통성이 있으며 허물을 가리려는 인물은 연장자라는 공통점이 있다. 그런데 전자는 연장자인 여성이 자기의 실수를 연소자인 남성에게 전가하려다가 실패한 이야기이고 후자는 연소자인 여성이 한 실수를 연장자인 남성이 덮으려다가 실패한 이야기라는 점에서 대조된다.

이러한 소화는 인간의 동물적 속성과 인간의 교양치례나 허물 덮기와의 관계에서 동물적 속성이 드러나면서 웃음이 유발되는 경우로서 자기발견과 자기우월 의식을 함께 보여주는 것이다. 모든 인간은 동물적 속성을 가지고 있고 동물적 본능을 발휘한다. 따라서 동물적 속성이나 본능에 관한 한 자기 자신의 경험을 바탕으로 이해가

되는 것이기에 일단은 자기발견의 웃음이라고 할 수 있다. 이러한 이해가 전제되지 않으면 흥미를 가질 수 없고 흥미가 없으면 웃음이 나오기 어렵다.

그 다음은 인간이 동물과 다른 자기 억제의 훈련을 통해 형성된 자아의 인식이 우월감으로 나타난다는 점이다. 여자가 방귀를 뀐 것을 감추려 하는 이유나 어른의 체면을 지키기 위한 가장(假裝)과 치레를 아이가 몰라서 본래의 진실이 드러나게 되었을 때 웃음의 대상은 동물적 속성을 감추려던 어른의 행위가 된다. 가장과 치레는 남이 모르거나 속을 때 효과가 있고 남이 알게 되면 오히려 역효과가 나타난다. 이 이야기에서 어린이와 어른이 대립되어 있는데 어린이는 동물적 본능을 그대로 드러내려 하고 어른은 이를 감추려고 하는 성향을 보인다는 것이다. 결국 동물적 속성은 정직과 연결되고 이를 감추려는 언행은 거짓과 꾸미기에 연결된다. 이 소화의 핵심적 의미는 생리적 현상을 감추려하거나 복스러운 행위로 거짓 칭찬을 하다가 곤경에 처한다는 것이다.

다음에 먹는 것을 주제로 한 소화를 검토해 보자. 먹는 행위는 인간이나 동물이나 생명을 유지하기 위해서 필수적으로 행해야 하는 본능적 욕구의 발현이다. 다만 먹는 욕구나 먹는 행위를 인간은 때와 장소를 가려서 행하고 상황에 따라서는 거짓말을 하기도 하는 것이 동물과 다른 점이다.

〈미련한 신랑〉

옛날에 어떤 총각이 장가를 갔는데 처갓집 김칫국이 맛이 어떻게나 좋은지 홀딱 반했단다. 그래 첫날밤에 마누라한테 김치 단지가 있는 곳을 물어 발가벗은 채로 나갔다. 신부가 가르쳐준 대로 조그만 단지가 있어 손을 넣어 한 주먹 꽉 쥐고서 손을 빼려고 하니 빠져야지. 이 미련한 신랑은 한 손씩 뺄 줄은 모르고 단지를 껴안고 발버둥을 치다가 그만 단지를 깨고 말았다. 잠자던 장모는 쥐가 그릇을 깬 줄로만 알고 쫓아 나왔다. 그 소리를 듣고 사위는 엉겁결에 뒤뜰 감나무 위로 올라갔다.

그런데 방에서 나온 장모는 부엌으로 가 보았으나 아무도 없었다. 그래 사위가 시장할까 보아 홍시라도 몇 개 따 줘야겠다고 작대기를 갖고 감나무 밭으로 갔다. 감나무 밑으로 가보니 으스름한 달빛 아래 축 늘어진 홍시가 있었다. 그것을 따려고 암만 때려도 따지질 않았다. 그 질긴 가죽이 따질 리가 있어야지. 그런데 신랑은 어찌나 아프던지 그만 생똥을 확 싸고 말았다. 그러니까 장모는 그런 것도 모르고 "이쿠! 그만 터지고 말았구나." 하곤 방으로 들어갔단다.[10]

이 설화는 먹고 배설하는 문제를 다룬 소화이다. 여기서 먹으려고 하는 주체는 새신랑이고 먹고자 하는 음식은 김칫국이다. 사위에

10 최인학 · 엄용희 편, 『옛날이야기 꾸러미』 4, 집문당, 2003, 45면(원소재: 임동권, 『韓國의 民譚』, 瑞文文庫 031, 서울, 瑞文堂, 1972).

게 먹이려고 한 인물은 장모이고 먹이려던 식품은 홍시이다. 김칫국이나 홍시는 주 식품이 아니다. 즉 먹어도 살고 안 먹어도 사는 기호식품이다. 그러나 먹고 싶은 욕망은 배가 고파서 생존을 위해 먹는 것을 찾거나 맛있는 식품을 잊지 못해 찾거나 먹는 욕구를 충족하기 위한 것이고 동물에게도 있는 기본적 욕구이다. 이러한 욕구를 충족시키려는 행위는 거룩한 행위는 되기 어렵다. 따라서 비천한 것의 모방이 될 수 있다. 김칫국 맛이 그리워 못 참고 밤중에 발가벗은 채로 부엌으로 나간 신랑은 자기 억제력이 부족한 동물적 본능이 강한 인간이다. 신랑에게 처음 와 본 처가는 낯선 공간이다. 더구나 부엌은 남자가 자주 드나드는 곳이 아니다. 그런데 신부를 시켜 김칫국을 떠오게 하지 않고 밤중에 발가벗고 부엌으로 가서 김칫국을 먹으려한 것은 마치 자연상태에서 동물들이 먹잇감을 찾으려고 밤중에 은밀히 움직이는 것과 상통하는 원시 자연의 동물 모습과 방불하다. 식욕을 충족하기 위한 움직임은 누구에게 알릴 필요가 없었던 자기 자신만을 위한 은밀한 행위였고 여기에는 체면을 차리려고 입는 의복 따위는 거추장스럽기만 한 무익한 치레가 된다. 아무도 안 보는 밤중에 발가벗은 채로 먹을 것을 찾아 움직이는 새신랑의 행태는 먹이를 찾아 헤매는 동물의 모습과 다를 바 없다.

새신랑이 김칫국 단지에 손을 넣어 김치를 움켜쥐는 행위도 동물의 행태와 유사하다. 국자나 대접이나 사발 같은 문명의 이기를 사용하는 것이 아니라 손으로 움켜다가 바로 입에 처넣는 행위는 동물의 먹는 행위 그대로임을 보여주고 있다. 신랑은 누가 나오는 소리를 듣고 감나무로 기어오른다. 이런 행위 역시 동물들이 자기보다 더 강한 포식자를 피하기 위하여 몸을 숨기는 행위와 같다. 나무 위로 피신하는 행위는 나무를 잘 오르는 고양이과 동물들이 흔히 안전한 곳으로 도망가는 수법 그대로이다.

장모는 밤중에 홍시를 따려고 장대를 들고 감나무로 다가간다. 밤중에 감을 알아보는 방법은 공제선에 비쳐 보이는 매어달린 감 열매의 윤곽만으로 감지할 뿐 색채나 모양으로 식별하기는 어렵다. 그래서 축 늘어진 사위의 부랄을 홍시로 오인하고 장대로 이를 따려고 찌르고 후려치고 한 것이다. 이러한 행위 역시 원시적 식품 채집의 모습을 보여준다. 새신랑은 신분이 드러날까 보아 소리도 못 내고 아픔을 참느라고 힘을 쓰다가 물똥을 싸고 만다. 장모는 똥벼락을 맞고 홍시가 터져 떨어진 것으로 알고 들어왔다는 것이다. 감이 곯거나 익어서 물러 터진 것은 물똥과 비슷한 성질이 있기에 밤중에 이러한 착각은 일어날 수 있다.

이처럼 이 소화에는 문화인과는 다른 원시적 인간의 동물적 행태가 웃음의 대상이 되고 있음을 알 수 있다.

2) 지적(知的) 우월감의 인식 – 무식담

소화 중에서 무식담(無識譚)으로 불려지는 범주는 인간사회에서 개발하여 통용되는 지식을 습득한 사람이 이를 몰라서 실수하는 사람의 행태를 보고 웃음을 웃는 이야기군이다. 지식은 여러 방면에 걸쳐 많은 종류가 있으나 유식과 무식을 분별하는 기준은 글을 아느냐 모르느냐로 규정된다. 그만큼 문자에 대한 이해는 교육을 받은 사람만이 가능한 것이기에 무식한 인물의 이야기는 곧 문자를 모르는 사람의 이야기를 말한다.

〈별시위의 무식〉

최씨(崔氏)와 정씨(鄭氏) 성(姓)을 가진 두 사람이 글자를 조금 알았다.

일찍이 별시위(別侍衛)가 되어 숙직을 하면서, 모든 무리들 가운데에서 글을 논하는데, 옆에 사람이 없는 것처럼 했다.

하루는 정(鄭)이 최(崔)에게 말하기를,

"위징(魏徵)은 어느 시대 사람인가?"

라고 하자, 최(崔)가 말하기를,

"한 · 당(漢唐)시대 사람이다."

라고 했다.

또한 최(崔)가 정(鄭)에게 말하기를,

"맹자(孟子)는 어떤 사람인가?"

라고 하자, 정(鄭)이 말하기를

"맹자(孟子)는 공자(孔子)의 아들이요, 정자(程子)의 아버지다."

라고 했다. 두 사람이 서로 칭찬하니, 앉아 있던 모든 사람들이 그들의 해박함에 감탄했다.

어떤 사람이 있어 글을 아는 것이 조금 나았는데, 이에 그 사람이 말하기를,

"맹자 삼부자(三父子)는 어찌해서 성(姓)이 다른가? 위징(魏徵)은 한 사람인데 어찌해서 한(漢)과 당(唐) 두 시대를 살았는가?"

라고 했다.

최(崔)와 정(鄭)이 성을 내며 말하기를,

"무관(武官)이 책을 읽음에 소략하게 해서 그 대략을 들출 뿐, 선비들이 머리카락을 쪼개고 나누듯이 하여 좀스러운 데에 이르는 것처럼 하는 것과는 다르다."

라고 했다.[11]

위의 이야기에서는 중국의 역사적 인물에 대한 지식의 유무가 웃음을 유발하는 소재가 된다. 당태종 때의 명신인 위징(魏徵)이나 유학에서 공자(孔子) 다음의 아성(亞聖)으로 존경받는 맹자(孟子)에 대해서 무관들은 무식한 답변을 하고 있다. 위징이 한나라와 당나라 시대 인물이라고 하고 맹자를 공자의 아들이고 정자(程子)의 아버지라고 한 것이다. 이러한 엉터리 대답은 그 자체로 우스꽝스럽다. 중국의 역사나 유학에 대하여 초보적 지식만 있어도 이러한 답이 엉터리임은 금방 알 수 있다. 공자는 춘추시대의 인물이고 맹자는 전국시

---

11 박경신 역주, 「太平閑話滑稽傳」 1, 국학자료원, 1998, 416~419면.

대 인물이며 정자는 훨씬 후대인 송나라 때의 인물이다. 한학의 기본 교과서인 『통감(通鑑)』이나 『소학(小學)』만 읽었어도 이런 질문이나 답은 나오지 않을 것이다. 그런데 정말 우스운 것은 무관들이 자신의 무식함을 모른다는 것이다. 글을 아는 사람이 "맹자 삼부자는 어찌해서 성이 다른가? 위징은 한 사람인데 어찌하여 두 시대를 살았는가?" 하고 묻자 무관들은 문인의 유식함을 좀스러움에 비기고 자신들의 무식을 호방하여 잔 지식에 구애되지 않은 대인의 풍도로 말하고 있다는 것이다. 이러한 이야기는 바로 자신의 무지를 모르는 것이기에 플라톤이 말한 무지의 웃음이론에 부합한다고 할 수 있다. 여기서 소크라테스가 무지한 자의 언행이라도 그가 힘이 없을 때만 이 우스꽝스럽다고 한 부대조건을 생각해볼 필요가 있다.

위의 자료는 사가(四佳) 서거정(徐居正, 1420-1488)이 지은 『태평한화골계전(太平閑話滑稽傳)』에 수록된 것이다. 서거정은 조선 초기에 관각문인(館閣文人)으로 권력 주변에서 권세를 누린 인물이다. 그런데 이 소화에 등장하는 정과 최라는 인물은 별시위(別侍衛)라는 말단 무관벼슬을 하고 있는 인물이다. 조선 초기는 문인 사대부가 정치를 주도하던 시기로서 무관은 문인들에게 천대와 멸시를 받았다. 즉 무식한 인물로 등장하는 정과 최는 서거정과 같은 문인에 비하여 상대적 약자이다. 그래서 조소거리가 된 것이다. 만약 같은 내용이라도 고려조 무신집권기에 집권무인이 무식한 인물로 등장한다면 웃음이 나오기 어려웠을 것이다. 웃다가 조소를 당했다는 사실이 발각되면 목숨을 부지할 수 없었을 터이니까 말이다. 이처럼 이 무식담은 플라톤의 웃음이론으로 잘 설명할 수 있다.

그런데 이 소화는 기대한 바가 달라졌을 때 웃음이 나온다는 이론에도 부합된다. 무식담은 모르는 사람이 아는 척하면서 그릇된 답을 제시하는 이야기다. 여기서 답이 틀린 것을 아는 사람이라야 웃음이 나온다. 따라서 이런 종류의 소화는 정답을 기대하였다가 다른 답이 나오는 것을 알고 기대가 무너졌다는 점에서 기대와 실제의 격차에서 유발하는 웃음의 자료라고 설명할 수도 있다.

일찍이 칸트는 "웃음은 긴장된 기대가 무(無)로 갑작스럽게 변하는 것에서 유래한 격렬한 흥분이다. 이는 오성(悟性)에겐 분명히 기쁘지 않지만 간접적으로 한 순간 동안 대단히 활기차게 기쁘게 하는 변화다."[12]라고 말한 바 있다. 자스틴도 "놀람과 기대의 어긋남에서 웃음이 생긴다."라고 하였다. 즉 기대와 다른 결과가 나타났을 때 웃음이 유발된다는 것이다.

위징이 어느 시대 사람이냐라는 질문에 기대되는 답은 '당나라 태종대 사람이다'라는 것이다. 그런데 한당시대 사람이라는 답이 나왔다. 한(漢)나라와 당(唐)나라는 같은 시대가 아니다. 한나라는 기원전 206년에 건국되어 서기 220년에 후한이 망하기까지 426년을 지속한 한족의 왕조다. 한나라가 망하고 삼국시대를 거쳐 진(晉)이 통일하고

---

12 유종영, 「웃음의 미학」 유로서적, 2005, 203면 중인용.

남북조시대를 거쳐 수(隋)나라가 건국되었다가 다시 당나라가 세워졌다. 당이 건국한 연대는 서기 618년이고 당태종이 즉위한 연대는 서기 627년이다. 즉 한나라가 망한 뒤 400여년 뒤에 당나라가 개창되었으니 한 인물이 한과 당 두 시대를 살 수는 없는 노릇이다. 그런데 이렇게 따지는 것은 문인들의 좀스러운 태도라는 것이다. 한나라와 당나라를 겸칭하는 경우는 한족이 건립한 국가로서 중국사의 정통성을 한족 왕조로 잡고 한, 당, 송, 명으로 전개된 한족 왕조를 함께 일컬을 경우뿐이다. 이를 한 인물이 살았던 시대로 말한 것은 역사에 대한 무지가 심함을 드러낸 것이다. 그러나 이러한 답을 듣고 웃음이 나온다는 것은 정답을 아는 사람이 엉터리 답이란 사실을 인지하였을 때이다. 여기에서의 웃음유발 동인은 기대와 다른 답을 하였을 때, 기대가 무너지면서 나오는 웃음이라는 설명도 성립될 수 있으나 답한 사람이 무지하다는 사실을 알고 자기가 우월하다는 것을 인식하였을 때 나오는 웃음이라고 해도 틀리지 않는다는 것을 알 수 있다.

〈맹자는 남자인가 여자인가?〉

무신들이 정권을 장악하고 경당에 모여 국정을 논하던 고려조 무신 정권 시대의 이야기다. 무신들은 싸움만 일삼다가 싸울 곳이 없자 심심풀이로 씨름도 하고 주먹질과 발길질로 벽을 치기도 하며 힘자랑을 하였다. 그러다가 한 무신이 동료 무신에게 물었다.

"맹자는 남자인가 여자인가?"

동료 무신은 아마도 여자일 것이라고 말했다. 그러자 그 무신은 남자가 확실하다고 했다. 그러나 동료 무신도 굽히지 않고 여자가 틀림없다고 우겼다. 한참을 서로 우기다가 문제를 낸 무신이 말했다.

"우리가 백 날 우겨봐야 소용없다. 이런 것은 문인놈들이 잘 알 테니 문인 한 놈을 잡아다가 물어보자."

그리하여 문신 하나를 데려왔다. 남자라고 우기던 무신이 눈을 부라리며 험상궂게 그 문신에게 물었다.

"맹자가 남자지?"

그러자 다른 무신이 역시 눈을 부릅뜨고 험악하게 물었다.

"맹자는 여자지?"

문신은 두 무신의 기세를 보고 무엇이라고 대답을 해도 맞아 죽을 것 같았다. 그래서 생각한 끝에,

"두 분 말씀이 모두 옳습니다. 추맹자는 남자이고 오맹자는 여자입니다."

라고 말했다. 무신 두 사람은 모두 자기 주장이 맞은 것에 대해서 만족하고 그것 보라는 듯이 싸움을 그치고 말았다. 이렇게 해서 그 문신은 위기를 모면하였다는 것이다.[13]

---

13 이 자료는 조동일 교수가 이우성 선생으로부터 들은 이야기라며 필자에게 들려준 것이다.

이러한 이야기도 무인(武人)들의 무지를 드러내는 소화로서 문사(文士)들 사회에서 형성되어 전승된 것이라고 생각한다. 유학에 입문한 사람이면 맹자가 남자인 것은 다 아는 상식이다. 이것을 조정에서 큰일을 하는 벼슬아치가 모른다고 해서야 말이 되지 않는다. 이렇게 무식한 인물들이 권세를 휘어잡고 있으니 나라꼴이 말이 아니라는 의미가 담겨져 있다. 또한 무식한 무인의 무지막지한 횡포에 대하여 현명하게 대처하는 문신의 처신이 매우 돋보이는 대목이기도 하다. 문신은 다행히 맹자라는 이름을 가진 인물이 남자도 있고 여자도 있는 것을 알았기에 화를 면할 수 있었던 것이다.

이처럼 이 이야기는 앞의 이야기와 같은 의미로 전달되지 않는다. 무인들의 무식을 비웃는 의미보다 문인이 많이 알고 있어서 다행히 무식한 무인에게 봉변당할 것을 모면하였다는 데 초점을 둘 수 있기 때문이다. 여기서 무식한 대상이라도 힘이 없을 경우에만 웃음을 유발한다는 플라톤의 웃음이론이 일리가 있음을 알게 된다.

3) 기계적 경직성

웃음이 기계적 경직성에서 유발된다는 주장은 앙리 베르그송의 이론이다. 인간은 사고하는 존재이기에 상황에 따라 임기응변하는 모습을 보여야 한다. 그런데 달라진 상황을 고려하지 않고 전에 학습해 둔 지식을 그대로 반복하다가 낭패를 당하는 일이 발생하고 이것이 웃음거리가 된다는 소화가 있다.

〈어리석은 원님〉

예전 어느 고을에 원님이 부임하였는데 그는 양반의 자손으로 태어나 세상 물정을 몰랐다. 그런데도 조상 덕분에 감투를 쓰게 되었다. 부임 첫날부터 백성이 와서 사건을 처리해 달라고 하면 으레 그의 부인에게 물어서 처리하는 숙맥이었다. 하루는 한 농부가 와서 마른 콩을 먹고 소가 죽었는데 어떻게 하면 좋겠느냐고 물었다. 원은 잠시 기다리라고 하고 안에 들어가 부인에게 물었다. 부인은 병들어 죽은 소가 아니니 가죽은 벗겨 팔고 고기도 팔아 그 돈으로 송아지를 사다가 키워서 어미 소를 대신하라고 말해주었다. 원은 부인의 말대로 하여 가까스로 난처한 질문을 모면하였다.

그 뒤 어떤 날 어느 효자가 찾아와 어머니가 별세하였는데 어떻게 해야 좋으냐고 물었다. 부인에게 물을 양으로 안으로 들어가 보니 어디 나가고 없었다. 그래서 원님은 머리를 짜서 생각한 끝에 전번의 농부와 비슷한 죽음의 사건이니 다행이라 여겼다. 그래서 너의 어미가 몹쓸 병으로 죽지 않았으면 가죽은 벗겨 팔고 또 고기도 팔아 그 돈으로 조그만 계집을 사다가 잘 길러서 어미를 대신하라고 했다. 이 말을 들은 그곳에 모였던 사람들은 꽁지가 빠져라 도망을 쳤다. 이걸 본 원님은 내 의견이 어떠냐, 하며 의기양양하여 여러 관리를 쓸어 보았다.[14]

---

14 최인학 · 엄용희 편, 『옛날이야기 꾸러미』 4, 집문당, 2003, 100~101면(원소재: 임동권, 『韓國의 民譚』, 瑞文文庫 031, 서울: 瑞文堂, 1972).

이것은 한국 전역에서 전승되는 소화로서 모방담의 하나이다. 여기에 등장하는 바보 원님은 한번 배운 것을 상황을 고려하지 않고 반복하여 사용하는 실수를 저지른다. 소가 죽은 경우와 어머니가 죽은 경우는 다른 것인데 소가 죽었을 때 처리하는 방식을 어머니가 죽었을 때 그대로 적용하여 어머니 가죽을 벗겨 팔고 송아지 대신 조그만 계집을 사서 잘 길러 어머니를 삼으라는 해괴망측한 말을 한 것이다.

옛날의 고을 원님은 백성의 부모와 같아서 몽매(蒙昧)한 백성들의 딱한 사정을 잘 들어주고 시비 분별이 어려운 사건을 해결해 주는 일을 하였다. 그런데 원님이라는 사람이 지식도 식견도 없어 부인의 말만 듣고 일을 처리한다는 설정 자체가 우습다. 게다가 효를 으뜸 덕목으로 삼았던 조선조 사회에서 죽은 어머니의 가죽을 벗겨 팔라고 하고 어린 계집을 사다가 길러 어미를 삼으라고 시켰으니 이것은 포복절도할 일이 아닐 수 없다.

이 소화의 웃음 유발동인은 인간은 기계와 달리 변화하는 상황에 대처하여야 하는데 기계와 같은 경직성으로 한번 해 보았던 방식을 다시 반복하는 데 있다. 일찍이 베르그송이 말한 기계적 경직성에서 유발한 웃음이다.[15] 앙리 베르그송은 『웃음』에서 웃음이 유발되는 경우를 인간의 기계적 경직성에서 찾고 있다.[16] 사람이 길을 가다

---

15 정연복 역, 앙리 베르그송, 『웃음』, 세계사, 1992.
16 앞 책, 17-26면 〈희극성의 원천〉.

가 넘어지는 경우는 장애물을 피하지 못했기 때문인데 이는 장애물이 있는 상황을 만나서 민첩하게 대처하지 못하고 장애물이 없는 경우에 하였던 행위를 기계적으로 반복하다가 넘어지게 된다는 것으로 외적 행위의 경직성이라고 말한다. 이 같은 외적 행위의 경직성과 같이 인간의 심리도 고정관념이 작용하는 경우가 많아서 새로운 상황을 분석하여 항상 적절한 방법을 강구하는 것이 아니고 고정관념으로 예측하고 기계처럼 같은 행위를 반복하다가 실수를 저지른 다는 것이다. 결국 베르그송의 이론은 웃음은 인간의 실수에서 나오는 것이고 실수는 기계적 경직성에서 나온다는 것으로 요약할 수 있다.

인간의 주변에는 주기적 반복현상이 많아서 예측 가능한 일이 자주 일어난다. 매일같이 아침이면 동녘에서 떠오르는 태양이나 한 달을 주기로 차고 기우는 달의 모습 그리고 일년을 주기로 봄에 피고 가을이면 시드는 초목의 생태 등 수많은 자연현상에서 반복을 체험한다. 그러나 자연에도 인간에도 돌발상황이라는 것이 있고 인간은 상황을 파악하여 임기응변의 지혜를 발휘해야 현명하다는 평을 듣는다. 또한 이러한 인간의 능력은 동물과 다른 인간의 우수함이고 두뇌가 발달한 고등동물의 자랑이기도 하다.

바보는 지능이 모자라는 인간을 말한다. 지능이 낮은 인물은 동물이나 기계와 같이 단순반복 행위를 잘 한다. 반면 지능이 높은 사람은 단순 반복행위에는 빨리 염증을 낸다. 사고하지 않고 반복적으로 행동하다가 실패한 행위는 지능이 높은 사람의 웃음을 자아낸다. 이렇게 본다면 베르그송의 기계적 경직성에서 웃음이 유발된다는 이론도 인간이 우월감을 느꼈을 때 웃음이 나온다는 이론과 다르지 않음을 알 수 있다.

그러나 홍미 있는 것은 원님 나름대로 부인이 가르쳐 준 지혜를 상황에 맞게 변용시켰다는 점이다. 그래서 송아지가 어린 계집으로 바뀌고 어미소가 어미로 되어 나름대로 그럴듯한 답변을 만들어 냈다. 바보도 바보대로의 융통성을 발휘하였다는 것인데 그 결과가 일상인의 상식과 동떨어진 것이어서 웃음거리가 된 것이다.

이 소화는 부권사회에서의 부부의 위상문제, 농경사회에서의 소의 중요성, 효를 가장 으뜸의 윤리강령으로 인식하였던 전통사회의 사회상, 지방 수령이 자기가 다스리는 고을의 모든 문제를 해결하던 시대상 등이 반영되어 있다. 그러므로 이 소화의 재미를 제대로 느끼기 위해서는 한국 조선조 사회에 대한 이해가 필요하다. 이런 점에서 이 소화는 한국적 지역성이 강한 자료라고 할 수 있다.

4) 망각담

기억과 망각은 모든 인간에게 다 있는 생리적 현상이다. 감각기관을 통하여 머리에 전달된 모든 정보가 하나도 망각되지 않고 축적된다면 얼마 지나지 않아 뇌의 기억 창고는 한계에 도달하여 기억이 전혀 안 되는 상황에 직면하게 될 것이다. 또한 기억이 보존되지 않고 모두 망각된다면 개인이나 집단의 역사는 존재할 수 없다. 이런 점에서 기억과 망각을 적절하게 조절하면서 중요하다고 판단되는 정보는 장기기억으로 처리하고 중요하지 않은 것들은 지워버리면서 정보를 체계적으로 관리하는 것이 학습의 요령이다.

그런데 사람마다 기억력이 달라서 기억을 잘하는 사람과 잘 못하는 사람이 있는데 망각담은 특별히 기억을 잘 못하는 사람의 이야기이다.

〈중은 여기 있는데 나는 어디 갔지?〉

한 중이 해인사를 가는데 어떤 사람이 무어라고 중얼중얼하며 길을 가고 있었다. 중이 무어라고 중얼대나 하고 가까이 가서 보니 이놈이 담뱃대를 들고 팔을 젓고 가면서 팔이 뒤로 가서 담뱃대가 안 보이면,

"아이고! 내 담뱃대?"

하다가 팔이 앞으로 나와 담뱃대가 보이면,

"하! 여기 있구나."

하는 것을 반복하는 것이었다. 그래서 중은 세상에 잊어버리기 잘하는 놈이 많다지만 이놈처럼 심한 경우는 처음 본다고 생각했다.

중이 그 사람과 앞서거니 뒤서거니 하면서 길을 동행하는데 그 사람은 중을 볼 때마다 물었다.

"스님 어디 가시오?"

"예 해인사 갑니다."

이와 같은 대화를 몇 번 반복하다가 그 사람은,

"야 오늘 해인사에 중 참 많이도 간다."

이렇게 말하는 것이었다.

그런데 이 사람이 가다가 뒤가 마려웠다. 저도 제가 잊어버리기를 잘한다는 것을 알고 있는 터라 잊어버리는 물건이 없게 하려고 치밀한 준비를 하였다. 먼저 나무 밑에 뒤 볼 자리를 보아 두고 나무가쟁이에 두루마기를 벗어서 잘 보이도록 걸어 두었다. 그리고 앉았다가 일어서면 곧바로 머리가 닿을 곳에 갓을 벗어 달아 두었다. 준비를 마친 녀석은 뒤를 보고 난 다음 일어서면서 생각하니 갓이 없어졌다.

"아이고 내 갓?" 하다가 머리에 어떤 갓이 부딪히는 것을 보고,

"어떤 병신 같은 놈이 갓을 벗어 걸어놓고 그냥 가 버렸네! 내 갓과 비슷하니 아쉰 김에 그냥 쓰자."

하고 제가 벗어 놓은 갓을 썼다. 갓을 쓰고 나자 입고 있던 두루마기가 없어진 것을 알았다.

"아이고 내 두루마기가 어디 갔지?"

하고 두리번거리다가 나뭇가지에 걸린 두루마기를 발견하였다.

"어떤 잊기 잘하는 놈이 두루마기를 벗어 놓고 그냥 갔네."

하고 다행이다 싶어 두루마기를 입었다. 이러다가 자기가 누어 놓은 똥을 밟고 말았다.

"어떤 못된 놈이 여기다 똥을 누어놓았담!"

하고 투덜대었다.

드디어 이 사람이 해인사에 당도하였다. 같이 온 중은 이놈이 어쩌
나 보려고 밤에 잠든 사이에 그 사람의 머리를 모두 깎아버렸다. 아
침에 잠을 깬 이 사람이 머리를 만져보니 까까머리 중의 머리였다.
이 사람이 깜짝 놀라 하는 말이,
"어제 같이 온 중놈은 여기 있는데 나는 어디 갔지?"[17]

이 소화는 다소 과장된 면이 있으나 망각담의 백미라고 할 수 있
다. 여기에 등장하는 바보는 망각증이 심하면서 망각에 대한 강박관
념 또한 강한 인물이다. 담뱃대를 든 팔을 앞 뒤로 흔들면서 길을 가
다가 팔이 뒤로 가서 담뱃대가 안 보이면 이를 찾고 팔이 앞으로 나
와 담뱃대가 보이면 찾았다고 반가워한다는 것은 기억의 시간이 몇
초를 지속하지 못하는 상태로서 매우 심한 중증(重症)이다. 특히 자
기 머리가 중의 머리와 같은 것을 알고 중은 여기 있는데 나는 어디
있느냐고 한 것은 자신마저 망각했다는 점에서 고도의 역설이라고
할 수 있다. 즉 인식하는 주체가 주체를 망각하였기에 데카르트의
유명한 철학적 명구인 "나는 생각한다 고로 나는 존재한다"를 희화
적으로 부정하고 있다. 이러한 망각담은 한국 특유의 해학성의 산물
로서 한국 소화의 명편이라고 할 수 있다.

---

17 이 유형은 각편이 매우 많은데 필자가 여러 각편을 종합하여 재구성한 것이다. 〈잘 잊어버리는 사
    람〉 (임석재, 『한국구전설화』 2, 평민사, 1988, 163면), 〈잊음이 심한 사람〉 (임석재, 『한국구전설화』10,
    1993, 320-322면.) 등이 이 유형에 속하는 각편이다.

〈이 물건의 껍데기〉

갑은 평소에 정신이 없었는데 하루는 길에서 나귀를 잃고 사방으로 찾아다녔다. 을이 이를 보고 무엇을 찾느냐고 묻자 갑은 나귀란 말을 잊어버려 대답을 못하다가 우연히 나귀의 똥 한 무더기를 주워들고 을에게 보이며 하는 말이.

"당신 이 물건의 껍데기 못 보았소?"[18]

여기에 등장하는 갑은 잊기를 잘하여 나귀를 잃고 나귀란 말도 기억하지 못하다가 나귀의 똥을 보고 나귀란 말 대신 '이 물건의 껍데기'라고 한다. 갑이란 인물은 나귀의 똥인 것은 알아보았으나 끝내 나귀란 말은 기억해 내지 못한다는 것이다. 망각의 증상이 상당히 높은 경지에 도달한 인물의 이야기라고 할 수 있다.

망각은 정도의 차이는 있으나 모든 인간이 다 체험하는 생리적 현상으로서 망각담은 망각의 정도를 과장해서 만든 소화이다. 일반적으로 기억력은 나이가 들면 쇠퇴하게 마련인데 고유명사나 숫자 등 다른 어휘와 연관되지 않고 독립적으로 의미를 가진 어휘가 망각되기 쉽다. 고유명사와 숫자는 망각되었을 때 이를 기억해 낼 연상(聯想)의 통로가 없기 때문이다. 기억은 의미기억이 장기기억으로 오래

---

18 長春道人輯, 『笑天笑地』, 신문관, 1918, 9면. 〈失驢忘名〉甲, 素昧精神이라가 一日은 於路中에 失驢 ᄒᆞ고 方四覓 乙, 爾覓何物?, 甲,忘驢名不得對라가 偶拾驢糞一團ᄒᆞ야 示乙曰 此物之殼을 爾見否? (필자 번역).

보존되는데 다른 사물과 관련되어 의미를 드러내는 어휘는 망각되었다가도 연상을 통하여 재생할 수 있다. 망각담은 망각을 체험한 사람들에게 특히 흥미를 준다. 이는 이야기 속의 인물의 행태에서 자기를 재발견하는 재미가 있기 때문이다. 그러나 망각하고 망각임을 알아차리었을 때 웃음을 웃을 수 있고 시정할 수도 있으나 망각하고도 망각한 줄 모르게 되면 이는 치매로 보아야 한다.

5) 모방담

(1) 모방담의 유형

모방담이란 민담 중에서 한 인물의 행위를 다른 인물이 모방하다가 낭패를 본다는 모방형식의 반복으로 전개되는 이야기들을 말한다. 이런 점에서 모방담이란 범주는 서사의 형식을 기준으로 설화를 분류할 때 설정되는 항목으로서 주제를 기준으로 한 분류나 주인공의 성격을 기준으로 한 분류에는 설정될 수 없는 설화의 하위범주이다. 서사 형식을 기준으로 설화를 분류할 경우 누적담(累積譚), 연쇄담(連鎖譚), 회귀담(回歸譚)에 이어 모방담이 설정될 수 있을 것이다.

모방담은 대체로 소화적 성격을 띠고 있다. 소화의 주인공은 자질 면에서 모자라는 인물들이기에 주인공의 급수를 기준으로 설화를 분류하면 모방담은 대부분의 자료가 소화의 범주에 속한다. 그러나 모든 모방담이 소화라고 할 수는 없다. 모방담에는 보통사람이 주인공인 일반담도 있고 초인적 능력을 가진 인물도 등장하기에 신이담이나 일반담은 물론 동물담까지도 두루 포함될 수 있다.

　모방담을 서사형식을 기준으로 다시 분류한다면 단순모방담과 구조모방담으로 나누어진다. 단순모방담은 한 인물의 행위에 이어서 모방인물의 행위가 바로 이어지는 단위담이 연접되어 한편의 설화가 이루어지는 유형들을 말한다. 주로 어리석은 인물들의 실수담에서 이러한 예를 찾을 수 있는데 대부분 자료가 소화이다. 〈어리석은 형〉, 〈바보 원님〉 등이 그것이다.

　구조모방담은 〈혹부리 영감과 도깨비〉에서처럼 한 인물의 행위가 완결되는 독립된 삽화 뒤에 다시 새로운 인물이 등장하여 앞 사람의 행위를 모방하는 이야기가 연결되어 두 개의 삽화로 이루어진 설화유형을 말한다. 이러한 유형은 두 개 삽화의 주동인물의 성격이 대조를 이루고 있고 행위나 사건은 대응되어 있으면서도 결말은 반대로 나타난다. 즉 서사적 구조가 동일한 삽화가 모방이라는 관계로 연결되어 있는 형식을 취하고 있다.

　이 자리에서는 모방담을 대상으로 서사형식을 검토하고 설화에 내재되어 있는 흥미성과 교훈성을 알아보기로 하겠다.

(2) 단순모방담

　단순모방담의 주인공은 대체로 바보가 많다. 남의 행위를 따라한다는 것은 본인의 의지나 욕구가 배제된 채 기계적 답습으로 행하여지기에 실수가 나타나게 마련이다. 이러한 이야기는 청중을 웃기려

는 의도에서 구연되고 웃음의 유발동인은 인간 행위의 기계적 경직
성으로서 베르그송의 웃음이론에 부합된다.

① 〈어른 따라 문상하기〉

어느 시골 마을에서 초상이 났는데 아버지가 몸이 불편해서 아들을
대신 문상을 가라고 하니 아들이 문상을 어떻게 하는지 모른다고 하
였다. 아버지는 이웃집 어른이 가실 것이니 너는 그 어른을 좇아가
서 그 어른이 하는 대로만 따라하면 된다고 하였다. 아들은 이웃집
어른을 따라 문상을 가는데 도중에 개천을 뛰어 넘어가게 되었다.
이웃집 어른이 잘못 뛰어 한짝 발이 물에 조금 빠졌다. 아들은 발을
물에 빠트려야 문상이 되는 줄 알고 일부러 개울에 빠졌다. 상가에
이르러 빈소로 들어가는데 이웃집 어른이 고개를 덜 숙이어 이마를
문지도리에 부딪쳤다. 아들은 일부러 머리로 문지도리를 들이받아
이마에 혹이 났다. 이웃집 어른이 상주와 절을 할 때 방귀가 나왔다.
아들은 방귀를 뀌어야 되는 줄 알고 절을 하며 힘을 쓰다가 똥을 싸
고 말았다.

이 이야기는 무조건 따라하다가 실수하는 인물의 어리석은 행위
를 보여준다. 사람은 생각하는 존재이기에 어떤 낯선 상황을 만나면
그 상황에 맞는 행위를 하려고 상황을 분석하고 처신할 바를 결정하
는 것이 정상이다. 그런데 문상이 무엇인지 어떻게 하는지 전혀 모

르는 젊은 사람이 어른의 실수를 따라하다가 더 큰 실수를 하여 망신을 당했다는 것이다. 이 이야기의 서사형식은 선행위자(先行爲者)의 행위에 이어 모행위자(摸行爲者)의 행위가 이어지는 삽화가 연첩되는 구조를 취하고 있다. 선행위자의 행위를 'B'라고 하고 모행위자의 행위를 'b'라고 한다면 이야기의 전개는 B1b1 → B2b2 → B3b3 로 도식화할 수 있다.

단순모방담에는 '시킨 대로 따라하기' 유형이 많다. 〈바보 사위〉, 〈바보 형〉 등이 그것이다.

② 〈바보 사위〉

어느 양반(부자)집에서 데릴사위를 얻었는데 사위가 게으르고 일도 하지 않아서 쫓아내려고 부부가 의논을 하였다. 그냥 게으르다고 쫓아내면 남들이 무어라고 할 터이니 시험을 보아 내쫓을 명분을 찾자고 하고 장에 가서 소를 골라보라고 하기로 의논을 정하였다. 이 말을 딸이 엿듣고 남편과 헤어지기가 싫어서 부모 모르게 남편에게 소 고르는 법을 가르쳐 주었다.

"내일 장에 가서 소를 골라 사라고 할 터이니 소를 고르는 법을 배우세요. 먼저 우전에 가서 소를 한참 둘러보다가 보기 좋은 암소를 한마리 붙잡고 우선 입부터 벌려 보고 '이빨이 튼튼하니 먹세가 좋겠군' 하고 다시 등짝을 손으로 죽 훑어보고 '등판이 탄탄하니 길마자리도 좋고' 하십시오. 그리고 목덜미를 한참 주물러 보고 '목덜미도 두둑하니 멍에 자리도 좋군' 한 다음, 볼기짝을 두드려 보고 '엉덩판이 넓직하니 새끼도 잘 낳겠군' 하고 '이만한 소가 흔하지 않으니 이 소를 사시지요' 하고 말하십시오."

라고 가르쳐주었다. 다음 날 장인은 사위를 불러서 소를 살 터이니 장에 가자고 하였다. 그리고 소를 골라보라고 하며 사위의 행동을 유심히 관찰하였다. 사위는 아내가 가르쳐 준 대로 암소 하나를 골라서 점검을 하고 이 소를 사자고 하였다. 우전에 있던 30여 년간 소 중개업을 전문으로 한 사람이 참으로 소를 잘 고르는 똑똑한 사위를 보셨다고 치하를 하였다. 장인은 사위가 매우 똑똑하다고 생각하고 기분이 좋아 집으로 돌아와서 장모에게 사위를 잘 대우하라고 하며 소 고르던 이야기를 들려주었다.

그런데 사위는 또 다시 아무 일도 하지 않고 낮잠만 자고 놀기만 하였다. 그런데 처백모가 병이 나서 여러 날 앓고 있었는데 조카사위가 이웃에 살면서 한 번도 문병을 하지 않았다. 그래서 장모가 '자네 처백모가 오래 편찮으니 병문안을 하라'고 하였다. 사위는 곧바로 처백모가 누워 있는 방으로 들어가서 이불을 들쳐내고 입을 강제로 벌리고 들여다 보며 '이빨이 성하니 먹세가 좋겠군' 하였다. 그리고 목덜미를 주물러 보고 '멍에 자리도 좋군' 한 다음 등판을 쓰다듬고 '길마자리도 좋다'고 하였다. 이어서 처백모의 볼기짝을 두드리며 '엉덩이가 투실하니 새끼도 잘 낳겠다'고 하였다. 처백모는 혼비백산하였다. 처백모집에서는 이러한 조카사위의 무례함을 보고 큰 소동이 벌어졌다.

장인 내외는 사위가 분명 모자라는 인물임을 알고 내어 쫓으려고 또
다시 시험을 하기로 하였다. 마루에 있는 뒤주를 시험하여 무슨 나
무로 만들었고 얼마나 곡식이 들어가는지 물어보아 잘못 대답하면
쫓아내자고 하였다. 이러한 의논을 딸이 또 다시 엿들었다. 그리고
신랑에게 울면서 뒤주 고르는 법을 밤늦도록 가르쳤다. 먼저 뒤주를
주먹으로 쿵쿵 두드려보고 손으로 쓰다듬은 후 '이 뒤주는 은행목으
로 만들었군' 하고 뒤주를 뼘으로 재어본 후 '들기는 두 섬 반이 들겠
다'고 하라고 하였다. '만약 실수를 하면 우리 부부가 영영 이별이 된
다'고 하며 정성껏 가르쳤다. 사위는 장인이 뒤주를 가르치며 만든
나무와 들어가는 양을 묻자 자신만만하게 주먹으로 뒤주를 두드리
며 정답을 알아맞추었다. 그래서 장인과 장모는 분명 사위는 똑똑한
인물인데 아마도 작은 실수를 크게 부풀려서 소동을 하였다고 생각
하고 그대로 두었다.

그 뒤 얼마를 지나서 장인이 산증병으로 누워서 꼼짝을 못하였다.
그래도 사위는 장인의 병문안을 하지 않았다. 이를 민망하게 여긴
아내가 아버지 병 문안을 하라고 하였다. 사위는 장인이 누워 있는
병석으로 달려와서 주먹을 쥐고 산증으로 부어 있는 장인의 고환을
두드렸다. 아픔을 견디지 못한 장인이 비명을 지르자

"이 물건은 은행목으로 만들었고 들기는 두 섬 반이 들겠소. 내가 아
무려면 이것도 모를 줄 아시오."

하고 소리를 질렀다. 처가가 발칵 뒤집혔다. 그리고 이런 소문이 인근에 알려져서 장인은 얼굴을 들고 출입을 할 수 없게 되었다. 결국 처가에서는 다시 시험하지 않고 사위를 내어 쫓고 말았다.

(일설에는 사위가 이인으로서 장인이 벼슬자리에 있으면 당쟁으로 화를 입을 것을 알고 이를 예방하려고 일부러 바보짓을 하여 장인을 관직에 나가지 못하게 한 것인데 정변이 수습된 훗날 처가에 들러 아내를 데리고 어디론가 사라졌다고 되어 있다.)[19]

한번 배운 것을 반복해서 상황이 다른 데 사용하다가 실패를 한다는 것이 이야기의 요체이다. 상황에 따라 임기응변하는 융통성 있는 자세가 삶의 지혜임을 역설적으로 보여주는 예이다.

단순모방담은 한번 습득한 지식이나 대처하는 요령을 아무데나 반복하여 기계적으로 써먹다가 낭패를 본다는 소화로서 기계적 경직성에서 웃음이 유발된다는 베르그송의 웃음이론에 가장 잘 부합하는 이야기이다. 그런데 단순모방담의 주역은 기억력은 좋은데 융통성이나 상황인지 능력이 결여되어 있다는 것이다. 이는 바꾸어 말하면 충분히 이해 되지 않고 기억만 한 지식은 삶에 큰 도움을 주지 못한다는 의미로도 해석할 수 있다. 유능한 인물은 대체로 학습한 지식을 부딪치는 상황에 맞게 변용하여 활용한다. 알고 있는 지식이

---

19 이 자료는 필자가 어려서 야담책에서 읽은 이야기를 기억하여 정리한 것이다.

나 기술을 활용하려면 지식이나 기술의 원리를 충분히 이해하고 있어야 한다. 기계에 대한 지식도 원리를 모르고 조작요령만 알면 고장이 나면 고칠 수 없고 모양새가 다르면 작동시키지 못한다. 인간의 삶에는 예측하지 못한 다양한 상황과 마주치는 경우가 많다. 아무리 공부를 많이 하더라도 모든 상황을 예측하고 그에 대처하는 요령을 일일이 기억하고 있을 수는 없다. 다만 원리나 원칙을 알고 이를 적용하여 처리할 수밖에 없다. 단순모방담 속에는 인간에게는 지식의 양(量)보다는 임기응변의 재능이 중요하다는 교훈적 의미를 함축하고 있다고 본다.

(3) 구조모방담

① 〈혹부리영감과 도깨비〉

이 이야기는 우리나라 전역에서 널리 전승되는 전래동화이다. 이야기를 서사단락으로 나누어 정리하면 다음과 같다.

ⓐ 한 혹부리 영감이 살고 있었다.
ⓑ 어느 날 그는 도깨비들이 있는 곳에서 노래를 불렀다.
ⓒ 도깨비들이 노래가 어디서 나오느냐고 묻자 그는 혹에서 나온다고 하였다.
ⓓ 도깨비들은 혹을 팔라고 졸라서 많은 돈을 주고 혹을 떼어 갔다.
ⓔ 이 소문을 이웃에 사는 또 다른 혹부리 영감이 들었다.
ⓕ 이웃의 혹부리 영감은 혹도 없애고 돈도 벌려고 도깨비들이 있다는 곳을 찾아가 노래를 불렀다.

ⓖ 도깨비들이 나타나 노래가 어디서 나오느냐고 묻자 혹에서 나온다고
   하였다.
ⓗ 도깨비들은 거짓말쟁이라고 욕을 하며 돈 주고 떼어간 혹을 가져다가
   영감에게 붙여놓고 사라졌다.
ⓘ 혹을 떼려던 이웃집 영감은 망신만 당하고 혹 하나를 더 붙이게 되었다.

  이 이야기에 등장하는 혹부리 영감은 혹이라는 필요 없고 불편한
것이 방해가 되어 고통을 겪으며 살아가는 인물이다. 혹 달린 사람
은 혹이 불행의 원천으로서 혹을 제거하는 것이 행복한 삶을 영위하
는 길이라고 생각한다. 그런데 다행히 혹부리 영감은 노래를 잘하는
재주가 있었고 이 노래에 반한 도깨비들을 속여 혹을 제거할 수 있
었던 것이다. 그러나 혹을 제거할 기회가 왔다 해도 이 기회를 잘 이
용하지 못했다면 아무런 행운도 잡지 못했을 것이다. 이 노인은 도
깨비가 무지하여 노래가 어디서 나오는 줄 모르는 것을 알고 혹에서
나온다고 거짓말을 하였는데 우연히 노래를 좋아하는 도깨비가 혹
을 사가게 되어 돈을 받고 혹을 제거한 것이다. 이러한 이야기는 그
자체로 한편의 설화로서 완벽한 모양새를 갖추고 있다. 그런데 이
야기가 여기서 끝나는 것이 아니고 이 소문을 전해들은 다른 혹부리
영감이 혹을 제거하려고 흉내를 내다가 불행한 결과를 초래한다는
것이다. 앞에 혹을 떼어버린 혹부리 영감을 선행위자라고 하고 뒤에
혹을 붙인 영감을 모행위자라고 한다면 이 이야기는 선행위자의 성
공담과 모행위자의 실패담이 탐문단락을 중간에 두고 연결되어 있

고 선행위자의 행위와 모행위자의 행위는 대응되면서 반복적으로 전개되나 결말은 반대가 되는 성격을 갖고 있음을 알 수 있다.

② 〈도깨비방망이〉

이 이야기도 널리 알려진 전래동화이다.[20]

ⓐ 한 사람이 산에 가서 나무를 하는데 개암 하나가 떨어졌다. 그는 개암을 주워 간직하며 '아버지에게 드려야지' 하고 말했다.

ⓑ 다시 나무를 하는데 또 개암이 떨어졌다. 그는 '이것은 어머니에게 드려야지' 하고 주워 넣었다.

ⓒ 다시 나무를 하는데 또 개암이 떨어졌다. 그는 '이것은 내몫이다' 하고 주워 넣었다.

ⓓ 그 사람이 나무 짐을 지고 오다가 날이 저물어서 어떤 빈 집에 들어가서 자게 되었다.

ⓔ 그 집으로 도깨비들이 모여와서 요술방망이를 두드려 음식을 나오게 하고 먹고 마시며 놀았다.

ⓕ 숨어 있던 나무꾼은 배고픔을 참을 수 없어 개암 한 알을 입에 넣고 깨물었다.

ⓖ 개암 깨지는 소리가 딱! 하고 나자 도깨비들은 집이 무너지는 줄 알고 놀라서 방망이를 놓아둔 채 도망을 쳐버렸다.

ⓗ 나무꾼은 도깨비방망이를 가지고 집으로 와서 부자가 되어 잘 살게 되었다.

ⓘ 이웃에 사는 나무꾼이 이 소식을 듣고 개암나무가 있는 곳으로 나무

---

20 임동권, 『한국의 민담』, 서문당, 1972, 소재 〈84, 도깨비방망이〉; 한상수, 『한국민담선』, 정음사, 1974 〈도깨비방망이〉; 최래옥, 『전북민담』, 형설출판사, 1979 〈11. 도깨비방망이〉 등 자료를 종합하여 요약함.

를 하러 갔다.

ⓙ 개암이 하나 떨어지자 그는 '요것은 내 것' 하고 주워 넣었다.

ⓚ 또 다시 개암이 떨어지자 '요것은 우리 아내를 주어야지' 하고 주워
넣었다.

ⓛ 이 나무꾼은 나무를 대강 해 지고 도깨비들이 모인다는 집을 찾아가
서 숨어 있었다.

ⓜ 도깨비들이 모여와서 요술방망이를 두드려 음식을 나오게 하고 먹고
놀았다.

ⓝ 숨어 있던 나무꾼은 개암을 입에 넣고 힘차게 깨물었다.

ⓞ 개암 터지는 소리가 나자 도깨비들은 놀라지도 않고 숨어 있던 나무
꾼을 잡아내어 방망이 도둑놈 잡았다고 소리쳤다.

ⓟ 도깨비들은 방망이로 나무꾼을 때려서 길게 늘리기도 하고 넓게 퍼지
게도 하면서 놀다가 방망이를 가지고 사라졌다.

ⓠ 나무꾼은 몸이 가늘고 길게 늘어나서 일어서기도 어렵게 되었다.

이 이야기 역시 도깨비방망이를 얻는 과정에서 선행위자의 성공과
모행위자의 실패가 연결된 모방형식을 취하고 있는 민담이다. 그런데
선행위자가 행운을 얻은 것은 우연이라고 할 수도 있으나 모행위자가
실패한 것은 무엇 때문일까? 선행위자는 개암 한 알을 보더라도 부모
를 먼저 생각하는 효성스러운 인물이다. 반면 모행위자는 개암을 보
고 자신만 생각하는 이기적인 인물이다. 이러한 소박한 선악의 기준
은 행운과 불행을 가르는 준거가 되었고 모행위자는 비정상적 육체로
고통 받으며 살아가는 무서운 징벌을 받게 되었던 것이다.

③ 〈여우 잡은 소금장수〉

이 민담은 전국적으로 전승되는 전래동화로서 〈여우 잡은 사기장사〉, 〈소금장수〉, 〈소금장수 지게 작대기〉, 〈어느 소금장수〉 등의 제명으로 채록된 유형이다. 필자가 여주군에서 채록한 자료를 중심으로 내용을 요약한다.[21]

ⓐ 어느 한 소금장수가 산속을 지나다가 여우 한 마리가 어떤 묘를 파내어 해골을 뒤집어 쓰더니 할머니로 변신하는 광경을 목격한다.
ⓑ 그는 할머니로 변신한 여우를 따라 잔치집에 이르러 신부를 괴롭히는 여우를 작대기로 때려 죽인다.
ⓒ 여우가 죽으며 본 모습을 드러내자 잔치집 주인이 고맙다고 그에게 후사한다.
ⓓ 이것을 지켜본 어떤 사람이 여우 죽인 작대기를 팔라고 졸라 비싸게 산다.
ⓔ 그는 어느 잔치 집에 가서 한 할머니를 작대기로 때려 죽인다.
ⓕ 마을 사람들이 살인한 그 사람을 때려 죽인다.

이 설화에서는 한 어리석은 사람이 모행위자로 등장한다. 소금장수가 여우를 잡는 데 사용한 작대기는 변신한 여우의 정체를 밝히는 신비한 보물이 아니었다. 소금장수는 우연히 여우의 변신과정을 목격하였기에 변신한 여우를 제압할 수 있었다. 이 설화에서는 모행위자가 선행위자의 성공사례를 탐문하는 과정이 나타나지 않고 직접

---

21 서대석, 『한국구비문학대계』 1-2, 한국정신문화연구원, 1980, 36-38면 참조. 이 자료에는 사기장사로 되어 있으나 소금장수로 나타나는 각편이 많아서 소금장수로 고치어 소개한다.

현장에서 목격한다. 또한 선행위자와 모행위자의 행실을 심판하는 초월적 심판자도 등장하지 않는다. 이런 점에서 이 설화는 전형적인 구조모방담의 형식에서 벗어난 부분이 있고 소화적 성격이 두드러진다는 특징이 있다.

④ 〈미륵과 내기 장기〉

이 이야기는 많이 채록되지는 않았다. 그러나 『금오신화(金鰲新話)』 〈만복사저포기(萬福寺樗蒲記)〉와 유사한 소재를 다루고 있는 것으로 보아 전승기간이 오래된 민담이라고 생각된다. 필자가 여주군에서 채록하여 『한국구비문학대계』 1-2에 수록한 자료를 서사단락으로 나누어 정리한다.[22]

  ⓐ 한 사람이 나무를 하러 가서 미륵을 발견하고 그 주변을 청소한 뒤 미륵에게 내기장기를 두자고 청한다. 미륵이 지면 자기에게 장가를 들게 해주어야 하고 자기가 지면 한 달에 한 번씩 미륵 주변을 청소해 주고 제사도 지내주기로 한다는 것이다.

  ⓑ 혼자서 양쪽 말을 쓰는 장기였으나 그는 정직하게 장기를 두어 이겼다.

  ⓒ 집으로 돌아온 그에게 미륵이 현몽하여 여자를 만나도록 지시한다.

  ⓓ 그는 미륵의 지시대로 돈 많은 여인을 만나 결혼하여 잘 살게 된다.

  ⓔ 그 마을에 어떤 총각이 찾아와 이러한 사실을 알아낸다.

  ⓕ 그 총각은 장기를 준비해 가지고 미륵 있는 곳을 찾아가서 청소도 하지 않고 내기장기를 청한다.

  ⓖ 그 총각은 자기에게 유리하도록 장기를 두어 단번에 미륵을 이기고

22 앞 책, 58-60면 〈미륵과 장기 두어 장가든 사람〉 참조.

돌아온다.

ⓗ 그날 밤 꿈속에서 그는 미륵의 지시를 받고 한 여인을 찾아가 환락의 밤을 보낸다.

ⓘ 그러나 다음날 아침 장에 가는 사람들에 의하여 그가 미쳐서 다리 밑에서 죽은 소의 엉덩이를 타고 노는 것이 목격된다.

ⓙ 장꾼들이 그의 왼뺨을 때려 정신을 차리게 하자 죽고 만다.

이 자료에서는 미륵이라는 초월적 심판자가 등장한다. 미륵은 장기를 청하는 두 인물의 품성을 분석하여 선악을 판별하고 그에 따른 심판을 내려 보상과 징벌을 행한다. 양심적으로 장기를 두고 남을 배려하는 사람에게는 돈과 아름다운 아내를 선물하고 신성한 존재인 미륵을 모멸하고 비양심적으로 자기 욕심만 채우려는 사람에게는 정신이상이 되어 죽음에 이르는 가공할 징벌을 내린다. 모행위자는 장기만 잘 두면 과분한 보상이 뒤따른다고 생각한 사람으로서 흔히 재능 있는 사람이 덕이 부족한 것을 경계하는 의미를 담고 있다.

⑤ 〈산신령과 호피〉

이 자료는 필자가 경기도 여주군에서 채록하여 『한국구비문학대계』 1-2에 수록한 것이다.[23]

ⓐ 한 가난한 사람이 집을 나와 산길을 가다가 산중에서 날이 저물어 잘 곳을 찾아 외딴 집에 들어간다.

23 앞 책, 348-352면 〈신령님이 도와준 이야기〉 참조.

ⓑ 그 집에는 한 노인이 살고 있었는데 이 사람의 이야기를 들어보고 묽은 죽을 한 그릇 주고 짚을 내어주며 새끼를 꼬라고 한다.

ⓒ 노인은 그 사람이 새끼를 꼬자 그 새끼로 망태기를 만들라고 한다.

ⓓ 그가 망태기를 만들자 노인은 그에게 망태기 안으로 들어가라고 한다.

ⓔ 그가 망태기 안으로 들어가자 노인은 그 망태기를 메고 산 고개로 달려가서 높은 나무에 걸어 놓는다.

ⓕ 산 속에 굶주린 호랑이들이 모여와서 망태기에 들어 있는 사람을 잡아먹으려고 뛰어 오르다가 벼랑으로 떨어져서 죽는다.

ⓖ 날이 밝자 노인이 와서 그를 내려놓고 죽은 호랑이의 가죽을 벗겨 그 사람에게 주면서 아무 장에 가서 대국 상인에게 팔라고 한다.

ⓗ 그 사람은 많은 돈을 받고 호피를 팔아서 잘 살게 된다.

ⓘ 이웃 마을에 살기가 괜찮은 사람이 이 소식을 듣고 산중으로 노인을 찾아 간다.

ⓙ 노인이 아무 것도 주지 않자 그 사람은 묽은 죽을 달라고 하여 얻어 먹는다.

ⓚ 노인은 새끼를 꼬라고 하지 않았으나 그는 자청하여 새끼를 꼰다.

ⓛ 새끼를 다 꼬아도 노인이 망태기를 만들라고 하지 않자 그는 자청하여 망태기를 만든다.

ⓜ 그가 스스로 망태기 안으로 들어가자 노인은 화가 나서 망태기를 메어다가 얕으막한 나무에 걸어 놓는다.

ⓝ 호랑이들이 몰려와서 그 사람을 잡아 먹는다.

ⓞ 산 속의 노인은 산신령으로 밝혀진다.

이 설화에서는 산신령이 심판자로 등장한다. 가난하고 선량한 사람에게는 부를 획득하도록 도와주고 욕심만 있고 목표만을 향하여 상황을 고려하지 않고 돌진하는 사람에게는 죽음이라는 징벌을 내리고 있다.

(4) 등장인물의 특성과 공통구조

구조모방담은 모두 두 개의 완결된 이야기가 모방형식을 취하며 연결되어 이루어진 민담이다. 앞의 이야기를 삽화1, 뒤의 이야기를 삽화2라고 한다면 삽화1의 주인공은 우연히 행운을 얻은 인물이다. 그러나 자세하게 관찰해보면 삽화1의 주인공은 결핍이 있으면서도 결핍을 해소하기 위하여 인간의 도리에서 이탈하지 않고 성실하게 살아보려고 노력하는 양심적인 인물들이다.

도깨비에게 혹을 비싸게 판 혹부리 영감은 비양심적 사기성이 있는 인물이라고 할 수도 있다. 그러나 상대방인 도깨비들이 노래가 어디서 나오는 줄도 모르는 무지함을 먼저 드러내보였고 혹을 팔라고 집요하게 요구하였기에 행운의 기회를 잃지 않는 현명함을 보였을 뿐이다. 이런 인물은 인간관계에서 남을 속이는 비양심적 행위를 일삼는 사기꾼과는 다른 부류로 이해하여야 되리라고 본다. 분명히 도깨비들이 혹을 없애 줄 것을 알고 돈이 많이 생길 것을 확신하면서도 양심 때문에 이러한 행운을 포기한다는 것은 잘 살아 보려는 욕망이 없거나 정직이라는 고정관념에 집착하여 주어진 기회를 잡지 못하는 융통성이 없는 인물의 처신이라고 생각할 수 있다.

도깨비방망이를 얻어 부자가 된 인물도 개암을 한 알을 보고도 부모님을 먼저 생각하는 효자이고 주린 배를 움켜쥐고 산해진미로 배를 불리는 도깨비들의 향연을 목도하면서 참고 견디는 인내를 발휘하는 사람이다. 그런데 그가 배고픔을 달래려고 아무런 의도 없이 개암을 입에 물고 깨물은 것이 행운을 얻는 기회가 된다. 즉 도깨비들이 개암이 터지는 소리를 듣고 도망을 친 것은 그가 의도한 바가 아니라 도깨비들 자신이 스스로 놀라 집이 무너지는 줄 잘못 알았기 때문이다. 여기서도 이 나무꾼이 온갖 재화가 원하는 대로 나오는 보물방망이를 남의 물건이라고 취하지 않았다면 이는 주어진 복을 걷어차는 행위로서 잘 살기를 포기한 인간이라고 생각할 수밖에 없다. 보물방망이의 소유주는 도깨비였으나 어떻게 하여 이러한 보물이 도깨비들의 차지가 되었는지는 알 수 없다. 따라서 보물방망이는 이를 차지하여 사용하는 존재가 주인이고 본래 주인이 따로 있는 것은 아닌 것으로 나타난다.

세 번째 이야기의 주인공 소금장수는 여우가 해골을 파내어 뒤집어쓰고 할머니로 변신하는 것을 목도하고 이를 집요하게 따라가서 위험에 처한 신부를 구한 인물이다. 이러한 행위는 용기가 있고 인간사회의 화가 되는 것을 막아야 하겠다는 사회 구원 의지가 강한 사람이 취할 수 있는 것이다. 비록 힘들게 소금을 지고 다니며 팔아서 생계를 이어가지만 누군가 화를 당할 것을 예측하고는 소금 파는 일을 제쳐두고 변신한 여우를 끝까지 좇아가서 퇴치하여 신부를 구한 것이다. 이처럼 소금장수는 자신의 이익보다도 남의 안위를 우선시 하는 행위를 보여준다. 소금은 분량에 비하여 무겁기에 이를 지고 다니며 파는 일을 하려면 남보다 근력이 뛰어나야 한다. 소금장수는 힘도 세고 그가 짚고 다니는 지게 작대기도 매우 단단하고 강하였으리라고 본다. 작대기는 지게를 받쳐 놓고 짐을 지고 일어설 때 쓰는 도구인데 이것을 여우를 잡는 무기로 활용한 것이다.

미륵과 장기를 둔 총각 또한 양심이 있고 선량한 인물로 나타난다. 아무도 없는 산속에서 미륵을 발견했다고 되어 있으니 그는 나무를 해서 먹고 사는 처지이고 미륵에게 장가를 가게 해달라고 한 것으로 보아 가족이나 친척이 별로 없는 불우한 노총각임에 틀림없다. 불우한 처지이면서도 미륵을 존경하는 마음이 있어 주변을 청소하였고 장기를 두면서도 양심적으로 미륵의 편에서 둘 때에도 최선의 수를 찾았던 것이다.

산신령의 도움으로 호피를 얻어 잘살게 된 사람 역시 가난한 인물로서 먹고살 길을 찾아 무작정 길을 떠난 인물이었다. 그러나 헛된 욕심을 부리지 않고 산신령의 지시를 잘 이행하여 행운을 얻게 된다.

반면 모행위자들은 대체로 결핍요소가 적으면서도 다른 사람의 성공을 본떠서 쉽게 행운을 잡아보려고 하는 인물이다. 노래를 잘 불러서 혹을 제거했다는 소문을 들은 혹부리 영감은 노래하는 재주만 뛰어나면 혹도 없애고 돈도 많이 받으리라고 생각한다. 도깨비들이 혹을 산 것은 노래를 듣기 위함이고 혹에 대한 대가는 노래의 값이라고 생각하였기 때문이다. 이러한 판단은 잘못된 것은 아니었으나 가장 중요한 사항인 노래가 혹에서 나오는 것이 아니란 사실을 생각하지 않은 것이 잘못이었다. 노래가 혹에서 나온다면 노래가 좋을수록 혹의 값이 높을 것이고 좀 더 비싼 값으로 거래가 성립될 수 있다. 그러나 혹과 노래는 관계가 없기에, 즉 도깨비들이 속았다고 깨달았을 것을 생각하지 못했기에 또 하나의 혹을 붙이는 결과를 초래한 것이다. 이러한 판단 착오는 혹을 떼어보겠다는 욕망이 지나쳐서 전후 상황을 냉정하게 살펴보지 못했기 때문이다.

도깨비방망이를 얻으려고 개암을 가지고 도깨비집을 찾아간 사람도 같은 실수를 저지른 인물이다. 개암 터지는 소리에 놀라 도망쳤던 도깨비가 집이 아무 이상이 없고 방망이만 없어졌다면 같은 소리에 두 번을 놀라 도망가지 않을 것이란 생각을 했어야 한다. 그런데 같은 방식으로 도깨비를 속이려다가 실패한 것이다.

소금장수의 작대기를 산 사람은 참으로 무지하고 미련한 사람이다. 작대기로 할머니를 때리자 할머니가 죽으면서 여우로 변하는 것을 보고 그 작대기로 할머니만 때리면 모두 여우로 변한다고 생각한 것이다. 그래서 작대기만 있으면 잘 사는 길이 보장된다고 생각하고 비싼 값을 주고 작대기를 산다. 이러한 인물은 지능이 매우 낮은 바보형이고 바보의 어리석은 행위가 실패하는 것은 당연하기에 흥미 있는 서사가 되기 어렵다. 이 이야기의 흥미는 바보이면서도 욕심은 있고 나름대로의 지략을 부리려고 하다가 결국 비극을 초래한다는 데 있다.

미륵과 장기를 두어 행운을 얻으려던 인물도 자기가 하여야 할 도리는 몰각하고 상대를 경시하는 경박한 행위를 한다. 미륵이 행운을 가져다주는 초월적 존재임을 알고 있으면서 속이려고 한 것 자체가 잘못이었다. 미륵에게 배우자를 만나게 해달라는 부탁을 하려면 미륵을 존중하고 숭앙하는 마음부터 가지고 있어야 한다. 그런데 이 나무꾼은 장기를 두면서 미륵을 속였다. 속임수로 덮어씌운 책무를 미륵이 성실하게 이행할 것이라고 착각한 데에서 비극은 싹텄다고 본다.

산신령에게 호피를 얻으려다가 호랑이에게 물려죽은 인물도 산신령을 몰라보고 호피를 얻으려다가 죽음을 당한 인물이다. 산속의 노인은 이 사람을 죽일 의도가 없었다. 그래서 묽은 죽도 주지 않았고 새끼를 꼬라고 시키지도 않았으며 망태기를 만들라고 하지도 않았다. 그러나 호피가 욕심이 난 인물은 자청해서 망태기 속으로 들어가 호랑이의 밥이 된 것이다. 이처럼 삽화2의 주역인 모행위자는 욕심에 눈이 어두워 사리분별을 제대로 하지 못하는 인물들로 나타난다.

다음 선행위자에게 행운을 주고 모행위자에게 징벌을 내리는 도깨비, 미륵, 산신령 등은 인간을 심판하는 심판자로서 성격을 가진다. 인간의 행위를 관찰하고 그 속내를 알아내어 선량한 사람에게 행운을 주고 욕심을 부려 남을 속이는 사람에게 징벌을 내린다.

이상의 구조모방담의 하위유형들의 공통된 서사단락을 종합하여 정리하면 다음과 같다.

A. 선행위자는 우연한 기회에 초인적 존재와 접촉한다. (우연한 접촉)
B. 초인적 존재는 선행위자에게 호의적 반응을 보인다. (호의적 반응)

C. 그 결과 선행위자는 의외의 행운을 얻는다. (의외의 행운)
D. 모행위자는 선행위자의 행운획득과정을 탐문한다. (탐문)
E. 모행위자는 초인적 존재에게 의도적으로 접근한다. (의도적 접근)
F. 초인적 존재는 모행위자의 의도를 간파한다. (의도의 탄로)
G. 초인적 존재는 모행위자를 징치한다. (징치)

이러한 서사적 전개는

- 삽화1 : 선량한 선행위자 → 심판자와 우연한 만남 → 행운의 획득
- 모행위자의 탐문
- 삽화2 : 불량한 모행위자 → 의도적으로 심판자에게 접근 → 불행

으로 도식화할 수 있다. 이는 심판자를 만남에서부터 선행위자의 행운과 모행위자의 불행이 교차되는 양상을 보여준다.

(5) 모방담의 교훈적 의미

모방담에 담겨진 첫째 교훈은 창조적 행위가 긍정되고 모방 행위는 부정된다는 것이다. 삽화1의 주인공인 선행위자는 자기 스스로 생각해서 행동한 것이 행운을 얻는 계기가 되었다. 도깨비에게 혹을 팔아 떼어가게 한 영감은 노래가 혹에서 나온다는 그럴듯한 거짓말을 하여 혹을 떼어버릴 수 있었다. 개암을 깨물어 도깨비를 놀라게 한 사람은 도깨비를 놀래주려고 한 것은 아니지만 고통을 참고 견디며 신중하게 행동하여 보물방망이를 얻는 행운을 만난 것이다. 이러

한 이야기는 주인공이 기울인 노력에 비하여 획득한 보상이 지나치게 크다는 점에서 요행을 바라는 심성을 자극할 위험이 있다고 할 수도 있다. 그러나 이야기의 세계는 현실과는 다른 모습을 담고 있다. 실제 삶에서처럼 일한 만큼 수입이 생긴다는 이야기는 재미가 없다. 의외에 행운을 만나고 노력에 비하여 엄청난 재화를 얻는 사연이 이야기의 소재가 된다. 이런 점에서 무엇이든 원하는 대로 나오는 요술방망이는 동화의 매력 있는 화소로서 세계적으로 널리 전승된다.

　여우를 잡은 소금장수도 보통사람과는 달리 타인의 환난을 방관하지 않고 적극적으로 인세의 해악을 퇴치하고자 하는 굳은 의지와 실행력이 있는 인물이라고 할 수 있다. 미륵과 장기를 두어 장가를 잘 간 사람도 양심적 인물이면서 합리적 거래를 성사시키는 인간관계에 능한 인물이라고 할 수 있다. 미륵은 아무런 반응이 없는 돌덩어리일 뿐이다. 아무도 없는 산속에서 혼자 미륵과 내기장기를 두면서도 마치 심판관이 지켜보는 곳에서 시합을 하는 것처럼 양심에 부끄럽지 않게 양편의 말을 공평하게 운용하였다면 참으로 훌륭한 인격자라고 할 수 있다. 이러한 사람과의 약속은 지킬 만한 가치가 있기에 미륵은 그 사람에게 금싸라기 보따리를 안은 미녀를 아내로 중매한 것이다. 이처럼 거래에는 반드시 서로의 요구를 충족시켜주는 조건이 필요하며 이를 잘 알아서 서로가 이익이 되는 방향으로 성사가 되는 것이 바람직하다. 상대방을 속여서 자기의 이익을 취하려는 행위는 지속될 수 없으며 인간관계뿐만 아니라 신과 인간의 관계에서도 금기시되는 악행인 것이다.

호피를 얻은 사람도 호피를 얻으려고 잔꾀를 부리지 않았다. 노인이 시키는 대로 묵묵히 일을 해냈을 뿐이다. 산신령인 노인은 이 사람에게 일을 시키면서 사람 됨됨이를 주의 깊게 관찰하고 참으로 진실하고 성실한 사람이라고 판단했다고 본다. 그리고 이처럼 진실한 사람의 궁핍을 해결해주려고 방법을 고안해 낸 것이 호랑이를 유인하여 스스로 죽도록 하는 것이었다.

반면 삽화2의 주인공들은 한결같이 욕심이 지나친 인물들로 나타난다. 혹을 떼내고 돈을 벌겠다는 욕심이 지나쳐서, 또는 보물방망이를 얻기에 급급하여 한 번 속은 도깨비들이 다시 속지 않을 것을 예상하지 못한다. 소금장수가 여우를 퇴치한 사연은 묻지도 않고 작대기에 신이한 힘이 있다고 생각하여 지게작대기를 비싼 값을 주고 사기도 한다. 또한 돈 많은 여인에게 장가를 가려는 욕심이 앞서 장기시합을 공정하게 진행하지도 않고 일방적으로 미륵에게 자기 요구만 강요한다. 산속에서 만난 노인이 누구인지 왜 도와주는지는 생각하지도 않고 선행위자에게 베푼 것을 똑같이 바라면서 호피를 얻는다는 소문을 듣고 찾아온 자신의 속내를 모두 드러내고 만다. 이러한 어리석은 행위는 모두 스스로 상황을 분석하고 대처하는 생각이 부족한 인간의 모습이다. 남을 모방하는 것은 쉽다. 그러나 성공하기는 힘들다. 무릇 배운다는 것은 모방에서 비롯한다. 그러나 모방에서 끝난다면 인류의 문화는 발전이 없이 전대 유산의 반복만 있었을 것이다. 창의적 행위야말로 인류가 고도의 문화를 이룩한 원동력이고 동물과 다른 인간의 장점이라고 할 수 있다. 우리는 모방담에서 이러한 창의성이나 모험성이 긍정되고 모방과 답습이 부정되는 교훈을 찾을 수 있다.

다음으로 신성한 존재에 대한 외경심을 가져야 한다는 교훈을 찾을 수 있다. 구조모방담에는 도깨비, 미륵, 산신령 등의 심판자가 등장한다. 도깨비는 신성한 존재라기보다 신비한 존재로 인식되었다. 사람이 할 수 없는 혹을 감쪽같이 떼어내는 일을 할 수 있고 보물방망이를 운용하는 재주가 있다. 그런가 하면 사람이 부르는 노래가 어디서 나오는지를 모르고 쓸데없는 혹을 많은 돈을 주고 사들이고 개암 터지는 소리를 대들보가 부러져서 집이 무너지는 소리로 착각하여 도주하는 무지하고 경망한 존재로 나타난다. 흔히 도깨비는 장난을 좋아하여 사람과 씨름도 하고 솥뚜껑을 솥 안에 넣어놓기도 하고 국수나 송편 등을 나무가지나 처마 끝에 걸어 놓는다는 이야기가 전승된다. 이처럼 장난기 많은 도깨비가 심판자로 등장하는 경우에는 도깨비를 속이는 사람은 행운을 차지하고 도깨비를 속이려다가 실패한 인물은 혹을 더 붙이거나 육체가 비정상적 상태가 되는 희극적 징치를 당하게 된다.

그러나 미륵이나 산신령은 신성한 존재로서 인간이 숭배하는 신이다. 이러한 신을 속이는 행위는 신성모독의 죄를 범한 것으로서 그 대가는 참혹하다. 미륵을 속이고 내기 장기를 둔 사람은 환각의 상태에서 머물다가 죽음을 맞이하였고 산신령에게 호피를 요구하던 사람은 호랑이의 밥이 되었다. 이처럼 신을 모독한 행위가 가혹하게 벌을 받는 것은 무속 신관의 영향이라고 해석된다. 무속의 신은 위현적(威顯的) 존재로서 신을 능멸하는 인간을 가혹하게 다스린다. 마을신은 당산목을 훼손한 인간에게 무서운 병을 앓게 하고 손님신을 박대한 사람은 자손을 죽게 한다. 이러한 무속의 신관이 구조모방담에도 투영되어 있다고 본다.

3. 재담의 기법과 재치

재담은 말놀이의 성격을 가지는데 재치를 통해 재미를 주는 언어들로 이루어진다. 재담의 분류는 말로 하느냐 문자를 쓰느냐에 따라 크게 어희담과 문자담으로 나눌 수 있다. 이들에 대하여 예를 들어 검토하기로 한다.

1) 어희담

어희담은 말시합의 형태로 전개되는 재담을 말한다. 글 시합인 문자담과 달리 글을 모르는 계층에서 주로 향유되었던 재담이다. 어희담은 어희 자체가 흥미의 핵심이기에 재치의 묘미 이외에 깊은 의미가 담기지 않는다.

〈옛날에〉

옛날 옛적 간날 갓적, 하늘 땅이 열릴 적에, 나무 접시 열릴 적에, 종구라기 애기 적에, 고초 당초 소시 적에, 털벙거지 초립 적에, 헌누더기 각시 적에, 팔도강산 그릴 적에, 가막까치 말할 적에, 호랑이 담배 필 적에, 강아지가 뿔 돋칠 적에, 수탉이 귀 돋칠 적에, 검은 메기 사또 적에, 귀뚜라미 사령 적에, 물도 불도 없을 적에, 생쥐 한 마리가 나와서 대둔산 깊은 골에 차돌 놓고 수리치 뜯어 놓고, 백두산의 쇠끝 놓고, 한 번 쳐서 불똥 내고, 두 번 쳐서 불씨 내고, 세 번 쳐서 불꽃 내어 사람한테 갖다 주니까 어디선가 개구리 한 마리가 튀어 나와 인대봉 깊은 골에 검은 흙을 제쳐놓고 조약돌을 가려내어 석 자 세 치 들이파서 물 한 쪽박 길어내고, 서른석 자 들이파서 물 한 사발 길어내고, 삼백 서른 자 들이파서 물 한 동이 길어내어 사람한테 갖다 주더라.[24]

이 자료는 '적'이란 음절을 반복하여 열거하면서 '옛날'의 일임을 강조하는데 이는 재담의 열거기법을 활용한 것이다. 뒤에는 불과 물의 시원을 이야기하고 있어 창세신화와 같은 성격을 보여주고 있다. 그러나 불의 기원신화나 물의 기원신화라기보다 재담적 성격이 두드러진다. 신화는 구연자의 진정성이 중요한 요건인데 이 자료에서

---

24 한상수 편, 『韓國民譚選』 정음사, 1974, 18면.

는 담긴 내용이 진실하다는 징표를 찾기 어렵다.

재담의 묘미는 재치가 넘치는 말에 있으나 이야기로서 흥미를 더욱 고조시키려면 언어경합담적인 상황이 설정되는 것이 필요하다. 말 시합도 이기고 지는 겨루기의 하나로서 힘 겨루기나 지혜 겨루기와 같이 승패에 대한 흥미가 이야기의 재미에 보태진다. 대체로 언어경합담은 재치 겨루기라고 할 수 있는데, 남자와 여자, 어른과 아이, 시아버지와 며느리 등 연령이나 사회적 배분(配分)에서 차등을 보이는 관계에서 이루어지는 경우에 흥미가 배가(倍加)된다. 그리고 상대적으로 열세에 처하여질 것으로 기대하였던 쪽이 이기는 것으로 끝날 경우 웃음이 유발된다. 이러한 기법은 기대와 다른 결과에서 웃음이 유발된다는 이론에 부합한다.

〈며느리의 말대꾸〉
새로 시집온 며느리가 폐백을 드리는데 시아버지가 며느리의 절하는 모습을 보니 키가 너무 작았다. 속으로 못마땅한 시아버지는 며느리에게 점잖게 한마디 하였다.
"허 어찌 이리 절이 작은고."
며느리는 이 말을 듣자 마자.
"절이 작으면 암자지요."
하였다. 시아버지는 노기를 띠고 다시 목소리를 높이어,
"무슨 소-올?"(무슨 소리냐)

하였다. 며느리는.

"아 펑퍼짐하면 반석 솔이구요 척척 늘어진 것은 낙락장송이고 소복
하면 솔포덕이지요."

시아버지는 기가 막혀서,

"잘 한다."

라고 하자 며느리는 즉시,

"자라는 물에서 놀지요."

시아버지는 다시 빈정거리는 투로,

"용타."

하니 며느리는,

"용은 하늘에서 날지요."

하였다. 시아버지는 안 되겠다 싶어,

"너두 한 말 져 봐라."

라고 하였다. 며느리는.

"한 말 지기는 커녕 두 말 이구두 다니는데요."[25]

이 재담은 이른바 곁말 쓰기 기법인데 동음이의어(同音異義語)를 사
용하여 상대가 말하려 한 의도와 다른 의미로 말을 받는 것이다. 시
아버지는 새 며느리에게 위엄을 보이려고 한껏 점잖을 빼어 말을 건

---

25 이 자료는 필자가 여주군에서 채록한 자료를 재정리한 것이다. 서대석, 『한국구비문학대계』 1-2, 한
   국정신문화연구원, 1980, 84-85면 〈시어미 꺾은 며느리〉 524-525면 〈말대꾸 잘하는 며느리〉 참조.

넨다. 며느리의 체구가 작은 것에 대한 불만을 며느리의 절이 작다고 하였다. 전통사회 서민들의 가정에서 머리가 명석한 며느리보다도 몸집이 크고 힘이 센 며느리를 선호한 사정이 드러난다. 특히 농사를 짓는 집에서는 노동력이 중시되었기에 며느리를 한 사람의 큰 일꾼으로 생각하였다. 육체의 힘은 체구에서 나오기에 며느리의 키와 몸집이 크고 힘이 세어야 일을 잘 한다고 생각한 것이다. 그래서 시아버지는 키 작은 며느리가 못마땅하다는 말을 에둘러서 절이 작다고 한 것이다. 며느리가 시아버지의 속내를 알아차리고 곁말로 반격을 가한다. 절이 작은 것은 암자라는 것이다. 시아버지는 며느리가 곁말로 자기 말을 받자 화가 치민다. 그래도 어른의 체신을 생각하여 더한층 위엄 있는 목소리로 무슨 소리냐는 말을 "무슨 소오올—" 한다. 며느리는 이 말을 "무슨 소나무냐?" 라는 의미로 받아들여 소나무 종류를 열거한다. 기가 막힌 시아버지가 비아냥거리는 말투로 "잘한다." "용타."라고 하자 며느리는 "자라는 물속에서 놀지요." "용은 하늘에서 날지요."라고 하며 계속 곁말로 받아 넘긴다. 시아버지가 어떻게 할 수가 없어서 "너도 한 말 져 봐라."고 한다. 이 말은 말대답 좀 그만하고 양보를 해달라는 부탁이다. 그러나 며느리는 이것마저 곁말로 받아친다. "한 말 지기는커녕 두 말 이구도 다닌다."는 것이다. 여기서 언어라는 의미의 '말'과 곡식을 되는 도량형기로서의 '말'의 두가지 의미, 그리고 '이기고 지다'라는 의미의 '지다'와 '등에 지다'라는 "지다"의 이중 의미를 활용한 재담의 기법을 찾을 수 있다.

일반적으로 곁말은 중의성(重義性)을 활용하는 언어기법인데 새로 시집 온 며느리가 시아버지에게 사용할 말의 본새는 아니다. 막역한 친구 사이에서 농담삼아 하는 것인데 이를 새며느리와 시아버지 사이의 대화로 만든 것이다. 이 재담에서는 웃음을 유발하고 재미를 증폭시키기 위하여 상황을 비정상적으로 설정하고 있음을 알 수 있다.

전통재담은 판소리 사설이나 굿놀이 무가에도 많이 나타나는데 이러한 재담은 직업적 재담꾼이 관중을 상대로 공연하는 공연재담의 성격을 가진다.

〈대감놀이〉
우리 대감님 오너라 하기에 급해서 나와보니
상풍유 거동소리 중풍유 연락소리에 나와보니
눈진산 꽃 본 듯하고 설상에 나비 본 듯하고
자다가 깬 듯하고 졸다가 잃은 듯하고
천상에 도깨비 지하에 떨어진 것 같고
백정년이 쌍가마 탄 것 같고
음전하고 점잖하고 게젓 먹고 의젓하고
달아맨 중 공중하고 영감 죽고 딱(난감)하고 본처 죽고 난처하고
절구통 안고 복통을 하겠고 니겁을 안고 기겁을 하겠고

차려놓은 차담에 맛난 된장에 단간장에

잔뜩 먹는 줄 알았더니 서발막대 둘러봐도 거칠것 없는 것 같음네

그러나 저러나 양지머리 덜석 오가통이 벌룩하게

배꼽눈이 툭터지게 넓적다리 실룩하도록

두 끝 잡아 양끝 매고 거루 잡아 배끝(껏)마시고

민첩하고 체체한데 대감님 오날이 내날 같으니

해를 잡아 매놓고 달을 잡아 걸어놓고

내일 모래 어저께 그저께 글피 (그글피)

한 열닷새 보름 놀았으면 좋겠네마는

장고: 대감님 잔뜩 잡숫고 괜히 좋다고만 하지 마세요. 책임이 중하

니 잘못하면 똥줄에 단풍 들어요. 그냥 자꾸 좋다고만 하지 말아요.

그러다가 급해서 똥을 팥종자 뿌리듯 하며 도망가지 말고요.[26]

이 자료는 황해도 만신 김금화가 구연한 〈배연신굿〉의 〈대감놀이〉
사설의 일부이다. 많은 말을 늘어놓고 있는데 핵심의미는 굿판에서
잘 먹고 신나게 놀아보겠다는 것인데 음절반복으로 운을 맞추어 운
율적 효과를 내면서 앞 구절과 이어지는 다음 구절을 대구로 만들어
말의 묘미를 살려내고 있다. 음절 반복과 대귀로 이루어진 부분을
다시 추려보면 다음과 같다.

26 김금화 지음, 『김금화의 무가집』, 문음사, 1995, 240–241면.

음전하고 점잔하고 게젓 먹고 의젓하고

달아맨 중 공중하고 본처 죽고 난처하고

절구통 안고 복통을 하겠고 니겁을 안고 기겁을 하겠고

여기에서 반복되는 음절은 음전/점잔, 게젓/의젓, 맨중/공중, 본처/난처들인데 의미와는 관련이 없는 동음 반복의 운율적 효과를 드러낼 뿐이다. 이러한 재담의 기법은 일종의 입심부리기로서 전통적 한국의 놀이판에서 상용되는 것이었다.

⟨정자타령⟩

판소리 사설 중에서 가장 널리 알려진 ⟨춘향가⟩에서 어희적 재담의 성격을 가진 자료를 찾아보기로 하겠다.

이애 춘향아 말들어라 너와 나와 유정하니 '정'자 노래를 들어라.

담담장강수 유유원객정 하교불상송하니 강수으 원함정 송군남포불승정 무인불기으 송아정 하염태수으 화유정 삼태육경으 백관조정 주어 인정 복없어 방정 일정 실정을 논정하면 네마음은 일편단정 내마음 원형이정 양인심정 탁정타가 만일 파정되거드면 복통절정 걱정되니 진정으로 완정하잔 그 정자 노래라.[27]

---

27 한국브리태니커사 편, 『판소리 다섯 마당』, 1982, 43면.

〈정자타령〉은 재담으로서 '정'이라는 같은 음절을 구절 끝에 반복적으로 집어넣어 압운 효과를 내면서 골계적 의미를 담아내고 있다. 처음에는 '정'자가 등장하는 한시구절을 늘어 놓아 제법 품위 있고 유식한 듯한 느낌을 주나 그 다음으로는 '정'자가 들어 있는 우리말 어휘를 모두 끌어 모아 나열하다가 이도령이 춘향에게 정이 있다는 것으로 끝을 맺는다.

〈궁자타령〉

궁자노래를 들어라 궁자 노래를 들어라 초분천지 개탁후 인정전으로 창덕궁 진시황의 아방궁 용궁에는 수정궁 왕자진의 어목궁 강태공의 조작궁 이궁 저궁 다 버리고 너와 나와 합궁하면 이 아니 좋더란 말이냐.[28]

〈궁자타령〉도 〈정자타령〉과 같은 재담 기법을 쓰고 있다. 사설에 담긴 핵심의미는 너와 나와 합궁하자는 것인데 궁자가 들어 있는 어휘들을 늘어놓아 반복과 열거의 묘미를 보여준다. 이러한 어희담은 일종의 말놀이로서 동음반복으로 압운효과를 주면서 육담적 의미를 담아서 흥미를 유발하는 재담이다.

28 앞 책, 42-43면.

2) 문자담

문자담은 지식인들 사이에서 행하여지던 재담인데 문자 지식을 바탕으로 본래 문자가 의미하는 바와 다른 의미로 사용하든가 이중적 의미를 활용하여 재치 경합을 벌이는 이야기를 말한다. 문자담에는 대구경합담(對句競合談)이 많은데 조선조 문인들이 한시로 대구(對句) 경합을 벌이는 관행에서 유래된 것이라고 본다.

(1) 물무부대(物無不對)

'대(對)가 안 되는 것은 없다' 라는 제목으로 중국의 고사나 시구 등을 모아 대구로 만든 문자담이다.

인상여 사마상여 명상여 성불상여(藺相如 司馬相如 名相如 姓不相如)
위무기 장손무기 피무기 아역무기(魏無忌 長孫無忌 彼無忌 我亦無忌)

이 대구는 중국의 역사적 인명과 인명이 가진 의미를 혼합하여 하나의 문장이 되도록 한 것이다. 인상여와 사마상여는 사람의 이름이다. 인상여는 중국 전국시대 조(趙)나라 사람이다. 조나라의 혜문왕(惠文王)이 화씨벽(和氏璧)이란 구슬을 얻었는데 진(秦)나라 소왕(昭王)이 이를 알고 화씨벽과 성(城) 열다섯 개를 바꾸자는 제의를 해왔을 때 조나라의 사신으로 진나라에 가서 국위를 선양하고 화씨벽도 무사하게 한 명신(名臣)이다. 사마상여(司馬相如)는 중국 한(漢)나라 무제

(武帝) 때 문인으로서 특히 부(賦)를 잘 지은 사람이다. 탁문군(卓文君)이란 과부를 〈봉구황곡(鳳求凰曲)〉이란 노래로 유혹하여 함께 살면서 쇠코잠방이를 입혀서 술장사를 시켰다는 일화로 널리 알려진 인물이다. 그런데 그 다음의 '상여'는 사람의 이름도 되고 글자 뜻 그대로 '서로 같다'고 해도 말이 된다. 즉, 첫째 문장은 "인상여와 사마상여는 이름은 상여이지만 성은 상여가 아니다."라는 의미와 "인상여와 사마상여는 이름은 서로 같지만 성은 같지 않다."라는 두 가지 의미가 있다. 이와 같은 대구를 찾아낸 것이 다음 문장이다.

위무기와 장손무기는 사람 이름이다. 위무기는 중국 전국시대 신릉군(信陵君)의 별칭이다. 신릉군은 병부를 훔쳐 위기의 조나라를 구한 인물로 유명하다. 장손무기는 당태종 때의 명신으로서 당태종의 비(妃)인 장손왕후의 오라비이다. 이 문장의 의미는 위무기와 장손무기는 "저도 무기이고 나 역시 무기이다."라는 의미와 "저도 꺼려함이 없고 나 역시 꺼려함이 없다."라는 두 가지 의미가 있다. 이러한 재담은 중국의 역사에 대하여 지식이 많은 문인층에게 더욱 묘한 대구로서 향유되었다고 본다.

주선왕 문선왕 사마선왕 일군 일신 일비군비신

(周宣王文宣王司馬宣王一君一臣一非君非臣)

추맹자 오맹자 사인맹자 일남일녀 일비남비녀

(鄒孟子吳孟子寺人孟子一男一女一非男非女)

주선왕은 주나라 군주로서 천자이다. 그런데 문선왕은 공자를 말한다. 공자는 만고의 성현으로서 군주에게도 스승이 될 수 있으나 군주와 신하로 양분할 경우는 신하이지 군주는 아니다. 사마선왕은 중국 삼국시대 사마의를 지칭하는 듯하다. 사마의는 위(魏)나라 조비(曹丕)의 신하였으나 그의 손자 사마염(司馬炎)이 삼국을 통일하여 진(晉)나라를 건국하고 선제(宣帝)로 추존한 인물이다. 이 문장의 의미는 "주선왕 문선왕 사마선왕은 하나는 군주이고 하나는 신하이며 하나는 임금도 아니고 신하도 아니다."라는 것이다.

이에 대한 대구는 "추맹자 오맹자 사인맹자는 하나는 남자이고 하나는 여자이고 하나는 남자도 아니고 여자도 아니다."라는 문장이다. 추맹자는 잘 알려진 성현 맹자로서 남자다. 오맹자는 여성이다. 그런데 사인맹자는 내시였던 인물로서 성적 기능이 상실된 사람이어서 남자도 아니고 여자도 아니라고 한 것이다.

동방삭 서문표 남궁괄 북궁유 동서남북지인

(東方朔西門豹南宮括北宮黝東西南北之人)

좌청룡 우백호 전주작 후현무 좌우전후지문

(左靑龍右白虎前朱雀後玄武左右前後之門)

동방삭(東方朔)은 한나라 무제(武帝) 때 명신이고 서문표(西門豹)는 전국시대 위(魏)나라 사람으로 업(鄴)지방에 수령으로 가서 하신(河神)

에게 여자를 제물로 바치는 악습을 타파한 것으로 유명한 인물이다. 남궁괄(南宮括)은 두 사람인데 하나는 주무왕(周武王) 신하로서 재물을 흩어 빈민을 구휼한 사람이고 또 한 사람은 춘추시대 노(魯)나라 사람으로 공자 제자이다. 어느 사람이나 '남(南)'자가 이름에 들어가면 상관없다. 북궁유도 인명이다.

이 문장은 사방을 가리키는 동서남북의 글자가 들어가는 성을 가진 인명을 열거한 것인데 '동방삭, 서문표, 남궁괄, 북궁유는 동서남북의 사람이다'라는 것이다.

이에 대한 대구(對句)는 성문의 이름을 열거한 것이다. 동문을 청룡문, 서문을 백호문, 남문을 주작문, 북문을 현무문이라고 하는데 이는 사방신의 이름을 따서 성문의 이름을 지었기 때문이다.

금슬비파팔대왕(琴瑟琵琶八大王)

이매망량사소귀(魑魅魍魎四小鬼)

금슬비파라는 한자에는 임금왕자가 여덟이 들어 있다. 그래서 '금슬비파 팔대왕'이라고 한 것이다. 이에 대한 대구는 도깨비를 의미하는 글자인 '이매망량'인데 이 글자들은 모두 '귀신귀'자 변을 가지고 있다. 그래서 '이매망량사소귀'라고 한 것이다. 소귀(小鬼)는 대왕(大王)과 대구를 맞추기 위한 것이다.

오경루하석양홍(五更樓下夕陽紅)

구월산중춘초록(九月山中春草綠)

　오경루는 누각의 이름이다. 그러나 오경이란 말은 새벽을 말한다. '오경루 아래에 석양이 붉다'라는 말은 오경과 석양이 하루의 같은 시간대를 나타내는 말이 아니고 대조되기에 역설적 성격을 띤다. 이와 같이 대조되는 어휘로 만들어진 시구가 '구월산 속에 봄풀이 푸르다'이다. 구월은 가을철에 속하는 달이지만 구월산은 고유명사 어어서 계절의 변화와 무관하다. 그래서 '구월산 봄풀'은 '오경루 석양'과 대구를 이루고 있다.

사치하위생치(死雉何謂生雉)

노승자칭소승(老僧自稱小僧)

　죽은 꿩이나 산 꿩이나 꿩은 모두 생치라고 한다. 늙은 승려나 젊은 승려나 자기를 가리킬 때는 모두 소승이라고 한다. 그래서 '죽은 꿩을 어찌해서 생치(산꿩)라고 하느냐'의 대구로는 '노승도 스스로 소승이라고 일컫는다'이다.

오동열매동실동실

보리뿌리맥근맥근

오동열매는 한자어로 '동실(桐實)'이고 '동실동실'은 열매 따위가 물 위에 떠서 움직이는 모양을 나타낸 말이다. 이 말의 대구를 대어보라는 주문은 우리말 어휘를 한자어로 나타낸 말이 우리말 어휘의 모양을 묘사한 의태어가 되는 다른 말을 대어보라는 것이다. 이 말의 대구가 '보리뿌리 맥근맥근'이다. 보리뿌리는 한자어로 '맥근(麥根)'이고 '맥근맥근'은 매끄럽다는 뜻의 '매끈매끈'과 같이 발음된다.

(2) 차오산(車五山)과 중국사신의 대구문답

광해군 때의 명신이었던 오산(五山) 차천로(車天輅, 1556-1615)는 문명(文名)이 명나라에 알려져 동방문사(東方文士)라는 칭호를 받은 사람인데 그의 일화로 압록강에서 사공노릇을 하며 명나라 사신과의 시문답을 하였다는 이야기가 전한다.[29]

중국사신 : 오탁정장목(烏啄艇長目) 까마귀가 사공의 눈을 쪼았네
차오산 : 풍취상사비(風吹上使鼻) 바람이 상사의 코를 불어버렸네
중국사신 : 취적고죽가(吹笛枯竹歌) 피리를 부니 마른 대나무가 노래
　　를 하네
차오산 : 격고우피명(擊鼓牛皮鳴) 북을 치니 소 가죽이 울음을 우네

29 徐大錫, 『韓國口碑文學大系』1-2 京畿道 驪州郡篇, 韓國精神文化硏究院, 1980, 93-95면 〈사신문답〉.

중국사신 : 잠부침 잠부침 잠잠부부침 강상규어지구(潛浮沈 潛浮沈 潛潛浮浮沈 江上窺魚之鷗) 잠겼다 떠오르고 다시 가라앉고 잠기고 잠기다가 떠오르고 떠올랐다가 가라앉는 것은 강 위에 물고기를 노리는 갈매기요

차오산 : 비상하 비상하 비비상상하 산간 탐화지접(飛上下 飛上下 飛飛上上下 山間探花之蝶) 날아 오르다가 내리고 날아 오르다가 내리고 날고 날아서 오르고 오르다가 내리는 것은 산 사이에서 꽃을 탐하는 나비일세

중국사신 : 천위일월성신국(天爲日月星辰國) 하늘은 일월성신의 나라요

차오산 : 지재강산초목거(地載江山草木車) 땅은 강산과 초목을 싣고 있는 수레일세

이 문답은 개인 얼굴의 특징을 지적하는 시각적 이미지를 드러내는 시구에서 피리소리, 북소리 등의 청각적 이미지를 나타내는 시구로 이어지고 다시 강물 속의 풍경과 산간의 풍경이 강 수면을 경계로 하여 대립되어 펼쳐지는 회화적 수법의 자연을 묘사하는 시구에서 하늘과 땅으로 공간이 우주적으로 확대되어 거시적이면서 관념적인 서술의 시구로 시상이 확장되고 있다. 이 같은 대구문답에서 대구의 절묘함과 이미지의 변화 그리고 점층적으로 시상이 확대되는 전개수법을 통하여 감탄할 만한 재치의 묘미를 맛볼 수 있다.

(3) 한자말과 우리말을 섞은 시

우리말의 음과 같은 음의 한자를 모아 뜻이 통하는 시구를 만든 예들이 있다.

계변시내가(溪邊是乃家) 시냇가가 나의 집이요

소옥자근즙(집)(小屋自勤葺) 작은 집에 부지런히 지붕을 이었네

장부산하의(丈夫山下依) 장부가 산 아래 기대 있고

미인옥계집(美人玉階集) 미인은 옥계에 모여드네

현금거문고(玄琴擧捫叩) 현금을 들고 만지며 두드리고

한사찬선배(寒士讚先輩) 빈한한 선비는 선배를 찬양하네

취승중로미(醉僧重路迷) 술 취한 스님은 길을 잃었는데

백로하연사(白鷺下烟沙) 백로는 안개 낀 모래에 내리네

모연점운래(暮煙点雲來) 저녁 연기는 점점이 구름처럼 피어오는데

황독소야지(黃犢小野之) 누런 송아지 작은 들판을 가고 있네

이 시구는 앞의 두 자는 한자 어휘이고 뒤의 석자는 우리말인데 앞의 한자말과 뒤의 우리말이 같은 의미를 가진다. 그런데 뒤의 우리말과 같은 음의 한자를 찾아 다섯 글자가 의미를 가지는 5언 한시 구로 만든 것이다. 시로서의 문학성은 논외로 하고 한자말과 우리말의 결합으로 이중 의미를 만든 재치가 돋보이는 재담시구이다. 이처럼 우리 전통사회에서는 한자와 우리말의 중의성을 활용한 재담시

가 많다. 특히 재담시는 희작한시에서 많이 발견되는데 이는 한문지식층이 늘어나면서 한시를 짓는 사람들이 많아지고 한자를 모아 글을 만드는 작시에 익숙해지면서 나타난 현상이라고 본다. 즉 한시가 대중화되어 한자를 익힌 사람들이 시 짓는 모임을 자주 갖게 되면서 재치를 부리는 사람들에 의하여 희작 한시가 나타났다고 본다. 이러한 사정은 김삿갓의 한시에서 쉽게 발견된다.

김삿갓이 어느 집 모자라는 신랑의 상객(上客)으로 가서 지었다는 시가 있다. 신부집에서는 새신랑의 인물됨을 보려고 일거일동을 눈여겨 관찰하는데 신랑은 체신을 지키지 않고 출랑거렸다. 천장에 거미집이 있다고 하고 화로에서는 집불내가 난다고 하였다. 다담상이 들어오자 지령은 반종지고 국수는 한사발이라고 하고 강정 빈사과도 있고 대추 복숭아도 있다며 떠들었다. 그리고 워리워리 하며 사냥개를 부르고 통시 구린내가 난다고 하였다. 신부집 사람들은 신랑이 떠드는 말을 들으면서 무슨 말을 하는지 모르겠다며 신랑을 경망스럽다고 생각하였다. 이때 상객인 김삿갓이 나서서 신랑이 방금 시를 한수 지었으니 보여주겠다고 하며, 지필을 가져오라고 하여 다음과 같은 한시 한 수를 썼다.

천장거무집(天長去無執) 하늘은 길어 가도 잡을 수 없고
화로접불래(花老蝶不來) 꽃도 늙어지면 나비가 아니 오네
지영반정지(地影半停止) 땅 그림자는 반에 머물렀고

국수한사발(菊樹寒沙發)　국화나무는 찬 모래 위에 피어 있네

강정빈사과(江亭貧士過)　강 가 정자에 가난한 선비가 지나다가

대취복송하(大醉伏松下)　크게 취해 소나무 아래에 엎드려 있네

월이산영개(月移山影改)　달이 옮겨지니 산 그림자가 고쳐지고

통시구리래(通市求利來)　저자를 통하여 이익을 구하러 오네

　이 글을 본 신부집 사람들은 신랑이 시를 지어 읊은 것으로 알고 신랑의 글재주에 감탄하였다는 것이다.

　이러한 이야기는 우리말과 같은 음을 가진 한자를 모아 의미가 통하도록 시구를 만든 재담인데 〈상객의 글 재주〉라는 이야기로도 전승된다. 이 한시는 율시의 압운, 평측, 대구 등의 작시규칙에 맞춘 본격적 정형시와는 거리가 먼 재담시이다. 그러나 이러한 한시는 한자 어휘와 우리말 어휘를 엮어서 만든 재치가 돋보이는 재담이라고 할 수 있다.

3) 재담의 문학적 의의(意義)

　재담은 재치로 재미를 돋우는 언어로서 일상 회화를 비롯한 모든 언어생활에서 활용된다. 인간은 언어를 통해 정을 나누고 협동하면서 사회생활을 영위한다. 인간과 인간이 만나 교류하려면 말을 하여야 하는데 말을 재미있게 하여 듣는 사람을 즐겁게 할 수 있다면 인간관계를 좋게 이끌 수 있다. 인간관계를 성공적으로 이끈다는 것은

다른 사람의 도움을 받기가 쉬워진다는 것이고 하려는 일이 잘 이루어짐을 의미한다. 즉 인간이 사회에서 성공하는 비법 중에 하나가 재담을 잘하는 것이라고 볼 수 있다는 말이다.

재치는 인간의 매력을 돋보이게 하는 중요한 요소로서 재치 있는 언어는 인간에게 신선한 공기나 물과 같아서 정신적 건강에 큰 도움이 된다. 그래서 재미있는 말을 들으려고 하고 이러한 것을 알고 재미있는 말을 지어내려고 노력한다. 그래서 많은 재담이 만들어지게 되고 이를 구연하여 생업으로 하는 전문 재담꾼이 나타나게 되었다.

전통사회에서의 재담꾼은 익살광대라고 하였는데 말이나 문자로 재치를 부려 근엄한 인간관계를 부드럽게 하고 엄숙한 분위기를 누그러뜨렸으며 권위 있는 인물을 풍자하기도 하였다. 전통사회에서 이야기꾼으로 알려진 인물은 오물음(吳物音)이 있다. 『해동야서』에 수록된 자료에는 인색한 사람을 풍자한 오물음의 익살이 들어 있다.

한 인색한 종실이 재산을 아끼어 추호도 남에 주지 않고 자손에게도 분재(分財)를 하지 않는다는 소문을 오물음이 듣고 찾아가서 인색한 종실에게 한 고담(古談)을 들려주었다. 장안 갑부에 이동지란 인물이 있었는데 매우 인색하여 재산을 아껴 남에게는 물론이고 자식 형제에게도 무엇 한 가지 베푸는 일이 없었는데 죽음에 이르러서 후회하였으나 어쩔 도리가 없음을 알고 자제들에게 유언하기를 내가 죽으면 시신의 두 손에 악수(幄手)를 끼우지 말고 관에 구멍을 내어 두 손을 관 밖으로 내어 놓게 하여 산 같은 재물을 아무것도 저승으로 가져갈 수 없음을 세상사람이 보게 하라고 하였다는 것이다. 이 이야기를 들은 종실은 크게 깨달아 오물음에게 상을 후히 주고 자식에게 분재하고 일가 친구들에게도 보화를 나누어 주었다는 것이다.[30]

이러한 이야기는 재담이라기보다는 풍자담이나 비유담의 성격이 강하지만 이동지의 유언대목에서 "지난 날 재물에 인색했던 일이 후회막급이다. 명정이 앞을 서니 상여소리가 구슬프고 공산에 낙엽이 지고 밤비 내리는 쓸쓸한 무덤 속에서 비록 한 푼인들 쓸 수 있으랴."라고 엮어낸 말은 재기가 번득이는 언어로서 재담적 가치가 있다고 본다.

트릭스터로 알려진 정수동이나 정만서 같은 인물도 재담꾼이라고 할 수 있으며 방랑시인 김삿갓으로 알려진 김병연의 재담한시는 시문학이면서 재담문학으로서 문학성을 겸비하고 있다. 또한 개화기에 극장이 세워지고 직업적인 재담꾼이 등장하였는데 재담소리로 유명한 박춘재, 만담의 귀재 신불출 등을 비롯하여 복혜숙, 황재경, 김선초, 윤백남, 김윤심, 장소팔, 고춘자, 김영운 등이 공연재담으로 일가를 이룬 분들이다. 오늘날 공연재담은 개그 프로로 계승 발전되어 온 국민에게 웃음을 선사하고 있다.

30 이우성, 임형택, 『이조한문단편집 상』, 일조각, 1973, 189~191면 참조.

신불출의 만담 중에서 1937년 오케레코드에 취입한 〈개똥할머니〉
의 일부를 소개한다.

청년: 저 그야 그런데 사위자격은 어떤 걸 가지고 시험을 하십니까?

노파: 응 첫째 몸이 튼튼해야 할 것. 둘째 아주 익살맞아야 할 것이
라네.

청년: 아니 익살맞으면 어떻게 해야 익살맞는 것입니까?

노파: 첫째 곁말을 잘 쓰면 그만이야.

청년: 곁말이요? 아 곁말쯤이야 어렵지 않습니다.

노파: 어디 한번 그러면 곁말을 써 보게나.

청년: 아니 그럼 곁말만 잘 쓰면 사위가 되겠네요.

노파: 그야 다시 이를 말인가.

청년: 자 그럼 내 곁말 한마디 쓰겠습니다. 그런데 정신을 바짝 차리
십시오.

노파: 바짝 차려? 그래 어디 어서 한번 써보게.

청년: 여보십시오!

노파: 응.

청년: 제가 신은 서양당나귀가 비록 뚫어졌을망정.

노파: 서양당나귀라니?

청년: 양말이란 말씀이어요. 양말은 비록 뚫어졌을망정 백반가루
섞인 분이야말로.

노파: 아니 백반가루 섞인 분은 또 무언가?

청년: 신분이란 말씀이올시다.

노파: 옳아 신분.

청년: 신분이야 아주 기가 막히지요.

노파: 그렇겠지. 벌써 몸맵시가 아주 제민 서방님인걸!

청년: 제민 서방님이라니요 옳지 깎은 서방님이래서.

노파: 알아맞추지 못하면 자네 미끄러지네.

청년: 아따 그렇지만 모든 것을 다 너그럽게 서양바다하시기에 달렸지요.

노파: 서양바다라니?

청년: 양해란 말씀이올시다.

노파: 아이고 그 곁말이 들을수록 구수하이 그려.[31]

여기에서의 곁말기법은 이미 검토한 재담 한시의 기법과 같은 한자말을 같은 음을 가진 다른 한자로 바꾸어 우리말로 풀이하는 것임을 알 수 있다. 이처럼 재담의 기법은 다양하지만 가장 기본이자 흔한 기법이 동음이의어의 활용이다. 어느 나라 어느 민족의 언어이거나 음운의 수는 일정한데 어휘의 수는 무한하게 확장되기에 같은 음으로 여러 가지 의미를 가지는 어휘들이 있을 수밖에 없다. 이러한

---

31 潘在植, 「漫談百年史」, 百中堂, 2000, 166~167면.

동음이의어들은 문맥상 의미를 파악하여 어떤 의미로 쓰였는지를 알 수 있는데 실제 언어생활에서는 큰 혼란을 일으키지는 않는다. 그런데 재담은 이를 활용하여 화자의 의도와는 다르게 의미를 받아들이고 엉뚱한 답을 하는 방식으로 재미있는 말을 만든 것이다.

한국어에는 한자 어휘가 많이 들어 있다. 한자는 같은 음을 가지면서도 뜻이 다른 많은 글자들이 있는데 중국에서는 사성(四聲)으로 성음을 다시 분별하지만 사성의 변별력이 없는 우리의 한자는 동음이의자가 더욱 많아서 발음으로 분별하기가 쉽지 않다. 이런 점을 활용하여 우리말과 한자음을 교묘하게 배합하여 재미있는 말을 만들어낸 재담이 많이 나타났다.

재담은 친구끼리의 농담에서 많이 사용되지만 모든 언어생활에서 긴요하게 쓰인다. 일반적으로 재미는 관심에서 나오는데 인간의 관심을 끄는 것은 사랑이나 돈이나 권력, 명예 등이라고 할 수 있으나 이를 획득하는 과정에서는 항시 경쟁이 뒤따른다. 그리하여 돈을 걸고 하는 노름, 바둑이나 장기와 같은 잡기, 그리고 운동시합과 같은 경기가 재미나는 구경거리가 되었다. 이처럼 이기고 지는 겨루기는 인간 모두가 흥미를 가지는 대상인데 말 겨루기는 지식이나 지혜를 겨루는 것으로서 정신력의 대결이다. 힘겨루기도 용기와 꾀가 있어야 승리할 수 있지만 말 시합에서는 말 잘하는 사람이 이기게 되어 있는데 말을 잘한다는 것은 아는 것이 많고 재치가 뛰어남을 의미한다. 아무리 아는 것이 많다고 해도 두뇌회전이 빨라서 즉석에서 적절한 답을 찾아내지 못하면 말 겨루기에서 이길 수가 없다. 언어경합담은 경쟁이 주는 흥미와 재치있는 말에 담긴 묘미가 합쳐져 있다는 점에서 재담의 요건을 구비하고 있다. 그래서 말 겨루기의 방식은 재담의 중요 형식이 되었다.

말겨루기의 상대는 다양하게 설정되는데 가장 흔한 부부의 말싸움에서부터 임금과 신하, 스승과 제자, 아버지와 아들, 어른과 아이 등 다양한 관계로 나타난다. 동료간처럼 수평관계보다도 상하관계에 있는 사람 사이의 말시합이 더욱 흥미를 배가시킨다. 중국 사신과 한국사신의 말 겨루기는 국제적 시합의 성격을 가지면서 재치경쟁담으로 널리 전승되었다.

재담은 그 자체로 문학의 한 갈래로서 중요한 가치가 있을 뿐만 아니라 소설이나 희곡및 노래사설에도 수용되어 장면을 꾸미거나 정감을 표현하는 데 생동감을 불어넣고 있다. 특히 등장인물의 성격을 보여주거나 풍자나 해학성을 드러내는 데 빛을 발하고 있다.

예술은 인간에게 쾌감을 주는 기능을 가진다. 인간이 어떤 대상에서 아름다움을 느낀다는 것은 유쾌한 감정이 생성되는 현상인데 재담을 통하여 즐거움을 얻는다는 것은 곧 재담문학의 예술성을 말해주는 것이다. 담화는 우리의 생활에서 매우 큰 비중을 차지한다. 말을 할 수 없는 상황은 심한 고통의 시간이다. 반면 자유롭게 하고 싶은 말을 하는 시간은 더없이 즐거운 시간이다. 재담을 담화에 수용하여 재미있게 언어생활을 영위한다는 것은 우리의 삶을 즐겁게 하는 비법이고 삶의 질을 개선하는 길이라고 생각한다. 이런 의미에서 재담의 가치는 인간의 삶을 향상시키고 사회를 밝게 하는 신선한 활력소로서 아무리 강조해도 지나침이 없다고 생각한다.

찾아보기

석학人文강좌 31